Lob für *Die Braut in Blau*
(Die Bräute von Bath, Buch 1)

Cheryl Bolen zieht uns mit mit ihrer aufregenden Geschichte in ihren Bann. 4 Sterne – *RT Book Reviews*

Cheryl Bolen kehrt zurück in das England der Regentenperiode, welches ihr so vertraut ist. Wenn Sie gerne aufregende romantische Geschichten dieser Epoche lesen, holen Sie sich unbedingt „Die Braut in Blau". – *Happily Ever After*

Bücher von Cheryl Bolen

Historische Regency-Liebesromane:
Reihe: *Die Bräute von Bath*
  Die Braut in Blau
  Mit seinem Ring
  Das Geheimnis der Braut
  Diesen Lord zu lieben
  Love In The Library
  A Christmas in Bath

Reihe: Beherzte Bräute
  Die falsche Gräfin
  Sein goldener Ring
  Hochzeitsnacht mit Hindernissen
  Miss Hastings abenteuerliche Fahrt nach London
  Weihnachten mit den Birminghams

Reihe: Das Haus Haverstock
  Zufällig eine Lady
  Herzogin aus Versehen
  Irrtümlich Gräfin
  Zu Weihnachten verheiratet

Reihe: The Regent Mysteries
  With His Lady's Assistance
  A Most Discreet Inquiry
  The Theft Before Christmas
  An Egyptian Affair

Reihe: Pride and Prejudice Sequels
  Miss Darcy's New Companion
  Miss Darcy's Secret Love
  The Liberation of Miss de Bourgh

The Earl's Bargain
My Lord Wicked
His Lordship's Vow
Christmas Brides (Three Regency Novellas)
A Duke Deceived

Romantic Suspense:
Falling For Frederick

Reihe: Texas Heroines in Peril
  Protecting Britannia
  Murder at Veranda House
  A Cry In The Night
  Capitol Offense

Liebesroman aus dem 2. Weltkrieg:
It Had to Be You (Previously titled *Nisei*)

Amerikanischer historischer Liebesroman:
A Summer To Remember (3 Amerikanische Liebesromane)

(Die Bräute von Bath, Buch 1)

Cheryl Bolen

Übersetzung von
Antonia Armstrong

Vorwort
1807

Thomas Moreland würde sterben. Als er auf dem dunklen Weg lag und seine Hand hart auf die blutende Wunde an seiner Seite presste, spürte er wie sein junges Leben zu verlöschen drohte.

Er beklagte den Verlust seiner Zukunft mehr, als er das Brennen an seiner Seite oder den fast unerträglichen Schmerz, der ihn bei jedem fruchtlosen Versuch seine Beine zu bewegen durch- fuhr, wahrnahm. Er würde niemals dazu in der Lage sein, das Meer zu überqueren, um reich zu werden, und er hatte seine Jugend mit dem zwanghaften Bestreben vergeudet, Geld für die Überfahrt nach Indien zu sparen.

Es machte ihn krank, sich an all die Jahre zu erinnern, in denen er Pferdemist geschaufelt und sich nicht erlaubt hatte, Biergärten zu besuchen und jungen Damen den Hof zu machen. Alles umsonst. Denn jeder seiner Viertelpennys wog nun schwer in den Taschen dieser beiden meuchelnden Wegelagerer.

Nur ein unreifer Narr wie er selbst würde sich in der Nacht auf diese Straße wagen. Morgen würden Pferde wieder Reisende entlang dieses staubigen Weges tragen. Eine sattgrüne Landschaft würde die nächtens wie unheimliche Klumpen erscheinenden silbrigen Bäume ersetzen.

Und er würde tot sein.

Er war verblüfft, als er das unerwartete Rattern einer Kutsche auf der einsamen Landstraße hörte. Wenn er nur den Fahrer auf sich aufmerksam machen könnte. Dies war kein leichtes Unterfangen für einen Mann, dem es nun vollkommen unmöglich war, seine Beine zu bewegen. Er versuchte sich auf dem Bauch liegend mit seinen starken Armen nach vorn zu hieven. Sein Schmerz war so groß, dass er hoffte, nicht ohnmächtig zu werden.

* * *

Die Kutsche verlangsamte sich und Felicity Pembroke spähte aus dem Fenster, um zu sehen was passiert war. Im Mondschein sah sie den jungen Mann, der auf den Weg kroch und dabei eine Spur dunkler Flüssigkeit auf dem trockenen Boden hinterließ.

„Der Mann ist verletzt!", schrie sie und gebot dem Kutscher anzuhalten.

„Oh, Mylady, das dürft Ihr nicht!", kreischte ihre Zofe. „Das ist nur ein Trick, um Euren Schmuck zu stehlen."

„Sieh selbst, Lettie", erwiderte Felicity. „Der Mann ist ernsthaft verletzt."

Das Dienstmädchen wagte einen Blick aus dem Fenster „Es ist eine Falle."

„Papa hat sichergestellt, dass wir gut beschützt sind", sagte Felicity.

Die Equipage kam zum Stehen und der Kutscher, mit einem Gewehr bewaffnet, stieg ab und öffnete die Türe der Kutsche.

„Geh und hilf diesem armen Mann", rief Felicity dem Kutscher zu.

Mit dem Gewehr auf den verletzten Mann gerichtet ging der Kutscher vorsichtig auf ihn zu. „Was fehlt Dir?"

„Ich wurde überfallen und mit einem Messer angegriffen", krächzte Thomas und neigte seinen Kopf in Richtung seiner Beine, „und ich habe mir wohl meine Beine gebrochen, als ich von meinem Pferd gestoßen wurde."

Der Kutscher hielt seine Waffe immer noch fest, senkte sie aber. „Hast du auch ein Pferd?"

„Ja, und es wird diesen verdammten Schurken hundert Guineas einbringen."

John wandte das Gewehr ab und rief zur Kutsche zurück. „Komm und hilf mir, Jeremiah."

Die beiden Männer trugen den verletzten Mann zur Kutsche, und Felicity wies sie an, ihn hineinzulegen.

„Aber er blutet wie ein Sieb", widersprach Lettie.

„Und ist mit Schmutz bedeckt", fügte der Kutscher hinzu.

Felicitys Stimme wurde ungeduldig. „Wir legen ihn auf den Teppich."

Die Diener hoben den großen Mann hoch. Auch in einer schmerzhaften sitzenden Position waren seine Beine zu lang, um sie über den Sitz auszustrecken, den Lettie freigemacht hatte, und er konnte sie nicht abbiegen. „Ich glaube meine Kniescheiben sind zerschmettert", murmelte er.

Felicity war nicht in der Lage etwas anderes wahrzunehmen als das Blut, das aus seiner Seite strömte. Der arme Mann würde verbluten, während sie sich darum sorgten, wohin sie seine nutzlosen Beine legen sollten. „Haben wir etwas, um den Mann zu verbinden?", fragte sie verzweifelt.

Die beiden Diener zuckten mit den Schultern.

Sie seufzte. „Wenn die Gentlemen so gnädig wären, Ihren Blick abzuwenden, werde ich meinen

Petticoat ausziehen und als Verband verwenden."

„Oh, Mylady!", kreischte Lettie. „Das dürft Ihr nicht tun."

Felicity wirbelte zu ihr herum. „Und warum darf ich das nicht?"

„Es ist einfach nicht ladylike."

„Meine liebe Lettie, dieser Mann wird verbluten, wenn wir ihm nicht helfen."

Die Zofe senkte reumütigen ihren Blick in ihren Schoß.

Dann vernahm man ein Geräusch, welches davon kam, dass Felicity ihren Petticoat in Streifen riss, um damit den verwundeten Mann zu verbinden.

* * *

Der Schmerz vom Beugen seiner Knie, um in die Kutsche zu passen, hatte ihn wohl ohnmächtig werden lassen.

Als Thomas erwachte, erlebte er ein betäubendes Gefühl von Wohlsein, von süßen weiblichen Gerüchen und einer Wärme wie damals im Bett seiner Mutter, als sie ihn während seines Keuchhustens gepflegt hatte. Er öffnete seine Augen und erblickte das schönste Gesicht, das er je gesehen hatte. Es fehlte ihr nur ein Heiligenschein über ihren goldenen Ringellocken, um wie ein Engel auszusehen.

Ihr Lächeln, als sich seine Augen öffneten, zauberte tiefe Grübchen auf ihren glatten Wangen. Ihre zarte Haut war makellos, genau wie ihre perfekten weißen Zähne. Ihre großen blauen Augen funkelten, als er sprach.

„Darf ich nach Eurem Namen fragen?", flüsterte er heiser.

„Ich heiße Felicity Pembroke."

„Baldige Mrs. Harrison", warf Lettie ein. „Sie

wird nächste Woche Captain Michael Harrison heiraten."

Ein vom Glück sehr begünstigter Mann, dachte Thomas.

„Könnt Ihr noch die Stunde durchhalten, die es dauern wird, um nach London zu meinem dortigen, ausgezeichneten Arzt zu gelangen?", fragte Felicity mit ihrer beruhigenden, melodischen Stimme.

Er nickte und fiel zurück an die harte Kutschenwand.

Er würde wohl doch weiterleben.

Kapitel 1
1813

„Ich wage zu behaupten, dass die Luft in deiner Kammer es vermag, mich betrunken zu machen, George", schimpfte Felicity ihren schlafenden Bruder.

Der so angesprochene junge Mann – George Pembroke, der Viscount Sedgewick – drehte sich in seinem Bett um und schaffte es, ein einziges grünes Auge zu öffnen, um seine ältere Schwester anzublicken. Er blinzelte ob der hellen Sonnenstrahlen, die den Raum durch die hohen Fensterflügel hindurch erfüllten. „Was für eine unchristliche Stunde ist es?"

„Es ist schon lange Nachmittag und Zeit, dass du aufstehst. Wir müssen reden."

„Aber ich bin nicht vor ..."

„Ich weiß sehr wohl, wann du ins Bett gingst, denn es war genau zu der Zeit, als ich aufstand." Felicity hielt ihm eine Tasse starken Kaffees entgegen. „Trink."

Er seufzte schwer, als er sich aufsetzte, fuhr sich mit der Hand durch sein zerzaustes goldenes Haar, nahm die zerbrechliche Tasse und Untertasse und trank mit unwilligem Gesichtsausdruck das dampfende Gebräu. „Du hättest ihn zumindest süßen können."

Sie nahm einen Stuhl und setzte sich ihm gegenüber. Sie tadelte ihren Bruder nur ungern, denn er gab sich nur denselben Aktivitäten hin wie die anderen Jungböcke in seiner Bekanntschaft. Die anderen Jungspunde hatten allerdings keinen Vater, der diese Welt verlassen und seine Nachkommen mit mehr Schulden hinterlassen hatte, als sein Nachlass ausgleichen konnte.

George starrte auf den Stapel Papier, den sie hielt. Sie sahen aus, wie die Rechnungen von Kaufleuten.

„Ich musste mich letzte Nacht sehr zurückhalten, um dich nicht bloßzustellen, als du in den Assembly Rooms tief ins Spiel vertieft warst", rügte sie. „Du hast versprochen, das Spielen aufzugeben, und ich weiß aus guter Quelle, dass du die ganze Nacht gespielt hast."

„Verdammte Spione", murmelte er.

„Wieviel hast du verloren?"

„Was sagt dir, dass ich verloren habe?" prahlte er.

„Willst du mir sagen, dass du ausnahmsweise gewonnen hast?"

Sein Gesicht verfiel. „Nein."

„Das dachte ich mir. Du bist genauso wie Papa. Es ist wegen seiner Verluste am Spieltisch, dass eine andere Familie nun Hornsby Manor bewohnt, obwohl es dir gehören sollte."

„Ich werde es zurückbekommen, warte nur. Mein Glück wird sich wenden."

Er war viel optimistischer, als für ihn gut war, dachte sich Felicity. „Wie oft muss ich dir sagen, dass Sparsamkeit, nicht die Gunst des Glückes, uns Hornsby Manor zurückbringen wird? Ich dachte, dass du deine verschwenderische Lebensweise aufgeben würdest, als ich dich aus London geholt und nach Bath gebracht habe, aber du hast enorme Rechnungen von Schneidern und

Mietställen angehäuft." Sie warf ihm die Rechnungen entgegen. „Ein Vorteil davon, dein Heim in Bath zu haben, ist, dass du dir keine teuren Pferde halten musst. Wir können alles zu Fuß erreichen."

Er sah sie reumütig an. „Ich verkaufe mein Kastanienbraunes gleich morgen."

„Heute!", rastete sie aus. Obwohl sie nur ein Jahr älter war als George mit seinen dreiundzwanzig Jahren, hatte sie ihn immer wie ein Kind behandelt.

Er nahm einen Schluck Kaffee. „Soll sein."

Sie wagte es nie, ihm das Einzige vorzuschlagen, was sein Leben wirklich in die richtige Bahn leiten würde – eine Ehefrau – denn er verstand es noch nicht, sich in *anständige* junge Damen zu verlieben. Sie runzelte die Stirn bei dem Gedanken an die Dirnen, mit denen George und seine Kameraden verkehrten. „Wir werden niemals einen passenden Mann für Glee finden, so lange ihr Bruder nicht imstande ist, ihr eine Mitgift aufzustellen. Wenn es dir schon nichts ausmacht, unseren guten Namen durch den Schmutz zu ziehen, kann dir zumindest die Zukunft deiner jüngeren Schwester wichtig sein?"

Er runzelte die Stirn. „Es ist mir wichtig. Ich wollte letzte Nacht die Dinge in Ordnung bringen, als mein Glück mich verließ. Und ich verstehe nicht, warum ich alleine für Glees zukünftiges Glück verantwortlich bin. Wenn du endlich den Colonel heiraten würdest, hätten wir genug ..."

„Ich könnte den Colonel niemals heiraten", protestierte sie, „ganz egal, wie sehr er sich um mich bemüht – um uns."

Ihre Augen schweiften über ihr schwarzes Kleid. Michael war vor nun bereits vier Jahren verstorben, aber sie trug immer noch Schwarz. „Ich kann niemals wieder heiraten. Kein Mann wird jemals Michaels Platz einnehmen können."

George setzte sich auf und sprach sanft. „Es schmerzt mich, dass du immer noch so leidenschaftlich um Harrison trauerst. Du musst dir erlauben, wieder zu leben, Felicity."

Ein wehmütiges Lächeln huschte über ihr Gesicht. „Ich muss nicht verheiratet sein, um zu leben, du Dummkopf. Muss ich dich daran erinnern, dass ich mich zu einer echten Grande Dame der Gesellschaft von Bath entwickelt habe? Und ich beabsichtige dich und Glee angemessen zu verheiraten."

Er verzog das Gesicht bei dem Gedanken an seine eigene ungewollte Heirat.

Ein Klopfen ertönte an der Türe und der Butler kündigte an, dass Mrs. Carlotta Ennis im unteren Stockwerk war, um Mrs. Harrison zu besuchen.

„Ich komme gleich", sagte Felicity.

* * *

Obwohl die beiden Frauen sehr unterschiedlich waren, wurden Felicity und Carlotta zu Freundinnen, als beide mit Gardeoffizieren auf der Halbinsel verheiratet waren. Sie waren im gleichen Alter, beide von privilegierter Herkunft, beide wunderschön und beide wurden in sehr jungen Jahren zur Witwe. Während Felicity bedauerte, dass sie und ihr Captain kein Kind haben konnten, bereute Carlotta einen Sohn geboren zu haben, den sie nun zu meiden versuchte.

Die schwarzhaarige Carlotta, gekleidet in ein lavendelfarbenes Tageskleid, erhob sich und ergriff die Hand ihrer Freundin, als Felicity in den Raum schwebte und ihre Freundin mit einem

Lächeln, das ihre Grübchen hervorbrachte, und höflichen Worten begrüßte. Die beiden setzten sich nebeneinander auf ein damastbezogenes Sofa.

„Ich bin direkt hierhergekommen, um dir das neueste Gerücht mitzuteilen", sagte Carlotta selbstzufrieden. „Die Schwester meiner Zofe wurde gerade in Winston Hall eingestellt. Es scheint, als hätte ein sagenhaft reicher Nabob das Anwesen erstanden, um es noch heute in Besitz zu nehmen."

„Ich verstehe nicht, warum dies für mich von großem Interesse sein sollte", sagte Felicity.

Carlottas große lavendelgraue Augen leuchteten vor Heiterkeit. „Der Nabob ist ein Junggeselle."

„Ich bin sicher, er ist viel zu alt für Glee. Bitte berücksichtige, dass sie erst knapp siebzehn ist."

„Es war nicht deine Schwester, an die ich dachte", scherzte Carlotta. „Wie wäre es mit dir oder mir?"

„Felicitys Blick streifte ihr eigenes schwarzes Kleid. „Du weißt, dass ich beabsichtige bis ans Ende meiner Tage Mrs. Harrison zu bleiben."

Carlotta verdrehte die Augen „Oh ja, Michaels Märtyrerin. Ich, andererseits, beabsichtige wieder zu heiraten. Und ich würde keinerlei Einwände dagegen haben, einen Mann mit derartigen Reichtümern zu heiraten."

„Und was ist mit seiner Stellung? Was, wenn der Nabob aus einer Familie von niedriger Herkunft stammt?"

„Sein Geld wird ihm Akzeptanz verschaffen."

Felicity verzog ihr Gesicht. „Edward, obwohl er keinen Titel und kein Geld hatte, war von guter Herkunft. Du bist es wohl seinem Andenken und deinem Sohn schuldig, eine Mesalliance zu vermeiden."

„Ach!", sagte Carlotta. „Ich habe mir meine erste Heirat der Liebe willen erlaubt. Meine zweite wird um des Reichtums willen geschehen. Es wird mühsam mit Edwards magerer Pension auskommen zu müssen."

Felicity runzelte die Stirn. „Ich habe Mitleid mit der armen Lady Catherine. Es war schlimm genug, ihr Heim zu verlieren …"

„Aber Winston Hall an einen Mann zu verlieren, der nicht von adliger Herkunft ist, wird sie bestimmt vernichten", unterbrach Carlotta sie mit einem verschmitzten Lächeln. „Sie ist ein derartig unverbesserlicher Snob."

Stanton klopfte an die Türe des Salons und kündigte an, dass Colonel Gordon zu Besuch war.

Felicity wies den Butler an, ihn hereinzubitten.

Obwohl sein Haar ergraute, gaben Colonel Gordons schlanke Statur und gut trainierte Muskeln sein Alter von neununddreißig Jahren nicht preis. Aufgrund des Wohlstandes seiner Familie wurde er im Alter von nur fünfundzwanzig Jahren zum Colonel ernannt. Sein Gesicht war attraktiv und seine Kleidung makellos geschneidert. Auf einem Stock mit silbernem Knauf gestützt, hinkte er in den Raum; ein trauriges Vermächtnis seines kurzen Einsatzes auf der Halbinsel.

„Wie gut es tut, die beiden schönsten Damen von Bath zu erblicken", begrüßte er sie und verbeugte sich, bevor er sich ungelenk ihnen gegenüber in einen Stuhl sinken ließ.

„Ich berichtete Felicity gerade über den Nabob, der Winston Hall erworben hat."

„Davon habe ich auch gehört", sagte er drollig.

„Ganz Bath spricht darüber. Vielleicht bekommen wir ihn heute im Pump Room zu sehen. Natürlich nur, wenn die beiden Damen mir die Ehre erweisen, mich zu begleiten."

„Ihr solltet mit Carlotta gehen", sagte Felicity. „George und ich müssen uns heute um Angelegenheiten kümmern, die unserer Aufmerksamkeit bedürfen. Und ich muss wohl kaum das abscheuliche Wasser trinken, denn ich erfreue mich ausgezeichneter Gesundheit."

Carlotta warf Felicity einen verstohlenen Blick zu. „Sei nicht zu streng mit dem Jungen."

Felicity spitzte ihre Lippen und blickte sie schelmisch an. „Und nimm George nicht immer in Schutz. Man könnte glauben, *du* wärest seine Schwester."

Carlotta und der Colonel erhoben sich und Carlotta hakte sich in den ihr angebotenen Arm ein. „Aber meine Liebe", sagte Carlotta zu Felicity, „es fließt kein einziger Tropfen blauen Blutes in meinen Adern."

Felicity beobachtete sie, als sie den Raum verließen. Es war schade, dass der Colonel glaubte, in sie verliebt zu sein, denn er und Carlotta würden gut zusammenpassen. Carlotta hatte oftmals darüber geklagt, dass der fesche Colonel seine besten Jahre an Felicity vergeudete.

* * *

Thomas Moreland machte es sich in dem weichen Lederstuhl bequem und ließ seine Augen über die großen hölzernen Regale wandern, die mit in Leder gebundenen Büchern gefüllt waren. Sie gehörten ihm. Alles in Winston Hall gehörte nun ihm.

Ein Jahr vor seinem dreißigsten Geburtstag und er hatte mehr Reichtümer angehäuft, als er es sich in der Zeit, in der er Pferdeställe für zwei Shillings pro Woche ausmisten musste, erträumt hätte.

Er zog das zerrissene Stück weißen Leinens aus seiner Hosentasche, welches er von einer Seite Indiens zur anderen mit sich getragen hatte. Vor sechs langen Jahren hatte er sein Blut damit abgewischt und es in der Sonne trocknen lassen. Es war ein Stück des Petticoats seines rettenden Engels. Felicity Harrisons.

Dann las er den Bericht und Brief des Anwaltes, dem er eine enorme Summe bezahlt hatte, um weiter Informationen zu sammeln.

Jetzt war es an ihm, Felicity Harrison zu retten.

Kapitel 2

Glee Pembroke blies eine abtrünnige Strähne ihres dichten, lockigen roten Haares aus ihrem ovalen Gesicht und wandte sich an ihre Schwester. „Hat Mr. Salvado nicht die wunderschönsten braunen Augen, die du jemals gesehen hast?"

„Ich kann nicht sagen, dass ich die Augenfarbe des Tanzmeisters je bemerkt hätte", sagte Felicity, als sie sich bückte, um ein Paar Hausschuhe aufzuheben, die achtlos auf dem Boden der Kammer ihrer Schwester abgelegt worden waren.

„Bist du nicht sprachlos ob seiner Schönheit?", fragte Glee.

Felicity blickte ihre Schwester finster an. „Ich verlautbare hiermit, dass es keinen Mann in Kniehosen gibt, der dir nicht gefällt. Man kann nur hoffen, dass dein Geschmack etwas anspruchsvoller wird, sobald du in die Gesellschaft eingeführt wirst."

Glees sah hoffnungsvoll auf. „Du wirst mir also erlauben, an den Bällen in den Festsälen teilzunehmen?"

„Sehr bald", sagte Felicity und setzte sich auf Glees Himmelbett. „Aber du musst dich mit mehr Haltung präsentieren, als ich sie bisher in dir erkennen kann. Vergiss nie, dass du die Tochter des Viscount Sedgewick bist. Du kannst nicht ungezügelt über die Vorteile jedes Mannes plappern, der dir den Hof macht, und du musst dein unziemliches Kokettieren aufgeben."

Glees große grüne Augen verschmälerten sich. „Ich weiß. *Eine Lady muss sich leise verhalten und niemals ihre Meinung äußern, es sei denn, man bittet sie darum*", ahmte sie nach. „Du hast es mir *hundertmal* gesagt."

„Dann verstehe ich nicht, warum meine Ratschläge unbefolgt bleiben, wenn du sie *hundertmal* gehört hast."

Das Mädchen ignorierte ihre Schwester und ging zu ihrer Kleiderpresse. „Meinst du, ich soll mein elfenbeinfarbenes Kleid zu meinem ersten Auftritt tragen?"

„Ich denke, das Elfenbeinfarbene ist eine ausgezeichnete Wahl – solange du es nicht mit goldenen Schärpen und Unmengen von Straußenfedern verunstaltest."

Glee wirbelte herum, um Felicity anzusehen. „Du bist die Richtige, um mich in die Kunst des Kleidens einzuführen, während du nichts als dieses abscheuliche schwarze Gewand trägst. Dein Trauerjahr für Michael endete vor drei Jahren, und ich kam aus der Trauer, um Papa vor fast einem Jahr heraus. Jeder sagt, du wärest die schönste Frau in Bath, wenn du dich nur in Farben kleiden würdest."

Felicity versuchte, ihren heraufdrängenden Grimm zu dämpfen. „Aber sieh doch", antwortete sie ruhig, „es ist mir nicht wichtig, als schön bezeichnet zu werden. Ich habe geliebt und wurde geliebt. Jetzt bist du an der Reihe, meine Süße."

Die Kammertüre öffnete sich mit einem Knarren und Lettie schob ihren Kopf herein. „Oh, Ihr seid hier, Mrs. Harrison! Stanton hat Euch gesucht. Ein Gentleman bittet darum, Euch vertraulich zu sprechen." Sie überquerte den

Teppich und übergab Felicity eine Karte. Die Karte eines Gentlemans.

Felicity las sie: Thomas Moreland von Winston Hall

Der Nabob! „Aber ich kenne den Gentleman nicht", sagte Felicity zu ihrer Zofe, dann wandte sie sich an ihre Schwester. „Er ist der neue Besitzer von Winston Hall."

„Es wäre höchst unschicklich, ein Gespräch mit ihm abzulehnen", sagte Glee.

Facility stand vom Rand des Bettes auf, warf einen Blick in den Spiegel auf der gegenüberliegenden Wand und begab sich in Richtung der Türe. „Na schön."

* * *

Sein Rücken war ihr zugewandt, als sie den Salon betrat. Er war ein großer Mann. Nicht massig, aber gut gebaut. Sie nahm seine breiten Schultern wahr, und wie sich sein Oberkörper elegant zu einer schlanken Taille verjüngte. Sie registrierte auch die ausgezeichnete Qualität seines hochfeinen Mantels und seiner Kniehosen, die seine muskulösen Beine formten. Sein Haar war schwarz, und als er sich zu ihr umwandte, sah sie, dass seine Haut gebräunt war, zweifellos von dem warmen Klima in Indien.

Und er war gutaussehend. Ganz und gar nicht ihrem Bild eines korpulenten, reichlich geschmückten Nabobs entsprechend. Egal, ob er hässlich, jung oder alt gewesen wäre, sie hätte ihn mit Güte begrüßt. Aber die Schönheit dieses Mannes ließ Felicity erstarren und raubte ihr jegliches Selbstbewusstsein. Musste er sie mit solch düsterem dunklen Blick anstarren?

Obwohl ein Hauch von Trauer über sein Gesicht zog, konnte er ihr nicht leidtun. Seine

Haltung alleine zeugte von Macht und Stolz.

Sie beschloss Gleiches mit Gleichem zu vergelten.

„Ich bin Felicity Harrison", sagte sie. „Wir wurden einander noch nicht vorgestellt, oder irre ich mich, Mr. Moreland?" Ihre Stimme war in Hochmut gehüllt. Er schien ihr irgendwie vertraut, aber sie war sicher, noch nie einen Mr. Thomas Moreland getroffen zu haben.

Er kam auf sie zu und verbeugte sich. „Nein, ich wurde Euch noch nicht vorgestellt, aber ich weiß viel über Euch. Ich komme heute, um Euch ein geschäftliches Angebot zu machen."

Sie ging in Richtung der Türe. „Unsere Geschäfte werden von unserem Sachwalter gehandhabt. Sein Name ist ..."

„Malcolm Fortesque."

Sie versteifte sich und ihre blauen Augen wurden groß. „Ihr habt mit Mr. Fortesque gesprochen?"

„Die Angelegenheit, die ich mit Euch besprechen will, obwohl ein geschäftliches Angebot, ist von privater Natur. Zwischen Euch und mir."

Sie hatte ihm immer noch nicht angeboten, sich zu setzen. „Ich kann keine Geschäftsbeziehung mit jemandem eingehen, den ich nicht kenne."

„Ich schlage vor dies zu berichtigen, Mrs. Harrison."

Sie trat zurück. „Ihr mögt dazu bereit sein, Sir, aber ich versichere Euch, ich bin es nicht!"

Er zog einen kleine Stapel Papiere aus seinem Mantel und ging auf sie zu. „Ich habe diese Schuldscheine Eures Bruders in der Höhe von viertausend Pfund beglichen. Können wir uns

unterhalten?" Sein dunkler Blick, getragen und
entschlossen, traf den ihren, und aus
unerfindlichen Gründen war sie nicht imstande,
ihn abzuwenden. Ihr Herz klopfte wild. Sie war
dankbar, als sein Blick sich auf das Sofa
verlagerte.

„Setzt Euch, Mr. Moreland", sagte eine
fassungslose Felicity mit zittriger Stimme.

Er setzte sich auf eine Seite des Sofas und sah
eindeutig vor, dass sie sich auf die andere Seite
setzte.

Felicity entschied sich für einen Stuhl ihm
gegenüber. Warum hatte sich dieser impertinente
Mann die Freiheit herausgenommen, die Schulden
ihres Bruders zu begleichen? „Was wollt Ihr für
die Schuldscheine?"

Er gab sie ihr. „Sie gehören Euch."

Sie streckte ihm über die Distanz zwischen
ihnen ihre Hand entgegen und nahm die Papiere
mit einer zitternden Hand, wobei ihr Blick fest in
seinen Augen ruhte. „Wie kann ich Euch Eure
Großzügigkeit vergelten?" Alle möglichen
schmutzigen Gedanken schossen durch ihren
Kopf.

„Ihr habt etwas, das ich will, und ich habe
etwas, das Ihr wollt."

Ihr Herz schlug heftig in ihrer Brust. „Ich bitte
Euch, klärt mich auf, Mr. Moreland."

„Ich bin ein wohlhabender Mann, Mrs.
Harrison. Ich kann all die Schulden Eures
Bruders und die Eures Vaters tilgen und Euch,
Eurem Bruder und Eurer Schwester eine jährliche
Rente zukommen lassen."

Es war wie eine Antwort auf all ihre Gebete.
Aber so wie der Kater nach einer Nacht der
Trunkenheit oder das ungewollte Schätzchen

nach einem nächtlichen Stelldichein, konnten solche Freuden einen hohen Preis haben. Wollte der Mann Hornsby Manor haben? Es stand ihr nicht mehr zur Verfügung. „Was könnte ich jemals bieten, das solch eine enorme Summe wert wäre?"

Er streckte seine langen Beine auf dem Orientteppich aus. „Wie Euch bestimmt bekannt ist, bin ich nicht von adliger Herkunft. Ich schäme mich nicht dafür. Ehrlich gesagt bin ich ziemlich stolz darauf, dass ich es durch meine eigene Raffinesse und harte Arbeit zu dem gebracht habe, was ich heute bin. Es ist mir egal, ob Eure Welt mich akzeptiert, Mrs. Harrison. Aber ich habe den Wunsch, dass meine Schwester ein besseres Bündnis eingeht, als ihre Geburt erlaubt. Diana – sie ist zehn Jahre jünger als ich – wurde mit allen Privilegien, die mein Geld erwerben konnte, erzogen. Sie besuchte die besten Schulen. Ihre Roben sind die feinsten, die Londons Damenschneider anzubieten haben. Sie hatte die besten Zeichenlehrer, Tanzmeister und Musiklehrer. Sie ist jetzt neunzehn, und keiner der Männer ihrer eigenen Gesellschaftsschichte ist ihr ebenbürtig."

Felicitys Rücken versteifte sich. „Es ist mir wohl kaum möglich, dies zu ändern."

„Ihr, Mrs. Harrison, seid eine der respektiertesten Damen der Bath Gesellschaft. Ich gebe mich nicht der Illusion hin, Diana in London präsentieren zu können, aber ich glaube – mit Eurer Hilfe – können wir ihren Erfolg hier in Bath sicherstellen."

„Ihr wollt also, dass ich sie in die Gesellschaft in Bath einführe?"

Er nickte ernsthaft und seine schwarzen Augen

suchten die ihren. „Bedauerlicherweise bin ich Teil des Pakets, da ich meine Schwester begleiten müsste."

„Verstehe ich Euch richtig, Mr. Moreland? Ihr bittet mich, Euch und Eure Schwester in meine Kreise einzuführen; gemeinsame Abendessen, zusammen Bälle und Musikveranstaltungen besuchen und durch die Stadt spazieren?"

„Ihr versteht mich vollkommen richtig, Mrs. Harrison."

Sie kaute an ihrer Lippe und mied seine nachdenklichen Augen. Es klang zu einfach.

„Ich werde keine Antwort von Euch verlangen, bis Ihr Diana kennengelernt habt. Ihr müsst selbst sehen, dass sie Euch nicht blamieren wird. Ich schlage vor, dass Ihr mit Eurer Familie heute Abend zum Diner nach Winston Hall kommt. Dann könnt Ihr selbst entscheiden, ob meine Schwester und ich in der Lage sein werden, in der gehobenen Gesellschaft zurechtzukommen." Er erhob sich. „Meine Kutsche wird Euch um sieben abholen." Mit seinem Hut in der Hand ging er zur Türe und verließ den Salon.

Der abscheuliche Mann hatte nicht einmal auf ihre Antwort gewartet. Wie kühn! Es war ihm sogar bekannt, dass sie keine eigene Kutsche hatten. Er hatte sie hinterlistig ausspioniert und sie empfand eine außerordentliche Abneigung gegen ihn.

* * *

Er fuhr mit seiner Herrenkutsche die drei Meilen zurück nach Winston Hall, überrascht davon, dass er sie nicht in seine Arme geschlossen hatte, als er sie nach sechs Jahren wieder erblickt hatte. Denn ihre blonde Schönheit leuchtete genauso hell, wie damals in der düsteren Kutsche.

Er hatte gehofft, dass, wenn er sie nur noch einmal sehen könnte – ihre süße Stimme vernehmen könnte – es sein Verlangen nach ihr stillen würde. Vielleicht war sie nicht so schön wie in seiner Erinnerung. Aber ganz im Gegenteil war sie im leuchtenden Sonnenlicht nur noch lieblicher mit ihrer weichen goldenen Haut und ihrem makellosen Gesicht. Ihre Stimme war dieselbe, doch anders. Es war allerdings verständlich, dass man mit einem arroganten Mogul anders spricht, als mit einem sterbenden Jüngling. In jener Nacht war sie unglaublich gütig gewesen; heute war sie stolz und – noch etwas anderes – verbittert? Niedergeschlagen?

Sie war kleiner, als er gedacht hatte. Ihr goldener Kopf reichte gerade an seine Schultern. Er fragte sich, wie es sich wohl anfühlen würde, wenn sich ihr sanft geschwungener Körper an seinen schmiegen würde, wenn er ihre Schlankheit mit seinen Armen umschließen würde. Der bloße Gedanke beschwor eine sofortige körperliche Regung herauf, die ihn durchströmte und seine Lenden erbeben ließ.

Seiner starken Reaktion auf sie lag die enttäuschende Erkenntnis zugrunde, dass sie immer noch für ihren lange verstorbenen Ehemann Schwarz trug. Wie konnte er jemals mit dem verwegenen Captain Harrison mithalten? Er hatte den Mann nur dieses eine Mal getroffen: als er Thomas aus dem Krankenhaus geholt hatte, um ihm eine Überfahrt auf einem Klipper nach Indien zu vermitteln. Auf ihre Bitte hin hatte der Captain arrangiert, dass Thomas für seine Überfahrt arbeiten konnte, als Küchenhilfe in der Kombüse auf einem Stuhl sitzend, da er seine Beine einen weiteren Monat lang nicht benützen konnte. Captain Harrison war all das, was einen Gentleman ausmachte. Er war nicht nur der Sohn eines Earls, er war auch einer der bestaussehenden Männer, die Thomas je gesehen hatte. Mit bittersüßem Bedauern erinnerte er sich an den männlichen Offizier mit seiner gepflegten Stimme und seinem immer fröhlichen Lächeln. Und seine unerträglich breiten Schultern und seine große kräftige Statur. *Verdammt sei er.*

Seitdem er reich geworden war, hatte Thomas alles nur Mögliche über Felicity Harrison herausgefunden, bis hin zu den Namen der Pächter von Hornsby Manor.

Er hatte nicht wirklich gelogen, als er ihr gesagt hatte, dass sie einander noch nicht vorgestellt wurden. Denn er hatte ihr seinen Namen nicht genannt in jener Nacht auf der dunklen Landstraße. Und es schien nun offensichtlich, dass sie diesen erbärmlichen Mann vergessen hatte, dessen Leben sie in einer Winternacht vor sechs Jahren gerettet hatte.

Mit schmerzlicher Erkenntnis wusste er, dass die Eroberung von Felicity Harrisons tief betrübtem Herzen die größte Herausforderung sein würde, der er sich je gestellt hatte. Die Sprache und Gebräuche eines weit entfernten Landes zu erlernen, war viel einfacher gewesen. Er hatte mit fünfzehn Jahren begonnen Hindi zu lernen und beherrschte die Sprache perfekt, als er mit den dunkelhäutigen Einwohnern lebte. Er hatte ihre Gepflogenheiten kennengelernt und viel niedrigere Preise für ihre begehrten Güter bezahlt, als die reichen Nabobs, die sich in den verschwenderischen Palästen, die sie in Indien erbaut hatten, abkühlten.

Sich durch Felicitys eisiges Herz zu meißeln,

könnte sich allerdings als unmöglich herausstellen. Denn sie hatte sich zutiefst verändert. Vor sechs Jahren kümmerte sie sich nicht um Stellung und Status. Sie wollte nur einen Mann retten. Es war nicht von Bedeutung, dass er kein Gentleman war. Aber seitdem ...

Er blickte in Richtung der leicht abfallenden Hügel. Seitdem war sie eine Andere geworden.

* * *

Zum zweiten Mal an diesem Tag betrat Felicity die Kammer ihres Bruders.

Sein Kammerdiener hatte ihm soeben seinen Mantel abgenommen. „Du wirst höchst erfreut sein, zu erfahren, dass ich hundert Guineas für mein Pferd bekommen habe."

„Ich bin sicher, dass dies ein sehr guter Preis ist", sagte Felicity abgelenkt. „Aber ich muss mit dir alleine sprechen. Lass uns in die Bibliothek gehen."

„Was habe ich jetzt angestellt?", hinterfragte er und folgte seiner Schwester aus der Kammer.

„Nichts, dieses Mal."

Sie schloss die Türe der Bibliothek und wies ihren Bruder an sich zu setzen. Sie setzte sich auf eine Polsterbank neben ihn.

„Warum diese Geheimniskrämerei?", fragte er.

„Es gibt etwas von privater Natur, das ich mit dir zu besprechen wünsche."

„Du heiratest doch nicht Gordon! Ich schwöre, ich wollte nicht, dass du dich aufopferst, um ..."

„Ich werde Colonel Gordon nicht heiraten."

Er musterte sie argwöhnisch. „Du planst nicht mich anzuketten, oder?"

Sie lächelte, und ihre Grübchen schienen den dunklen Raum zu erleuchten. „Ich werde dich auch nicht anketten."

„Was ist es dann, um Gottes willen?"

„Ich habe heute ein höchst ungewöhnliches Angebot erhalten."

Er spitzte die Ohren. „Ein Angebot?"

„Jawohl. Du hast von dem Nabob gehört, der Winston Hall erworben hat?"

Er nickte langsam mit zusammengekniffenen Augen.

„Er kam heute auf Besuch. Der Mann weiß alles über uns, was es zu wissen gibt. Ich wäre nicht überrascht, wenn er wüsste, was du zum Frühstück gegessen hast. Jedenfalls hat er deine Schuldscheine in der Höhe von viertausend Pfund beglichen."

Die Augen des jungen Mannes weiteten sich. „Meine Schuldscheine?"

„Ja. Und er weiß über deine und Papas Schulden Bescheid und versicherte mir sie alle zu begleichen für eine, wie mir scheint, belanglose Gegenleistung."

George richtete sich auf und sah sieh mit zusammengezogenen Augenbrauen an. „Was für eine Gegenleistung?"

„Er ... er will, dass ich – und ich nehme an auch du – ihn und seine Schwester in die oberen Ränge der Bath Gesellschaft einführe. Seine Schwester ist neunzehn, und er meint sie sei zu gut erzogen, um sich mit einem Mann ihrer eigenen Klasse abzugeben."

„Zum Teufel mit zu gut erzogen!"

„George!"

„Verzeih mir, Süße. Aber es ist nicht richtig, dich mit der Berichtigung meiner Fehler zu belasten."

„Ich würde sie nicht berichtigen. Mr. Moreland würde es tun."

„Moreland heißt er also?"

„Ja, er scheint unglaublich wohlhabend zu sein."

„Nun, mir gefällt sein Angebot nicht." Er verzog seine Lippen zu einem Schmollmund.

„Ich denke, es ist eine kleine Gegenleistung für die großzügige Abgeltung, die er vorschlägt."

„Da ist noch mehr?"

„Ja. Er würde alle deine und Papas Schulden begleichen. Verstehst du nicht, dass du Hornsby Manor zurückbekommen könntest? Zusätzlich dazu will er eine Rente für jeden von uns aussetzen."

„Seine Schwester muss ein wahrer Drache sein", murrte George.

„Das kannst du heute Abend selbst herausfinden. Er hat uns nach Winston Hall zum Diner eingeladen. Danach kann ich ihm meine Antwort geben."

Er erhob sich und traf ihren Blick. „Es gefällt mir kein bisschen. Was für ein Kerl ist er? Ungehobelt?"

Sie überlegte einen Moment, bevor sie antwortete. „Obwohl er mir nicht ungehobelt vorkam, war er auch nicht gerade umgänglich. Er ist ein ziemlicher Unhold, uns einfach so auszuspionieren."

George runzelte die Stirn. „Ich setze keinen Fuß in das Haus dieses Mannes."

„Ich sage nicht, dass wir sein Angebot annehmen müssen, aber was könnte es schaden, sie in Winston Hall zu besuchen? Keiner muss wissen, dass wir dort waren. Und seine Schwester mag nicht annähernd so widerwärtig sein wie ihr Bruder."

Seine Hände ballten sich zu Fäusten. „Wenn du

unbedingt willst, dann komme ich mit. Ich werde dir allerdings nicht erlauben, auf das Angebot dieses Scheusals einzugehen."

Kapitel 3

Felicity wählte ihre feinste Kleidung für das Diner in Winston Hall aus und war in schwarze Seide gehüllt. Als die Kutsche von Winston Hall sie abholte, begutachtete sie deren Pracht mit großer Wertschätzung – und etwas Neid – weigerte sich allerdings, dies zuzugeben. Diese Art von Stolz war ihrem Bruder und ihrer Schwester fremd. Während Glees Lobpreis nur so aus ihr heraussprudelte, äußerte George, dass er nie zuvor ein besser zusammenpassendes Paar grauer Pferde gesehen hatte.

Glee konnte ihr Entzücken über die Innenausstattung der Kutsche während der kurzen Fahrt nach Winston Hall nicht zügeln. „Ich wage zu behaupten, dass ich noch nie zuvor auf etwas so Weichem gesessen habe."

„Ich würde erwarten, dass es dein Bett wäre", widersprach George.

Glee hob ihr Kinn und schwang ihren Fächer vor sein Gesicht, dann wandte sie sich an Felicity. „Erkläre mir, bitte, warum wir in der glücklichen Lage sind, als Erste in Bath mit dem Nabob zu dinieren?"

Felicity warf George einen warnenden Blick zu. „Unser Bruder zieht in Betracht mit Mr. Moreland eine geschäftliche Vereinbarung zu treffen. Und ich bitte dich, nenne ihn nicht einen Nabob. Das ist höchst unziemlich."

„Ist Mr. Moreland verheiratet?", erkundigte sich

Glee.

„Ich glaube nicht", antwortete Felicity.

Glee hob eine Augenbraue. „Er lebt nicht alleine in diesem riesigen Palast?"

„Ich glaube, er hat eine Schwester", sagte George.

Felicity war begierig darauf, das Gesprächsthema zu wechseln, denn sie wollte auf keinen Fall, dass Glee herausfinden würde, welch ungewöhnliches Angebot Mr. Moreland ihr machen wollte. Das Mädchen konnte noch nie in ihrem Leben ein Geheimnis bewahren, und Felicity fand die Aussicht, dass ganz Bath über Mr. Morelands Vereinbarung Bescheid wissen könnte, höchst unangenehm. „Sieht Glee heute nicht außerordentlich hübsch aus?", fragte Felicity ihren Bruder.

Sein Blick schweifte über das weiche, cremeweiße Musselinkleid des Mädchens, welches mit aufwändig bestickten, schneeweißen Blumen geschmückt war.

„Ein äußerst vorteilhaftes Kleid", sagte er. „Wenn ich dich nicht kennen würde, würde ich dich für achtzehn halten."

Dieser Kommentar schien Glee in eine bessere Stimmung zu versetzen. „Das Moreland Mädchen wird wohl die neueste Mode aus London tragen."

„Muss bestimmt aus Theatervorhängen gemacht werden", murmelte George.

Felicity blickte ihn finster an.

„Ist Miss Moreland dick?", erkundigte sich Glee.

„Wir wissen nicht, wie die junge Dame aussieht", sagte Felicity. „George ist ein Dummkopf."

Bald bemerkte sie, dass sie sich Winston Hall näherten. Die meisten Fenster des palastartigen

Gebäudes waren von Kerzenschein hell erleuchtet und riesige Laternen beleuchteten die große Einfahrt. Der Mann gab ein Vermögen für Kerzen aus, dachte Felicity.

Die Kutsche fuhr eine Kiesstraße entlang und hielt vor dem Tor an. Der in eine elegante weinrote Livree gekleidete Kutscher ließ die Stufen für sie herunter, während ein Diener – auch in weinroter Livree – das ausladende Haustor öffnete. Innerhalb von Sekunden begrüßten Mr. Moreland und seine Schwester sie in dem grandiosen Marmorfoyer.

Als sie die elegante Diana Moreland erblickte, war Felicity umgehend erleichtert darüber, dass Georges Vorhersagen über das Aussehen der jungen Dame völlig falsch waren. Miss Moreland war überdurchschnittlich groß und ein wenig dünn, mit ebenso schwarzem Haar wie ihr Bruder, aber braunen Augen, im Gegensatz zu den schwarzen ihres Bruders. Trotz ihrer dunklen Haare und Augen war Miss Morelands Teint außergewöhnlich hell und ohne jegliche Makel. Ihr Haar erinnerte sofort an die leichtfertige Unkompliziertheit einer römischen Göttin. Und Glee hatte recht, was das Kleid der jungen Frau betraf. Die zarteste reinste Seide in den blassesten Rosatönen war weich um sie drapiert und gestaltete ihr atemberaubendes Abendkleid. Eine Herzogin könnte sich nicht edler kleiden. Nach ihrer ersten Begutachtung von Miss Moreland war Felicity dazu bereit, Mr. Moreland zugute zu halten, dass er aufrichtig war, als er über seine Schwester sprach. Das Mädchen würde sicherlich keine Blamage sein. Felicity war allerdings noch nicht dazu bereit, Mr. Morelands Angebot anzunehmen. Obwohl sie sich einer freundlichen

Begrüßung des abscheulichen Nabobs entzog, grüßte sie seine Schwester mit Herzlichkeit und wurde mit einer sanften vornehmen Antwort belohnt. *Das Mädchen würde sich in der Gesellschaft vorzüglich schlagen.* Tatsächlich könnte Glee von ihrer Haltung lernen. Aus unerfindlichen Gründen hatte sie dies nicht von Felicity gelernt.

„Habt Ihr Winston Hall schon einmal besucht?", fragte Thomas.

„Ja", sagte Felicity, „Wir sind mit der Tochter des bisherigen Eigentümers bekannt."

„Mag das Lady Catherine sein?", fragte er.

Natürlich würde ein Mann wie er alle Damen kennen, sinnierte Felicity und neigte ihren Kopf in Zustimmung. „Ihr habt ein wunderschönes Haus *gekauft.*" In ihren Kreisen wurden wunderschöne Häuser geerbt. Sie war nicht dazu bereit, die Barrieren zwischen ihr und dem Nabob abzubauen. Noch nicht.

Seine Mundwinkel hoben sich fast unmerklich. „Dann werde ich Euch nicht mit einer Führung langweilen."

Er geleitete sie in das hell erleuchtete Speisezimmer. Nicht weniger als drei Kristallleuchter hingen von einem prächtig vergoldeten Plafond über dem enormen Esstisch, der mit einem weißen Tuch bedeckt und für fünf gedeckt war.

Zu Felicitys Verdruss musste sie neben dem Eigentümer sitzen. Sie hatte gewusst, dass er keinen Aufwand scheuen würde, um ihnen ein äußerst lobenswertes Mahl zu offerieren, und sie behielt recht. Sogar die Weine, die er mit jedem Gang anbot, waren von den feinsten französischen Jahrgängen. Sie wollte nicht darüber nachdenken, wie er sie wohl beschaffte. Sie hatte auch erwartet, dass er sich seiner Gaben rühmen würde, aber sie hatte sich getäuscht. Er hatte die sorglose Geringschätzung für die vier Lakaien und das erlesene Porzellan und die außersaisonalen Köstlichkeiten wie jemand, der in solch einen Reichtum hineingeboren war.

Miss Moreland war schüchtern, im Gegensatz zu Glee, welche neben ihr saß. Als sie beim dritten Gang angelangt waren, unterhielten sich die beiden jungen Damen jedoch angeregt. Glee vermittelte dem Mädchen Informationen über das Treiben in den Ballsälen, als wäre sie selbst schon oft dort gewesen.

Als der vierte Gang serviert wurde, gab Glee zu, dass sie noch auf ihren ersten Ballbesuch wartete. „Wir müssen miteinander zum ersten Mal hingehen", wagte sich Glee heran.

Diana wandte sich mit einem ängstlichen Blick an ihren Bruder, der seinen Kopf fast unmerklich beugte; erst dann bestätigte sie, wie höchst annehmbar dieser Plan war.

Als die Damen sich unterhielten, wandte Mr. Moreland seine Aufmerksamkeit George zu. „Findet Ihr Gefallen an der Jagd, Lord Sedgewick?"

„Ich jage tatsächlich mit Begeisterung, habe allerdings wenig Gelegenheit dazu gehabt in den zwei Jahren, seitdem wir nach Bath gezogen sind. Letztes Jahr habe ich es allerdings geschafft, die Hütte meines Freundes Blanks in Schottland zu besuchen."

Felicity war immer erstaunt darüber, wie gehoben George in Gesellschaft konversierte. In ihrer Gegenwart sprach er wie mit seinen Kameraden. Sie hatte ihren Atem angehalten und

eine Antwort wie *vermisse es verdammt nochmal,
seit wir Hornsby Manor vermieten mussten*
erwartet. Dann wurde ihr bewusst, dass er Blanks
erwähnt hatte. „Mein Bruder meint die Jagdhütte
seines besten Freundes. Sein Name ist Mr.
Blankenship, nicht Blanks."

George sah sie mit vorgetäuschter Entrüstung
an. „Ich habe ihn immer schon Blanks genannt.
Schon seit unserer Zeit in Eton."

„Ich habe weder Eton noch Harrow besucht",
sagte Thomas.

„Ihr *könnt* lesen?", fragte George.

Mr. Moreland lachte herzhaft. „Ja, das kann ich
bestimmt. Ich konnte lesen, beinahe bevor ich
sprechen konnte. Mein Vater, der sich das Lesen
selbst beigebracht hatte, hat darauf bestanden,
dass ich es in jungen Jahren lernte. Ihr müsst
verstehen, er war Buchhändler."

„Thomas war immer ein eifriger Leser", fügte
Diana hinzu. „Er hat sich selbst vier
Fremdsprachen beigebracht."

Felicity konnte beinahe hören, wie sie vor
Erleichterung seufzte. *Wenigstens hat er gelernt.*

„Er muss Felicity sehr ähnlich gewesen sein",
sagte Glee. „Papa sagte, sie hatte ihren Kopf in
Büchern, seit sie sitzen konnte."

Mr. Moreland lächelte sie an. „Darf ich fragen
wer Eure Lieblingsautoren sind? Vielleicht haben
wir zumindest ein Interesse gemeinsam, Mrs.
Harrison?"

Felicity wusste, dass er über mehr als nur
Bücher sprach. „Ich könnte ohne Ende über die
Genialität von Lord Byron oder Mr. Scott
plaudern, aber, um ehrlich zu sein, gebe ich zu
wieder und wieder alles zu lesen, was jemals von
William Shakespeare geschrieben wurde."

Thomas Augen funkelten. „*Ich wünschte mir Eure entferntere Bekanntschaft.*"

Felicity lächelte ihn an. Es war das erste Mal, dass ihre Lippen sie betrogen. Sie ertappte sich dabei, ihren Verstand mit seinem zu messen. „*Wie es Euch gefällt*, Sir."

Er nickte mit einem zufriedenen Lächeln auf seinen Lippen.

„Ich verkünde hiermit", sagte Glee und blickte von Mr. Moreland zu Felicity, „dass ich nicht verstehe, wovon ihr sprecht."

„Ich glaube, mein Bruder hat Shakespeare zitiert", bot Diana bescheiden an.

„Ah, jetzt verstehe ich!", sagte George. „Es war eine Zeile aus *Wie es Euch gefällt.*"

Felicity nickte ihrem Bruder wie eine sittsame Gouvernante zu. Sie starrte in ihr Weinglas, als sie sagte, „Es überrascht mich zutiefst, Mr. Moreland, dass Ihr die Zeit hattet Shakespeare zu lesen, denn dies scheint mir nicht sehr profitabel zu sein."

„Man kann nicht vierundzwanzig Stunden am Tag Geld verdienen, Mrs. Harrison."

Als die Konfekte serviert wurden, lud Mr. Moreland George ein, mit ihm auf die Jagd zu gehen. „Es gibt einen kleinen See im Dickicht hinter Winston Hall, wo man Moorhühner finden kann."

„Auf mein Wort, ich denke, ich werde Euer höchst großzügiges Angebot annehmen", antwortete George.

Sie einigten sich darauf, am Mittwoch auf die Jagd zu gehen, dann entfernten sich die beiden Männer, um Port zu trinken, während die Damen sich in den Salon zurückzogen.

Obwohl sie es ablehnte, Miss Moreland zu

mögen - wegen ihrer Abneigung gegen Mr. Moreland - fand Felicity nichts Störendes an der gesitteten jungen Dame. Ganz im Gegenteil verkörperte Miss Moreland auf jegliche Art und Weise Güte und Rang. Ihre Stimme war gepflegt, ihr Auftreten graziös und ungekünstelt. Sie hatte offensichtlich die beste Erziehung genossen und war von Natur aus lieblich.

Kurz gesagt, sie wäre ein guter Einfluss auf Glee, die Geschmack und Meinungen wechselte wie manche ihre Hauben.

Als die Männer sich ihnen anschlossen, bot Felicity an das Pianoforte zu spielen, wenn Diana ihnen die Gunst erwies, zu singen. Felicity hatte eine Augenbraue angehoben, als Diana ihre Auswahl bekanntgab, denn sie war dergestalt, dass sie ein hohes Niveau an musikalischem Talent verlangte.

Und Diana übertraf erneut alle Erwartungen. Felicity wäre glücklich gewesen, die ganze Nacht zu spielen, nur um die süße Stimme von Miss Moreland zu hören.

Sogar George beobachtete die junge Sängerin wie benommen vor Bewunderung, was Felicity äußerst überraschte. Sie konnte sich nicht erinnern, dass George sich jemals mit irgendetwas anderem als gelangweilter Höflichkeit durch eine solche Darbietung geschleppt hätte.

Als das Stück beendet war, ermutigte Felicity Diana sie mit einem weiteren zu erfreuen, und George unterstützte den Wunsch mit Begeisterung.

Als Diana fertig war sagte Glee, „Ich kann unmöglich einer solchen Vorstellung folgen, denn meine Familie wird mit mir übereinstimmen, dass mein musikalisches Talent dem von Miss

Moreland bei weitem unterlegen ist."

„Obwohl dein Talent nicht so großartig ist", beruhigte sie Felicity, „entspricht dein Stil deiner Musikauswahl. Du brauchst dich für nichts zu schämen, mein Liebes."

„Ich bitte Euch, Miss Pembroke", sagte Mr. Moreland, „wir würden uns geehrt fühlen, wenn Ihr für uns singen würdet."

Nachdem sie ihre Scheu abgeschüttelt hatte, stellte sich eine strahlende Glee neben das Instrument, das ihre Schwester spielte. Es war nicht notwendig, dass sich die beiden über ein Gesangstück berieten, denn Felicity begann ohne Verzug die Melodie zu spielen, von der sie wusste, dass Glee sie am besten darbieten würde.

Glees Vortrag wurde mit begeisterter Zustimmung aufgenommen.

Danach spielten die Fünf zusammen Karten, bis es Zeit war nach Bath zurückzukehren. Mr. Moreland und seine Schwester begleiteten Felicitys Familie zu der bereits wartenden Kutsche. „Dürfte ich Euch morgen einen Besuch abstatten, Mrs. Harrison?", fragte er.

Sie blickte kurz zu George, dessen Gesichtsausdruck undurchschaubar war, sah in Mr. Morelands Richtung und antwortete einfach, „Ja."

Auf dem Heimweg sangen George und Glee Loblieder auf Miss Diana Moreland.

„Ich glaube, sie ist das hübscheste Mädchen, das ich je gesehen habe", sagte Glee und sah Felicity an, „außer vielleicht dich, bevor du aufgehört hast Farben zu tragen."

„Ich muss sagen, sie würde uns stolz machen."

Felicity war zufrieden. Obwohl sie es niemals zugeben würde, war Mr. Moreland nicht annähernd so derb, wie sie sich vorgestellt hatte. Er las sogar Shakespeare!

Sie dachte über den Abend, den sie in Winston Hall verbracht hatten, nach und musste zugeben, dass Mr. Moreland, außer eine Spargelgabel anstatt einer Gabel für Jakobsmuscheln verwendet zu haben, nicht so anmutete, als wäre er nicht in ein Leben von Reichtum und Privileg geboren worden.

Sobald sie in ihrem Haus in Bath angekommen waren, bat Felicity George um ein persönliches Gespräch. Er folgte ihr in die Bibliothek und schloss die Türe hinter sich.

„Du gehst also mit dem Nabob auf die Jagd!", scherzte Felicity mit gespielter Empörung. „Was geschah mit deiner Entschlossenheit, das Angebot des Mannes nicht in Betracht zu ziehen?"

Ihr Bruder zuckte mit den Schultern. „Tatsache ist, dass ich ihn mag. Konnte nichts Unangenehmes an ihm finden. Er scheint ein perfekter Gentleman zu sein, und es gibt wohl keinen Zweifel daran, dass seine Schwester durch und durch eine Lady ist."

„Bedeutet das, dass du dem Vorschlag des Mannes folgen wirst?"

„Ich denke tatsächlich, dass es sich als ein hervorragendes Arrangement herausstellen könnte. Wir würden uns der beiden wohl kaum schämen müssen."

Sie zog ihren schwarzen Schal enger um sich. „Dann werde ich ihm morgen meine Antwort geben."

Kapitel 4

Felicity war fest entschlossen, früher als sonst das Haus zu verlassen, um abwesend zu sein, wenn Mr. Moreland zu Besuch kommen würde. Sie verabscheute den Gedanken, seine Almosen anzunehmen fast genauso, wie die Vorstellung das langjährige Ansehen ihrer Familie zu *verkaufen*. Natürlich stellte Georges unverbesserliche Kapitulation vor dem Nabob sicher, dass sie keine andere Wahl haben würden, als das ungewöhnliche Angebot des Mannes anzunehmen. Aber sie wollte keinesfalls zu eifrig wirken. Sie hatte schließlich ihren Stolz.

Lettie drapierte einen schwarzen Spenzer über Felicitys Schultern. Felicity warf einen letzten Blick in ihren Spiegel, huschte aus ihrer Kammer und stieg die Treppen herab – im gleichen Moment als Stanton Mr. Moreland hereinführte.

Der Nabob sah Felicity an. „Ihr geht aus, Mrs. Harrison?"

Sie errötete. Hatte der Mann nicht angekündigt, heute Morgen auf Besuch kommen zu wollen? Es war eine Sache unhöflich zu sein, wenn man dem Empfänger der Unhöflichkeit nicht gegenübertreten musste, aber ihm zu begegnen, war durchaus beschämend. „Ich … Ich wollte nur schnell in die Bücherei gehen."

„Vielleicht gestattet Ihr mir, Euch dorthin zu fahren. Ich bin in meinem offenen Zweispänner gekommen."

Jetzt schon hatte er vor, ihre Verbindung in der Öffentlichkeit zur Schau zu stellen. Sie presste ihre Lippen aus Unmut zusammen.

„Das ist nicht notwendig, Mr. Moreland. Der kurze Spaziergang wird mir guttun. Aber das kann ich später erledigen – nach Eurem Besuch."

Sie fegte an ihm vorbei in den Salon und er folgte ihr. „Bitte schließe die Türe, Stanton", wies sie den Butler an.

Felicity ging zum Fenster und öffnete die Vorhänge, um mehr Licht in das gelb-goldene Zimmer zu lassen, und setzte sich auf das Sofa.

Mr. Moreland ließ seinen großen Körper auf eine nahestehende Polsterbank sinken. Sie fragte sich, ob er in einen der Louis XIV Stühle gepasst hätte. Sie bezweifelte es.

„Erlaubt mir Euch für einen angenehmen Abend zu danken", fing Felicity an. „Meine Familie war zutiefst beeindruckt."

Er hob eine Augenbraue. „Und Ihr?"

„Ich habe nichts Ungehöriges wahrgenommen, Mr. Moreland. Ganz im Gegenteil muss ich Eure Schwester betreffend mit Euch übereinstimmen. Sie ist all das, was Ihr angedeutet habt, und mehr. Ich glaube sie wäre ein guter Einfluss auf Glee, die zurzeit etwas flatterhaft ist. Miss Moreland ist vornehm, intelligent, und äußerst lieblich."

Sein breites Lächeln enthüllte gleichmäßige weiße Zähne und erstreckte sich bis zu seinen funkelnden schwarzen Augen. „Es stellt mich zufrieden, dass Ihr meint, ich hätte nicht übertrieben."

„Ganz und gar nicht! Ich würde mich geehrt fühlen, mit Miss Moreland gesehen zu werden."

Sein Gesicht wurde ernst. „Und mit ihrem

Bruder?"

Felicity fand keine Worte. Sie konnte seinen Blick nicht erwidern. „Ich finde nichts Abstoßendes in Eurem Auftreten, Mr. Moreland." Sie spielte mit ihren Handschuhen, begann sie auszuziehen und dann wieder anzuziehen.

Er erhob sich. „Ich werde danach streben, nicht abstoßend zu sein, wenn wir Euch und Miss Pembroke heute Abend für einen Besuch in den Ballsälen abholen." Er drehte sich um und ging auf die Türe zu, bevor er sich umwandte. „Übrigens, die Schulden Eures Bruders wurden allesamt beglichen."

Sie konnte ihren Ärger in sich aufsteigen spüren. „Woher wusstet Ihr, dass ich Euer Angebot annehmen würde?"

„Ich bin es gewöhnt, zu bekommen was ich will, Mrs. Harrison." Er nickte mit seinem Kopf in ihre Richtung und ging fort.

Sie stützte ihre Hände auf ihre Hüften und schäumte vor Wut. „Arrogante Kreatur!"

Ihr erfundener Plan zur Bücherei zu gehen, war schnell vergessen; sie huschte die Treppe hinauf, warf ihren Spenzer ab und schnauzte Lettie an Glee aufzuwecken. „Wir müssen ein Kleid für sie für heute Abend bereit machen."

Innerhalb von Minuten riss eine aufgeregte Glee, immer noch in ihrem Nachtgewand, die Türe zu Felicitys Wohnzimmer auf. „Mir wird erlaubt, heute zu dem Ball zu gehen? Bitte sage mir, es ist wahr!"

Felicity hörte damit auf, ihren Schreibtisch zu durchsuchen und sah zu ihrer Schwester. Das Lächeln, das Glee unmöglich zurückhalten konnte, erhellte ihr Gesicht und ihre grünen Augen funkelten vor Frohsinn. Es erinnerte

Felicity an die wundersame Freude eines Kindes, welches nach dem ersten Frost des Winters auf einem frisch gefrorenen Teich eisläuft.

Dann wurde Felicity mit einer bittersüßen Endgültigkeit bewusst, dass Glee kein Kind mehr war. In der Tat war sie so groß wie Felicity, und ihr geschmeidiger Körper hatte die Rundungen einer Frau. Sie schwebte am Rande der Weiblichkeit, bereit, dazu sich mit einem Mann zu verbinden, der, wie Felicity betete, sie wertschätzen würde. So wie Michael sie selbst wertgeschätzt hatte. Felicity berührte das Amulett, das immer um ihren Hals hing. Da es Michaels Porträt und seine Haarsträhne enthielt fühlte sie sich ihm immer nahe, wenn sie es berührte. „Natürlich! Was hältst du von deinem rosa Abendkleid?"

„Rosa sieht abscheulich aus an Rothaarigen."

„Wie kannst du nur so etwas sagen! Es unterstreicht das Rosa in deinen Wangen und Lippen und passt gut zu deinem milchigen Teint, Süße."

„Ich weigere mich, meinen ersten Eindruck in dieser grauenhaften Farbe zu machen. Ich würde das Hellblaue bevorzugen, aber ich weiß es ist nicht angebracht für meinen ersten Tanz."

„Wie wäre es mit dem Weißen, das du letzte Nacht getragen hast?"

„Um Miss Moreland glauben zu lassen, ich besäße nur das eine Kleid?"

„Was zählt ist, wie du heute Abend aussehen wirst, nicht was Miss Moreland denkt."

Glee begann, im Zimmer herumzutanzen. „Ich frage mich, was Miss Moreland wohl tragen wird. Zweifellos wird es sehr elegant sein."

„Und angemessen."

„Was ist mit dem elfenbeinfarbigen Sarcenet, den wir letztes Monat gekauft haben? Könnten wir daraus nicht ein einfaches Abendkleid entwerfen?" Glee warf Felicity einen hoffnungsvollen Blick zu.

„Bis heute Abend?"

„Du kannst sehr schnell nähen, und du musst kaum Zeit damit verbringen, dich selbst fertigzumachen", sagte Glee. „Ein schwarzes Kleid ist genau wie ein anderes."

„Also gut. Es ist *dein* Aussehen, das wichtig ist. Siehe in *Ackermanns* nach, ob wir etwas daraus nachahmen können."

* * *

Auf seinem Weg zurück nach Winston Hall war Thomas schwermütig. Er sollte glücklich sein, nachdem er gerade Zeit im gleichen Zimmer mit Felicity verbracht hatte. Während all der Jahre in Indien, hätte er eine Riesensumme dafür gegeben, nur um noch einmal ihr liebliches Gesicht zu sehen. Jetzt konnte er sicher sein, sie regelmäßig zu sehen. Und der Gedanke daran, brachte ihm Kummer.

Nicht, dass seine Gefühle ihr gegenüber sich verändert hätten. Er betete sie immer noch an. Er hatte schändlicherweise gejubelt, als er herausfand, dass sie verwitwet war, konnte sich jedoch niemals vorstellen, dass sie vier Jahre nach dem Tod ihres Mannes immer noch Schwarz trug.

Er bedauerte außerdem, dass Felicitys unschuldiges Vertrauen und warmes Mitgefühl von vor sechs Jahren ebenso tief begraben war wie ihr Captain Harrison.

Thomas fragte sich, ob er es jemals schaffen würde, das Eis, das ihr Herz umschloss, zu durchbrechen.

* * *

Als ihre Eskorte am Abend eintraf, war Felicity erschöpft. Sie hatte so lange genäht, dass ihre Finger schmerzten, genau wie ihr Rücken davon schmerzte, dass sie den ganzen Morgen und Nachmittag über die Näharbeit gebückt verbracht hatte. Sie stellte Glees Kleid gerade rechtzeitig fertig, um ihr eigenes schwarzes Kleid gegen ein anderes zu tauschen, das Seidenkleid, welches sie am Abend zuvor getragen hatte. Ihr einziger Schmuck war Michaels Amulett.

Lettie kämmte Felicitys blonde Ringellocken zurück und steckte sie fest; dann machte sie einen Schritt zurück, um ihre Herrin zu bewundern. „Miss Glee wird in der Tat lieblich aussehen, aber niemand wird sich jemals mit Euch vergleichen können. Es ist schade, dass Ihr keine Farben tragt."

„Zähle mich zu den Glücklichen, wenn Glee eine gute Partie macht", entgegnete Felicity, ohne sich auch nur die geringste Mühe zu geben, einen Blick auf ihr eigenes Spiegelbild zu werfen, als sie aus dem Zimmer eilte.

Sie hatte sich bereits Glees außerordentlich angenehmen Aussehens versichert und wünschte nun ein kurzes Gespräch mit Mr. Moreland zu führen, bevor Glee herunterkam. Sie hatte Stanton gebeten, Mr. Moreland aufzufordern, sie in der Bibliothek alleine zu erwarten.

Als sie den dunklen Raum betrat, in dem eine einzige Kerze brannte, erhob er sich schnell und verbeugte sich. Und all ihre Gedanken waren wie erloschen. Es wurde ihr plötzlich bewusst, dass sie noch nie einen schöneren Mann gesehen hatte. Er war unheimlich groß. Und stark gebaut.

Stolz und Arroganz und ein unerwarteter Hauch
von Amüsement markierten sein kantiges Gesicht
und seine schwarzen, allwissenden Augen.

Ein Herzog hätte nicht beeindruckender sein
können. Noch besser gekleidet. Denn obwohl Mr.
Morelands Kleidung von einer saloppen
Einfachheit zeugte, war sie perfekt geschneidert.
Sein schwarzer Seidenmantel entsprach beinahe
dem dunklen Glanz seines locker gekämmten
Haares, und sein Hemd war vom selben Weißton
wie seine Zähne.

Felicitys Augen glitten Mr. Morelands klassisch
geformten Körper entlang. Er erinnerte sie an
Michelangelos David. Sie schluckte. Wie konnte
ein Mann seiner Größe, so einen flachen Bauch
und so eine schmale Taille aufrechterhalten?
Seine grauen Kniehosen schienen um seine
muskulösen Oberschenkel modelliert zu sein. Sie
konnte erkennen, dass er unter seinen weißen
Seidensocken, wo seine männlichen Waden sich
bewundernswert wölbten, keine künstliche
Unterstützung benötigte. Wenn er der Sohn eines
Bettlers wäre, würden Frauen seinetwegen immer
noch ohnmächtig werden.

Sie erholte sich etwas von ihrer verblüffenden
Prüfung seines Aussehens, um sich daran zu
erinnern, warum sie mit ihm alleine zu sprechen
gewünscht hatte.

„Bitte setzt Euch", verlangte sie und setzte sich
selbst. „Ich werde mich kurz halten, so dass Eure
Schwester nicht zu lange in der Kutsche verweilen
muss." Sie rutschte verlegen in ihrem Stuhl
herum, nicht fähig seinen Blick zu treffen. „Es
kam mir in den Sinn, dass wenn ich Euch heute
Abend vorstelle, ich wohl kaum sagen kann, dass
wir miteinander bekannt sind, weil sie meine

Familie von ihrer Schuld befreit haben.

Er strotzte nur so vor Selbstbewusstsein, als er antwortete. „Natürlich nicht. Habt Ihr eine Vorstellung davon, wie wir unsere Bekanntschaft gemacht haben, Mrs. Harrison?"

Sie faltete ihre Hände in ihrem Schoß. „Das habe ich in der Tat. Ich dachte mir, sie könnten sagen, dass Eure Tante, die eine sehr gute Freundin von mir ist, mir einen Vorstellungsbrief über Euch geschickt hat."

Er nickte, aber eine Kälte in seinen Augen sagte ihr, dass er ihrer Intrige nicht vollständig zustimmte.

„Gerissen", sagte er. „Meine nichtexistierende Tante sollte aufgrund ihrer Freundschaft zu Euch, dem Kaufmann aus Indien, Rang und Respekt verleihen."

Sie hob ihre Schultern und ließ sie auf übertriebene Art und Weise fallen, dann sagte sie scharf. „Man sollte meinen Ihr wäret erfreut, Mr. Moreland."

„Erfreut darüber, dass Ihr meinetwegen lügen werdet?"

Er tat es schon wieder. Er brachte sie in Verlegenheit. Und blamierte sie. Und sie konnte ihn ganz und gar nicht leiden.

„Ihr denkt, ich sollte mich darüber freuen, dass Ihr mich für so geringfügig haltet, dass Ihr Verwandte mit Rang für mich erfinden müsst?"

„Nun gut, Mr. Moreland", zischte sie durch ihre zusammengepressten Zähne. „Ich werde allen mitteilen, dass Ihr nur ein Kaufmann seid, der es wünscht seine Schwester in eine höhere Gesellschaftsschichte zu hieven."

Seine Augen flammten vor Zorn auf. „Das werdet Ihr nicht tun."

„Was, Eurer Meinung nach, soll ich dann sagen?"

Seine Stimme war tief und etwas in seinem Verhalten erinnerte an Kummer, als er sprach. „Ihr könnt sagen, dass ich eine Bekanntschaft erneuere, die wir vor vielen Jahren begonnen haben."

Was für ein Paradox dieser Mann doch war! Zuerst will er nicht, dass sie über eine Tante log, dann ermunterte er sie über ihre Freundschaft zu lügen. Sie fragte sich flüchtig, ob sie ihn tatsächlich schon einmal getroffen hatte, aber sie erinnerte sich an Namen, wie sich eine Mutter an die Geburtstage ihrer Nachkömmlinge erinnert, und sie war sicher noch nie einen Mr. Moreland getroffen zu habe. „Soll sein", sagte sie in scharfem Ton, erhob sich, und stampfte aus dem Zimmer.

Stanton teilte ihnen mit, dass Glee bereits heruntergekommen und zur Kutsche geeilt war.

Eine immer noch erboste Felicity fand ihre Schwester glücklich neben Diana Moreland in einem nach vorn gerichteten Kutschensitz, von wo schnell und unerschütterlich fröhliches Geplauder, lustigem Hühnergeschnatter ähnlich, ertönte.

Felicity wurde noch wütender. Sie würde neben dem abscheulichen Mr. Moreland sitzen müssen. Aufseufzend ließ sie sich in den samtenen Sitz fallen und rutscht so nah wie möglich an die Außenseite der Kutsche.

Mr. Moreland saß neben ihr und starrte Glee an. „Ihr seid Schönheit und Unschuld und all das sollte die jungen Männer ihrer Fähigkeit zu sprechen berauben, Miss Pembroke."

Ein riesiges Lächeln erhellte Glees hübsches

Gesicht, als sie ihre langen Wimpern senkte. „Wie überaus gütig Ihr seid, Mr. Moreland."

Felicitys Wut auf Thomas milderte sich. Es *war* sehr gütig von ihm, Glees Nervosität wegen ihres ersten Balles wahrzunehmen und sehr aufmerksam von ihm dem jungen Mädchen Aufmerksamkeit zu schenken.

Es war allerdings keine reine Aufmerksamkeit, die Felicity dazu veranlasste, Diana wegen ihres Aussehens zu loben. „Und Ihr seht äußerst lieblich aus, Miss Moreland. Ihr beiden werdet die gefragtesten Tanzpartnerinnen des Abends sein, da bin ich mir sicher."

Diana war auch in Weiß gekleidet. Die makellose Stärke ihres aufwendigen Kleides hätte Glees Kleid als schäbig erscheinen lassen können, tat es aber nicht. Während Dianas Kleid Reichtum und Erziehung signalisierte, sprach Glees weiches Kleid von Lieblichkeit und dezenter Eleganz.

Obwohl das Licht gedämpft war und nur unregelmäßig in die Kutsche schien, beobachtete Felicity ihre Schwester während der kurzen Fahrt zu den Ballsälen. Lettie, welche die Schwestern sich nun teilten, hatte sich selbst mit der Bändigung Glees dicker unordentlicher roter Locken übertroffen. Obwohl sie aus ihrem ovalen Gesicht gekämmt waren, umrahmten kupferfarbene Löckchen ihre lieblichen Gesichtszüge. Felicity konnte sich nicht erinnern, Glees Lippen jemals so rot gesehen zu haben. Hatte der Schlingel sie bemalt? Sie lächelte über die unverantwortliche Vorliebe ihrer Schwester alle Regeln zu biegen und zu brechen.

* * *

Er sollte vor Selbstvertrauen und Wohlwollen strotzen, dachte Thomas. Er würde in Kürze in der Gegenwart der drei zweifellos schönsten jungen Frauen des gesellschaftlichen Mittelpunktes von Bath in die Gesellschaft eingeführt werden. Für ihn war Felicity die hübscheste trotz des Mangels an Schmuck und ihres trüben Trauerkleides. Tatsächlich war sie höchst apart in Schwarz mit ihrem hellen Haar und ihrer blassen butterkaramellfarbenen Haut. Natürlich würde sie auch in den Fetzen eines Bettlers hübsch aussehen. Wie sehr er es doch liebte, ihre Grübchen ihr ernstes Gesicht aufhellen zu sehen. Wenn sie ihm gegenüber nur weicher werden würde. Er fragte sich, ob sie wohl zustimmen würde, mit ihm zu tanzen.

Der Gedanke zu tanzen brachte eine leicht ängstliche Empfindung mit sich. Er hatte noch nie zuvor auf englischem Boden getanzt. Er hatte einen qualifizierten Dandy dafür bezahlt ihm tanzen beizubringen, und wie alles andere fiel ihm auch dies leicht. Er machte sich Gedanken darüber, ob er sich an die Schritte erinnern würde, sollte Felicity ihm die Ehre erweisen, mit ihm zu tanzen. Thomas lernte langsam, Felicitys Gefühle und Launen zu erahnen und wusste von der Art, wie sie sich in die bitterkalte Seite der Kutsche geschoben hatte, dass sie böse auf ihn war.

Aber in ihm hatte sie ihren Meister gefunden. Er wandte sich an sie und sprach. „Ihr müsst wissen, Mrs. Harrison, dass ich mich nicht der Tatsache schäme, dass mein Vater lediglich der Eigentümer eines Buchgeschäftes war. Er war der edelste Mann, den ich je gekannt habe. Ich habe viel mehr Respekt für einen Mann, der sich seine Position aufbaut, als für einen, dem sie gegeben wurde."

„Das Konzept ist für mich schwer verständlich, da Ihr der erste Mann dieser Art seid, den ich je getroffen habe", sagte Felicity. „Ihre Genugtuung über Ihren Rang finde ich anerkennenswert. Nobel sogar."

Sie schien weicher zu werden, bemerkte er. Ihre Schultern entspannten sich, und sie rückte von der kalten Seite der Kutsche ab. Er spürte, dass er auf ihre Nähe innigst reagierte. Er bekämpfte den Drang ihre Hand in seine zu nehmen, und so sehr er sich auch wünschte, sie während eines besänftigenden Walzers in den Armen zu halten, wollte er doch nicht, dass die Vertrautheit in der Kutsche ein Ende nahm.

Kapitel 5

Obwohl sie bestimmt schon hundertmal in den Ballsälen gewesen war und jede Person dort kannte, fühlte sich Felicity heute Abend gänzlich verunsichert. Alle beobachteten sie, als ob eine zweite Nase aus ihrem Gesicht gewachsen war. Sie hatte natürlich erwartet, dass ihre gesamte Gruppe beobachtet werden würde. Glee und Miss Moreland zogen wie erwartet die Aufmerksamkeit aller Jungböcke auf sich und ein Mann so groß und gutaussehend wie Mr. Moreland war selbstverständlich der Empfänger von bewundernden Blicken.

Carlotta verlor jedenfalls keine Zeit und stürzte sich auf Felicity und ihren *Freund* wie ein Raubtier im Dschungel.

„Felicity, mein Schatz, du musst mich einfach diesem großen dunklen und gutaussehenden Mann vorstellen", schnurrte die schwarzhaarige Schönheit, sobald Felicity sich auf der Seite des Saales, wo die Adeligen saßen, eingefunden hatte.

Bevor sie sich hinsetzte, wandte sich Felicity an Carlotta. „Sei so gut und heiße meinen Freund Mr. Moreland von Winston Hall und seine Schwester Diana Moreland willkommen", sagte Felicity mit wiedergefundener Würde. Sie wandte sich an Mr. Moreland und sagte, „Darf ich Euch meiner Freundin Mrs. Ennis vorstellen?"

Carlotta bewegte ihren Kopf fast unmerklich in Miss Morelands Richtung und nickte bevor sie

Thomas ihre volle Aufmerksamkeit schenkte. „Wie schön Euch kennenzulernen", sagte sie mit herausprudelnder Begeisterung. „Ich kann nicht so tun, als ob ich noch nicht von Euch und den wunderbaren Dingen, die Ihr in Winston Hall durchgeführt habt, gehört hätte. Bitte, Ihr müsst mir erlauben die Neuerungen dort anzusehen."

Er nahm die ihm angebotene Hand und drückte den Hauch eines Kusses darauf. „Wann immer es Euch genehm ist, werde ich glücklich sein, Euch und Mrs. Harrison zu empfangen."

Felicity machte ein mürrisches Gesicht. Warum musste sie in all seine Vorhaben miteingebunden sein? Ihn zu gesellschaftlichen Ereignissen zu begleiten war wohl genug Entschädigung für seine Dienste. Er konnte sie wohl kaum dazu zwingen, in Winston Hall anzutanzen.

Carlotta hob verführerisch ihre langen schwarzen Wimpern in seine Richtung. „Es ist überaus erfrischend, neues Blut hier zu haben, Mr. Moreland. Ich wage zu behaupten, dass die alltägliche Runde eher ermüdend ist." Sie wandte sich an Felicity. „Warum hast du mir nicht gesagt, dass du mit Mr. Moreland bekannt bist?"

Felicity konnte ihrer Freundin nicht in die Augen sehen. „Ich hatte Mr. Moreland schon so lange nicht gesehen, dass mir nicht bewusst war, dass er derjenige war, der Winston Hall erworben hat."

„Ich kannte Mrs. Harrison vor meiner Zeit in Indien", erklärte Mr. Moreland.

Warum wiederholte dieser unausstehliche Mann dies immerzu, fragte sich eine aufgebrachte Felicity.

„Dann habt Ihr Felicity gekannt, als sie noch Miss Pembroke war", sagte Carlotta.

Er nickte leicht. „Ja."

Die Stimme eines ehrfurchtgebietenden Mannes unterbrach sie. „Ich hätte mit Freuden meine Orden und meinen Reichtum eingetauscht, um die entzückende Mrs. Harrison kennengelernt zu haben, bevor sie ihr Herz an Captain Harrison verloren hat."

Felicity sah auf zu Colonel Gordon und spürte ihr Gesicht erröten. Ihr Blick wechselte zu Mr. Moreland, der den Colonel vernichtend anstarrte.

„Erlaubt mir Euch Colonel Gordon vorzustellen, Mr. Moreland", sagte sie.

Die beiden Männer hatten sich im Visier wie einander umkreisende Löwen.

Colonel Gordon warf seinen Kopf zurück. "Ah ja, der Mann, der Winston Hall *gekauft* hat."

Felicity war die drastische Kälte in der zuvor angenehmen Stimme des Colonels peinlich. War er etwa eifersüchtig auf den Nabob? Was für eine lächerliche Vorstellung! Der Colonel wusste mittlerweile sicherlich, dass kein Mann jemals wieder ihr Herz gewinnen könnte. Jedes Mal, wenn der Colonel sie um ihre Hand gebeten hatte, hatte sie ihn an ihre unsterblichen Gefühle für Michael erinnert.

Thomas verbeugte sich kurz vor Colonel Gordon. „Meiner Erfahrung nach, Colonel Gordon, gibt es nur wenig im Königreich, das man nicht kaufen kann, wenn man einen Geldbeutel hat, der tief genug ist."

„Und danach zu urteilen, was bisher an meine Ohren gedrungen ist, habt Ihr eindeutig einen solchen Geldbeutel", sagte Carlotta in ihrer beruhigenden Stimme mit tanzenden Augen.

Der Colonel lenkte das Gespräch von Thomas' schwerer Geldbörse weg. „Mir wurde berichtet, dass Ihr einige Zeit in Indien verbracht habt, Mr. Moreland."

Thomas nickte. „Fast sechs Jahre."

„War Euch Colonel Armstrong bekannt? Ich glaube, er war in Bombay."

„Das war er, aber wir waren uns nicht sehr vertraut."

Der Colonel begann damit, seine Erinnerungen an Colonel Armstrong als junger Offizier preiszugeben, was Felicity die Gelegenheit bot, ihre Schwester dabei zu beobachten, wie sie begann, ihren ersten Ball zu genießen.

Zu diesem Zeitpunkt hatte sich eine gute Gruppe von liebäugelnden jungen Männern um Miss Moreland und Glee versammelt, die um einen Tanz mit den jungen Damen buhlten.

Felicity war sehr zufrieden. Sie beobachtete mit Genugtuung, wie sich beide Mädchen Bewunderer aussuchen konnten. Glee sah nicht nur lieblich aus, sie war auch in dezentem guten Stil gekleidet und hatte sich bisher mit vornehmer Haltung präsentiert. Felicity hatte befürchtet, dass ihre kleine Schwester nicht in der Lage sein würde, ihr lebhaftes und kicherndes Naturell zu unterdrücken. Sie hatte außerdem befürchtet, dass Glee viel zu kokett sein würde. Es war mehr als wahrscheinlich, dass Miss Moreland für Glees gedämpftes Verhalten zu danken war.

Das Orchester begann zu spielen und aus einem unerfindlichen Grund konnte Felicity spüren, wie sich ihr Herzschlag beschleunigte. Da sie wusste, dass Mr. Moreland sie um einen Tanz bitten würde, weigerte sie sich in seine Richtung zu blicken.

Es spielte keine Rolle.

„Sagt mir, Mrs. Harrison", sagte Thomas und

rückte näher zu ihr, mit seinem Rücken zu Carlotta, „verbietet Eure Trauer Euch zu tanzen?"

Sie kam sich klein und unerklärlich feminin vor, als sie neben dem überwältigend starken Mr. Moreland stand. Sie blickte auf in seine hoffnungsvollen schwarzen Augen. „Ich bin nicht mehr in Trauer, Mr. Moreland. Ich lebe ein erfüllendes und zufriedenstellendes Leben, und ja, ich kann tanzen."

„Dann muss ich Euch anflehen, mit mir aufzustehen, um zu tanzen", sagte er.

Warum hatte sie das eindeutige Gefühl, dass er keinen Zweifel an ihrer Einwilligung hatte. Vor nur ein paar Stunden hatte dieser abscheuliche Mann ihr gesagt, dass er alles bekäme, was er wollte. „Jetzt?", fragte sie.

„Jetzt scheint der geeignete Zeitpunkt dafür." Er bot ihr seinen angewinkelten Arm an.

Es war ein ländlicher Tanz, der wenig Gelegenheiten für Vertraulichkeit bot. In der Tat erfreute sich Felicity an dem Tanz, da ihre Nähe zu Glee ihr erlaubte, die einwandfreien Tanzschritte ihre Schwester anerkennend zu beobachten, als diese mit einem dunkelhäutigen jungen Mann tanzte, der in Georges Alter zu sein schien.

Ebenso einwandfrei waren Mr. Morelands Schritte. Muss der Mann in allem erfolgreich sein? Als sie den Anfang der Reihe erreichten und sich gegenseitig für mehr als eine Sekunde an der Hand halten mussten, um sich entlang der gebildeten Gasse fortzubewegten, bekämpfte Felicity das zitternde Beben in ihrem Inneren.

Den aufregenden Auswirkungen seiner Berührung nach zu urteilen, war es offensichtlich zu lange her, seit ein attraktiver Mann ihre Hand

gehalten hatte. Colonel Gordon war kein
unangenehm aussehender Mann. Seine
Berührung hatte allerdings niemals diese
unerwartete Reaktion bewirkt, die Mr. Morelands
Berührung hervorrief.

Gerade als sie an den Colonel dachte, sah sie
ihn am Rande ihres Blickfeldes. Er starrte Mr.
Moreland finster an. Bevor sie Zeit dazu hatte,
darüber nachzudenken, ließ Mr. Moreland sie am
Ende der Tanzgasse aus und sah sie zufrieden an.
Und bevor sie sich ihrer Handlung bewusst war,
begünstigte sie ihn mit einem strahlenden
Lächeln. Er hatte sich wirklich vorzüglich
geschlagen, besonders für jemanden, der nicht in
ein solches Leben hineingeboren wurde.

Als der Tanz endete, führte Felicity ihren
Partner zu der gegenüberliegenden Seite des
Raumes, wo sie zuvor gesessen hatten. Sie war
anfangs automatisch zu der Seite der Adeligen
gegangen, wie es ihre lebenslange Angewohnheit
war, aber eine solche Sitzordnung schloss Mr.
Moreland natürlich aus. Sie flüsterte ihm zu, „Ich
hatte vergessen, dass die andere Seite für Adelige
reserviert ist." Sie wollte verhindern, dass er sich
blamieren würde, sollte er sich in dem elitären
Bereich hinsetzen.

„Es bereitet mir Sorgen, dass meine Gegenwart
Euch davon abhält, zu genießen, was Euer
Geburtsrecht ist."

„Ha!", sagte sie. „Es bedeutet gar nichts."

Er schenkte ihr tatsächlich Glauben. Jetzt
erinnerte sie ihn an die Felicity, in die er sich vor
sechs Jahren verliebt hatte, die Felicity, die für
andere ohne jegliche Rücksicht auf Rang
Mitgefühl hatte. Er war auch berührt von ihrer
Warnung über den Bereich der Adeligen, um ihm

eine peinliche Situation zu ersparen. Es kam ihm in den Sinn, dass Felicity am liebenswertesten war, wenn sie ihre Gutherzigkeit zeigen konnte. Er musste dies in seinem Gedächtnis bewahren.

Als sie eine weitere Warnung äußerte, war er noch mehr erfreut.

„Ich weiß nicht, inwiefern Ihr Euch der gesellschaftlichen Regeln bewusst seid, Mr. Moreland", flüsterte sie ihm zu, „aber ich sollte Euch besser mitteilen, dass man schlichtweg nicht mehr als zwei, höchstens drei, Tänze mit demselben Partner tanzt."

„Und ich hatte gehofft, jeden Tanz mit Euch zu tanzen", sagte er übertrieben.

Ein befangenes Lächeln zierte ihren Mund. „Falls Ihr taub, dumm und blind seid und es nicht bemerkt habt, meine Freundin Carlotta Ennis scheint äußerst begierig zu sein, mit Euch zu tanzen."

„Die schwarzhaarige Schönheit?"

Felicity nickte.

„Was ist mit ihrem Ehemann?"

„Ich bin überrascht, dass Eure Überwachung meiner Person diese Information nicht aufgedeckt hat", sagte sie ärgerlich.

Er zuckte mit den Schultern. „Ich wage zu behaupten, dass mir die atemberaubende Mrs. Ennis ihren Familienstand vor Ende des Abends bekanntgeben wird." Er war fast beschämt ob seiner arroganten Antwort, aber er hatte gelernt zu erwarten, dass schöne Frauen sich ihm aufdrängten. Nicht, dass er auch nur einen Moment lang glaubte, er wurde wegen irgendetwas anderem begehrt als wegen seines Reichtums. Er beobachtete Felicity, als sich ihre Augen vor Unmut verengten.

„Ihr seid verabscheuenswürdig."

Die Haut um seine dunklen Augen kräuselte sich, als er antwortete. „Ja, das habt Ihr schon erwähnt."

„Oh, hier seid Ihr", grüßte Mrs. Ennis Thomas atemlos. „Wie überaus gut Ihr tanzt, Mr. Moreland. Ich wage zu behaupten, Ihr erinnert mich an meinen lieben verstorbenen Mann, der auch sehr groß war."

Thomas warf Felicity einen spitzbübischen Blick zu, und sie konnte ein zynisches Lächeln nicht vermeiden. Dann fand er schnell seine Manieren wieder und bedankte sich bei Mrs. Ennis für das Kompliment. „Ihr müsst mir die Güte erweisen, mit mir zu tanzen."

Ihre dichten schwarzen Wimpern hoben sich von ihren lavendelfarbenen Augen und ihre Stimme summte verführerisch. „Aber gewiss. Ich gehöre ganz Euch, Mr. Moreland."

Sobald sie es aussprach, begann das Orchester das nächste Set zu spielen.

Thomas beachtete Carlotta kaum, als sie sich durch die Schritte des Tanzes bewegten. Sein Blick ruhte auf Felicity und dem Colonel, die sich hinsetzten. Thomas mochte den Colonel nicht, und er war stolz auf seine Fähigkeit, andere Männer einschätzen zu können. Sein Hintergrundbericht hatte ihm gezeigt, dass Colonel Gordon ein regelmäßiger Besucher in Felicitys Haus war. Ein einziger Blick auf den lahmen Soldaten bestätigte, dass er in Felicity verliebt war. Thomas mochte den Mann ganz und gar nicht.

Für den Rest des Abends hielt sich Thomas in Felicitys Nähe auf. Er wollte an ihrer Seite sein, wenn ein Walzer gespielt wurde. Sobald er die ersten Geigenstriche vernahm, stellte er mit Felicity Augenkontakt her. „Darf ich Euch bitten, einen Walzer mit mir zu erdulden? Vielleicht könnt Ihr mir Anweisungen geben, die mich zu einem annehmbaren Walzertänzer machen." Er streckte seine Hand aus, und sie nahm sie.

Ehrlich gesagt glaubte Thomas, dass der Walzer sein bester Tanz war. Was für ein Glück, dass er nicht mehr hinkte. Felicitys Doktor war höchst geschickt gewesen. Mit Selbstvertrauen zog er sie in seine lockere Umarmung und erinnerte sich daran, dass er der Frau in seinen Armen alles verdankte. Bei Gott, sie fühlte sich noch kleiner an, als sie aussah. Und trotz seines Selbstvertrauens brachte ihn ihre Nähe dazu, die Schritte zu vergessen, zu vergessen wo er war, alles zu vergessen, außer, dass seine liebgewonnene Felicity in seinen Armen lag. Er zitterte. Es wurde ihm heiß. Er schien seine Stimme zu verlieren.

„Mr. Moreland", sagte sie sanft und nicht ohne Zuneigung, „Ihr vergesst mitzuzählen und bewegt kaum Eure Füße."

„Ich muss zugeben, dass mit einer lebenden atmenden Frau zu tanzen, um einiges schwieriger ist, als mit meinem alten Tanzpartner."

Sie warf ihren Kopf zurück und lachte. „Ihr habt mich an *meinen* ersten Walzer erinnert und daran, wie zutiefst demütigend es war. Ich wage zu sagen, dass ich mich bei der Erinnerung fünf Jahre jünger fühle."

„Ihr seid immer noch eine sehr junge Frau, viel zu jung, um wie eine senile Alte zu sprechen."

„Ihr hört Euch genau wie meine Zofe an, die tatsächlich senil ist."

„Es ist sehr gütig von Euch, mir und Diana zu

helfen", sagte er. *Und mich vor dem Sterben zu retten,* wollte er sagen.

„Es hat nichts mit Güte zu tun, Mr. Moreland", zischte sie ihn an.

Die Magie war verschwunden. Der Rest des Tanzes verging ohne Worte; seine einzige Genugtuung kam von dem marternden Gefühl, sie ihn seinen Armen zu halten. Der Gedanke daran, dass ein anderer Mann mit Felicity Walzer tanzen könnte, missfiel ihm zutiefst.

„Bei meinem Wort", rief sie aus, „dort sind George und Mr. Blankenship! George beehrt die Ballsäle niemals, außer um Karten zu spielen, was er aufgegeben hat. Ich kann mir nicht vorstellen, warum er hier ist."

„Vielleicht wünscht er sich zu vergewissern, dass seine kleine Schwester kein Mauerblümchen ist", bot Thomas an.

„Das hört sich gar nicht nach George an. Sie müssen sich dessen bewusst sein, dass er eher egozentrisch ist."

„So wie alle Männer mit dreiundzwanzig Jahren." Thomas' Magen verkrampfte sich, als sie in seine Augen spähte.

„Irgendwie kann ich mir Euch nicht als untätigen jungen Mann vorstellen. Wart Ihr das einmal?"

Er lächelte und schüttelte seinen Kopf. „Ehrlich gesagt, nein, aber Ihr müsst wissen, dass meine Umstände außergewöhnlich waren."

„Natürlich."

Er bedauerte es sehr, als der Tanz endete und er die blonde Witwe loslassen musste. Als sie sich vom Tanzboden zurückzogen, kam ihr Bruder zu ihnen.

Felicity empfing George mit einem Lächeln und

freundlichen Grußworten. „Es wird dich freuen zu hören, dass Glee ein großer Erfolg ist."

Aber es war nicht Glee, die George beobachtete. Er konnte seine Augen nicht von Diana abwenden. Als sie den Tanz mit einem jungen Mann, der so groß wie sie war, beendete, begrüßte George sie, als wären sie alte Freunde. „Darf ich hoffen, Euch zu überreden, mit mir zu tanzen, Miss Moreland?"

Sie blickte nervös zu ihrem Bruder, als die Takte eines weiteren Walzers begannen. „Ich bin mir nicht sicher, was Thomas davon hält, dass ich einen Walzer tanze …"

„Ich habe keine Einwände dagegen, dass du mit Lord Sedgewick tanzt", sagte Thomas, und nickte Felicitys Bruder zu, der keine Zeit vergeudete und Diana auf die Tanzfläche drängte.

Lady Catherin Bullin betrat den Raum und schlenderte an ihm vorbei.

„Guten Abend, Mylady", sagte Thomas.

Sie ging weiter, ohne jegliches Anzeichen ihn gehört zu haben. Dann erkannte Thomas, *dass* sie ihn gehört hatte. Er war von der ehemaligen Eigentümerin von Winston Hall geschnitten worden.

* * *

Colonel Gordon, der jede Bewegung Felicitys genau beobachtet hatte, überquerte nun den Raum und kam auf sie zu. „Da ich nicht tanzen kann", sagte er, „habe ich gehofft, dass Ihr einen Moment lang mit mir sitzen würdet."

Sie lächelte matt und ging zu einigen nahestehenden Stühlen. Er setzte sich neben sie und lehnte seinen Stock an sein Knie.

„Es war mir nicht bewusst", sagte er, „dass Ihr mit Mr. Moreland befreundet seid."

„Ich versichere Euch, ich hatte die Bekanntschaft ganz vergessen. Es war vor sehr langer Zeit", sagte sie.

Er bemerkte eine ungewöhnliche Nervosität in ihrer Stimme. Er konnte den Übergriff des großen Mannes mit dem noch größeren Vermögen nicht willkommen heißen. Der Colonel hatte zu lange auf Felicity Harrison gewartet und zu viel für sie riskiert.

„Wann genau war es, meine Liebe?"

„Oh, es muss wohl gewesen sein, bevor ich Michael geheiratet habe."

Muss wohl gewesen sein? Entweder es war oder es war nicht. „Aber soweit ich es verstehe, wäre er damals noch nicht wohlhabend gewesen. Wie kam er dann in Euren Bekanntschaftskreis?"

„Ihr müsst zugeben, dass er sehr gutaussehend ist."

„Natürlich", sagte er und hielt seine Wut zurück. Wie geschickt sie seiner Frage ausgewichen ist!

„Ich werde sehr eifersüchtig auf ihn sein."

„Ihr habt keinen Grund zur Eifersucht, Colonel. Der Mann ist wirklich äußerst arrogant. Ich erdulde seine Gesellschaft, so dass Glee vom Einfluss seiner höchst geziemenden Schwester profitieren kann."

„Ich muss zugeben, dass das Mädchen eine Qualität besitzt, die ihrem Bruder sicherlich fehlt."

Felicity versteifte sich. „Er war viele Jahre nicht auf englischem Boden, während seine Schwester die Lehrer und Meister genossen hat, die der Reichtum ihres Bruders beschaffen konnte."

„Seine eigene Kleidung ist zugegebenermaßen sehr elegant. Es ist schade, dass er nichts gegen seine abscheulich dunkle Haut tun kann", sagte der Colonel.

„Ja, ziemlich schade", sagte Felicity.

Ihrer Stimme fehlte jede Aufrichtigkeit, dachte Gordon. Ein Stirnrunzeln verzerrte sein kantiges Gesicht. Er beobachtete den Nabob während des Walzers. Obwohl der Mann sicherlich jede Frau haben könnte, die er begehrte, zog er es vor nicht zu tanzen. Stattdessen beobachtete er Felicity eindringlich. Gordon erkannte die Zeichen. Er wusste, was es bedeutete, die schöne Witwe zu begehren, bis seine Lenden schmerzten.

Und es würde ihm Vergnügen bereiten, Mr. Moreland zu töten. Was hatte es mit diesem Mann auf sich? Er verspürte das starke Verlangen, mehr über den überaus wohlhabenden Mr. Thomas Moreland herauszufinden.

Kapitel 6

„Vielen Dank", sagte eine jubelnde Glee zu Felicity, als sie den Damenschneider verließen. „Ich hätte es mir nie träumen lassen, so viele neue Kleider zu bekommen."

Ihre Schwester so glücklich zu sehen, war mehr als genug Dank für Felicity. Dass Glee nicht gefragt hatte, woher sie so viel Geld hatten, überraschte Felicity, die sich seit Stunden darüber Sorgen gemacht hatte, wie sie ihrer Schwester diesen neuen Wohlstand erklären würde.

In der Tat war Felicity überrascht, als ihr Anwalt sie an diesem Morgen darüber informierte, dass die großzügigen Zuschüsse bereits zur Verfügung standen. Mr. Moreland war eindeutig ein Mann, dessen Wort man vertrauen schenken konnte. Ein Mann, der niemals Gras unter seinen Füßen wachsen ließ. Kein Wunder, dass er solch einen großen Reichtum durch seine eigene Gerissenheit angehäuft hatte.

Obwohl sie kein Verlangen hatte, für sich selbst Prachtvolles zu kaufen, war sie überaus erfreut darüber, ihre Rechnungen mit den Kaufleuten zu begleichen, denen sie beträchtliche Summen schuldeten.

Felicity blieb stehen und ließ einen Wagen die belebte Straße entlangfahren. „Lass uns hier überqueren und zur Hutmacherin gehen", sagte sie zu Glee.

Glees Augen leuchteten. „Meinst du damit, dass ich auch einen neuen Hut bekomme?"

„Nein, ich meine du bekommst mehr als einen." Mit einem Lächeln trat Felicity auf die gepflasterte Straße.

„Ich kann das nicht alles annehmen, wenn du nichts für dich selbst kaufst", protestierte Glee.

Sie beschleunigten ihre Schritte, um die andere Seite zu erreichen, bevor sie mit einem Paar entgegenkommender Pferde zusammenstießen. „Da ich nicht auf dem Markt bin, brauche ich keine neuen Kleider", sagte Felicity.

„Das hört sich schön an", sagte Glee. „Auf dem Markt … denkst du, ich werde in dieser Saison einen Ehemann finden?"

„Nur, wenn du dich mit der Reife präsentierst, die du bisher gezeigt hast."

Sie befanden sich nun auf dem vor Fußgängern wimmelnden Bürgersteig entlang modischer Geschäfte. „Habe ich letzte Nacht nicht Haltung gezeigt?", forderte Glee sie heraus.

„Das hast du. Ich bin völlig verblüfft ob deines vorbildlichen Benehmens. Ich muss zugeben, es war deinem sonstigen Benehmen gar nicht ähnlich. Und heute hast du noch nicht einmal verkündet, verliebt zu sein."

Glee runzelte die Stirn und stemmte eine Hand auf ihre Hüfte. „Du sollst wissen, dass ich mich nicht in jeden jungen Mann verliebe, den ich treffe. In der Tat schwärme ich für keinen der Männer von letzter Nacht. Sie waren alle eher … nun … langweilig. Alle einander sehr ähnlich. Ähnliche Kleidung, ähnliche Ausdrucksweise. Sie sahen sich alle ähnlich, hellhäutig und sehr britisch."

„Du, meine Liebe, bist britisch."

Glee stampfte leise mit ihrem Fuß auf. „Du verstehst es einfach nicht. Ich sehne mich nach einem Mann, der dunkelhäutig und geheimnisvoll ist."

„Vielleicht bist du doch noch nicht für eine Heirat bereit", sagte Felicity mit Verdruss. „Solch eine Bemerkung spricht von großem Mangel an Reife. Man sucht sich seinen Lebenspartner nicht aufgrund seiner Haarfarbe aus."

„Ich werde dir beweisen, dass ich bereit bin", sagte Glee gereizt.

„Das hoffe ich. Es wäre eine Schande, all dieses Geld zu vergeuden", sagte Felicity in absichtlich dramatischer Manier.

Glee blickte ihre Schwester finster an, als sie um die nächste Ecke in die Cheap Street einbogen, in der sich die Hutmacherin befand.

Felicity bemerkte den Burschen, der sich immer vor der Hutmacherei aufhielt, und ihr Herz setzte einen Schlag aus. Er war vielleicht sechs Jahre alt mit großen braunen Augen und einem kleinen engelhaften Gesicht. Er war klein für sein Alter und konnte nicht gehen. Aber er schien fröhlich zu sein und spielte immer allein mit seinen Murmeln. Alle anderen Jungen konnten gehen und laufen und jegliche Art kindlicher Spiele spielen.

„Guten Tag, mein kleiner Herr", sagte Felicity zu dem Jungen.

Er sah von seinem Spiel auf und lächelte, und ihr Herz schmolz, denn er hatte keine Vorderzähne.

„Hallo", sagte er schüchtern.

Dass seine Haare den gleichen Rotton wie Glees hatten, musste auch Glees Herz berühren, denn sie beugte sich zu ihm und fragte ihn nach seinem

Namen.

„Jamie", flüsterte er.

„Ich nehme an, du bist ein guter Junge", sagte Glee.

„Woher wisst Ihr das?", fragte er und schien sich, ihr gegenüber zu erwärmen.

„Weil du immer am gleichen Ort bist. Ich glaube, deine Mama muss dir gesagt haben, genau hier zu bleiben."

Sein rothaariger Kopf nickte.

Glee richtete sich auf. „Ich werde deiner Mama sagen, was für ein guter Junge du bist."

Er schenkte ihr ein zahnloses Lächeln und wandte sich seinem Spiel zu.

Als sie das mit Hauben und Kopfbedeckungen jeder Farbe und jeden Stils gefüllte Geschäft betraten, konnte sie den Gedanken an den kleinen Jamie mit seinem zahnlosen Lächeln nicht abschütteln.

Mrs. Simmons begrüßte sie und war erfreut, Glee mit ihrer Auswahl behilflich zu sein.

„Ist Jamie Euer Junge?", fragte Felicity die Hutmacherin.

Die schwerfällige Frau schüttelte ihren Kopf. „Seine Mutter – Mrs. Campbell – ist meine Näherin. Sie kam aus Aberdeen hierher, in der Hoffnung die Heilquellen würden ihrem Sohn helfen." Mrs. Simmons schüttelte ihren Kopf und flüsterte, „Armer kleiner Kerl. Kein bisschen besser."

Felicity und Glee runzelten die Stirn. „Wie traurig", sagte Felicity.

„Er ist ein sehr braver Junge", fügte Glee hinzu. „Bitte leitet dies an seine Mama weiter."

Felicity nahm ein Lächeln auf dem Gesicht einer rothaarigen Näherin im hinteren Teil des

Geschäftes wahr.

Mit Mrs. Simmons' Hilfe fand Glee eine olivgrüne Samthaube, die zu ihrer neuen Pelisse passte, und einen Strohhut mit verschiedenfarbigen Blumen, welche ausgetauscht werden konnten, um zu verschiedenen Kleidern zu passen. Die Auswahl eines weißen Federhutes für den Abend vervollständigte ihren Einkauf.

Als sie das Geschäft verließen, sich von Jamie verabschiedeten und zurück auf den Bürgersteig gingen, verlangsamte sich eine Herrenkutsche neben ihnen und sie erkannten darin Mr. Moreland und seine Schwester.

„Was für ein erfreulicher Zufall", sagte Diana, „wir waren auf dem Weg, Euch zu besuchen."

Glee sah ihre neue Freundin an. „Da die Kutsche deines Bruders nicht groß genug für uns Vier ist, warum gehst du nicht den Rest des Weges mit mir, so dass Felicity mit Mr. Moreland vorausfahren kann?"

Diana ließ sich an abzusteigen, doch ihr Bruder sprang herunter, um ihr behilflich zu sein. Dann wandte er sich an Felicity und bot ihr seine Hand an. „Erlaubt mir." Sein sanfter Edelmut spiegelte seine Enttäuschung über Felicitys unglücklichen Gesichtsausdruck nicht wider.

Als sie die Milsom Street entlangfuhren, fühlte er sich wie berauscht von ihrer Nähe. Wie kam es, fragte er sich, dass er sich in Felicitys Nähe wie ein unbeholfener Grünschnabel fühlte? Ganz egal, wie viele Gouverneure Indiens ihn wie einen gehobenen Gast behandelt hatten. Ganz egal, dass er genug Reichtümer hatte, um den feinsten Herrensitz auf englischem Boden zu besitzen. Ganz egal, dass jede Frau in Bath mit Freuden einen Platz in ihrem Bett für ihn finden würde.

Er wollte nicht *irgendeine* Frau. Er wollte Felicity. Hatte sie immer gewollt. Würde sie immer haben wollen. Selbst als es keine Hoffnung gegeben hatte, als er sie mit ihrem Liebling verheiratet wusste, er konnte sie niemals aus seinen Gedanken verbannen. Oder von dem betäubenden Verlangen, das jegliche Erinnerung an sie hervorrief, ein Verlangen, das keine andere Frau jemals stillen konnte.

All seine Erfolge würden nichts bedeuten, wenn ihm die Eroberung, welche ihm am wichtigsten war, nicht gelang. Mit einem widerlichen Schlag wurde ihm die harte Wirklichkeit bewusst, dass er Felicity vielleicht nie besitzen würde. Er warf einen heimlichen Blick auf ihr perfektes Profil, auf die metallisch-glänzenden Akzente in ihrem gelockten goldenen Haar. Seine Augenlider senkten sich, als sein Blick über ihren zarten Körper und ihre sanft gerundeten Brüste schweifte. Und er wusste, dass wenn dies alles war, was ihm jemals gewährt wurde, es genügen musste.

Er versuchte, sich mit der eisigen Schönheit zu unterhalten. „Ihr und Eure Schwester habt zweifellos eingekauft."

„Ich verstehe nicht, warum Ihr Euch mit solchen Fragen bemüht", sagte Felicity kurz, „wenn Euch bereits alles Wissenswerte über uns bekannt ist – einschließlich der Summe, die meinen Familienmitgliedern kürzlich zur Verfügung gestellt wurde."

Ein Lächeln machte sich auf seinem Gesicht breit. „Vielleicht sollte ich mir die Dienste von Informanten in den verschiedenen Geschäften beschaffen."

Felicity hob ihr Kinn mit Stolz. „Ich wage zu

behaupten, dass Ihr dazu imstande seid, angesichts Eurer Neigung, Geld für törichte Bestreben zu verschwenden."

„Da bin ich allerdings anderer Ansicht", antwortete er, „keine meiner Bestreben sind töricht. Für alles, was ich tue, gibt es einen vernünftigen Grund."

„Darf ich hoffen, dass Ihr ein farbiges Kleid für Euch selbst gekauft habt?"

Sie blickte geradeaus. „Ihr dürft hoffen, was Ihr wollt, Mr. Moreland, aber ich befürchte, Eure Hoffnung wurde entgegen Eurer Gewohnheit vereitelt."

„Ach, dann werde ich mich nicht daran erfreuen dürfen, Euch in einem Kleid der Farbe Ihrer lieblichen Augen zu sehen."

„Ich bin sicher, es handelt sich hierbei um eine Enttäuschung, von der Ihr Euch erholen werdet." Sie lächelte geziert. „Es ist nicht so, als ob Eure Aktien an Wert verlören."

„Das ist wahr", sagte er und wandte sich ihr mit einem schiefen Lächeln zu. „Wie enttäuschend es doch wäre, kleinere Stapel Geld zählen zu können."

Ihre Augen trafen versehentlich seine, und er erkannte eine Heiterkeit, die sie zu unterdrücken versuchte.

Sie faltete ihre in Handschuhe gekleideten Hände in ihrem Schoß und wandte sich ihm zu. „Wie gefällt Euch Bath, Mr. Moreland?"

Er blickte geradeaus. „Manche Dinge finde ich …", er dachte an das Hochgefühl neben ihr zu sitzen, „… äußerst befriedigend. Ich kann es jedoch nicht angenehm finden, so viele Invalide zu sehen, die wegen der Heilquellen nach Bath gekommen sind."

Sie nickte zustimmend. „Es geht mir genauso", sagte sie sanft. „Eine Näherin in der Hutmacherei hat ihren kleinen Sohn von Aberdeen zur Kur hierhergebracht, und der arme Kleine hat sich gar nicht verbessert. Er muss um die sechs Jahre alt sein und kann immer noch nicht gehen. Sitzt jeden Tag alleine vor dem Geschäft."

Jetzt, dachte Thomas, bewies Felicity das Mitgefühl, das sie vor sechs Jahren gezeigt hatte; das Mitgefühl, das sie von den anderen Damen in Bath unterscheidet, welche die Hutmacherei Tag ein Tag aus betraten, ohne dem lahmen Jungen auch nur einen Gedanken zu schenken. Er zuckte zusammen. „Es ist schwierig genug für Erwachsene, aber ein kleiner Junge …"

„Es bricht mir mein Herz."

„Das kann ich nicht zulassen, Mrs. Harrison. Würdet Ihr gerne die Neuaufführung von *Der Widerspenstigen Zähmung* im Theater ansehen? Es soll sehr gut sein."

„Ich würde es außerordentlich genießen. Ich gebe zu, Shakespeares Komödien vorzuziehen."

„So wie die meisten Frauen", sagte er mit Bestimmtheit. „Sie handeln von Liebe und glücklichem Ende."

„Und was ist daran auszusetzen?"

Er lächelte. „Gar nichts."

„Es wird wunderbar sein, *Der Widerspenstigen Zähmung* zu sehen. Ich habe es noch nie zuvor gesehen."

„Morgen Abend?", er hatte Angst, sie anzusehen, Angst vor einer Ablehnung. Er schnalzte mit den Zügeln und blickte geradeaus.

„Ja", sagte sie verlegen.

Sie kamen zur gleichen Zeit vor ihrem Haus an wie Carlotta Ennis. Thomas half Felicity von ihrem Sitz und atmete eine Welle von schwerem Lavendelduft ein, der von der Frau in Lavendelfarben ausging. Seine Augen schweiften anerkennend über sie. „Darf ich aussprechen, wie erfrischend es ist, in der Gegenwart von zumindest einer Witwe zu sein, die uns mit einer wunderschönen Farbe beehrt."

Felicitys schmollender Gesichtsausdruck entging ihm nicht.

Als Felicity die Haustüre öffnete sagte sie, „Mr. Moreland kam zufällig vorbei, als Glee und ich unseren Einkauf beendet hatten." Sie hielt die Türe für die anderen offen.

„Und Miss Pembroke und meine Schwester zogen es vor, gemeinsam zu Fuß nach Hause zu gehen, während Mrs. Harrison mir die Ehre erwies, mit mir nach Hause zu fahren", fügte Thomas hinzu. Er hielt im Foyer inne und sprach zu Felicity. „Nachdem Ihr nun die Gesellschaft von Mrs. Ennis habt, werde ich mich von dem Damenkränzchen zurückziehen, welches ohne Zweifel stattfinden wird, sobald unsere Schwestern eintreffen. Ich habe mich soeben an etwas erinnert, was nach meiner sofortigen Aufmerksamkeit verlangt. Bitte sagt Diana, dass ich sie in einer Stunde abholen werde." Und er verließ sie zu Carlottas großer Enttäuschung und Felicitys stiller Resignation.

Als er fort war, bestellte Felicity Tee und sie und Carlotta setzten sich auf ein Sofa im Salon.

„Wirklich, Felicity, ich verstehen nicht, wie du die Gesellschaft dieses Mannes erduldest. Er stinkt förmlich nach Geld."

Obwohl Mr. Moreland keineswegs einen Platz in Felicitys Herz einnahm, missfiel es ihr, wenn jemand anderes ihn schlechtmachte. „Nun, er ist sehr wohlhabend."

„Warst du nicht diejenige, die mich ermahnt hat, auf jemanden mit guter Herkunft zu warten?", forderte Carlotta sie heraus.

„Ich verstehe nicht, warum wir diese höchst stumpfsinnige Unterhaltung haben. Es ist ja nicht so, als würde ich den Mann heiraten. Ich mag ihn nicht einmal." Sobald sie die Worte ausgesprochen hatte, tat es ihr auch schon leid. Es war eine Sache ihn von Angesicht zu Angesicht zu beleidigen, aber eine gänzlich andere, wenn er sich nicht verteidigen konnte. Um ihre Worte abzuschwächen, fügte sie hinzu, „Ich muss zugeben, dass sein Verhalten und das seiner Schwester keinesfalls abstoßend sind, und Mr. Moreland *ist* ein sehr gutaussehender Mann."

Carlotta vermied es, Felicity in die Augen zu sehen, als sie Fussel von ihrem Kleid bürstete. „Ich wage zu behaupten, dass er zu groß für meinen Geschmack ist."

Felicity glaubte ihr keine Sekunde lang.

* * *

Thomas hatte kein Problem damit, Jamie zu finden. Nachdem er seine Kutsche festgebunden hatte, ging er zu dem Jungen und hockte sich neben ihn nieder. „Als ich ungefähr so groß war wie du, habe ich auch mit Murmeln gespielt. Wie alt bist du?"

„Sechs", lispelte Jamie durch seine Zahnlücke.

„Wie heißt du?"

„Jamie." Von dichten roten Locken umrahmt war sein Gesicht fast zu hübsch, dachte Thomas, mit einer Hautfarbe so hell wie frische Milch und Augen so braun wie saftiger Humus. Seine schmalen Wangen waren leicht eingefallen. Thomas' Augen schweiften entlang des gekrümmten Körpers des Jungen und sein Magen zog sich zusammen, als er die verformten Beine sah. „Du bist aus Bath?"

Jamie schüttelte seinen Kopf. „Nein, mein Herr, wir sind aus Aberdeen."

„Ah, so wie mir gesagt wurde, scheint die Sonne kaum in dem Teil des Landes."

„Nicht oft, mein Herr."

Thomas erinnerte sich an die verformten Knochen von jungen Seefahrern, die er als junger Mann beobachtet hatte. Wurde nicht die Krankheit Rachitis mit einem Mangel an Sonnenschein und in der Sonne wachsenden Früchten in Zusammenhang gebracht? „Sag mir, Jamie, isst du gerne Orangen?"

Der Bursche nickte mit dem Kopf. „Mama sagt, sie sind viel zu teuer."

„Wie es der Zufall so will, habe ich ein Grundstück auf dem Orangen wachsen. Man nennt es eine Orangerie. Ich habe mehr Orangen, als ich je essen könnte. Ich schicke dir und deiner Mutter welche." Er blickte auf Mrs. Simmons' Geschäft. „Deine Mutter arbeitet hier?"

Jamie nickte.

Thomas stand auf, griff sich kurz an den Hut, um sich von Jamie zu verabschieden und betrat die Hutmacherei. „Ich wünsche, mit Jamies Mutter zu sprechen", sagte er.

Im hinteren Teil des Geschäftes hob eine zarte rothaarige Frau, die an einem Tisch mit Stapeln an Zwirn, Bändern, Federn und Blumen jeglicher Farbe nähte, ihren Kopf. Ihre Augen huschten zu Mrs. Simmons, die mit einem Nicken ihre Zustimmung gab. „Ich bin Jamies Mutter", sagte sie scheu.

„War er seit seiner Ankunft in Bath schon bei

einem Arzt?"

Sie schüttelte ihren Kopf. „Nein. Ich musste Arbeit und eine Unterkunft finden. Hatte weder die Zeit, noch das Geld."

Ihre grünen Augen leuchteten auf. „Aber er hat die Heilquellen benutzt", rechtfertigte sie sich.

Thomas nickte. „Ich hätte gerne, dass Ihr ihn zu Dr. Langston bringt, dessen Ordination gleich an der nächsten Straße ist." Er nahm zwei Guineas aus seiner Tasche und gab sie ihr. „Das sollte sowohl die Arztkosten als auch Euren entgangenen Verdienst abdecken."

Er wandte sich an Mrs. Simmons, deren Augen auf einen weiteren glänzenden Guinea in seiner Hand starrten. Er gab ihn ihr. „Für die Umstände des zeitweisen Verlustes Eurer Arbeitskraft."

Die Augen von Jamies Mutter füllten sich mit Tränen. „Ich danke Euch, mein Herr."

„Es ist nichts", murmelte Thomas. „Orangen zu essen könnte dem Burschen helfen. Erwartet, welche zu bekommen."

Er zog seinen Hut und verließ das Geschäft.

„Wer war dieser Mann?", fragte Jamies Mutter.

„Ich habe ihn noch nie zuvor gesehen", sagte Mrs. Simmons. „Ein Gentleman von Rang, zweifellos. Und so gutaussehend."

* * *

Mr. Morelands Schönheit kam ihm zugute, als er seine Schwester bei Felicity abholte und sich dort im Salon als einziger Mann inmitten von einem Dutzend junger Frauen wiederfand. Obwohl Felicity sicher war, dass er sich an die meisten nicht von den Ballsälen erinnern konnte, täuschte seine Freundlichkeit darüber hinweg. Er hatte eine Begabung dafür jedes Mädchen, das er ansprach, zum Erröten und Kichern zu bringen.

Die Einzige, die gegen seinen Charme immun zu
sein schien, war Lady Catherine Bullin, die ihn
völlig ignorierte.

Carlotta, mehr als jede andere, kokettierte ohne
Zurückhaltung mit ihm. Warum hatte Felicity nie
zuvor bemerkt, auf was für eine vulgäre Weise
Carlottas Tageskleider offen ausgeschnitten
waren? Hatte die Frau keine Vorstellung von
Schicklichkeit? Zu Felicitys Konsterniertheit
schien Mr. Moreland keinerlei Einwände
gegenüber der in Lavendeltönen gekleideten Witwe
zu haben. Tatsächlich erwiderte er die Tändelei
der schwarzhaarigen Schönheit.

„Wie kommt es, dass eine so schöne Frau nicht
wieder geheiratet hat?", fragte er Carlotta. „Wie
lange ist es her?"

„Mein lieber Captain Ennis ist vor vier Jahren
verstorben", sagte Carlotta und senkte andächtig
ihre langen Wimpern.

Ach!, dachte Felicity. *Mein lieber Captain,* zum
Henker. Wenn er ihr so sehr lieb wäre, würde sie
immer noch Schwarz tragen, so wie sie selbst.
Dann erinnerte sie sich an Mr. Morelands Wunsch
sie in Farben gekleidet zu sehen. Und der
Gedanke an seinen verführerischen Blick auf
ihren Körper, in ewiges Schwarz gehüllt, brachte
sie zum Erröten. Sie fragte sich wie Mr. Moreland
wohl reagieren würde, sollte sie ein tief
ausgeschnittenes violettes Kleid wie Carlotta
tragen.

Dann ärgerte sie sich darüber, solche
Gedanken zu hegen. Sie hielt Michaels Amulett
fest, als ob dies sie an ihr Treuegelübde erinnern
würde.

Obwohl er im Mittelpunkt stand, blieb Thomas
nur eine kurze Zeit, bevor er sich mit einigen

Ausflüchten verabschiedete. Er richtete seine Aufmerksamkeit auf Felicity und sagte, „Würdet Ihr und Eure Schwester mir die Güte erweisen, Diana und mich morgen früh in den Pump Room zu begleiten?"

Wie konnte sie dies ablehnen? Sie hatte bereits sein Geld ausgegeben. „Es wäre uns ein Vergnügen, Mr. Moreland", sagte sie, weigerte sich aber ihn anzusehen.

Kapitel 7

Es war sehr lange her, dass Felicity einem
Mann erlaubt hatte, sie in die Gesellschaft zu
begleiten. Wahrscheinlich zogen sie und Mr.
Moreland deswegen eine ungehörig große Anzahl
an neugierigen Blicken auf sich, als sie über die
schweren   Steinböden   den   Pump   Room
überquerten, um sich ihr obligatorisches Glas
faulig schmeckenden Wassers zu holen. Oder
vielleicht war es Mr. Morelands gutes dunkel
umflortes Aussehen, dass all die Aufmerksamkeit
auf sich zog. Er war sehr groß. Viel größer als
Michael es gewesen war, dachte sie, als sie das
Amulett ihres Ehemannes berührte. Sie lenkte
ihren Blick auf Mr. Morelands fein geformtes
Gesicht. Eine Locke schwarzen Haares hing über
seine ernste Augenbraue. Sie fühlte sich schuldig
dabei, sein Aussehen zu bewundern und senkte
ihre Wimpern, nur um darob mit dem Anblick
seiner muskulösen Oberschenkel konfrontiert zu
werden.

Sie blickte schnell auf und in Colonel Gordons
Gesicht. Er sah nicht sie, sondern Mr. Moreland
mit Ärger in seinen grünen Augen an. Er schien
sich selbst dabei zu ertappen und lenkte seinen
Blick mit einem müden Lächeln auf Felicity.

„Ah, Mrs. Harrison, Ihr seid heute zeitig
unterwegs", sagte er und gewann seine
gewöhnliche Galanterie wieder, als er ihre Hand
nahm und seine Lippen leicht auf ihre in

Handschuhe gehüllten Finger legte.

Sie hätte an Colonel Gordon nie als einen kleinen Mann gedacht, aber jetzt – jetzt, da sie ihn mit dem kräftigen Mr. Moreland verglich – wirkte er eher gebrechlich.

„Ich führe die Pracht Baths ihrem neuen Einwohner vor", sagte sie. „Ihr erinnert Euch an Mr. Moreland?" Sie nahm einen Schluck des scheußlich schmeckenden Wassers.

Der Colonel nickte ihrer Begleitung zu. „Moreland", sagte er schroff.

„Findet Ihr die Quellen heilsam für Euer Leiden, Colonel?", fragte Thomas mit einem Blick auf den Stock des Colonels.

Felicity bemerkte wie der Colonel sich versteifte. Wie furchtbar aufdringlich Mr. Moreland war! Colonel Gordon, der seine Verletzung höchst selten erwähnte, zog es vor zu glauben, dass niemand sie bemerken würde.

„Ich bin genauso fit wie damals, als ich tausend Männer in den Kampf geführt habe", bekundete er und wandte sich dann an Felicity. „Wie gefiel Euch die musikalische Darbietung letzte Nacht?"

„Ich fand sie erträglich", sagte sie und gab ihr Glas mit leicht verzogenem Gesicht an den Bediensteten zurück.

„Ah, was wir nicht für unsere Geschwister tun", sagte der Colonel.

Sie lächelte und sah Glee an, die mit Diana Moreland durch den großen Raum spazierte. „Ohne jeglichen Vergleich zu haben, hat Glee es äußerst genossen."

„Ich glaube, Miss Pembroke ist gut angekommen", sagte Colonel Gordon. „Die Jungböcke streiten sich förmlich darum, ihr nahe zu sein, genauso wie Miss Moreland."

Felicity sah mit leuchtenden Augen zu Mr. Moreland auf. „Seht nur, Ihr hattet keinen Grund, Euch Sorgen um Diana zu machen."

Er sah erfreut aus, als seine Augen seiner Schwester folgten, die ein mintgrünes Promenadekleid trug.

„Ich glaube, Glee ist über ihre neue Freundin genauso entzückt, wie über ihr Debüt in der Gesellschaft", sagte Felicity.

Carlotta betrat den Raum und kam zu ihren Freunden, wobei ihr üblicher Lavendelduft zu stark für Felicitys Geschmack war. „Ich kann mich nicht daran erinnern, die Witwe Harrison jemals so früh gesehen zu haben", sagte Carlotta in ihrer satten Stimme.

„Ich versichere Euch allen, dass ich ein Frühaufsteher bin", protestierte Felicity, „aber da mir die Quellen nicht schmecken, hatte ich keinen Grund morgens auszugehen, bis jetzt, wo Glee mich begleiten kann."

Carlotta glitt zwischen Felicity und Mr. Moreland. „Ist dies Euer erster Besuch im Pump Room, Mr. Moreland?"

„Das ist es tatsächlich", antwortete er.

Sie hing sich bei ihm ein. „Kommt, lasst uns eine Runde drehen."

Felicity beobachtete sie, als sie fortgingen. Es fiel ihr auf, was für ein schönes Paar sie abgaben. Zwei glänzend schwarze Mähnen. Zwei perfekte Körper. Aber etwas stimmte nicht. Trotz ihrer Schönheit gehörten sie nicht zueinander. Nicht, dass Carlotta es nicht verdiente einen Partner zu finden. Aber Mr. Moreland war einfach nicht der richtige Mann für sie.

Auch wenn Carlotta sich dessen nicht bewusst war.

Colonel Gordon bot Felicity seinen Arm an. „Kommt, meine Liebe, ein Spaziergang wird Euch guttun"

Sie hing ihren Arm in seinen. Warum würde ihr ein Spaziergang guttun? Stimmte etwas nicht mit ihr?

„Ich muss zugeben, dass ich um Euch besorgt bin", fing er an.

„Um mich?", fragte Felicity.

Er nickte ernsthaft. „Ich kann Eure Verbindung mit Mr. Moreland nicht gutheißen. Ihr müsst an Glee denken. Ihr seid Eurem lieben Papa schuldig, einen ebenbürtigen Partner für sie zu finden."

„Genau das beabsichtige ich zu tun, Colonel."

„Dann muss ich Euch wohl nicht darüber aufklären, dass eine Freundschaft mit einem Geschäftsmann der Handel betreibt, Männer von guter Herkunft abschrecken könnte."

„Von Glee?"

Er nickte.

„Ich glaube nicht, dass ein *guter* Mann so oberflächlich sein würde, Glee wegen der Freundschaft ihrer Familie zu Mr. Moreland zu meiden." Sie beschleunigte ihre Schritte und beobachtete Glees Rücken und die hüpfenden roten Locken ihrer Schwester.

Er seufzte. „Ich hoffe, Ihr habt recht, meine Liebe."

Warum nannte sie der Mann immer *meine Liebe*? Sie hatte es zuvor nie bemerkt, aber jetzt störte es sie ungemein.

Er tätschelte ihre Hand. „Ich habe an einen Offiziersfreund in Indien geschrieben, um über Mr. Moreland Nachforschungen anzustellen."

Sie drehte sich zu ihm herum und Zorn leuchtete in ihren Augen auf. „Ich verstehe nicht, wie Mr. Morelands Angelegenheiten mit Euch in Verbindung stehen, Colonel."

„Oh, aber das tun sie." Er bedeckte ihre Hand mit seiner und sprach wie mit einem Untergebenen oder einem Kind.

„Da Ihr keinen Vater oder Ehemann habt, um auf Euch aufzupassen, muss ich mich dazu bereit erklären, Euch vor widerwärtigen Personen zu beschützen."

Ihre Augen verschmälerten sich. „Mr. Moreland ist wohl kaum eine widerwärtige Person. Ich habe in Winston Hall diniert und versichere Euch, dass sowohl Mr. Moreland als auch seine Schwester sich so benehmen, als wären sie in solch einen Wohlstand geboren worden."

Sie nahm eine Verlangsamung seiner ungleichen Schritte wahr. „Es war mir nicht bewusst, dass Ihr in Winston Hall zu Gast wart."

Weil sie nicht gewollt hatte, dass irgendjemand es wusste. Sie hob ihren Kopf, sah in seine fragenden Augen und sagte mit einer kalten Stimme. „Ich unterrichte Euch nicht über jede meiner Bewegungen, Colonel." Sie sah Mr. Moreland auf sich zukommen; seine schwarzen Augen waren auf sie gerichtet und Carlotta hing immer noch an seinem Arm.

„Ich glaube, ich bin nun an der Reihe mit Mrs. Harrison eine Runde zu drehen", sagte Thomas und warf dem Colonel einen eisigen Blick zu.

Felicity war dankbar darüber, von dem Colonel gerettet zu werden. Er war in letzter Zeit äußerst besitzergreifend gewesen. Ärgerlicherweise. In der Tat stößt er sie mit seiner Neugierde und seinem Zynismus ab. Sie lächelte Mr. Moreland matt zu und ergriff seinen angebotenen Arm.

Keiner der beiden sprach, als sie zu spazieren

begannen. Dann sagte Felicity. „Was haltet Ihr von dem Wasser, Mr. Moreland?"

„Genauso scheußlich wie mir berichtet wurde."

„Und der Pump Room?"

Er sah zu ihr herunter. „Ziemlich nett, muss ich sagen. Alles, was ich bis jetzt von Bath gesehen habe, ist erfreulich."

„Man sagt, dass nur London es übertrifft, was das Angebot an eleganten Geschäften angeht", bot sie an.

„Und die Architektur ist auch beeindruckend – in viel kleinerem Rahmen als London natürlich", fügte er hinzu.

„Wart Ihr schon im Royal Crescent?"

„Noch nicht, aber ich würde sehr gerne besuchen. Würde es Eure Großzügigkeit zu sehr strapazieren, Mrs. Harrison, wenn ich Euch bitte mit mir heute Morgen dorthin zu gehen?"

Sie sah seinen hoffnungsvollen Gesichtsausdruck und konnte ihn einfach nicht abweisen.

Letzten Endes bezahlte er sie stattlich für ihre Zeit. Außerdem spazierte sie gerne durch Bath, und heute war der perfekte Tag um Crescent Fields zu genießen. „Es ist ein guter Tag für einen Spaziergang", sagte sie.

* * *

Als sie nur ein paar Schritte außerhalb des Pump Room waren, begann Felicity Thomas zu rügen. „Ich denke, Mr. Moreland, eine Lektion in guten Manieren ist überfällig."

„Benehme ich mich Euch gegenüber nicht freundlich?", fragte er leichthin.

„Mir gegenüber schon. Aber Euer Benehmen gegenüber Colonel Gordon war abscheulich!"

„Weil ich sein Leiden angesprochen habe?"

„Ja. Es war furchtbar unsensibel."

Thomas konnte sich nicht vorstellen, dass der Colonel auch nur einen sensiblen Knochen in seinem Körper hatte. „Ich werde das Mitgefühl in Person sein, wenn Ihr mir ehrlich sagen könnt, dass Colonel Gordon mich während Eures Spazierganges nicht schlechtgemacht hat." Er blickte hinab in die goldene Lieblichkeit ihres Gesichtes.

Sie antwortete einen Moment lang nicht, noch sah sie ihm in die Augen. Als sie sprach, änderte sie nahtlos das Gesprächsthema. „Und Eurem Benehmen Mrs. Ennis gegenüber mangelt es an Galanterie." Obwohl ihre Worte Tadel enthielten, war ihr Tonfall neckisch.

„Ich erlaube mir, anderer Meinung zu sein. Ich zolle ihrer Schönheit angemessene Anerkennung." Er ging absichtlich auf der Seite von Cheap Street, die Mrs. Simmons' Hutmacherei gegenüberlag, um nicht von Jamie erkannt zu werden. Ein kurzer Blick auf den Jungen, der vor dem Geschäft saß und eine Orange aß, brachte Thomas zum Lächeln. Einer seiner Diener hatte bereits mit seiner Aufgabe begonnen, dem Jungen jeden Tag frische Orangen zu bringen.

„Dagegen habe ich nichts zu sagen", sagte Felicity. „Aber was ist damit, dass Ihr ihre Andeutungen ignoriert habt, mit uns zum Royal Crescent gehen zu wollen?"

„Andeutungen? Ich denke nicht, dass Mrs. Ennis wegen irgendetwas subtil sein könnte."

Felicity warf ihren Kopf zurück und lachte. „Ihr seid ganz schön gemein."

Da sie sonst eher eine ernsthafte Person war, empfand er ihr Lachen als Balsam auf seiner Seele. Er sah mit lächelnden Augen auf sie hinab und wurde mit einem Blick auf ihre tiefen Grübchen belohnt, welche in letzter Zeit zu oft von ihrer Ernsthaftigkeit überdeckt waren. „Ja, ich weiß", sagte er.

Sie schlug sanft auf seinen Arm und er antwortete, indem er seine große Hand über ihre legte. Oh süßer Himmel! Ihre Hand war winzig. Und warm. Ein seltsam beseligendes Gefühl überkam ihn und erfreute sein Herz.

Sie gingen beim Theatre Royal vorbei und er war enttäuscht, als sie das Stück, das sie mit ihm dort ansehen wollte, nicht erwähnte.

„Da Ihr so vertraut mit den Sünden meiner Familie seid", fing Felicity an, „muss ich Euch sagen, dass ich höchst zufrieden mit Georges Verhalten bin – zumindest in den letzten paar Tagen. Obwohl Ihr ihm eine höchst großzügige Summe zur Verfügung gestellt habt, ist er nicht in die Nähe der Spieltische gegangen. Und habt Ihr bemerkt, dass er in den Pump Room kam, als wir ihn verließen?"

„Äußerst untypisch vor Nachmittag aufzustehen."

Sie runzelte die Stirn. „Fast hätte ich es vergessen. Natürlich kennt Ihr alle unsere Gewohnheiten nur zu gut. Ich nehme an, Ihr habt einen Londoner Polizisten beschäftigt, um uns zu folgen."

„Aber natürlich. Nur die Besten, müsst Ihr wissen."

Sie stieß einen heftigen Seufzer aus und wechselte dann wieder das Gesprächsthema. „Ich frage mich, ob George meint, verliebt zu sein."

Thomas zuckte mit den Schultern. „Was das Spielen Eures Bruders betrifft, habt nicht zu viel Hoffnung. Das Quartal ist noch jung."

Sie nickte, aber ihre Gedanken waren eindeutig anderswo. „Hat Eure Schwester George erwähnt?"

Felicity war sich also ihres Bruders Schwärmerei für Diana bewusst. „Zurückhaltend wie sie ist, vertraut mir Diana nicht viel an."

„Wenn Glee ihr nur ähnlicher sein könnte." Felicity schüttelte den Kopf. „Ich kenne die Augenfarbe jedes jungen Mannes, den Glee je als gutaussehend erachtet hat, denn sie zählt die Vorteile jedes Mannes unermüdlich auf. Ich wünschte sie wäre beständiger."

Dass Felicity ihre Ansichten mit ihm teilte, durchdrang ihn mit einer großen Welle an Zufriedenheit. Freundschaft war die erste Sprosse auf der Leiter zur Liebe. „Sie ist noch jung", murmelte er und tätschelte Felicitys Hand.

Er bemerkte, wie ihre andere Hand zu dem Amulett griff, das sie immer um ihren Hals trug. Er setzte an sie zu fragen, ob ihr Ehemann ihr das Amulett gegeben hatte, hielt dann aber doch inne. Er wollte die Antwort nicht wissen. Er musste nur ihr schwarzes Kleid ansehen, um zu wissen wo ihr Herz lag. Er trat gegen den Pflasterstein. Verdammt sei Captain Michael Harrison!

„Gehen wir heute Abend ins Theater?", fragte sie.

Sein Herz setzte einen Schlag aus. „Das tun wir. Diana freut sich auch schon auf ihre erste Shakespeare Aufführung."

„Und nachdem sie eine Lady ist, zieht sie zweifellos Komödien vor, nicht wahr?"

„Aber natürlich."

„Und Ihr, oh erhabener Denker, was bevorzugt Ihr?"

„Historische Stücke."

Sie nickte. „Und je mehr Kämpfe sie

beschreiben, umso besser, nehme ich an."

„Ihr seid dieser Meinung, weil ich ein Mann bin."

„Genauso wie Ihr der Meinung seid, dass alle Frauen Komödien bevorzugen."

„Touché."

„Denkt Ihr wirklich, dass Richard III sagte 'ein Königreich für ein Pferd'?", fragte sie.

„Nicht für eine Sekunde. Das haben wir Shakespeares Genie zu verdanken."

„Da habt Ihr bestimmt recht", sagte sie in Gedanken. „Das gleiche gilt bestimmt auch für 'auch du, Brutus'."

Er nickte. „Ich vermute, dass Julius Caesars Worten nicht nur die Prägnanz fehlte, sondern sie wahrscheinlich auch unerwähnbar waren."

Mittlerweile hatten sie den Royal Crescent erreicht und spazierten den halbmondförmigen Block mit eleganten Stadthäusern entlang, während sie sich angenehm unterhielten und dann an den Crescent Fields eine Pause machten.

„Nachdem Ihr nicht zu scheu seid, mir Lektionen in Etikette zu geben, habe ich eine Frage an Euch, Mrs. Harrison."

Felicity hob ihre Augenbrauen.

Sein Herz schlug kräftig. „Wäre es akzeptabel, wenn ich Euch Blumen schickte?"

Eine leichte Übelkeit überkam ihn, als ihre Hand nach ihrem Amulett fasste und es festhielt. Dann sah sie mit einem unerklärlichen Ausdruck auf ihrem Gesicht zu ihm auf. War es Verlegenheit?

„Wenn Ihr Euer wertvolles Geld an Blumen für mich verschwenden wollt, habe ich dagegen keine Einwände."

Zweite Sprosse, dachte er.

* * *

Colonel Gordon hatte seit dem Tod von Captain Michael Harrison nicht gesehen, dass Felicity ihr lachendes Gesicht einem Mann zuwandte. Es damals zu beobachten war schmerzhaft, aber nicht so schmerzhaft wie jetzt. Jetzt, da Felicitys Grübchen sich für den Emporkömmling von Winston Hall vertieften. Musste Gordon noch einen Mann eliminieren, bevor er seinen Anspruch auf die schöne Felicity geltend machen konnte? Nichts würde ihm mehr Freude bereiten.

Nachdem sie den Pump Room mit dem Emporkömmling verlassen hatte, eilte er zu Lady Catherine Bullin. „Ihr würdet mir eine große Ehre erweisen, wenn Ihr mit mir um den Raum spazieren würdet, Mylady", sagte er.

Nachdem kein einziger Mann sie derart beehrt hatte, lächelte Lady Catherine breit und hing sich in seinen Arm ein.

Er fand die Frau, die nur ein paar Jahre älter war als Felicity, abstoßend. Er hatte nie eine so gewöhnlich anmutende Adelige gesehen. Kein Wunder, dass sie niemals geheiratet hatte.

Er wartete, bis sie an dem Orchester vorbei waren und schnitt dann das Thema an, welches ihn dazu gezwungen hatte, Lady Catherines Gegenwart zu erdulden. „Es kam mir zu Ohren, dass ihr Mr. Moreland nicht mögt."

„Ich verabscheue ihn."

Er mochte sie gleich viel lieber. Obwohl ihr schlappes Kinn in ihrem fleischigen Hals zu versinken drohte. Ein Lächeln kräuselte sich um seine Lippen. „So wie ich. Deswegen wollte ich mit Euch sprechen." Er hoffte, dass sie nicht enttäuscht darüber war, dass er sie nicht ihretwegen angesprochen hatte. Es wusste schließlich, dass er ein außergewöhnlich gutaussehender Mann war, obwohl er einen Stock benötigte. „Ich erhielt ein besorgniserregendes Kommuniqué von meinem Freund in Indien, Colonel Armstrong, der ziemlich skandalöse Informationen über Moreland hat."

Sie hob ihre Augenbrauen.

„Normalerweise würde ich diese nicht wiederholen, aber nachdem der Emporkömmling von Winston Hall Mrs. Harrison – der ich sehr nahestehe – mit seiner Aufmerksamkeit überschüttet, bin ich um ihre Sicherheit besorgt."

Ein Lächeln umspielte Lady Catherines Lippen. „Ihr müsst mir mitteilen, was der abscheuliche Mann getan hat."

Der Colonel räusperte sich. „Armstrong berichtete mir, dass der Emporkömmling während seiner Zeit in Indien außerehelich mit einer dunkelhäutigen indischen Frau gelebt hat."

„Das ist widerlich", sagte sie, „aber kaum überraschend."

Er senkte seine Stimme, als ein paar junge Damen vorbeispazierten. „Das Bedauerliche ist, dass einige Kinder aus dieser Verbindung hervorkamen – Kinder, die er unversorgt zurückließ, als er nach England zurückkehrte."

„Männer unseres Standes zahlen wenigstens für ihre unehelichen Kinder", sagte sie empört.

Gordon nickte. „Ich wünsche Mrs. Harrison vor diesem unehrenhaften Mann zu beschützen, aber ich kann ihr gegenüber kaum solchen Tratsch erwähnen. Da ich Gefühle für sie habe, würde sie nur glauben, dass ich auf den Emporkömmling eifersüchtig bin."

Lady Catherines behandschuhte Hand tätschelte seinen Arm. „Überlasst es mir, Colonel.

Wir adeligen Damen müssen aufeinander aufpassen."

Kapitel 8

Glee und Diana, in Begleitung von George und Blanks, verließen die Loge inmitten des Rauschens von raschelnder Seide. Felicity wandte sich an Thomas, der neben ihr in dem schwach beleuchteten Theater saß. „Wollt Ihr während der Pause nicht eine Zigarre rauchen?"

"Das ist eine schlechte Angewohnheit, die ich mir nie angeeignet habe."

„Hm ... Ihr raucht nicht. Ihr spielt nicht. Ihr habt doch sicherlich irgendein Laster?", neckte Felicity ihn.

„Mehr als eines, da bin ich mir sicher." Seine Augen schweiften zu den Blumen, die sie trug. Ein Geschenk von ihm. Dass sie diese trug, erfüllte ihn mit einer besitzergreifenden Erregung. Er lehnte sich in dem Samtsitz zurück und wandte ihr seine ganze Aufmerksamkeit zu. „Und wie gefällt Euch die Aufführung bis jetzt?"

Sie antwortete nicht gleich, aber ihr glücklicher Gesichtsausdruck versicherte ihm, dass sie ihre Gedanken sammelte. „Es ist um vieles besser, als ich mir erhofft habe. Die Sprache ist natürlich wunderschön. Die Kostüme sind bezaubernd. Die Schauspieler sind hervorragend." Sie sah Thomas lebhaft an. „Wie Ihr sehen könnt, bin ich hingerissen."

„Die Nacht ist all das, was ich mir erhofft habe", sagte er und dachte dabei an mehr als nur die Aufführung.

Sie blickte ihn schelmisch an. „Es fiel mir auf, dass Petruchio eine gewisse Ähnlichkeit mit einem Mr. Thomas Moreland hat."

„Ihr macht mich schlecht", protestierte er, wobei das Leuchten in seinen Augen seiner Empörung widersprach. „Ich bin Petruchio gar nicht ähnlich. Ich muss nicht für eine Mitgift heiraten."

Sie konnte das Amüsement in ihrer Stimme nicht verstecken. „Fiel Euch nicht auf, dass er bekommt, was er will?"

„Aber, Mylady, ich kann nur erwerben, was man mit Geld kaufen kann. Ihr müsst zugeben, dass es vieles gibt, das nicht durch Reichtum allein erworben werden kann."

„Das ist wahr, aber ich glaube Ihr seid unter einem Glücksstern geboren. Fällt Euch nicht alles leicht?"

Was konnte sie damit meinen? Er hatte für alles, was ihm zukam, immer hart gearbeitet. Und das, was er am meisten wollte, war immer noch außer Reichweite. Es würde vielleicht niemals erreichbar sein, dachte er, als seine Augen über das Schwarz ihres Kleides schweiften. Das Schwarz, das sie für ihren Captain trug. Thomas biss die Zähne zusammen. *„Ich bin nicht fröhlich, doch verhüll ich gern den innern Zustand."*

Ein Hauch von Neugierde huschte über ihr Gesicht als sie flüsterte, *„Othello."*

Verdammt, er hatte ihr diesen Einblick in sein tiefstes Selbst nicht gewähren wollen. Er nickte, als seine Augen über das Theater schweiften. Carlotta Ennis saß mit dem Colonel in einer Loge ihnen gegenüber. Sie nickte Thomas zu und lehnte sich mit einem sinnlichen Lächeln auf den Lippen näher an den Colonel, um ihm etwas ins

Ohr zu flüstern. Thomas erwiderte den stillen Gruß und beugte sich zu Felicity. „Ich sehe Euren Colonel und Mrs. Ennis uns gegenüber."

„Er ist nicht mein Colonel", fuhr Felicity ihn an. Sie nickte den beiden ebenso zu. „Carlotta wird sich morgen wie eine wilde Löwin aufführen. Wirklich, Mr. Moreland, es hätte Euch nicht geschadet sie in Eure Loge einzuladen. Ihr müsst wissen, dass sie in Bath genauso respektiert wird wie ich."

„Ah, aber Mrs. Ennis ist nicht die Tochter eines Viscounts."

„Und wenn sie es wäre, wage ich zu behaupten, würde sie Eure Loge mit Euch teilen, nicht ich."

„Und wie langweilig es wohl wäre, nicht mit Euch streiten zu können, Mrs. Harrison."

Ein selbstzufriedenes Lächeln huschte über ihr Gesicht. „Wir kollidieren in der Tat äußerst gut miteinander."

Der Vorhang hinter ihnen öffnete sich und die vier jungen Leute betraten geräuschvoll die Loge.

* * *

Am nächsten Tag regnete es. Den ganzen Tag. Mit Ausnahme von George, der sich weigerte, das schlechte Wetter seine Pläne in Winston Hall auf die Jagd zu gehen beeinträchtigen zu lassen, verließ niemand das Haus. Durch den dunklen Himmel von anderen Aktivitäten abgehalten, beugten sich Felicity und Glee über ihre Stickereien mit Hilfe von Kerzen, obwohl es noch Nachmittag war.

„Ich hatte mir nicht gedacht, dies so bald zu sagen", fing Felicity an, „aber du hast in letzter Zeit bemerkenswerte Reife gezeigt, meine Süße."

„Auf welche Art?", fragte Glee.

„Du hast kein einziges Mal die Vollkommenheit

eines Jungbockes gepriesen. Und kein einziges Mal hast du dich als in einen Mann verliebt erklärt, den du kaum kanntest. Etwas völlig Neues für dich."

„Der Grund dafür ist, dass keiner der jungen Männer, die ich in der Gesellschaft getroffen habe, mein Herz erobert hat. Sie sind alle so ... so farblos, so unreif. Ich stelle hiermit fest, dass sie alle gleich sind."

Felicity senkte ihre Augenbrauen. Wie konnte ihre kleine Schwester sich so schnell verändern? Felicity konnte sich an keine Zeit erinnern, in der Glee nicht irgendetwas in jedem Mann fand, wofür sie schwärmen konnte. Vor nur ein paar Wochen hatte Glee sie angefleht, Bälle besuchen zu dürfen, und jetzt, da sie es durfte, stand sie ihnen mit Gleichgültigkeit gegenüber.

Diana Moreland andererseits, obwohl sie von zurückhaltender Natur war, schien ihre Ausflüge in die Gesellschaft zu genießen. Sie war liebenswürdig zu all den jungen Männern, die ihre und Glees Nähe suchten und hatte immer ein Lächeln auf ihrem lieblichen Gesicht. Diana veränderte sich jedoch völlig, sobald George in ihrer Nähe war. Ihre natürliche Gelassenheit und ihr warmherziger Charme waren wie weggefegt und wurden von tiefer Schüchternheit ersetzt. Nur wenn sie in Georges Augen sah, dachte Felicity, offenbarte Diana eine zarte Zuneigung.

„Wie schade", sagte Felicity. „Vielleicht wirst du doch nicht heiraten."

Von ihrer Nadel gestochen ließ Glee einen Schrei aus und starrte Felicity an. „Ich glaube, ich wünsche einen älteren Mann zu heiraten."

Ein älterer Mann? Felicity konnte sich nicht daran erinnern, dass Glee jemals einen älteren

Mann anziehend gefunden hätte. Und was meinte sie mit alt? Für eine Siebzehnjährige würde siebenundzwanzig als uralt gelten. Plötzlich durchfuhr sie ein Blitz. *Hatte Glee sich etwa in Mr. Moreland verliebt?* Das würde erklären, warum ihre Schwester sie so verärgert ansah. Um Gottes willen, so eine Verbindung würde niemals erfolgreich sein. Glee würde sich bis zum Umfallen mit Mr. Morelands Vorliebe für Shakespeare langweilen. Sie waren in jeder Hinsicht unpassend füreinander.

Und nicht wegen seines Mangels an Rang. Mr. Moreland würde irgendeiner modernen Dame zweifellos ein guter Ehemann sein.

Aber Glee war nicht diese moderne Dame.

„Ich frage mich, ob Mr. Salvado heute in diesem miserablen Regen kommen wird?", sagte Glee.

„Ich wollte mit dir über ihn sprechen. Jetzt, da du in die Gesellschaft eingeführt wurdest, brauchst du Mr. Salvados Dienste nicht mehr. Er hat dir das Tanzen sehr gut beigebracht."

„Oh, aber ...", protestierte Glee, zögerte dann aber. „Obwohl er ein guter Lehrer ist, bin ich eine äußerst schlechte Schülerin. Ich tendiere dazu die richtigen Schritte zu den falschen Tänzen auszuführen, oder irgendetwas ähnlich Dummes zu machen. Bitte erlaube ihm noch ein paar Wochen weiterzumachen."

Felicity blickte in die flehenden grünen Augen ihrer Schwester. „Drei Wochen. Nicht mehr."

Die Tür öffnete sich mit einem Schlag und George betrat das Zimmer; kleine Bäche ronnen von seinem schweren Mantel und sein von Wasser verdunkeltes goldenes Haar hing triefend in sein Gesicht. Trotz seines durchnässten Zustandes lächelte er von einem Ohr zum anderen.

„Winston Hall ist ein wahrer Himmel für Hühner", rief er aus. „Ich habe ein halbes Dutzend erlegt."

„Ich bin mir sicher, dass das sehr gut ist, aber du wirst uns davon erzählen müssen, nachdem du dir etwas Trockenes angezogen hast", sagte Felicity. „Du ruinierst den Teppich."

Fünf Minuten später kehrte er in den Salon zurück und bestand darauf, jedes Detail seiner und Mr. Morelands erfolgreicher Jagd zu beschreiben. „Nun sehne ich mich noch mehr nach Hornsby Manor", schloss er ab.

Seine Worte verletzten Felicity. Das Vermieten des Hauses ihrer Vorfahren hatte Felicity immer betrübt, aber sie war imstande, es zu ertragen, da George den Verlust so stoisch hingenommen hatte. Seinen Verlust.

„Hast du Diana gesehen?", fragte Glee.

Er nahm die Tasse Tee, die Felicity ihm eingoss, und setzte sich. „Tatsächlich hatte ich Tee mit ihr, bevor ich nach Bath zurückkehrte."

Glee legte energisch ihre Stickerei nieder. „Sag mir, hat sie wieder ein anderes Kleid getragen? Ich behaupte, sie noch nie zweimal in demselben Kleid gesehen zu haben."

„Woher soll ich das wissen?", sagte George. „Kenne mich damit nicht aus."

„Welche Farbe hatte ihr Kleid?", fragte Glee.

Er dachte einen Moment lang nach. „Pink!", rief er schließlich stolz aus.

„Da!", sagte Glee zu niemand Bestimmten, „Ich habe sie noch nie in einem pinken Kleid gesehen. Noch ein Kleid. Ich würde meinen neuen Strohhut dafür geben, ihre Garderobe zu sehen. Ich wette sie hat hundert Kleider."

„Eine junge Dame wettet nicht", schimpfte

Felicity.

„Du legst viel zu viel Wert auf Kleidung, Süße", sagte George zu Glee. „Miss Moreland wäre genauso hübsch, wenn sie jeden Tag das gleiche Kleid tragen würde."

Er ist verzückt von ihr, dachte Felicity. Und sie wusste nicht, wie sie darauf reagieren sollte. Natürlich konnte sie nichts Verachtenswertes an Miss Moreland finden. Und George musste tatsächlich sesshaft werden. Aber er war immer noch ziemlich unreif. Sie konnte sich ihn nicht als Hausherrn vorstellen, als Ehemann ... als Vater. Obwohl dies genau die Dinge waren, die er brauchte.

Glee seufzte. „Mr. Moreland muss unvorstellbar reich sein."

„Und er wäre genauso nett, wenn er arm wäre", sagte George. „Ich bin der Erste, der zugibt ihn nicht ohne Zögern in unseren Kreis aufgenommen zu haben. Aber jetzt ist er für mich ebenso einer von uns wie Blanks. Erinnert mich an dich."

„Mich?", hinterfragte Felicity.

Er nickte. „Immer ernsthaft. Benimmt sich viel älter als seine neunundzwanzig Jahre. Ihr seid beide darauf versessen, andere glücklich zu sehen, während ihr euer eigenes Glück opfert."

George *war* reifer, dachte Felicity, und eine Traurigkeit machte sich in ihr ob des Verlustes seiner holprigen Jugend breit. „Ich opfere mich kaum auf. Ich nehme an die Ähnlichkeiten zwischen mir und Mr. Moreland kommen daher, dass wir beide Erstgeborene sind."

„Mr. Moreland ist erst neunundzwanzig?", hinterfragte Glee. „Er scheint so viel älter zu sein. Kaum zu glauben, dass er schon mehr Geld verdient hat, als er jemals ausgeben kann."

Felicity beobachtete ihre Schwester eindringlich um ein Anzeichen von Zuneigung für Mr. Moreland zu finden. Das Einzige, was Glee offenbarte, war, dass sie neunundzwanzig doch nicht für alt empfand.

* * *

In den folgenden Wochen entwickelte sich eine angenehme Vertrautheit zwischen den Mitgliedern von Felicitys Familie und Diana und Thomas Moreland. Sie verbrachten Vormittage und Nachmittage im Pump Room. Mittwochs besuchten sie musikalische Vorstellungen, die Felicity gerade so erduldete. Zweimal in der Woche boten Bälle weitere Gelegenheit, sich unter Adelige zu mischen. Felicity fragte sich, warum Mr. Moreland sie immer noch so häufig begleitete. Seine Glaubwürdigkeit war längst etabliert. Frauen verwandelten sich in seiner Nähe in plappernde, anhimmelnde Dummköpfe. Es schien, als wäre keine Frau in Bath gegen seinen Charme immun. Oder sein gutes Aussehen.

Thomas Moreland beanspruchte Felicitys Gesellschaft, schloss aber Colonel Gordon und Carlotta nicht aus. Beide hatten schnell ein kritisches Wort ihm gegenüber bereit. Colonel Gordon wurde eisig, sobald Mr. Moreland seinen Kreis betrat, während das Gegenteil mit Carlotta Ennis passierte. Wenn sie in seiner Nähe war, zeigte sie keine Anzeichen dafür, dass sie ihn nicht mochte, wie sie es jedoch tat, wenn sie mit Felicity über ihn sprach.

„Ehrlich, Felicity", sagte sie dann, „der Mann ist ein solcher Flirt. Ich behaupte zu wissen, dass man ihm kein Wort glauben kann." Oder sie täuschte Desinteresse ihm gegenüber vor, während sie sein großes Interesse ihr gegenüber bekundete.

Wenn sie bei ihm war, behandelte die schwarzhaarige Schönheit ihn, als wäre er der einzige Mann im Raum. Sie bestand darauf, während seines Spazierganges durch den Pump Room ihren Arm in seinen zu hängen, und sie wagte es ihn zu fragen, bei Bällen mit ihr zu tanzen. Und wenn es einen Anlass für eine Fahrt in seiner beeindruckenden Kutsche gab, gelang es ihr immer, neben ihm zu sitzen.

An einem weiteren düsteren Tag, an dem Felicity sich dafür entschieden hatte, das Haus nicht zu verlassen, kündete Stanton Lady Catherine Bullins Besuch an. Als der Butler sie in den Salon geleitete, bestellte Felicity Tee und bat Lady Catherine sich zu setzen.

Felicity war verblüfft, ob Lady Catherines Besuch. Obwohl sie einander bekannt waren, standen sich die beiden Frauen nicht nahe.

Der finstere Ausdruck auf Lady Catherines Gesicht entging Felicitys Aufmerksamkeit nicht, aber sie entschied sich dafür, es nicht anzusprechen.

„Eure Freundschaft mit Mr. Moreland ist meiner Aufmerksamkeit nicht entgangen", fing Lady Catherine an. „Und nachdem wir beide aus der oberen Klasse stammen, spürte ich den Drang hierher zu kommen und Euch vor dem Mann zu warnen."

Felicity blickte sie neugierig an.

„Ich muss Euch über Mr. Morelands schäbige Vergangenheit berichten."

Die Anspielung bescherte ihr heftiges Herzklopfen, als ob eine Tragödie sie befallen hätte. Hatte Mr. Moreland sein Vermögen gestohlen? Nein, nicht das. Ihre Instinkte sagten ihr, dass er solch einer Tat nicht fähig wäre.

„Und teilt Ihr diese schmerzlichen Neuigkeiten mit mir?", fragte sie.

Lady Catherine seufzte. „Während seiner Zeit in Indien entwickelte Mr. Moreland eine … eine intime Beziehung mit einer indischen Frau. Eine sehr dunkelhäutige Person, solltest du wissen. Furchtbar schlechte Manieren, nicht wahr. Und während ihrer … ah, Verbindung, wurden einige Kinder geboren."

Felicitys Herz schlug härter. Sie konnte ihre Augen nicht von Lady Catherine abwenden.

„Es wurde mir gesagt, dass als Mr. Moreland Indien verließ, er keinerlei Vorsorge für seine … seine Familie getroffen hatte."

„Ich sehe nicht inwiefern mich das betrifft", schnappte Felicity. „Es ist ja nicht so, als würde er Glee heiraten." Ihre Worte täuschten über ihren innerlichen Tumult hinweg.

„Es ist nicht Miss Pembroke, um die ich mich sorge."

Für einen Moment sah Felicity in ihre Augen; die Stimmung zwischen den beiden war so gespannt wie ein Geigenbogen.

„Wenn Ihr glaubt, ich habe vor ihn zu heiraten, dann kennt Ihr mich nicht. Ich habe vor, dem Gedenken meines lieben Michael treu zu bleiben."

Lady Catherine erhob sich. "Dann bin ich äußerst erleichtert." Ihre Augen zogen sich zusammen. "Ich würde es nicht ertragen, wenn der abscheuliche Mann eine meiner Freundinnen ausnutzen würde." Dann schwebte die ehemalige Besitzerin von Winston Hall aus dem Salon und ließ Felicity vor Fassungslosigkeit bebend zurück.

Kapitel 9

Kleine Fältchen bildeten sich auf dem Gesicht des Arztes als er die Stirn runzelte. „Ein Teil des Schadens kann nicht wiedergutgemacht werden", sagte er.

Thomas beugte sich vor und lehnte sich näher an den Schreibtisch des Arztes, um dem geduldigen Mann noch eine Frage zu stellen. „Aber wird er jemals gehen können?"

Der Arzt nickte, was seine Brille noch weiter seiner rötlichen Nase entlang rutschen ließ. „Mit angemessener Ernährung und Schienen, vielleicht."

„Tut alles Notwendige, egal wie hoch die Kosten sind."

Der Arzt nahm seine Brille ab und legte sie auf seinen völlig überhäuften Schreibtisch. „Es ist Euch bewusst, dass der Junge bis ans Ende seines Lebens lahm sein wird?"

„Für jemanden, der nie gehen konnte, ist lahm zu sein nichts außer einer kleinen Behinderung." Thomas erhob sich. „Alle Rechnungen können nach Winston Hall gesandt werden." Er ging auf die Türe zu, wandte sich dann aber wieder dem Arzt zu, der an seinem Schreibtisch neben einem großen Fenster saß, dessen Vorhänge sich in der Brise kräuselten, und schrieb. „Ich verlasse mich auf Eure Diskretion. Niemand soll wissen, dass ich dem Jungen helfe."

* * *

Mit ihren auf dem satten Gras ausgebreiteten Röcken faulenzte Felicity im Schatten und beobachtete, wie ihr Bruder und ihre Schwester mit Diana ins Dickicht ritten. Das Grundstück um Winston Hall könnte ein Turner Gemälde zieren, dachte sie. Die grüne Landschaft neigte sich zu mit Jahrhunderte alten Bäumen umringten Pfaden unter dem Dach des tiefblauen Himmels und gesprenkelt mit glänzenden Seen. Sie war erschöpft von ihrem eigenen Ritt mit Mr. Morelands prachtvollem Pferd. Auch ihr Gastgeber suchte Erholung von der anregenden Aktivität und lehnte sich im Schatten zurück, während Felicity sich ein paar Meter entfernt und von ihrer Haube vor der Sonne geschützt erwärmte. Die sanfte Brise milderte die durchdringende Wärme der Sonne. „Eure Schwester reitet gut. Wart Ihr ihr Lehrer?", fragte Felicity.

Thomas nickte. „Ich war als Junge verrückt nach Pferden, zu der großen Enttäuschung meines Vaters, der wollte, dass ich in seinem Buchgeschäft arbeite. Obwohl ich Bücher liebte, liebte ich Pferde mehr und nahm eine Stelle als Stallknecht an."

Felicitys Augen schweiften über seinen gut gekleideten muskulösen Körper, und sie konnte sich ihn kaum als schlecht gekleideten nach Pferd riechenden Jungen vorstellen. Seine lederfarbenen, hochfeinen Reithosen legten sich eng an seine kraftvollen Beine, und sein schokoladefarbener Überrock umhüllte seine Schultern und wurde entlang seiner Hüften schmäler. Seine Stiefel wiesen auf eine gute Stunde sorgfältiger Pflege durch seinen Kammerdiener hin. „Ich kann die Enttäuschung Eures Vaters verstehen."

Er lächelte und stützte sich auf seine Ellenbogen. „Wie sich herausstellte, war es das Beste, das mir passieren konnte. Aus der Nähe beobachten zu können wie Adelige leben, erweckte in mir ein starkes Verlangen deren Lebensweise nachzuahmen. Ich sparte die dürftigen paar Shilling und war entschlossen, ein Vermögen zu verdienen. Ich wusste, dass dies nicht in einem Buchgeschäft oder ähnlichen Unternehmen möglich war. Mein Vermögen lag in einem weit entfernten Land, entweder in den Kolonien oder in Indien. Fasziniert von exotischer Seide und Gewürzen entschied ich mich für Indien."

„Wie alt wart Ihr?"

„Gerade über zwanzig."

„Wie tapfer von Euch, alles Euch Vertraute zu verlassen, um in eine ungewisse Welt aufzubrechen."

„*Unsere Zweifel sind Verräter. Sie sind schuld, dass wir das Gute, das wir erreichen könnten, verloren geben durch die Angst, es zu versuchen.*"

Seine Kenntnis von Shakespeare erstaunte sie zutiefst. „*Maß für Maß*", flüsterte sie.

„Ah, eine Frau nach meinem Herzen." Der lange innige Blick, den er auf sie warf, strafte seinen scherzhaften Ton Lügen. Sie fühlte sich unwohl dabei, ihm so nahe zu sein. Sie konnte nicht leugnen, dass sie seiner unbestreitbaren Männlichkeit gegenüber wehrlos war. Der Gedanke daran, dass er eine indische Frau liebte, drängte sich ihr auf. Sie dachte an die beiden nebeneinanderliegend, und ihr eigener Körper war zutiefst bewegt bei der Vorstellung, dass Mr. Moreland innigst auf einer Frau lag. War die arme indische Frau unter seiner Berührung zerbrochen? Felicity atmete schneller, während ihr Ärger wuchs.

Ihr Rücken versteifte sich und sie richtete ihre Haube. „Wie habt Ihr Euch in dem fremden Land zurechtgefunden?"

„Vor meiner Reise las ich jedes Wort, das jemals über Indien geschrieben wurde, und ich habe mir Hindi beigebracht – so gut man dies ohne die Gunst der Muttersprache kann."

Sie zwang sich dazu, sich auf seine Worte zu konzentrieren, nicht auf seine verunsichernde Präsenz. „Und es war hilfreich?"

„Sehr." Er setzte sich auf und stemmte seine glänzenden schwarzen Stiefel in das weiche Gras. Seine Beine waren so kräftig wie der Stamm der mächtigen Eiche, die ihm Schatten bot. „Ich habe einen Plan für alles, was ich tue. Mein Plan war es, unter den Einheimischen zu leben, um ihre Lebensweise kennenzulernen. Auf diese Art und Weise konnte ich die Quellen der Reichtümer, die ich suchte, besser aufspüren.

„Und Ihr wart offensichtlich erfolgreich."

Ein rauschender Windstoß erfasste sein kohlschwarzes Haar, als er nickte. „Nach zwei Jahren hatte ich genug Geld, um mein eigenes Schiff zu kaufen. Sobald ich die Kosten für die Überschiffung reduzieren konnte, folgte der Wohlstand."

„Ich nehme an, Ihr besitzt nun eine Flotte an Schiffen." Sie hielt ihren Tonfall locker, um die Richtung ihrer Gedanken zu verbergen. Denn seitdem er zugegeben hatte unter den Einheimischen gelebt zu haben, konnte sie an nichts anderes denken, als an alles, was Lady Catherine ihr über ihn erzählt hatte. Mr. Moreland hatte eine indische Geliebte. Er hatte indische Kinder. Kinder, die er zurückgelassen hatte.

„Und Fabriken hier und in Indien."

Er war ihr nahe genug, um sie berühren zu können. Sie konnte seinen Sandelholz Duft riechen. Sie fragte sich, was die indische Frau für ihn empfunden hatte. Hatte sie ihn geliebt? Hatte seine unleugbare Männlichkeit sie angezogen? Dann fragte sich Felicity, wie es wohl sein würde sein Bett mit ihm zu teilen; die bronzefarbene Härte seines Körpers neben ihr ausgestreckt. Ihre Hand flog zu dem Amulett und sie hielt es fest. *Es tut mir leid, Michael*. Sie konnte dem Andenken ihres Mannes nicht untreu werden. Warum dachte sie daran, mit einem anderen Mann im Bett zu liegen?

Thomas' schwarze Augen folgten ihrer Bewegung, und ein ernster Ausdruck löste seine Heiterkeit ab. „Ich stelle mir Euch in einem blauen Kleid vor", sagte er getragen.

Sie schluckte und drückte das Amulett noch fester. „Schwarz passt am besten zu mir." Sie wandte ihre Augen von seinem bohrenden Blick ab. „Wisst Ihr, dass George sagt Ihr seid immer ernsthaft, dass ihr mir ähnlich seid. Ich sagte ihm diese Besonnenheit muss wohl daher stammen, dass wir beide Erstgeborene sind."

„Wart Ihr immer so ernsthaft?" Seine Stimme war sanft. „Bevor Ihr geheiratet habt?"

„Nicht wirklich", sagte sie. „Aber dann heiratete ich. Ich war eine missmutige Braut, immer in Angst um Michael." Sie blickte in ihren Schoß. „Es scheint, als wären meine Ängste gerechtfertigt gewesen. Dann – nachdem Michael getötet wurde – kehrte ich nach England zurück, nur um zu erfahren, dass Papa alles verloren hatte, außer Hornsby Manor, welches als Familienerbgut galt, aber wir konnten uns nicht leisten, weiterhin dort zu wohnen." Sie drehte sich zu ihm um und lachte aufgesetzt. „Und seitdem musste ich das Ungeheuer gegenüber George und Glee sein."

„Ihr seid kein Ungeheuer", sagte er mit einer besänftigenden Stimme. „Als Erstgeborene müssen wir eine Hülle von Autorität tragen."

Sie erfreute ihn mit einem Lächeln. „Ihr habt mir einmal erzählt, dass Ihr nie ein untätiger Mann wart. Hattet Ihr niemals Laster, Mr. Moreland?" Sobald sie die Worte ausgesprochen hatte, dachte sie an die indische Frau.

Er dachte einen Moment lang nach, bevor er antwortete. „Habgier, müsste ich wohl sagen. Aber ich versuchte immer fair zu allen zu sein, mit denen ich Geschäfte machte."

„Und großzügig, so wie Ihr es meiner Familie gegenüber seid." Warum würde sie dies nun sagen? Der Mann war nicht großzügig zu seiner eigenen indischen Familie gewesen.

Er sah sie mit überwältigender Zärtlichkeit an. „Ihr solltet wirklich Farbe tragen", sagte er mit rauer Kehle.

Sie wünschte er würde sie nicht so ansehen. Und warum sprach er fortwährend über ihre Trauer? „Ich schulde es Michael ..."

„*Wo man nicht helfen kann, soll man auch jammern nicht.*"

Sie starrte ihn zornig an. „Wie zweckdienlich Ihr Shakespeare zitiert, Mr. Moreland."

„Es gibt keine Gefühle oder Anlässe, die er nicht viel eloquenter beschrieben hat, als ich es jemals könnte."

Sie musste ihn dazu bringen, sie nicht so anzusehen, als würde er sie verschlingen wollen. „Ich mache mir große Sorgen um Glee", fing sie an. „Sie ist in letzter Zeit gar nicht sie selbst. Zuerst war ich darüber froh, aber nun ...” Sie fragte sich wider, ob Glee in Mr. Moreland verliebt sein könnte. Noch mehr fragte sie sich, warum es ihr so leicht fiel ihre Familiensorgen mit Mr. Moreland zu besprechen. Schließlich kannte sie ihn erst seit ein paar Wochen.

Er senkte seine Augenbrauen. „Ich hatte vor, mit Euch über sie zu sprechen.”

Hatten die beiden eine Vereinbarung? Ihr Herz schlug wie wild.

„Sie trifft sich heimlich mit einem unpassenden Gentleman.”

Erleichterung überkam sie. *Dann war es nicht Mr. Moreland.* „Wer ist es?”, verlangte sie zu wissen.

„Ich wünschte ich könnte Euch seinen Namen nennen.”

„Ihr habt ihn gesehen?”

„Ja, ich habe die beiden auf einer Bank in Sydney Gardens gesehen.”

Der unausstehliche, arrogante, hinterhältige Emporkömmling spionierte ihre Familie immer noch aus! Sie wandte sich ihm rasch zu. „Ihr spioniert meiner Familie also immer noch hinterher! Ich weiß, dass Glee ungestüm ist, aber sie würde sich nicht derart unpassend benehmen. Sie ist eine Lady, die Tochter eines Viscounts. Ich bin mir sicher, Ihr habt nur geglaubt, Glee gesehen zu haben.” Felicity warf ihm einen hochmütigen Blick zu.

Er riss einen Grashalm aus. „Ich wollte mich nicht einmischen. Ich dachte nur, Ihr solltet darüber Bescheid wissen.”

Der Klang von Gelächter und das Trommeln von Hufen baten eine willkommene Pause von

ihrer Auseinandersetzung mit Mr. Moreland. Sie
drehte sich um und beobachtete wie ihr Bruder
und ihre Schwester und deren jüngst lieb
gewonnene Freundin ihre Pferde zügelten und
abstiegen. George beeilte sich, um Diana
Moreland behilflich zu sein, während er Glee sich
selbst überließ. Seine Hände umklammerten
Dianas zarte Taille und er sah mit lachenden
Augen auf sie herunter. „Ich muss sagen, das war
ein großer Spaß, Miss Moreland. Das müssen wir
wiederholen. Aber beim nächsten Mal dürft Ihr
mir nicht erlauben, zu gewinnen."

Sie sah mit Verwunderung auf ihrem perfekten
Porzellangesicht zu ihm auf. „Ich versichere Euch,
Lord Sedgewick, Ihr habt mich ohne mein Zutun
besiegt."

Er bot ihr seinen Arm an und geleitete sie in
den Schatten des Baumes, wo ihr Bruder und
Felicity saßen. „Herrschaftszeiten, Miss Moreland,
ich wünschte Ihr würdet mich George nennen,
nachdem wir so viel Zeit zusammen verbringen."

Bevor sie sich setzte, warf sie ihrem Bruder
einen fragenden Blick zu.

„Ich habe keinerlei Einwände dagegen, dass du
Lord Sedgewick mit seinem Vornamen anredest,
aber es wäre mir lieber, wenn er dich in der
Gesellschaft nicht mit deinem Taufnamen
anspräche."

„Wie froh ich bin, nicht das einzige Ungeheuer
zu sein", sagte Felicity.

Glee warf sich ins Gras, riss ihre Haube vom
Kopf und starrte ihre Schwester an. „Du bist eine
überaus überzeugte Verfechterin der
Schicklichkeit."

Was war in letzter Zeit über Glee gekommen?
Sie hatte nie zuvor mit solcher Ablehnung zu

Felicity gesprochen. Es war als wäre ihre Verbundenheit plötzlich gerissen.

Ihre Gedanken wanderten zu Thomas Moreland, und Felicity sagte zu sich selbst, dass sie ihn nicht so oft sehen sollte. Sie hatte schließlich ihren Teil der Vereinbarung eingehalten. Er und seine Schwester wurden nun überall akzeptiert. Auch ohne Felicity war ihr Status in der Gesellschaft gesichert.

Warum verbrachte er dann immer noch jede freie Minute mit Felicity? Würde er sich ihr gegenüber nicht so respektabel und wie ein Kavalier benehmen, könnte sie fast glauben, er wäre in sie verliebt. Aber sein Verlangen nach ihrer Gesellschaft hatte keinerlei Ähnlichkeit mit Colonel Gordons nackter Lust für sie.

Wahrscheinlich war es einfach so, wie er gesagt hatte. Sie war die Tochter eines Viscounts. Eine Bekanntschaft am Rande der Aristokratie würde seine Akzeptanz bestimmt erhöhen. War das nicht der einzige Grund für ihre ungewöhnliche Abmachung? Aber nun – da sie ihn besser kannte – war sein Hunger nach gesellschaftlichem Status in starkem Kontrast mit dem Mann, als den sie ihn kennergelernt hatte, obwohl er sich Dianas Akzeptanz in der hohen Gesellschaft zu wünschen schien.

Sie lächelte bei dem Gedanken daran, was für ein guter Bruder er seiner jüngeren Schwester war, was alles er tun würde, um ihr einen Gentleman als Ehemann zu sichern.

Aber er fuhr fort damit Felicitys Familie auszuspionieren.

Sie erinnerte sich wieder an die arme indische Frau. Und sie wurde noch wütender. Ein weiterer Kontrast zwischen dem Mann, als den sie ihn kannte, und dem Mann, der er war.

* * *

Thomas hatte vergebens gehofft, dass George die jungen Damen länger beschäftigen würde und war enttäuscht, als sie zurückkehrten, bevor er es geschafft hatte Felicitys eiserne Rüstung zu durchbrechen. Nicht nur konnte er sie nicht durchbrechen, er schien sie mit seiner gutgemeinten Bemerkung über Glees heimliche Rendezvous mit einem Mann, der ihrer nicht würdig sein konnte, da er sie einem Skandal aussetzte, noch verstärkt zu haben.

Gerade als Thomas Fortschritte damit machte, das Eis um Felicitys Herz zum Schmelzen zu bringen, hatte er es wiederum geschafft, sie zu verärgern. Und anstatt einen verzweifelt gewünschten Kuss zu erlangen, hatte Thomas sich ihre Wut zugezogen.

Eine Bemerkung, die ihren lieblichen Lippen entwischt war, traf ihn tief. *Sie ist eine Lady, die Tochter eines Viscounts.* Würde er jemals in der Lage sein, die Kluft zu überwinden, die seine Klasse von ihrer trennte?

Er erhob sich und bürstete Gras von seinen Reiterhosen ab. „Wir sollten die Damen zurückbringen, bevor sie zu sehr der Sonne ausgesetzt sind.”

Enttäuschung huschte über Georges Gesicht, aber er erhob sich ebenfalls und half dann Diana. Wie es sich eingespielt hatte, half Thomas zuerst Felicity, dann Glee auf die Pferde aufzusteigen, die er ihnen zur Verfügung gestellt hatte. Er beobachtete erfreut, wie George neben Diana und Glee voran ritt, während er neben Felicity einige Meter zurückblieb. Ihre Haube bot ihrem Gesicht Schatten vor dem heißen Glanz der Sonne, konnte aber nichts dagegen tun, dass ihre Haare in Richtung der sanften Brise wehten.

Vögel zwitscherten von nahegelegenen Bäumen und die Sonne erwärmte ihn. Es würde ein herrlicher Tag werden. Er hatte so verheißungsvoll begonnen. Er hatte Felicity beobachtet, als sie sich zurückgelehnt hatte, und war vor Verlangen völlig entkräftet. Er sehnte sich danach sich neben ihr auszustrecken, ihre Zartheit an sich geschmiegt zu fühlen, ihre Lippen auf seinen zu spüren. Dann hatte er sich selbst sabotiert und der Tag war ganz und gar nicht mehr herrlich.

Zuvor, wenn er über das weitreichende Grundstück geritten war, hatte ihn der Stolz des Besitzens erfüllt. Diese fruchtbaren Obstgärten und ausladenden Weiden und nährenden Seen gehörten alle ihm. Erworben und bezahlt mit dem Geld, welches er durch seine eigene strebsame Tüchtigkeit verdient hatte. Aber heute fühlte er keinen Stolz. Wofür war all dies gut ohne die Frau, die er liebte, und seine eigenen Nachkommen, denen er alles für weitere Generationen hinterlassen konnte?

Der Klang von Gelächter vor ihm heiterte ihn auf. Wenigstens hatte Diana Spaß. „Ich bitte Euch, lacht nicht über Euer Pferd", beschwor Diana George, „denn mein Bruder hat es eigens für Euch gekauft. In der Tat wurden die Pferde, die Ihr drei reitet für Euch als Geschenke gekauft."

Er hatte nicht gewollt, dass sie dies wussten. Noch nicht. Er blickte zu Felicity und Übelkeit überkam ihn ob des Entsetzens, welches in ihrem Gesicht aufflammte.

„Wenn Ihr hofft, uns kaufen zu können", zischte sie mit zusammengebissenen Zähnen,

„seid Ihr extrem ungeschickt." Mit dieser
Bemerkung gab sie dem Pferd die Sporen und ritt
wie der Wind in Richtung Winston Hall.

Kapitel 10

An diesem Abend, bis auf das schneeweiße Leinen seines Hemdes in schwarz gekleidet, stand Thomas Moreland neben der offenen Kutschentüre und bot Felicity seine Hand an. Sie war zutiefst verlegen. Ihr Unbehagen stieg, als sie ihm ihre Hand gab. Musste er sie so fest halten? Sobald sie in der Kutsche war, sah sie Diana alleine dort sitzen, und mit einem hintergründigen Lächeln setzte sie sich neben Miss Moreland, während Thomas den Kutscher anwies sie zu den Festsälen zu bringen. *Ich werde es ihm schon zeigen*, dachte Felicity.

Mr. Moreland hatte sich selbstgefällig daran gewöhnt, Felicity in der Kutsche immer an seiner Seite zu haben. Der Mann war viel zu sehr daran gewöhnt alles, was er wollte, zu bekommen, dachte sie ärgerlich. Glaubte er sie seiner Liste von Eroberungen hinzufügen zu können? Glaubte er sie kaufen zu können? Seine letzte Bestechung – die geschenkten Pferde – hatte sie nicht ablehnen können, da ihre Geschwister derart begeistert davon waren. Sie hatte sich gewünscht, sie mit all dem Stolz ablehnen zu können, den ihre Mutter sie gegenüber Emporkömmlingen zu zeigen gelehrt hatte. Leider konnte sie seine Anmaßung nicht zerstören. Dies zu tun würde seine liebe Schwester verletzen. Diana verdiente den Schmerz, den eine solche Tat hervorrufen würde, nicht.

Aber irgendwie würde Felicity seine Pläne vereiteln.

Diana sah lieblich aus in ihrem safrangelben Kleid, dachte Felicity. „Es tut mir leid, dass Glee uns heute Abend nicht begleiten kann", sagte Felicity zu Diana. „Ich fürchte, sie musste mit starken Kopfschmerzen ins Bett." Felicity fühlte sich schuldig dabei, Glee alleine zu lassen. Ihre Schwester musste wohl sehr krank sein, um einen Ball zu versäumen. Tatsächlich hatte Glee noch nie zuvor Kopfschmerzen gehabt.

Miss Moreland drückte ihr Mitgefühl aus als ihr Bruder in die Kutsche stieg, sah, dass Felicity es vorzog, nicht neben ihm zu sitzen, und warf ihr einen eisigen Blick zu.

Es war schade, dass Miss Moreland Glee nicht als Begleitung hatte, aber Felicity beruhigte sich mit dem Gedanken, dass bewundernde Jungböcke Diana mit ihren Tanzwünschen so beschäftigen würden, dass sie kaum Zeit haben würde, Glees Abwesenheit zu bemerken.

Dies stellte sich als wahr heraus. Diana hatte kaum ihren gut beschuhten Fuß in den Festsaal gesetzt, als sich ein Kreis von Bewunderern um sie bildete. Felicity und Mr. Moreland, die einige Meter entfernt standen, beobachteten dies mit Belustigung, und Felicity war erfreut, als einer oder zwei junge Männer sie nach Glees Abwesenheit fragten.

Felicity erhaschte einen Hauch von Lavendelduft und versteifte sich. *Carlotta.*

„So schön, Euch hier zu sehen, Mr. Moreland", sagte Carlotta zu Thomas, und nickte dann Felicity zu, „und Euch, Mrs. Harrison."

Mrs. Harrison! Seit wann sprach Carlotta sie mit dem Namen an? Sicherlich nicht in den letzten fünf Jahren. Während Carlotta jeden Versuch machte Thomas' Aufmerksamkeit auf sich zu lenken, dachte Felicity über Carlottas Hinwendung zu Mr. Moreland nach. Denn es gab eine Anziehung, trotz Carlottas Versuchen, ihn Felicity gegenüber zu verunglimpfen. War es möglich, dass sie Angst hatte, Felicity versuchte ihn ihr wegzuschnappen? Das würde erklären, warum ihre Freundin sie als Mrs. Harrison ansprach. Carlotta wünschte wohl, Mr. Moreland an Felicitys ehelichen Stand zu erinnern.

Denn obwohl Michael tot war, würde Felicity sich immer als Michaels Ehefrau sehen. Carlotta musste wissen, dass Felicity kein Interesse an irgendeinem anderen Mann hatte.

Thomas versuchte Felicity in das Gespräch miteinzubinden. „Mrs. Ennis hat die Abwesenheit Eurer Schwester angesprochen, Mrs. Harrison."

„Ja", sagte Felicity und war sich Thomas' nicht von ihr weichenden Blickes qualvoll bewusst. „Der arme Schatz hat schreckliche Kopfschmerzen. Sie ging gleich nach dem Abendmahl zu Bett."

Carlotta sah sie tatsächlich an, was sie in Mr. Morelands Gegenwart selten tat. Die Augen der Schönheit waren, wie all ihre Kleider, lavendelfarben. Warum konnten sie nicht braun sein? Beklagte Felicity. „Ich hätte gewettet, Eure Schwester würde sich hierherschleppen – mit oder ohne Kopfschmerzen", sagte Carlotta. „Das Mädchen blüht in der Gegenwart von jungen Männern förmlich auf."

Musste Carlotta Glees ungestümen Charakter Mr. Moreland gegenüber offenbaren? „Ich bin der Ansicht", konterte Felicity, „dass Glee Anzeichen von bemerkenswerter Reife zeigt. Ich glaube, Ihr werdet feststellen, dass Glee viel besonnener

geworden ist." Sie blickte zu Mr. Moreland, als ob
sie seine Zustimmung suchte. „Meine Schwester
ist in letzter Zeit viel weniger flatterhaft." Sie
verspürte den Drang, Glee zu verteidigen,
besonders Mr. Moreland gegenüber, nachdem
dieser angedeutet hatte, dass Glee sich in einer
unziemlichen Beziehung befand. Er musste
natürlich unrecht haben. Trotz ihrer Unreife war
Glee eine Lady und würde niemals gebührenden
Anstand vermissen lassen.

Die Erinnerung an seine Anschuldigung gegen
Glee schlug sich auf Felicitys Magen, als ein
unerklärliches Gefühl von Furcht sie erfasste.

„Ich wage zu behaupten, dass Ihr recht habt",
sagte Mr. Moreland. Er näherte sich Felicity und
senkte seine Stimme. „Ich glaube das Orchester
spielt einen Walzer. Würdet Ihr mir die Güte
erweisen, mit mir zu tanzen?"

Sie hatte das seltsame Gefühl, dass niemand in
dem lauten Raum war, außer ihnen beiden. Die
Art wie er sie ansah, bestätigte dieses Gefühl.

Obwohl ihr erster Instinkt war, ihn abzulehnen
– um jegliche weitere Intimität zu vermeiden –
konnte sie es nicht. Aufgrund seiner
Großzügigkeit ihrer Familie gegenüber gab Felicity
nach und legte ihre Hand in seine. Sie wagte es
nicht Carlotta anzusehen, die wütend sein
musste.

Nun, da Mr. Moreland sich daran gewöhnt
hatte, mit einer lebendigen Frau statt einem
affigen Tanzlehrer zu tanzen, waren seine Schritte
geschmeidig und ohne Zögern. Und Felicity gab
zu, dass wenn sie mit einem Mann tanzen
musste, Thomas Moreland ihr bevorzugter Partner
war. Er war schließlich der größte und
bestaussehende Mann im Raum.

Was Felicity nicht verstehen konnte war, warum der Mann darauf bestand, auf sie zuzukommen – in dem Wissen, dass sie ganz und gar unerreichbar war – während er die exotische Carlotta brüskierte, die ebenso hübsch war, wie sie sich selbst einschätzte. Und Carlotta war eindeutig erreichbar. Felicity beschloss, dass der Mann danach strebte ihren Adelsstand zu nutzen.

Sie dachte einen Moment lang über Mr. Morelands Verlangen nach, Teil der Nobilität zu sein, war davon aber nicht überzeugt. Abgesehen von den Wünschen für seine Schwester war Mr. Moreland der ungekünsteltste Mann in ihrer Bekanntschaft. Er gab nie vor, etwas anderes zu sein, als er war.

Obwohl ihre flache Hand kaum seinen Ärmel berührte, war sie sich des Gefühls seines muskulösen Körpers stark bewusst. Es gab keinen Zweifel daran, dass er eine arme indische Frau verführen konnte.

Männer ihrer Klasse hatten auch uneheliche Kinder mit ihren Liebhaberinnen, aber es war eine Gepflogenheit, die sie verabscheute. Michael hätte niemals ... aber er war so jung gestorben, dass sie nicht mit Sicherheit sagen konnte, was er getan hätte, wäre ihm ein langes Leben geschenkt gewesen. Trotz allem trafen Männer mit Charakter für ihre Indiskretionen Vorsorge. Sie ließen sie nicht einfach im Stich.

Ich darf nicht an Mr. Morelands Männlichkeit denken, zwang Felicity sich. *Denke an etwas anderes.* „Warum müsst Ihr darauf bestehen Mrs. Ennis zu brüskieren?", fragte sie.

Felicity blickte in sein sonnengebräuntes Gesicht und bemerkte ein amüsiertes Funkeln in seinen Augen. „Ich? Mrs. Ennis brüskieren? Wollt

Ihr mir damit sagen, dass ich mich nicht wie ein Gentleman benehme? Denn natürlich möchte ich ein Klumpen Lehm sein, den Ihr angemessen formen könnt."

Sie schlug ihn mit ihrem Fächer. „Ihr wisst sehr wohl wovon ich spreche, Mr. Moreland. Warum tanzt Ihr nicht mit Carlotta?"

„Ich bevorzuge es, mit Euch zu tanzen."

„Ich bitte Euch, sagt mir warum?"

„Ihr seid kleiner und ich fühle mich dadurch größer und stärker."

Ihre Mundecken hoben sich vor Erheiterung. „Ich glaube Euch keinen Moment lang, Mr. Moreland. Meinen Beobachtungen nach benötigt Euer Selbstvertrauen keinen weiteren Schub. Ihr müsst Euch bewusst sein, dass die Hälfte der Frauen in diesem Festsaal – und bestimmt alle Mädchen – nicht zögern würden, mit Euch zu tanzen."

„Ich bin nicht nach Bath gekommen, um in die Gesellschaft eingeführt zu werden", sagte er ernsthaft.

Felicity sah zu Diana, die mit einem Marineoffizier tanzte. „Dann müsst Ihr entzückt darüber sein, wie gut Diana ankommt."

„Das bin ich, und ich bin mir bewusst, dass dies nicht ohne Eure Unterstützung hätte erreicht werden können."

Wie konnte Felicity auf ihn böse sein, wenn er solch eine Demut zeigte? Sie fing damit an, ihm zu antworten, entschied sich aber dafür die verborgene Verbindung, die sie vereinte, nicht zu erwähnen. Sie befand sich in dem Glauben, dass sie sich mit den Morelands auch ohne den großzügigen Anreiz angefreundet hätte. „Ich wäre stolz darauf, Miss Moreland meine Freundin zu

nennen, auch wenn ich Euch nie getroffen hätte."
Sie verspürte den Drang das Thema zu wechseln.
„Ich bitte Euch, Ihr müsst Mrs. Ennis um den
nächsten Tanz bitten."

„Es wird mir ein Vergnügen sein."

Plötzlich fiel Felicity auf, dass Mr. Moreland es
immer schaffte sie – niemals Carlotta – für den
Walzer ausfindig zu machen. *Wie seltsam.*
Carlottas üppige Schönheit machte sie zu einer
viel begehrenswerteren Tanzpartnerin, besonders
für den Walzer.

Und noch etwas Seltsames fiel ihr auf, als sie
nach dem Ende des Walzers von der Tanzfläche
gingen. Mr. Moreland hielt ihre Hand den
gesamten Weg von der Tanzfläche bis zu dem
Platz, an dem sie Carlotta verlassen hatten fest,
hob sie dann zu seinen Lippen und küsste sie.
Seine Berührung war unerwartet sinnlich.
Geschockt erkannte sie die Intensität, die auf sein
Gesicht geschrieben war, und zog ihre Hand
schnell zurück. Sie war so aufgewühlt, dass sie
kaum hörte, wie er Carlotta um den nächsten
Tanz bat.

Ein wogendes Beben überkam Felicitys Körper,
als sie sie dabei beobachtete, wie sie die
Tanzfläche betraten. Er hielt Carlottas Hand
nicht, wie er ihre gehalten hatte. Aus
unerfindlichen Gründen war sie darüber
glücklich.

Als der Colonel einige Minuten später zu ihr
kam, war das Beben in ihrem Körper noch nicht
abgeklungen.

„Ah, Mrs. Harrison", sagte er, „was für ein
Glück ich habe, dass Ihr nicht tanzt. Bitte erweist
mir die Güte mit mir zu sitzen."

Die Aussicht darauf, mit ihm zu sitzen, hatte

keinerlei Anreiz. „Natürlich, Colonel", sagte sie
und gab ihm ihre Hand, als er – mithilfe seines
immer präsenten Stocks - zu einigen
nahestehenden Stühlen humpelte.

Sie setzte sich neben ihn und bemerkte, dass
George und sein Freund Blanks den Raum
betreten hatten. Sie lächelte in Anbetracht der
gutaussehenden jungen Männer. Georges Blick
schweifte über die Menge und er sah missmutig
aus. Felicity folgte seiner Blickrichtung und
erkannte, dass er nicht erfreut darüber war,
Diana mit einem anderen Marineoffizier tanzen zu
sehen; er war größer als George, aber nicht so
gutaussehend.

Obwohl George die Festsäle in den zwei Jahren
seit ihrer Ankunft in Bath meist gemieden hat,
fand er sie in letzter Zeit höchst anziehend, und
Felicity hatte keinerlei Zweifel daran, dass die
liebliche Diana Moreland der Grund für diese
Anziehung war.

Felicity war höchst erfreut darüber, dass ihr
Bruder etwas gefunden hatte, das ihn vom
Spieltisch fernhielt. Sie mochte Miss Moreland
überaus gerne und hoffte ihr Bruder würde gut
genug für die liebliche Diana sein.

Als der Tanz vorüber war, beobachtete Felicity
mit Genugtuung wie George Diana begegnete, als
sie die Tanzfläche verließ. Die offene Freude auf
Dianas Gesicht beglückte sie sehr. Dann drehte
sich Felicity um, damit sie Mr. Moreland und
Carlotta begrüßen konnte. Dass Carlottas Arm
besitzergreifend in Thomas seinen gehängt war,
störte Felicity.

Die vier – Felicity und Carlotta, zusammen mit
Mr. Moreland und Colonel Gordon – versuchten
sich freundlich zu unterhalten, obwohl wie immer

eine Kälte zwischen Thomas und dem Colonel zu spüren war.

„Ihr müsst sehr stolz darauf sein, Mr. Moreland, wie gut Eure Schwester trotz ihrer unglücklichen Geburt aufgenommen wurde", sagte der Colonel.

„Ganz im Gegenteil", antwortete Thomas, „erinnere ich mich sehr gut an ihre Geburt, und es war ganz und gar nichts Unglückliches daran. Ich wage zu behaupten, Ihr erinnert Euch an die Worte Eurer eigenen Mutter."

Carlotta hustete.

„Oh seht", sagte Felicity, „da ist Mr. Blankenship."

Georges Freund Mr. Blankenship hatte wenig Geschmack für diese Festivitäten und war nun von George verlassen, während dieser mit Diana tanzte.

„Ich wundere mich", sagte Blanks, „wo Miss Pembroke heute Abend ist?"

„Ich fürchte sie liegt mit unangenehmen Kopfschmerzen zu Bett", antwortete Felicity. Und wieder machte sich das Gefühl unerklärlicher Angst in ihr breit. Sie war aus unerfindlichen Gründen um Glee besorgt. Konnte Glees Krankheit schlimmer als nur ein Kopfschmerz sein? Felicity begann über all die Krankheiten nachzudenken, die mit Kopfschmerzen verbunden waren, und ihre Sorge stieg an.

Sogar als sie später am Abend mit Mr. Moreland Walzer tanzte, konnte sie nicht dieses wohltuende Gefühl der Ruhe verspüren, an das sie sich in seiner Gegenwart zu gewöhnen schien.

Er hielt eine ihrer Hände und seine andere lag sicher um ihre Taille. Sie fühlte sich nicht mehr unwohl, wenn er sie berührte. Seine Berührungen lösten Wärme und Zufriedenheit aus. Und noch etwas anderes. Sie versteifte sich, als sie ihr plötzlich bewusstwurde, was dieses etwas war. Es war *Verlangen*. Wie konnte sie einem anderen Mann erlauben, solche Gefühle in ihr hervorzurufen? Diese tiefste Vertrautheit war etwas, das sie nur einem Mann geben konnte. Und der war tot.

Sie sollte sich furchtbar schuldig fühlen. Was würde Michael denken? Sie war überzeugt davon, dass Michael vom Himmel auf sie herabsah. Sie hatte in den vier Jahren seit seinem Tod oft mit ihm gesprochen. Nur in letzter Zeit wurden diese einseitigen Gespräche seltener und seltener.

„Seid Ihr erfreut darüber, dass ich dreimal mit Mrs. Ennis getanzt habe?", fragte Thomas Felicity.

Und dies war erst sein zweiter Tanz mit ihr. Dass es ein Walzer war, beruhigte sie seltsamerweise. Aus unerklärlichen Gründen würde es ihr gar nicht gefallen, wenn er mit Carlotta einen Walzer tanzen würde. Felicity lächelte ihn an. „Das habt Ihr sehr gut gemacht. Wenn Ihr nun auch zu Colonel Gordon höflich sein könntet."

„Haltet Ihr mich für einen ehrlichen Mann?"

Sie dachte einen Moment darüber nach. Er hatte ihr nicht erlaubt, über ihre nichtexistierende Tante zu lügen, obwohl es seinem Vorhaben behilflich gewesen wäre. „Ich schätze Euch als einen ehrlichen Mann ein, doch gibt es vieles, das ich nicht über Euch weiß." Sie dachte an seine indische Frau und Kinder. Ihr Gefühl des Unbehagens, welches mit der Sorge um Glee begonnen hatte, breitete sich aus.

„Ich verabscheue Lügner", sagte er. „Ich kann keine Vorliebe für Colonel Gordon vortäuschen, weil ich den Mann nicht leiden kann."

Sie konnte den Colonel nicht verteidigen. Er behandelte Mr. Moreland schließlich mit großer Verachtung. „Ich bitte Euch um meinetwillen höflich zu ihm zu sein."

„Wenn es Euch erfreut, werde ich es tun", sagte er kalt.

Nach diesen Worten durchflutete sie eine tiefe Zufriedenheit. War es möglich, dass Mr. Moreland tatsächlich an ihr interessiert war und nicht nur daran, was sie für ihn und seine Schwester tun konnte?

Sie dachte kurz darüber nach und beschloss, dass es viele besser geeignete Frauen gab als sie. Felicity sah über die Tanzfläche auf all die Frauen in schönen Kleidern und bedauerte ihre eigene Düsterkeit in schwarzer Seide. Und natürlich war Carlotta die hübscheste Frau, die sie je gesehen hatte. *Obwohl ihre Kleider viel zu tief ausgeschnitten waren.* Heute Abend lief ihr Dekolleté förmlich über in einem ziemlich anstößigen lila Seidenkleid. Carlottas Geschmack war so extravagant, dass Felicity sich fragte, warum Carlotta ihr Auge nicht auf den Colonel geworfen hatte. Sein Geschmack für Farbenprächtiges – der sich bis zu einer knallroten Kutsche ausdehnte – spiegelte eher Carlottas als Felicitys wieder.

Felicity kam zu dem Entschluss, dass Mr. Morelands Interesse an ihr ein Resultat seiner Verbindung mit Felicitys Familie war. Wenn er der ehrliche Mann war, als der er sich ausgab, wäre er dazu verpflichtet, sie mehr als alle anderen zu respektieren. Und das, dachte sie, erklärte, warum er ihr seine Aufmerksamkeit schenkte. Sie hatte es mehr als deutlich gemacht, dass sie kein

Interesse daran hatte, eine intimere Beziehung zu *irgendeinem* Mann zu entwickeln.

Sie schwiegen für den Rest des Walzers, ohne distanziert zu sein. Zum zweiten Mal in dieser Nacht fühlte sie sich fast Eins mit ihm, so als ob niemand anderes im Raum war. Ihr Bewusstsein nahm das Summen der Stimmen, die Takte des Orchesters, den Regenbogen an hübschen Kleidern, die um sie rauschten nicht wahr. Als die Musik ausklang, fühlte sie eine große Enttäuschung.

Wie er schon nach dem letzten Walzer getan hatte, nahm er ihre Hand in seine als sie über die Tanzfläche schritten, um sich ihren Gefährten wieder anzuschließen.

Als sich der Ball seinem Ende näherte, nahm Felicity ihren Mantel von Mr. Moreland an und wünschte einem finster aussehenden Colonel Gordon Gute Nacht, während sie mit Mr. Moreland zu seiner stattlichen Kutsche ging. Sie dachte an die schrille Kutsche des Colonels. Obwohl die Herkunft des Colonels zweifellos höherrangig war als die Mr. Morelands, war es der Letztere, der angeborenen guten Geschmack hatte.

So wie bei der Anreise zu den Festsälen saß Felicity neben Miss Moreland, während Mr. Moreland ihnen gegenüber saß.

„Ich kann nicht glauben, dass Euer Bruder gerade erst damit angefangen hat Bälle zu besuchen", rief Diana Moreland aus. „Ich behaupte, er ist der beste Tänzer in ganz Bath."

Wenigstens stand Miss Moreland George nicht missbilligend gegenüber. Was sehr erfreulich war. Soweit Felicity wusste, war George schon seit einem Monat nicht in den Spielhallen gewesen.

„Ich glaube, Ihr seid ein guter Einfluss auf meinen Bruder und meine Schwester", antwortete Felicity. „Es scheint, als käme George zu den Bällen nur um mit Euch zu tanzen, Miss Moreland."

Es war viel zu dunkel in der Kutsche, um zu sehen ob die junge Dame errötete, aber Felicity war sich dessen ziemlich sicher.

„Sagt, Mrs. Harrison, werdet Ihr mir erlauben, Euch am Morgen für einen Ausflug zum Pump Room abzuholen?", fragte Thomas.

Ihr Herz pochte aus unerklärlichen Gründen heftig, als Felicity wieder an Glee dachte. „Ja. Es ist schade, dass meine Schwester krank ist. Ich bin mir sicher, das Heilwasser würde ihr guttun." Felicity war sich nicht sicher, ob sie ihrer selbst in der Nähe von Mr. Moreland sicher sein konnte. Er hatte eine überaus irritierende Wirkung auf sie.

„Dann müsst Ihr versuchen, sie mitzunehmen", sagte Mr. Moreland.

Als sie bei ihrem Haus ankamen stieg Thomas von der Kutsche ab, half Felicity die Stufen herab und brachte sie zur Türe. Er nahm ihre Hand in seine und hob sie zu seinen Lippen. *Warme und zärtliche Lippen*, dachte Felicity mit weichen Knien.

Ihr Gesicht schien in Flammen zu stehen, als sie ‚Gute Nacht' murmelte und ins Haus huschte. Als die Türe sich fest hinter ihr schloss, öffnete sie das Amulett. Sie musste Michaels Gesicht sehen. Sie hatte bereits den Klang seiner Stimme vergessen. Sie konnte sich nicht erlauben, sein lächelndes Gesicht zu vergessen. Sie blickte lange auf sein Porträt. Ihr Blick schweifte über sein kastanienbraunes Haar bis zu seiner Soldatenuniform.

Dann, mit einem Gefühl von Traurigkeit,

klappte sie das Amulett zu und eilte die Stufen hinauf. Einerseits verursachte Mr. Moreland ihr Unbehagen, andererseits rief Glee Sorge hervor. Auch wenn es Glee den notwendigen Schlaf rauben würde, war Felicity fest entschlossen nach ihrer Schwester zu sehen. Es war das Einzige, was sie beruhigen würde.

Glees Türe quietschte als Felicity sie öffnete. Die Kammer war völlig dunkel und – trotz der Kälte – war das Fenster offen. Der Boden knarrte, als Felicity zum Fenster ging, um es zu schließen, dann ging sie auf Zehenspitzen zu Glees Bett. Sie streckte ihre Hand aus, um die Stirne ihrer Schwester auf ein mögliches Fieber zu überprüfen. Aber Felicitys Hand berührte nur das Kissen. Felicitys Puls beschleunigte sich. Sie konnte Glee nicht atmen hören. Ihre zitternden Hände strichen über das leere Kissen und schlugen dann auf die weiche Seidendecke.

Das Bett war leer.

Kapitel 11

Eine zitternde Felicity versuchte sich zu einzureden, dass ihre Schwester nur in die Küche gegangen war, um ein Glas warme Milch zu holen. Sie suchte eine Kerze auf Glees Nachttisch und zündete sie mithilfe des brennenden Wandleuchters neben der Türe zu Glees Kammer an.

Warum hatte Glee nicht Lettie kommen lassen? Ihre Zofe hätte nur zu gerne eine kranke Glee bedient, erkannte Felicity als sie zwei Stockwerke hinunter eilte, nur um in eine dunkle Küche zu kommen.

Vor Angst bebend rannte sie die Stufen hinauf und riss die Türe zu Glees Kammer auf. Ihre Augen fielen auf die weiche Seidendecke auf dem Bett ihrer Schwester. Niemand hatte darin geschlafen.

Bedeutete das offene Fenster etwa, dass Glee auf diesem Weg aus ihrem Zimmer entkommen war? Felicity lief zum Kleiderschrank und hielt ihre Kerze, so dass sie sehen konnte, welche Kleider fehlten. Und ihr Herz stand still.

All ihre Kleider waren verschwunden. Was nur eines bedeuten konnte.

Felicitys Gedanken flogen zurück zu den unerfreulichen Worten, die Mr. Moreland über Glee gesagt hatte. Hatte er recht gehabt? Traf sich Glee heimlich mit einem unpassenden Mann?

Um Himmels willen! Sie konnten schon auf dem

Weg nach Gretna Green sein, um heimlich zu heiraten. Tränen liefen über Felicitys Wangen und sie schnappte nach Luft. Es konnte nicht wahr sein. Es war schlimmer als ein böser Traum.

Wenn George nur hier wäre. Er wüsste bestimmt, was zu tun war. Aber sie hatte keine Ahnung, wo sie ihn finden konnte. Er und Blanks waren bekannt dafür, sich mit Frauen von fragwürdiger Moral abzugeben, und Felicity wusste nicht, wo man solche Frauen finden konnte.

Aber es gab jemanden, der helfen konnte! Thomas Moreland. Sie lief die Treppe hinab und rief Stanton.

Der Butler kam von Keller herauf und knöpfte seine Jacke zu. „Ja, Madam?"

„Du musst nach Winston Hall eilen und Mr. Moreland sagen, dass es unbedingt notwendig ist, dass er sofort hierher in die Charles Street kommt."

Er begann die Treppe hinunterzugehen. „Ich hole nur meinen Mantel und bin weg." „Oh, Stanton, bitte Mr. Moreland in seiner Kutsche zu kommen."

Während Stantons Abwesenheit schritt Felicity nervös im Salon auf und ab. Wo war George? Er sollte Glee nacheilen, nicht Mr. Moreland. Warum hatte sie Mr. Moreland nicht geglaubt, als er versucht hatte, sie wegen Glee zu warnen? Ihr Stolz hatte sie dazu gebracht, ihm nicht zu vertrauen und nicht mit Glee darüber zu reden, was ihre Schwester vielleicht davon abgehalten hätte, mit einem völlig unpassenden Mann wegzulaufen.

Was für ein Mann würde ein siebzehnjähriges Mädchen entführen? Felicity wünschte ihn zu erwürgen. Nachdem sie Glee erwürgt hatte.

Auf Stanton und Mr. Moreland zu warten, war eine Qual für Felicity. Wie viele Meilen hatten Glee und der Unhold in der Zwischenzeit zurückgelegt? Wenn Stanton nur ein Pferd zur Verfügung stehen würde. Er hätte viel schneller sein können. Die Tatsache, dass Mr. Morelands graue Pferde außerordentlich schnell sein sollten, war ihre einzige Hoffnung. Durfte sie zu hoffen wagen, dass sie ihre Schwester einholen konnten?

Als Stanton und Mr. Moreland endlich das Haus in der Charles Street erreichten, dankte Felicity Stanton schnell und entließ ihn, dann brach sie in Tränen aus und warf sich in Mr. Morelands Arme.

„Was ist passiert?", fragte er mit besorgter Stimme, als sich seine Arme fest um sie legten.

„Es ist Glee. Sie ist weggelaufen."

Er nahm Felicity bei den Schultern und hielt sie von seiner Brust fern. „Wann?"

„Ich weiß es nicht. Die Kopfschmerzen ..."

Er unterbrach sie. „Es gab keine Kopfschmerzen." Dann fluchte er leise.

Mit feuchten Augen nickte Felicity ernsthaft, dann brach sie wieder in Tränen aus.

Er ging zum Spirituosenkabinett und schenkte ein Glas Sherry ein, das er ihr brachte. „Hier. Setzt Euch und trinkt das. Es wird Eure Nerven beruhigen."

Er fiel vor ihrem Stuhl auf die Knie und wischte ihre Tränen weg, dann sprach er sanft.

„Felicity, ich werde alles mir Mögliche tun, um sie zurückzubringen." Dann sprang er behände auf.

Sie fasste nach seinem Arm. „*Wir* bringen sie zurück."

„Ihr wisst nicht, wovon Ihr sprecht. Die Reise wird quälend anstrengend sein. Und was ist mit Eurem eigenen Ruf? Ihr könnt nicht mit mir kommen."

Sie stellte ihr Sherryglas ab und sprang auf die Beine. „Wie könnt Ihr von mir erwarten, mich um meinen Ruf zu sorgen, wenn meine unschuldige Schwester verführt wird von ..."

Er ging zu Felicity, zog sie an sich und nahm sie fest in seine Arme. „In Ordnung. Holt Euren Umhang. Wir fahren nach Schottland."

Sie eilte die Treppen hinauf um ihn zu holen und schrieb eine kurze Nachricht an George. *Mr. Moreland und ich sind nach Gretna Green gefahren, in der Hoffnung Glee davon abzuhalten, einen furchtbaren Fehler zu machen. – F.*

Sie legte die Nachricht in Georges Zimmer und lief wieder hinunter. Der Sherry schien ihre Nerven tatsächlich ein bisschen beruhigt zu haben. Das und Mr. Morelands Versprechen, dass er Glee zurückbringen würde.

* * *

Thomas wies seinen Kutscher an die North Road zu nehmen. „Du kannst dir zehn Guineas verdienen, wenn du es vor Tagesanbruch nach Coventry schaffst." Dann half Thomas Felicity in seine wartende Kutsche, setzte sich neben sie und nahm ihre zitternde Hand in seine. „Macht Euch keine Sorgen, Felicity", sagte er sanft, „wir werden sie finden, bevor irgendein Schaden angerichtet werden kann." Er wünschte, er könnte seinen eigenen Worten Glauben schenken. Glee hatte möglicherweise mehr als fünf Stunden Vorsprung.

Felicity sah zu ihm auf und drückte seine Hand. „Habt Ihr eine Ahnung, wer dieser erbärmliche Mann ist?"

Er verfluchte sich dafür, dass er das Mädchen nicht hatte beobachten lassen. Wegen Felicitys Ärger über seine Einmischung hatte er es nicht getan. „Nein, aber ich glaube nicht, dass er ein wohlhabender Mann ist."

Der Kutscher fuhr so schnell und scharf um die Kurve, dass Felicity gegen ihn fiel. Sie blieb, wo sie hingefallen war und sah zu ihm auf. „Warum glaubt Ihr das?"

„Wenn der Mann Zugang zu einer Kutsche hätte, hätte er Glee nicht öffentlich in Sydney Gardens getroffen und sie so einem Skandal ausgesetzt."

„Aber sie wäre nicht in eine Kutsche gestiegen ..."

Eine kalte Stille schnitt durch die dunkle Kutsche.

„Oh, Mr. Moreland, es tut mir so leid Euch nicht geglaubt zu haben. Glee muss noch viel erwachsener werden, als ich dachte." Ihre Brust bebte, als würde sie Schluchzer zurückhalten. „Ich ... Ich hätte sie noch nicht zu den Bällen gehen lassen sollen. Es ist meine Schuld."

Er sprach streng. „Es ist nicht Eure Schuld, Felicity. Sie zu den Bällen gehen zu lassen, war das Beste, was Ihr tun konntet. Dort war sie unter Gentlemen. Der Mann, der sie entführt hat, ist zweifellos kein Gentleman."

„Ich weiß, Ihr habt ihn nur aus der Entfernung gesehen, aber könnt Ihr Euch an irgendetwas an seinem Aussehen erinnern?"

Thomas erinnerte sich an Glee, als sie auf der Parkbank saß und auf den Mann hinaufblickte. „Er war älter – vielleicht sogar älter als ich."

„Und Ihr seid?"

„Neunundzwanzig. Der Mann schien groß zu

sein und hatte schwarze Haare. Das ist alles, woran ich mich erinnere."

„Du lieber Himmel, wie töricht ich war. Die Zeichen waren da, aber ich habe sie ignoriert."

„Welche Zeichen?"

„Sie sagte die Männer auf den Bällen wären nichts anderes als Jungen und so furchtbar britisch."

„Was bedeutet, dass sie bereits in einen älteren Mann mit dunklen Haaren verliebt war, der höchstwahrscheinlich nicht britisch war.

„Genau!", sagte sie enthusiastisch. „Ich weiß, wer es ist!"

Thomas beugte sich zu ihr. „Wer?"

„Ihr Tanzlehrer. Mr. Salvado."

„Wenn Ihr recht habt, dann muss der Mann eine Kutsche hier in Bath gemietet haben!", er rief dem Kutscher zu anzuhalten.

Sobald die Kutsche langsamer wurde, sprang Thomas herunter und sprach mit seinem Fahrer. „Bring uns zum Mietstall im schlimmsten Teil von Bath." Dann kam er für die kurze Fahrt zum Mietstall wieder in die Kutsche. Dort angekommen sprang er ab und befahl Felicity sitzenzubleiben.

Eine Laterne erhellte die hölzerne Wand des Mietstalles, aber sein Inneres war dunkel. Mr. Morelands Rufe weckten einen Stallknecht auf, der im oberen Stockwerk geschlafen hatte. Der Junge kam herunter und stolperte an Thomas vorbei, um die Laterne von ihrem Haken zu nehmen, während er sein Hemd in seine Reithosen stopfte.

„Ich glaube, Mr. Salvado hat heute Abend hier eine Kutsche gemietet", sagte Thomas und schmiss dem Jungen eine Münze zu.

Der Junge sah sie an und rieb sich die Augen.

„War überrascht, denn der Fremde hatte nicht einmal ein Pferd. Hatte aber Geld."

„War er in Begleitung einer Lady?"

Der Junge schüttelte seinen Kopf. „Es kam mir seltsam vor, dass er eine Kutsche nur für sich brauchte."

„Wie lange ist das her?"

„Kurz bevor ich ins Bett ging." Der Stallknecht kratzte sich am Kinn. „Muss so um zehn Uhr gewesen sein."

„Hat er gesagt, wohin er fahren wollte?"

Der Junge spitzte die Lippen. „Hat nur gesagt, dass er drei oder vier Tage unterwegs sein würde."

Nach Schottland. Thomas wandte sich der Türe zu, dann hielt er an. „Wie sah die Kutsche aus?"

„Die Kleinste, die wir haben. Schwarz natürlich. Musste einen Kutscher mitnehmen. Wir wollen unsere Kutschen zurückbekommen, wenn Ihr wisst, was ich meine."

„Absolut."

Thomas hatte etwas Positives erfahren. Die Kutsche musste Salvado sein gesamtes Erspartes gekostet haben. Er war wohl kaum dazu geneigt, für eine Übernachtung nach nur ein oder zwei Stunden Fahrt aufzukommen. Der Italiener erwartete zweifellos über die Familie seiner Braut zu Geld zu kommen.

Thomas vermittelte all die Informationen, die er bekommen hatte, an Felicity. „Verdammt soll ich sein, wenn ich ihm erlaube Glee zu heiraten", schloss er mit ernster Stimme ab.

„Wie können wir sie nach einem zweieinhalbstündigen Vorsprung einholen?"

Er nahm ihre Hand in seine. „Meine Pferde sind edel, seine nicht."

„Ich bin froh, dass Ihr daran gedacht habt, zum

Mietstall zu fahren. Jetzt haben wir wenigstens
einige Informationen."

Er tätschelte ihre Hand. „Genug um zu wissen,
dass es einige Stunden dauern wird, bevor wir ihn
einholen können. „Ich schlage vor, Ihr versucht
etwas Schlaf zu bekommen."

„Ich bin viel zu verärgert und aufgeregt, um zu
schlafen."

„Wenn wir Glee finden wird sie Euch brauchen
– ausgeschlafen und geistesgegenwärtig. Ich
empfehle Euch, Euren Kopf an meine Schulter zu
lehnen.   Sie   ist   komfortabler,   als   die
Kutschenwand."

„Ich werde es versuche,", sagte sie sanft und
vergrub ihr Gesicht in die schwarze Jacke, die er
zu dem Ball an diesem Abend getragen hatte.

Er legte seinen Arm um ihre Schulter, um ihr
mehr Halt zu geben. Ihre Sanftheit und der
leichte, blumige Duft ihres Parfums erinnerte ihn
daran, mit seiner kostbaren Felicity zu sein. Er
hatte sich so um ihre Schwester gesorgt, dass er
ganz vergessen hatte, wie dankbar er sein sollte.
Sie hat sich an mich gewandt, als sie in Nöten war.
Er konnte es immer noch kaum glauben, dass sie
nach ihm hat rufen lassen, dass sie sich wohl
genug bei ihm fühlte, um ihren Kopf auf seine
Schulter zu legen. Sie hatte ihm erlaubt, ihre
Hand zu halten. Sie war nicht zurückgezuckt, als
er seinen Arm um sie legte. Und sie hatte nicht
einmal eine Augenbraue gehoben, als er sie
Felicity nannte.

Kapitel 12

Thomas betrachtete es als großes Glück, dass die Straße von Bath gut befahren, breit und relativ eben war. Es war eine recht gute Straße für eine Nachtfahrt.

Als sie Chippenham erreichten, bat er den Kutscher anzuhalten.

Felicity hob abrupt ihren Kopf.

Er beugte sich zu ihr und sprach beruhigend. „Ich stelle nur ein paar Ermittlungen im Gasthof an." Dann verließ er die Kutsche.

Als er dem Eigentümer gegenüberstand, gab er ihm einen Shilling. „Seid so nett und sagt mir, ob ein dunkelhäutiger Mann, der mit einem ausländischen Akzent spricht, heute Abend in Begleitung einer lieblichen jungen, rothaarigen Lady hier war."

„Ich bin sicher, dass er das nicht war", sagte der Mann, der ein rötliches Gesicht hatte, und steckte die Münze in seine Tasche.

Zurück bei der Kutsche angekommen versuchte Thomas Felicity zu beruhigen. „Sie haben nicht hier angehalten. Obwohl wir in jedem Gasthof unterwegs anfragen müssen, wäre ich überrascht, wenn sie vor Tagesanbruch anhalten würden. Danach werden sie bestimmt hungrig sein und anhalten, um eine Pause zu machen. Dann werden wir sie einholen."

„Ich wünschte ich könnte Euch glauben", sagte sie.

Er hob ihr Kinn an. „Habe ich Euch jemals angelogen?"

Sogar im düsteren Licht der Kutsche konnte er sie ihren Kopf schütteln sehen. „Ich wünschte ich hätte Euer Selbstvertrauen."

„Ich habe einen kleinen Vorteil ihnen gegenüber. Ich werde nicht anhalten, bis ich sie gefunden habe. Sie hingegen werden anhalten, wann auch immer sie es wünschen."

„Aber Glee weiß sicherlich, dass George und ich, wenn nötig, einen Gaul mieten würden, um sie zu finden."

„Lasst uns hoffen, dass sie nicht logisch denkt."

Felicity stoß ein bitteres Lachen aus. „Dazu ist kein Hoffen nötig. Das Mädchen hat mich in letzter Zeit um den Verstand gebracht. Ich frage mich ständig, was ich falsch gemacht habe. Warum kann sie nicht Eurer Schwester ähnlicher sein?"

„Ihr vergesst, dass Diana zwei Jahre älter ist als Miss Pembroke."

„Ich bin mir sicher, dass sich Miss Moreland auch nicht so wie meine Schwester verhalten hat, als sie in ihrem Alter war."

Er sprach getragen, fast als würde er laut denken. „Ich weiß, wie besorgt Ihr sein müsst. Wenn es sich um Diana handeln würde ..."

„Diana hat großes Glück Euch als Bruder zu haben."

Sprach sie über das sogenannte Opfer, das er erbrachte, um seine Schwester in die Gesellschaft einzuführen? Bei Gott, er hatte Schuldgefühle. Es gab kein Opfer. Er durfte Zeit mit seiner geliebten Felicity verbringen - Dianas Aufnahme in den Kreis der Adeligen war eine Draufgabe. Er hoffte nur, dass sie ihr Herz nicht an Felicitys Halunken von einem Bruder verlieren würde.

George hätte seiner eigenen Schwester hinterherjagen sollen, aber George war wahrscheinlich in einer der Spielhallen. „Ich bin sicher, dass Sedgewick Euch und Miss Pembroke ein ebenso guter Bruder ist." Er würde Felicity niemals mitteilen, dass ihr Bruder immer noch spielte.

„Er ist viel zuverlässiger geworden", antwortete sie. „Ich nehme an er wird reifer. Miss Moreland ist eine willkommene Präsenz in unserer Familie. Ich hatte gedacht, sie wäre ein guter Einfluss auf Glee und George, aber ich erkenne nun, dass Glee noch einen langen Weg vor sich hat, um zu einer Lady wie Eure Schwester heranzuwachsen."

Er war überwältigt. Es kümmerte ihn kein bisschen, ob die Adeligen ihn akzeptierten, aber Dianas Akzeptanz erfreute ihn. „Es ist sehr freundlich von Euch, dies zu sagen – und zu fühlen. Sie ist mir sehr lieb."

Felicity stampfte mit ihrem beschuhten Fuß auf. „Ich wünschte, George wäre ein halb so guter Bruder wie Ihr es seid."

„Ihr seid erschöpft, das ist alles. Ihr seid böse, weil er heute Abend nicht zu Hause war und weil Ihr Euch nicht an ihn anlehnen könnt. Ich versichere Euch, er hätte mit Autorität gehandelt, hätte er als Erster von der Tat seiner Schwester erfahren." Er machte eine Pause. „Obwohl ich froh bin, dass er nicht zu Hause war. Wäre er in der Charles Street gewesen, hätte ich jetzt nicht das Vergnügen neben Euch zu sitzen."

„Was für ein Kavalier Ihr seid. Ich bin sicher Ihr wäret viel lieber daheim in Eurem Bett, als auf einer Landstraße in dieser kalten Nacht." Ihre Stimme hob sich mit Sorge. „Ihr habt nicht einmal einen Mantel. Und Ihr tragt wohl kaum Reisekleidung. Ich fürchte, ich habe Euch furchtbare Umstände gemacht."

Er nahm ihre Hand wieder. „Es sind keine Umstände, Felicity. Es ist mir eine Ehre. Ich fühle mich geschmeichelt, dass Ihr Euch in einer Krise an mich gewandt habt. Ich hoffe, ich erweise mich Eures Vertrauens würdig."

Du lieber Himmel, sie musste in Michaels Amulett sehen, bevor Thomas Moreland sie ihn völlig vergessen ließ. Hatte sie sich jemals so leicht gefühlt, als Michael ihre Hand gehalten hatte? Sie war sich schon lange Mr. Morelands körperlicher Vorzüge bewusst. Und so nahe neben ihm zu sitzen, seinen Duft nach Sandelholz zu atmen, seine große Hand ihre in Besitz nehmen zu spüren, ließ all seine Männlichkeit mit der Wucht einer Flutwelle auf sie zuströmen.

„Wollt Ihr nun schlafen?", fragte sie ihn.

„Ich bin solche Strapazen gewöhnt."

Warum konnte er nicht ein weniger respektabler Mann sein? Er machte es ihr sehr schwer, sich an Michael zu erinnern.

Sie hielten widerwillig an jedem Gasthof an, um nachzufragen und waren ungehalten über die dadurch verlorene Zeit. Es war unbedingt erforderlich den Tanzlehrer davon abzuhalten, Glee zu kompromittieren. Keiner der beiden musste seine Angst um Glee aussprechen. Es gab eine seltsame Übereinstimmung zwischen Felicity und Mr. Moreland, wie Felicity anerkennen musste. Sie reichte viel tiefer als nur ihre gemeinsame Liebe für Shakespeare.

Als er sich auf seine Schulter klopfte, so dass sie ihren Kopf darauflegen sollte, kam sie dem schweigend nach.

* * *

Als die Kutsche sich am nächsten Morgen verlangsamte, erhob Felicity ihren Kopf. Das schwache Licht der Morgendämmerung schien in die Kutsche. Sie war überrascht darüber, dass sie schlafen hatte können. Wenn Glees Verschwinden nicht besorgniserregend genug gewesen wäre, war es Mr. Morelands Anwesenheit bestimmt. „Wo sind wir?"

„Ich bin mir des Dorfnamens nicht ganz sicher", antwortete Thomas. „Aber wir müssen die Pferde wechseln. Wäret Ihr in der Lage, ohne etwas zu essen weiterzufahren? Ich verspreche Euch ein Festessen, sobald wir Miss Pembroke gefunden haben."

„Ich könnte keinesfalls stehenbleiben, um zu essen."

„Ich werde Nachforschungen anstellen, während der Kutscher unsere Pferde auswählt." Er kam einige Minuten später ohne jegliche Neuigkeiten zurück, und die Kutsche fuhr in halsbrecherischem Tempo los.

Drei Stunden vergingen, bevor sie beim nächsten Gasthof ankamen. Seine Anfragen dort brachten ihm die Information ein, dass eine Kutsche mit einer Dame und einem dunkelhäutigen Mann mit ausländischem Akzent tatsächlich vor knapp einer Stunde angehalten hatte, um Pferde zu wechseln.

Als er dies Felicity mitteilte, lächelte sie so breit, dass ihre Grübchen auf ihrem Gesicht erschienen. „Wir haben mehr als eine Stunde auf sie gutgemacht!"

„Seht", sagte er, „es ist genauso, wie ich es Euch gesagt habe. Wir werden sie einholen, sobald sie stehenbleiben, um zu essen."

„Sprecht nicht über Essen. Ich bin so furchtbar hungrig."

„Habt Ihr nicht gesagt, Ihr könntet unmöglich etwas essen?", fragte er verspielt.

Sie zog ihre Augen in vorgetäuschter Entrüstung zusammen. „Ich wünschte, Ihr hättet eine schlechtere Erinnerungsgabe, Mr. Moreland." Das Problem war, dass er eine gute Erinnerungsgabe hatte. Alles an ihm war gut. Du lieber Himmel! Michael musste mit großem Missfallen auf sie herunterblicken.

Eineinhalb Stunden später kamen sie beim nächsten Gasthof an. Diesmal fragte der Kutscher in den Ställen nach.

Felicity und Mr. Moreland beobachteten ihn durch das Fenster. Als er lächelte, sprang Mr. Moreland aus der Kutsche und lief dem Mann entgegen. „Sind sie hier?"

Der Kutscher nickte.

„Wann sind sie angekommen?", fragte Felicity, die hinter Thomas aus der Kutsche gehuscht war. Sie zitterte vor Furcht.

„Vor weniger als einer halben Stunde." Felicity und Thomas liefen zum Gasthof.

Dort, an einem Tisch im privaten Salon sitzend, sahen sie die beiden. Mr. Salvado, der immer noch seinen Überrock trug, hatte seinen Rücken dem Feuer zugewandt. Eine müde aussehende Glee saß ihm gegenüber.

Thomas stürmte zum Tisch und griff Salvado beim Kragen, was ihn auf die Beine brachte, und beide stießen leise Flüche aus.

Salvados braune Augen weiteten sich vor Angst. „Aber Miss Pembroke und ich teilen eine-a tiefe-a Liebe", protestierte er, als Thomas ihn gegen die nächstgelegene Wand schmiss.

„Ihr seid Euch dessen bewusst, dass Miss Pembrokes Familie alles verloren hat, nicht wahr? Sie haben kein Geld mehr."

Die Augen des dünnen Mannes weiteten sich und er schluckte tief, als er das aus seinem Mund rinnende Blut wegwischte. „Das macht-a mir nichts-a. Ich liebe Miss-a Pembroke."

Thomas große Hände ergriffen die Schultern des Mannes und er hielt sein Gesicht direkt vor das des Tanzlehrers. „Das Mädchen, welches Ihr entführt habt, ist noch nicht großjährig. Sie ist kaum älter als ein Kind. Wisst Ihr was die Strafe für Kindesentführung ist?"

Jetzt schluckte der Mann noch tiefer, was seinen Adamsapfel zum Springen brachte.

Felicity sah mit Bangen zu und erkannte die Angst auf dem Gesicht des Mannes, doch er tat ihr nicht leid.

„Verschwinde verdammt nochmal, Salvado", knurrte Thomas. „Wenn Euch Euer Leben lieb ist, setzt Ihr nie wieder einen Fuß nach Bath. Habt Ihr mich verstanden?"

Der Tanzlehrer öffnete seinen Mund, um zu sprechen, aber es kamen keine Worte heraus. Er nickte angsterfüllt.

Als Thomas ihn losließ, rannte Salvado aus dem Zimmer, ohne Glee auch nur anzusehen.

Mit tränenüberströmtem Gesicht blickte Glee zu Felicity auf.

„Ich weiß, du bist auf mich böse", fing Felicity an, „aber eines Tages wird dir klarwerden, dass das, was Mr. Moreland und ich heute getan haben, zu deinem Besten war."

Als die Serviererin zwei Teller mit dampfendem Essen brachte, brach Glee schluchzend zusammen. Felicity schloss sie in ihre Arme. „Ich bin nicht böse", schaffte Glee zwischen den Schluchzern zu sagen. „Ich bin so froh, dass du gekommen bist."

Während der Mahlzeit – Thomas hatte mehr Essen bestellt – erklärte Glee. „Sobald ich aus dem Fenster gestiegen war, wurde mir klar, dass ich einen schwerwiegenden Fehler gemacht habe, aber Mr. Salvado hat mich unter Beteuerung seiner unsterblichen Liebe in die Kutsche gezogen, und ich war zu feige, um ihm zu sagen, dass ich einen Sinneswandel hatte."

Sie nahm einen Bissen Kartoffel und hörte auf zu weinen. „Obwohl es gar kein Sinneswandel war. Ich glaube nicht, dass ich ihn je geliebt habe. Ich war verliebt in die Vorstellung eine verheiratete Frau zu sein und einen Mann zu haben, der mich liebt. Jetzt glaube ich jedoch nicht mehr, dass er mich überhaupt geliebt hat. Ich nehme an Ihr hattet recht, Mr. Moreland. Da mein Bruder ein Viscount ist, dachte er wohl meine Familie wäre in Besitz von Reichtümern."

„Ob er dich geliebt hat oder nicht ist irrelevant", sagte Felicity sanft. „Was zählt ist, dass du die Möglichkeit haben wirst, dich in der Gesellschaft zu bewegen, bis du einen guten Mann findest, der sich geehrt fühlen wird, dich zu seiner Frau zu machen. Wenn du heiratest, dann in einer Kirche umgeben von denen, die dich lieben. Und deshalb dürfen die Geschehnisse der letzten Nacht niemals offenbart werden. Sollte ein Skandal mit deinem Namen in Verbindung gebracht werden, würde jegliche Hoffnung für deine Zukunft schwinden."

Glee sah reumütig aus.

Es schmerzte Felicitys Herz ihre Schwester so ungepflegt, mit Locken wirr auf ihrem Gesicht, mit von Tränen geröteten Augen und zerknitterter Kleidung zu sehen.

Dann wurde Felicity bewusst, dass sie ebenso schlimm aussehen musste. Und sie wünschte sich so sehr, für Mr. Moreland gut auszusehen.

* * *

Es war fast Mitternacht als Thomas' Kutsche vor Felicitys Haus in der Charles Street ankam. Die Türe flog auf und George stürmte heraus, um sie zu begrüßen. Als er Glee sah, seufzte er tief. Er half ihnen von der Kutsche herunter. Glee stieg als Letzte ab. „Du gehst sofort auf dein Zimmer, junge Dame. Ich werde in Kürze kommen, um mit dir zu sprechen."

Glee huschte davon.

George wandte sich an Thomas. „Es fehlen mir die Worte, um meinen tiefen Dank auszudrücken, Moreland."

Stolz über die Reife ihres Bruders füllte Felicitys Herz.

George drehte sich zu Felicity um. „Wer war der Kerl?"

„Ihr Tanzlehrer."

George machte sich in Richtung des Hauses auf. „Ich glaube, ich werde meiner kleinen Schwester den Hals umdrehen."

Thomas geleitete Felicity zur Türe. Als ihre Augen sich trafen, hob sie ihm ihr Gesicht für einen Kuss entgegen.

Kapitel 13

„Ihr habt mir einen unermesslichen Dienst
erwiesen", sagte sie sanft und blickte in sein
abgekämpftes Gesicht.

Sein Kopf neigte sich ihrem zu.

Nach Atem ringend stellte sie sich auf die
Zehenspitzen, um noch einen Kuss zu empfangen.

Die hungrige Intensität des folgenden Kusses
überwältigte ihn beinahe. Denn ihre Leidenschaft
übertraf alles, was reiner Dankbarkeit
zugeschrieben werden konnte. Ihre Arme
schlangen sich um seinen muskulösen Rücken
und ihre Lippen öffneten sich innig, um seine
Zunge gewähren zu lassen.

Er zog sie näher, presste sie gegen seine Brust
und seine Arme schlossen sich noch fester um sie.
Er schaffte es gerade, den Kuss eine Weile später
zu beenden, konnte sich aber nicht dazu bringen
seine geliebte Felicity freizugeben. Er musste
dieses Gefühl, das seine Seele zu lähmen drohte,
vollkommen genießen. Nichts hatte sich je so gut
angefühlt. Diese hingebende, atmende,
fürsorgliche Felicity – nicht die steife Frau in
Schwarz – war dieselbe Frau, in die er sich vor
sechs Jahren verliebt hatte. Gott sei gedankt,
dass es sie unter der schwarzen Seide noch gab.

Dass sie ebenso willig war, wie er setzte sein
Herz in Flammen. Eine Frau küsste einen Mann,
den sie hasste, nicht so, wie Felicity ihn soeben
geküsst hatte.

Gott im Himmel, er war der glücklichste Mann auf der Welt.

Er hielt sie fest, bis sein Atem sich beruhigt hatte und tadelte sich selbst dafür ein Opportunist zu sein, der Felicitys Dankbarkeit ausgenützt hatte. Was für ein Gentleman er gewesen war.

Widerwillig ließ er sie los. „Ich bitte um Eure Vergebung", sagte er, als er in ihre umflorten blauen Augen blickte und betete, dass sie nicht bedauerte, dass er nicht ihr geliebter Captain Michael Harrison war.

Mit einem benommenen Blick brachte sie ihre Arme zurück an ihre Seite.

Sein zarter Finger streichelte ihre weiche Wange und er zwang sich, über etwas anderes als die Vertrautheit, die soeben zwischen ihnen stattgefunden hatte, zu sprechen. „Ich hoffe, Euer Bruder ist nicht zu streng mit Miss Pembroke."

Felicity schüttelte entnervt den Kopf. „Ich fürchte, wir könnten sie beide erwürgen! Warum, um Himmels willen, setzte sie ihre gesamte Zukunft für so einen nichtsnutzigen Mann aufs Spiel?"

Er zuckte die Schultern.

„Man kann nur hoffen, dass sie einen viel passenderen Mann finden wird, als einen, der so wenig von ihr hält, dass er sie nach Gretna Green für eine heimliche Hochzeit entführen muss."

„Viele Mädchen ihres Alters sind genauso töricht", verteidigte er Glee.

Er machte einen Schritt zurück und verbeugte sich. „Ich werde mich verabschieden. Ihr müsst müde sein."

Sie streckte ihren Arm aus, um ihn aufzuhalten. „Ich kann Euch nicht ausreichend sagen, wie dankbar ich Euch für alles bin."

„Dass Ihr mich in einer Zeit solcher Sorge aufgesucht habt, ist mehr Vergütung, als ich mir je hätte erhoffen können." Er neigte seinen Kopf zum Abschied und entfernte sich.

* * *

Sobald er weggegangen war, eilte sie zur Straße. Sie hatte vergessen, ihn zu bitten niemandem von Glees Transgression zu erzählen. Dann blieb sie stehen in der Erkenntnis, dass dies nicht notwendig war. Thomas Moreland brauchte so eine Warnung nicht. Er war ein wahrer Gentleman, wie sie nie einen gekannt hatte.

Sie betrat das Haus und stieg die schmalen Treppen hinauf und war erstaunt darüber, dass ihre Gedanken bei dem geheimnisvollen Mr. Moreland und nicht bei der unberechenbaren Glee waren. Felicity war über ihr frevelhaftes Verhalten mit Thomas Moreland schockiert. Er hatte ihr seinen Kuss eindeutig nicht aufgezwungen. Sie hatte sich ihm zugewandt, um hungrig seine Lippen zu finden! Sie hatte nicht erwartet, jemals wieder einen Mann zu küssen. Sie hatte offensichtlich zu lange ohne Zuneigung gelebt – die Art von Zuneigung, die eine Frau mit einem Mann teilte, der ihr lieb war, einem Mann, dem sie ihr Leben versprochen hatte.

Ihre Gedanken drehten sich um Mr. Moreland, als sie an Glees geschlossener Kammertüre vorbeiging. Sie konnte Georges aufgebrachte Stimme hören und ging weiter zu ihrer eigenen Kammer, erfreut darüber, dass George endlich seiner Rolle als Familienvorstand gerecht wurde.

* * *

Sie trug immer noch das gleiche Kleid wie in der Nacht von Glees Flucht, zog es endlich aus, und kletterte in ihrem Nachtgewand unter die Decken ihres Bettes. Ihre Gedanken kreisten um die seltsame Vertrautheit, die sich zwischen ihr und Mr. Moreland vor einigen Minuten ereignet hat. Obwohl sie sich ihrer Tat schämen sollte, tat sie dies seltsamerweise nicht. Ganz im Gegenteil hatte sie in Mr. Morelands Wärme geschwelgt. Es *war* zu lange her, seit sie Liebe erfahren hatte.

Nicht, dass Mr. Moreland sie liebte, selbstverständlich. Aber seit dem Tag an dem er hier angekommen war, hatte sie das Gefühl, dass er sie ... begehrenswert fand. Der Gedanke daran, brachte ein Lächeln auf ihre Lippen. Ein Lächeln, dessen sie sich furchtbar schämte.

Ihre Erinnerung an Michael und ihre gemeinsame Liebe hatte ihr in den letzten vier Jahren Kraft gegeben. Und nun, dachte sie schmerzlich, verblasste diese Erinnerung. Sie hatte vergessen, wie es sich anfühlte einen Mann so sehr zu begehren, dass sie sich danach verzehrte, in seinen Armen gehalten zu werden.

Vielleicht war es falsch gewesen, so zu tun als wäre sie immer noch Michaels Frau. *Er ist tot.* Zeit hatte ihren Schmerz gemildert und ihre Erinnerung an ihn Tag für Tag verblassen lassen.

Jeder, der sie liebte, sagte ihr sie wäre zu jung, um sich in ein selbstgemachtes Grab zu legen. Sogar Michael, der seinen frühen Tod erahnt hatte, hatte sie aufgefordert, ihm nicht nachzutrauern. Er hatte gewusst, dass sie unbedingt Kinder wollte und forderte sie auf wieder zu heiraten. „Ich kann den Gedanken nicht ertragen, dass du ohne Kinder alt wirst", hatte er ihr gesagt.

Hatten sie alle recht gehabt? Sollte sie ihre Trauer hinter sich lassen? *Oh Michael, wenn du mir nur sagen könntest, was ich tun soll.*

Mit diesen Gedanken sank sie in einen tiefen Schlaf.

Als sie an einem sonnigen Morgen erwachte, waren ihre ersten Gedanken bei Thomas Moreland. Sie verspürte ein großes Verlangen zu sehen, wie Thomas darauf reagieren würde, sie in Farbe gekleidet zu sehen. Hatte er nicht den Wunsch geäußert, sie in Blau zu sehen? Sie dachte an ihre magere Garderobe, die nicht der Trauer gewidmet war. Sie besaß ein blaues Woll...

Du lieber Himmel! War dieser letzte Gedanke ein Zeichen von Michael? Drängte er sie dazu, wieder zu leben? Sie ging zu ihrem Kleiderschrank und öffnete die Türe. In einer Ecke fand sie das hellblaue Wollkleid und nahm es vom Haken. Sie würde es tragen.

Dann weinte sie ob des Verwehens von Michaels Andenken.

* * *

Als ob nicht zwei Tage vergangen waren, seitdem er Felicity gebeten hatte, das Morgenwasser im Pump Room zu trinken, tauchte er am nächsten Morgen auf.

Sein Herz blieb fast stehen, als Felicity die Treppe herunterkam, um ihn zu begrüßen. Sie trug ein hellblaues Kleid und darüber eine Pelisse in dem gleichen blauen Farbton. Er schluckte. Es war dasselbe Kleid, das sie in der Nacht vor sechs Jahren getragen hatte, als sie sein Leben rettete. Zu keinem Zeitpunkt war sie jedoch schöner gewesen als jetzt. Ihr goldenes Haar umgab schimmernd ihr Gesicht wie ein Heiligenschein, genauso wie damals in der lang zurückliegenden Nacht. Ihre blauen Augen trafen seine und ein Lächeln vertiefte ihre Grübchen.

Er war nahezu sprachlos, als er sich ihr
näherte, um sie zu begrüßen. „Ihr ... Ihr seht
reizender aus als je zuvor, Felicity."

„Farben zu tragen war das Mindeste, das ich
tun konnte, um Euch zu zeigen, wie tief ich in
Eurer Schuld stehe. Ich kann nicht vergessen,
dass Ihr mich mindestens ein Dutzend Mal
deswegen angefleht habt." Am Fuße der Treppe
bot sie ihm ihre Hand an; er nahm sie in seine
Hände und beugte sich, um sie zu küssen.

Als er sich wieder aufrichtete trafen seine
funkelnden Augen die ihren. „Ich bin es, der
zutiefst dankbar ist."

Da er sie nicht mit anderen Gefährten teilen
wollte, war er in seiner Herrenkutsche gekommen,
welche Platz für nur zwei Personen bot. Als sie auf
der kurzen Fahrt zum Pump Room neben ihm
saß, lobte er sich für diese Entscheidung. Er
genoss das Gefühl, nahe neben ihr zu sitzen. Als
ihr Bein seines berührte schnellte sein Puls in die
Höhe, als wäre er noch grün hinter den Ohren.

Mehrere Personen auf dem Bürgersteig sahen
sie mit aufgerissenen Augen an. Er nahm an, sie
waren ebenso erfreut, die schöne blonde Witwe
farbig gekleidet zu sehen.

Im Pump Room befanden sich nur wenige
Leute. Thomas und Felicity gingen zur Quelle, wo
der Bedienstete ihnen ein Glas Wasser reichte,
das sie schnell und mit verzogenen Gesichtern
tranken.

Felicity reichte Thomas mit einem belustigten
Gesichtsausdruck ihr Glas. „Bitte versichert mir,
dass ich mich nun, nachdem ich das abscheuliche
Wasser getrunken habe, bis an mein Lebensende
bemerkenswerter Gesundheit erfreuen werde, Mr.
Moreland."

Er warf seinen Kopf zurück und lachte. „Ich wünschte, ich könnte." Er bot ihr seinen Arm an, und Felicity hakte sich lachend ein, als sie ihren Spaziergang um den Raum begannen.

Zum Glück war er ein großer Mann, dachte Thomas. Wäre er leichter gewesen, wäre er sicherlich in den Himmel entschwebt. Ein solches Glücksgefühl, wie er es jetzt empfand, war ihm tatsächlich völlig fremd. Die Liebe seines Lebens hatte ihr Witwengewand für ihn abgelegt und hakte in diesem Moment besitzergreifend ihren Arm in seinen, was seinen Arm leicht in die weiche Seite ihrer Brust drückte. Thomas versank in fast ebenso starke Gefühle und körperliche Genüsse wie letzte Nacht bei ihrem Kuss. Der bloße Gedanke an den Kuss erschütterte ihn bis ins Mark – und hatte außerdem einen erhebenden Effekt unter seiner Gürtellinie.

„Ihr scheint viel Aufmerksamkeit auf Euch zu ziehen", sagte er zu ihr, als sie um den Raum kreisten.

„Ich glaube nicht, dass mich je zuvor so viele Leute bemerkt haben," antwortete sie erstaunt. „Ihr müsst zugeben, dass ich außerordentlich düster ausgesehen habe."

„Ich kann Euch nicht zustimmen. Auch als Küchenmagd gekleidet würdet Ihr schön aussehen."

Er erkannte, dass seine Bemerkung sie in Verlegenheit brachte, denn sie änderte schnell das Gesprächsthema.

„Ich muss sagen, dass ich äußerst überrascht war, Euch heute Morgen zu sehen, Mr. Moreland. Ich war mir sicher Ihr würdet Schlaf aufholen, nachdem Ihr seit dieser ... dieser furchtbaren Nacht nicht mehr geschlafen habt."

Er tätschelte ihre Hand. „Habt Ihr gut geschlafen?"

„Natürlich nicht", sagte sie. „Außer für ein paar Stunden. Im Gegensatz zu meiner unberechenbaren Schwester. Kurz bevor Ihr angekommen seid, habe ich nach ihr gesehen, und das Geräusch hat sie nicht im Geringsten geweckt."

„Seid nicht überrascht, wenn sie den ganzen Tag schläft", warnte er.

„Das tut sie auch unter normalen Umständen!", sagte Felicity lächelnd.

Er nickte. „So wie die meisten ihres Alters."

Felicity sah zu ihm auf. „Außer Thomas Moreland, als er jung war. Ihr wurdet von einem unersättlichen Hunger nach Erfolg getrieben."

„Ah! Ihr erinnert Euch."

„Mein lieber Mr. Moreland, ich werde wohl kaum irgendetwas über Euch vergessen, denn ich habe nie zuvor jemanden wie Euch gekannt."

„Ich werde dies als ein Kompliment annehmen", sagte er.

Sie war einige Minuten lang still und sagte dann mit kaum hörbarer Stimme: „Das war es wohl."

Er schwebte noch höher.

Er hätte nicht sagen können, wie oft sie den Raum umrundet hatten. Er hatte kein Verlangen danach seine kostbare Felicity mit irgendjemandem zu teilen und hatte deswegen seine Schwester dazu überredet, heute Morgen zu Hause zu bleiben.

Es widerstrebte ihm daher, Carlotta in ihrem lila Gewande den Raum betreten zu sehen, obwohl er ihre Anwesenheit ignorierte.

Nur Felicity konnte diesen Spaziergang

beenden. Er hoffte, sie so sehr in ein Gespräch zu verwickeln, dass sie die Ankunft ihrer Freundin nicht bemerken würde.

Sein Glück hielt nicht lange an. Felicity erhaschte einen Blick von der Lady in Lila und blieb stehen, um ihre Freundin zu begrüßen.

Zum ersten Mal begrüßte Carlotta Ennis nicht ihn zuerst. „Felicity! Du trägst Farbe! Sag, was ist über dich gekommen?" Ein Ausdruck von Sorge huschte über Carlottas Gesicht.

Dann sah Carlotta zu Thomas auf und ihr Gesicht verhärtete sich.

„Ich habe beschlossen, dass du recht hattest, mich dazu zu ermutigen, meine Trauer hinter mir zu lassen – wie du es so weise getan hast", sagte Felicity.

„Wie nett." Carlottas Stimme fehlte jegliche Aufrichtigkeit.

„Sieht sie nicht lieblich aus in Blau?", fragte Thomas in der Hoffnung, dass die schwarzhaarige Schönheit nun Felicitys Anziehungskraft auf ihn verstand und ihre eigenen Hoffnungen aufgeben würde.

„Blau ist eine äußerst bekömmliche Farbe für Mrs. Harrison", sagte Carlotta steif.

Wie sehr er sich wünschte, Carlotta Ennis hätte den Pump Room heute gemieden.

Weder Carlotta noch der Colonel mieden den Pump Room. Voller Wut beobachtete Thomas den großen Mann, als er mit seinem Stock auf sie zu humpelte.

* * *

Felicity war äußerst zufrieden, nur in Mr. Morelands Gesellschaft zu sein. Sie erkannte langsam, dass er nicht nur besser aussah als die anderen Männer in ihrer Bekanntschaft, sondern auch interessanter war.

Sein dunkles gutes Aussehen alleine hätte ihm niemals ihre Akzeptanz gesichert. Nur ein Mann von noblen Taten war imstande, sie von den Fesseln von Michaels Andenken zu lösen. Thomas Moreland bewies seine Würdigkeit auf jede Art und Weise.

Sie dachte an ihren Bruder und andere untätige Männer ihrer Klasse und es wurde ihr bewusst, wie kläglich sie bei einem Vergleich mit Mr. Moreland abschnitten.

Sie hatte Carlotta mit großem Widerwillen begrüßt und wappnete sich gegen den Ansturm von unverschämter Koketterie mit Mr. Moreland.

Felicity war sehr überrascht über Carlottas Feindseligkeit ihr und Mr. Moreland gegenüber. Dachte Carlotta es gab eine Vereinbarung zwischen ihr und Mr. Moreland? Es wäre ganz und gar nicht passend, solch einen Unsinn in Bath zu verbreiten.

„Ich sehe, Ihr habt es geschafft, Euren jüngeren Schwestern zu entkommen", stellte Carlotta sarkastisch fest.

„Sicherlich weißt du noch, dass Glee sich nicht wohl fühlt", zischte Felicity.

„Und meine Schwester ist ohne ihre beste Freundin wie ein Fisch ohne Wasser", fügte Thomas hinzu.

Aus ihrem Augenwinkel sah Felicity wie Colonel Gordon den Raum betrat, und aus unerfindlichen Gründen wurde sie nervös.

Makellos gekleidet kam der Colonel direkt auf sie zu und verbeugte sich. „Ihr blendet mich, Mrs. Harrison. Wie gut es tut, Euch in Farbe zu sehen." Er ignorierte Thomas und wandte sich an Carlotta. „Ihr müsst zustimmen, Mrs. Ennis, dass

Eure Freundin lieblich aussieht in Blau."

„Das sagte man mir", antwortete Carlotta eisig.

„Ich schlage vor, Ihr und Mrs. Ennis holt Euch Wasser von der Quelle", sagte Thomas zu Colonel Gordon. „Ihr seht heute gar nicht gut aus."

„Lasst uns gehen", sagte Carlotta und hakte sich in den Arm des älteren Mannes ein.

Thomas bot Felicity seinen Arm an und sie setzten ihren Spaziergang fort. „Ich bin überaus verärgert über Euren Kommentar zu Colonel Gordon", schimpfte sie.

„Ihr müsst zugeben, dass er mich zuerst ignoriert hat."

„Seine Unhöflichkeit ist keine Entschuldigung für Eure."

„Ja, Madam. Ich bin voller Reue. *Denn gnädig sein gibt echten Adel kund.*"

„Ihr glaubt also mich besänftigen zu können, indem Ihr mit Shakespearezitaten um Euch werft. Dieses eine Mal werde ich Gnade walten lassen, aber Ihr müsst wirklich höflicher mit dem Colonel umgehen."

Obwohl sie begeistert über Colonel Gordon sprach, verbargen sich ihm gegenüber unerklärliche schlechte Gefühle in ihr. Wo auch immer im Raum sie war, spürte sie Colonel Gordons starren Blick auf sich gerichtet.

Und sie fühlte sich äußerst unwohl.

Kapitel 14

Colonel Gordons Hals war vor Ärger so zugeschnürt, dass er kaum trinken konnte. Er war dabei Felicity an diesen verdammten Emporkömmling aus Indien zu verlieren. Nachdem er seit fünf Jahren in Felicity verliebt war, war er nicht dazu bereit, sie jetzt aufzugeben. Nicht nach all den Dingen, die er für sie getan hatte. Dinge, die ihn an den Galgen bringen könnten.

Ohne es aufzurufen, kam ihm das Bild des sterbenden Captain Harrison in den Sinn. Er erinnerte sich daran über Harrison zu stehen, als er das Schwert aus Harrisons Bauch zog.

„Warum?", fragte der Captain mit seinem letzten Atemzug.

Der Colonel lächelte ihn an. „Für Felicity. Jetzt wird sie mir gehören."

„Ich habe dieses abscheuliche Wasser immer abgelehnt", sagte Carlotta zu Gordon, als sie einen großen Schluck machte und ihr Gesicht verzog.

„Aber ich dachte, ich bräuchte es heute vielleicht."

Er nickte ernsthaft, da er verstand was sie meinte. „Ihr begehrt Mr. Moreland erst seit einigen Wochen. Ich liebe Felicity seit vielen Jahren."

Sie sah ihn verständnisvoll an. „Es ist schade, dass wir sie nicht dazu zwingen können, uns zu lieben."

Er hatte keine Zeit für derlei Bedauern. Er

würde sich von niemandem davon abhalten lassen, Felicity Harrison zu besitzen, besonders nicht von einem vor kurzem aus Indien zurückgekehrten Flegel. Seine Lüge über Morelands illegitime Familie hatte Felicitys Interesse an dem Emporkömmling offensichtlich nicht gemindert.

Das Erschreckende daran war, dass es verdammt schwierig war, mit dem Mann zu konkurrieren. Nicht nur war er furchtbar reich, er war auch ein Mann, den Frauen außerordentlich gutaussehend fanden. Der Colonel sah hinab auf sein eigenes unbrauchbares Bein und Zorn machte sich in ihm breit. Ich habe es für dich getan, Felicity.

Er und Carlotta beobachteten, wie Felicity und Moreland um den Raum spazierten. Felicity sprach mit dem Emporkömmling, als ob niemand anderes existieren würde. Der Colonel schluckte schwer. Niemals zuvor – nicht einmal als der Captain noch am Leben war – hatte er Felicity so vor Glück strahlen gesehen. Und niemals zuvor hatte er sich so schlecht gefühlt.

Er plante Felicity Harrison zu besitzen, auch wenn er dafür Moreland töten musste. Er hatte schon einmal für sie getötet und würde es gerne wieder tun.

Nun galt es einen Plan zu schmieden ...

* * *

„Ihr tragt Euer Amulett nicht", sagte Thomas und ignorierte den Colonel und Mrs. Ennis, die auf sie zu warten schienen. Zum Teufel mit ihnen. Er war fest entschlossen, Felicity nicht zu teilen.

„Ihr seid viel zu aufmerksam."

„Was war in dem Amulett?", fragte er.

Ihre Wimpern senkten sich, so wie ihre

Stimme, als sie antwortete. „Es war das Bild meines Mannes und eine Strähne seines Haars."

Die Traurigkeit in ihrer Stimme hielt ihn davon ab, zu jubeln. Der Sieg war so nahe, dass er ihn fast schmecken konnte. Das musste ausreichen.

„Es ist gut, dass Ihr endlich Eure Trauer abgelegt habt. Ihr seid jung und schön – und viel zu lebendig, um Euch eine Familie zu verweigern. Nicht viele Frauen in Eurem Alter hätten so lange und so treu getrauert. Es zeugt von einer glücklichen Ehe."

„Ich kann nicht so tun, als ob ich diese Worte nicht tausendmal gehört hätte. Ich nehme an vier Jahre sind genug, um um Michael zu trauern – nicht, dass ich jemals aufhören werde ihn zu lieben."

„Natürlich", sagte Thomas, während sich eine Übelkeit in ihm breitmachte.

Sie waren für einen Moment still, dann fing sie an, „Es gibt etwas, worüber ich mir Sorgen mache, Mr. Moreland."

Sein Herz schlug hart. „Was ist es, ich bitte Euch?"

„Ich habe etwas über Eure Vergangenheit in Indien erfahren, das in starkem Gegensatz zu dem steht, was ich über Euch weiß."

Sein Schritt wankte nicht. „Ich habe nichts in Indien getan, wofür ich mich entschuldigen müsste."

Sie blieb stehen und sah ihn mit funkelnden Augen an. „Was ist mit den Kindern, die Ihr dort gezeugt und zurückgelassen habt?"

Zorn blitzte in seinen Augen auf. „Wovon zum Teufel sprecht Ihr?", fragte er empört.

„Wollt Ihr damit sagen, dass Ihr nicht als Mann und Frau mit einer Inderin gelebt habt?"

„Das ist genau, was ich Euch sage", antwortete er verärgert. „Erstens hatte ich keine Zeit. Ich war ein viel beschäftigter Mann. Und zweitens wisst Ihr nichts über Indien, wenn Ihr glaubt, es wäre angebracht für eine Hindi Frau mit einem Engländer zu leben. Die Frau wäre von ihrer eigenen Familie für solch eine Tat getötet worden."

Felicity nickte ernsthaft und fing wieder an zu gehen. „Es hat sich nicht so angehört, als ob Ihr so etwas tun würdet."

„Ich muss nicht fragen, wer solche Lügen über mich verbreitet. Es muss Gordon gewesen sein."

„Ich kann nicht sagen wer, aber es war nicht Colonel Gordon."

Thomas lachte verbittert. Wenn Gordon die Lüge nicht selbst verbreitet hatte, dann hatte er jemand anderen dazu gebracht. Es würde ihn nicht überraschen, wenn der Mann sich selbst ins Bein schießen würde, um dem Krieg zu entkommen.

Gute Manieren zwangen sie dazu, sich dem Colonel und Carlotta wieder anzuschließen, obwohl die folgende Konversation eher lustlos war. Wenigstens bis George und Blanks auftauchten.

„Sagt, Moreland", sagte George, „wo ist Eure Schwester heute?"

Thomas war überrascht den jungen Flegel so früh zu sehen. Der Kerl war letzte Nacht wohl nicht in die Spielhallen gegangen, nachdem er sich um Glee gekümmert hatte. Das war ein gutes Zeichen. „Ich muss Euch leider mitteilen, dass sie in Winston Hall geblieben ist", antwortete Thomas.

Es wurde jeden Tag offensichtlicher, dass der junge Lord Sedgewick in Diana verliebt war. Hatte

Thomas sich nicht eine so gute Partie für seine
einzige Schwester erhofft? Die Vorstellung, dass
die Tochter eines Buchhändlers zur Ehefrau eines
Viscounts wurde! Lady Sedgewick.

Aber er wollte nicht an die törichte
Lebensweise des Mannes denken. Das viele
Spielen. Sein unverhältnismäßiger Lebensstil, der
seine Mittel überschritt. Sein Geschmack für
Frauen von fragwürdiger Moral. Obwohl Thomas
zugeben musste, dass Sedgewick sich verbessert
hatte, seitdem er Diana kennengelernt hatte, war
er sich nicht sicher, dass diese Stabilität anhalten
würde.

Und er war sich ganz und gar nicht sicher, ob
George Pembroke, der Viscount Sedgewick, gut
genug für seine süße Schwester war.

„Miss Moreland war nicht daran interessiert,
ohne Glee zu kommen", sagte Felicity. „Und, wie
du weißt, erholt sich Glee noch von ihrer
Krankheit."

„Oh ja, durchaus", sagte George unbeholfen.

„Ich wusste nicht, dass Ihr ein Frühaufsteher
seid, Lord Sedgewick", neckte Carlotta gutmütig.

„Oh, ich habe in letzter Zeit alle meine
Gewohnheiten geändert", sagte er. „Zum besseren,
wie ich hoffe." Er warf Thomas einen nervösen
Blick zu.

„Verdammt langweilig ist er", murmelte Blanks.

George klopfte seinem Freund auf den Rücken.
„Du wirst es verstehen, mein Freund, wenn du
reifer bist. Spieltische und verschlafene Tage
verkürzen das Leben eines Mannes und
verringern seine Fähigkeiten einfachere
Vergnügen zu genießen."

Felicity nickte. „In der Tat. Papa war nur knapp
über vierzig, als er starb, und ich muss seine

Leidenschaft zu spielen vor keinem von Euch verstecken."

„Lebte ein langes, glückliches Leben, wie mir scheint", sagte Blanks.

„Euren Erwartungen nach", sagte Thomas zu Banks, „habe ich demnach nicht mehr als zehn Jahre übrig, um zu leben."

„Ihr seid dreißig?", sagte Carlotta mit weit offenen Lavendelaugen.

„Bald. Ich bin noch zwei Monate lang neunundzwanzig."

Der Colonel stieß ein bösartiges Lachen aus. „Nicht mehr als ein Baby. Ich bin neununddreißig, und bis auf mein schlechtes Bein bin ich gesund wie ein Achtzehnjähriger. Und natürlich viel weiser."

Und frei von Bescheidenheit, dachte Thomas, obwohl er zugeben musste, dass der Mann nicht wie viele andere seines Alters dick geworden war. Er vermutete allerdings, dass Colonel Gordon von Natur aus schlank war.

„Sagt mir", sagte Blanks zum Colonel, „nachdem Ihr älter und weiser seid, was macht ein Mann zum Vergnügen hier im Tageslicht?"

Alle in ihrem Kreis brachen in Gelächter aus.

„Mein guter Mann, Ihr müsst nur ein junges Mädel finden, um alles interessant zu machen", sagte Colonel Gordon.

Blanks schüttelte vehement den Kopf. „Ich werde bestimmt nicht in die Mausefalle des Pastors treten."

George verdrehte die Augen. „Blanks schwört niemals zu heiraten."

„Weil die Frauen, in deren Gesellschaft er sich herumtreibt, nicht der Typ sind, die von noblen Männern geheiratet werden", warf Carlotta ein.

Felicity wandte sich erbost an Carlotta. „Carlotta! Ich bitte Euch nicht über so etwas zu sprechen."

„Bitte verzeiht mir, Mr. Blankenship", murmelte Carlotta mit ihrer heiseren Stimme.

„Nichts zu verzeihen, Mrs. Ennis", sagte er.

Thomas ertappte sich dabei zu hinterfragen, warum Diana sich nicht zu Gregory Blankenship hingezogen fühlte. Er war ein äußerst gutaussehender Mann. Dass er beträchtliche Reichtümer besaß, würde allerdings wenig Bedeutung für Diana haben.

Das hieß nicht, dass George nicht gutaussehend war. Er war kleiner als Blankenship und hellhäutiger. Vielleicht war es das, was Diana attraktiv an ihm fand. War es nicht wahr, dass sich Gegensätze anzogen? Diana war fast so dunkelhäutig wie ihr Bruder. Natürlich würde sie Georges güldenes, gutes Aussehen anziehend finden.

Dann war da die Tatsache, dass George Diana mit einer Ehrfurcht behandelte, die der Queen vorbehalten war, während Blankenship sie mit Gleichgültigkeit betrachtete. Thomas fragte sich, ob seine Gleichgültigkeit daher stammte, dass George sein Revier deutlich gekennzeichnet hatte, oder ob er sich einfach nicht zu Diana hingezogen fühlte?

So innig er Felicity er auch liebte, war Thomas sich nicht sicher, ob er eine Verbindung zwischen ihrem Bruder und seiner Schwester gutheißen könnte.

Bestrebt danach mit Felicity alleine zu sein sagte er: „Mrs. Harrison macht sich sichtbar Sorgen um ihre kranke Schwester. Ich bringe sie besser nach Hause."

Sie verabschiedeten sich und er und Felicity fuhren in seiner Herrenkutsche nach Hause.

„Ich weiß, dass Ihr mit einem Pferd oder einer Kutsche kommen müsst, da Winston Hall weit von meinem Haus entfernt ist", sagte Felicity zu Thomas, „aber ich bitte Euch nächstes Mal Eure Herrenkutsche bei meinem Haus zu lassen. Ich ziehe es vor, durch die Straßen von Bath zu spazieren. Es ist hier alles so nahe, im Gegensatz zu London."

„Wie Ihr wünscht, Felicity."

„Ich bitte Euch, mich in Gesellschaft nicht mit meinem Vornamen anzusprechen."

„Das habe ich nie getan."

„Ich weiß", sagte sie.

Wenigstens hatte sie ihm nicht verboten, sie generell mit ihrem Vornamen anzusprechen. Noch ein Sieg, dachte er mit Freude. Sein sechsjähriges Bestreben näherte sich einem erfolgreichen Ende.

Er hätte es vorgezogen, durch jede Straße in Bath zu fahren, um Felicity bei sich zu behalten – so nahe, dass sie ihn berührte – aber er wusste, dass er das nicht konnte.

Als er ihr Haus erreichte, zügelte er seine Pferde, sprang von seinem Sitz und hob Felicity herunter. Er geleitete sie zur Türe und küsste zärtlich ihre Hand. „Danke, dass Ihr mich zum glücklichsten aller Männer macht."

Sie blickte ihn erstaunt an und verschwand durch die Türe.

* * *

Felicity hatte kaum die Türe geschlossen, als Glee sich weinend in ihre Arme warf. „Kannst du mir jemals verzeihen, Felicity?", schluchzte sie und tupfte ihre Tränen mit dem Ärmel ihres Musselinkleides ab.

Felicity schloss ihre Arme um Glee und streichelte den zarten Rücken ihrer Schwester. „Ich bin so glücklich, dass du nicht den Rest deines Lebens mit Mr. Salvado verbringen musst", flüsterte Felicity tränenvoll.

Glee ließ sie los und stieg die Treppe hoch.

„Was hat George dir letzte Nacht gesagt?"

Sie betraten Glees Kammer und schlossen die Türe.

„Er hat mich zum Zittern gebracht. Ich habe George noch nie so ... erwachsen gesehen."

„Auch ich nicht", sagte Felicity und hing die Kleider ihrer Schwester auf, welche in eine Stofftasche gestopft waren.

„George sagte, er gäbe sich selbst die Schuld, weil er nicht oft genug hier ist. Er benahm sich, als würde er mich begleiten wollen, wann auch immer ich ausgehe."

Felicity hob ihre Augenbrauen. Bedeutete dies, dass sich George endlich so verhielt, wie es sich für einen Viscount und ein Familienoberhaupt gebührte?

„Ich kann nicht glauben, dass ich Mr. Salvado je als gutaussehend empfunden habe", sagte Glee, schüttelte ihren Kopf und fiel auf ihr Bett. „Er ist furchtbar alt. Er muss fünfunddreißig sein. Und mir gefiel der Duft, der in der Kutsche um ihn schwebte, gar nicht."

„Ich nehme an, es war Knoblauch", bemerkte Felicity. „Italiener, wie man mir sagt, streuen ihn in all ihre Gerichte." Sie kräuselte ihre Nase. „Er hat einen äußerst üblen Geruch."

Die beiden fingen zu kichern an.

„Bedanke dich bei deinen Glückssternen – und Mr. Moreland – dafür, dass du nicht für den Rest deines Lebens an Mr. Salvado gekettet bist.

Kapitel 15

Glees Blick schweifte über Felicity und ruhte auf dem blassen Merinowollkleid. „Ich bin entzückt, dass du deine Trauer abgelegt hast, aber ich bin äußerst eifersüchtig. Nun wirst du mich leider überstrahlen."

„Puh! Wir sind von unterschiedlicher Natur, sonst nichts."

„Ja, du bist eine elegante Blondine, und ich bin nicht mehr als eine kecke Rothaarige."

„Ich bin mir nicht sicher, dass ich wirklich elegant bin", setzte Felicity entgegen, „aber ich frage dich, was ist an keck auszusetzen? Und du hast vergessen, zu erwähnen, dass du zierlich und bezaubernd bist."

Glee zuckte mit den Schultern, beugte ihren Kopf zur Seite und sah ihre Schwester nachdenklich an. „Wie hübsch dein Kleid auch gewesen sein mag, du musst zugeben, es ist mittlerweile leider aus der Mode gekommen. Wie lange hast du es schon?"

Felicity dachte einen Moment darüber nach. „Es war Teil meiner Aussteuer, was bedeutet es ist …"

„Sechseinhalb Jahre alt", antwortete Glee.

„Reicht unser jüngst erworbenes Geld nicht aus, um ein paar neue Dinge für dich selbst zu kaufen?"

Felicity sah auf ihr Kleid hinab und erkannte, dass ihre Schwester recht hatte. Das Kleid roch sogar alt. „Vielleicht kann ich tatsächlich ein oder zwei neue Kleider brauchen." Das Geld kam von Thomas und Felicity war sich mit selbstzufriedener Genugtuung bewusst, dass er einem Kleiderkauf voll und ganz zustimmen würde. In der Tat würde Mr. Moreland wahrscheinlich jubeln.

Diese Erkenntnis brachte ihr Herz zum Flattern. Sie hatte sich den ganzen Tag unerklärlich leicht gefühlt. Thomas Moreland brachte sie zum Leben, wie es keine andere Person jemals vermochte. Nicht einmal ihr geliebter Michael. Es war an der Zeit, dass sie sich wieder zu leben gestattete.

Felicity erhob sich und legte sich ihre Pelisse um. „Du musst mit mir kommen. Ich glaube ich werde einige leichtsinnige Einkäufe tätigen."

Ein Lächeln breitete sich auf Glees Gesicht aus.

* * *

Sie gingen zuerst auf die Gay Street zu dem gleichen Damenschneider, der Glees neue Kleider gefertigt hatte. Dort beugten sich Felicity und Glee über Schnittmuster und befühlten teure Seide. Nach fast zwei Stunden wählte Felicity Schnitte für zwei Abendkleider und drei Tageskleider aus. In dem Wissen wie sehr sie Thomas in Blau gefiel, wählte sie zwei der Kleider in diesem Farbton aus, eines für tagsüber und eines für abends.

„Ich fühle mich furchtbar egoistisch, da du dir nur fünf kaufst und mir doppelt so viele gewährt hast", sagte Glee.

„Wie ich dir schon gesagt habe, Liebes, ich bin nicht diejenige, die einen Ehemann sucht."

Nachdem sie den Damenschneider verlassen hatten, spazierten die Schwestern die Cheap

Street zur Hutmacherei entlang. Bevor sie das Geschäft betraten, beugten sie sich hinunter, um mit Jamie zu sprechen.

Er war nur zu erfreut ihnen seine neuen Spielzeugsoldaten zu zeigen. Felicity war äußerst überrascht, denn die Spielsachen waren sehr teuer. Wie hatte der Bursche sie bekommen? Seine Mutter hatte bestimmt nicht ausreichende Geldmittel. Felicity wurde gesagt, dass manche Näherinnen für nur zwei Pennies pro Tag arbeiteten. Sie nahm an eine der wohlhabenden Kundinnen musste dem Jungen die Spielzeugsoldaten geschenkt haben.

Ihr sei gedankt.

„Du liebe Güte, Jamie", sagte Glee lieblich, „du siehst viel besser aus als letztes Mal. Die Quellen in Bath müssen dir guttun."

„Oh, es sind nicht die Quellen. Es ist der Sonnenschein – und die Orangen. Mein Wohltäter sorgt dafür, dass ich jeden Tag der Woche auf einem Pony in der frischen Luft reite. Sagte meiner Mum Orangen würden mir helfen gehen zu können. Schickt mir jeden Tag welche."

Was für eine liebenswürdige Frau dies sein muss, dachte Felicity.

Im Geschäft wählte Felicity einen Strohhut für untertags aus. Warum sollte sie mehrere kaufen, wenn sie diesen jedem ihrer Kleider einfach anpassen konnte, indem sie verschiedenfarbige Blumen und Bänder hinzufügte? Für abends suchte sie ein elfenbeinfarbiges Federband aus. Obwohl sie höchst modern waren, musste Felicity zugeben, dass Kopfbänder in der Tat eher lächerlich aussahen. Warum konnte man nicht von seinem eigenen glänzenden Haar gekrönt sein?

Bevor sie das Geschäft verließ, nickte sie der Näherin zu, die im hinteren Teil arbeitete. Jamies Mutter. „Euer Junge sieht so viel gesünder aus als letztes Mal."

Ein großes Lächeln erschien auf dem Gesicht der Frau. „Oh er ist es! Mit Hilfe des Knechtes seines Wohltäters, der ihm jeden Tag das Pony bringt, hat Jamie sogar ein paar Schritte gemacht." Eine Träne rollte aus ihren leuchtenden Augen.

„Wie wunderbar! Darf ich den Namen des Wohltäters erfahren?", fragte Felicity.

„Ich wünschte ich wüsste ihn. Er ist der edelste Gentleman, den ich je gesehen habe."

Ein Gentleman? Wie seltsam. Männer kamen niemals in diese Geschäfte.

„Er schickt Jamie jeden Tag Orangen. Sagt, er hat seine eigene Orangerie. Er muss ein feiner Lord sein. Und er ist so gutaussehend. Jung und groß und dunkelhäutig."

Guter Himmel, die Frau beschrieb Thomas Moreland! Er hatte eine Orangerie. Und er war eindeutig groß und dunkelhäutig und gefährlich gutaussehend. Jetzt, da sie darüber nachdachte, erinnerte sie sich daran, Jamie ihm gegenüber erwähnt zu haben. An dem Tag, an dem er sich plötzlich von ihrem Morgenzimmer entschuldigt hat, nur um eine Stunde später Diana abzuholen. Das war vor einem Monat.

Felicity wandte sich wieder an die Mutter des Jungen. „Wie lange hat Jamies Wohltäter ihm schon geholfen?"

„Kurios, dass Ihr fragt", sagte die Frau. „Er kam an genau dem Tag, an dem Ihr und Eure Schwester letztens hier wart."

Die Hutmacherin nickte. „Und was für ein

feiner Gentleman er ist. Er hat mich äußerst gut bezahlt, um Mrs. Campbell zu erlauben, mit dem kleinen Kerl zum Arzt zu gehen." Sie räusperte sich. „Als ob ich nicht erfreut gewesen wäre, dem süßen kleinen Jungen zu helfen."

„Und", fiel Jamies Mutter ein, „der liebenswürdige Wohltäter hat den besten Arzt in Bath für Jamie bezahlt. Doktor Langston."

„Wie überaus gütig", staunte Glee.

„Glaubt der Arzt, dass Jamie jemals gehen wird?", fragte Felicity.

Mrs. Campbell zuckte die Schultern. „Er will sich nicht festlegen, aber der Wohltäter ist sich sicher. Sein Knecht arbeitet jeden Tag mit Jamie."

„Der Wohltäter kommt nicht mehr hierher?", fragte Felicity.

Mrs. Campbell gab nun nicht mehr vor an der grünen Samthaube zu arbeiten, mit der sie beschäftigt war, als Felicity und Glee das Geschäft betreten hatten. „Nein, ich glaube er will nicht, dass ihn jemand erkennt und von seinen guten Werken erfährt. Er lehnt jeden Lobpreis ab ..."

„Und weigert sich, uns seinen Namen zu nennen", fügte die Eigentümerin hinzu.

„Es ist wirklich aufregend, nicht wahr, Felicity?", sagte Glee.

Felicity lächelte zufrieden. „Das ist es allerdings."

* * *

Kurz nachdem sie die Hutmacherei verlassen hatten, trafen sie ihren Bruder, der mit Miss Moreland und in Begleitung ihrer französischen Zofe spazierte.

Dianas Gesicht leuchtete auf, als sie Glee sah. „Ich bin so glücklich, dich gesund zu sehen", rief sie aus.

Glee streckte ihr die Arme entgegen. „Fühle mich pudelwohl!"

Felicity blickte von ihrem Bruder zu Diana Moreland. „Wir stehen in Eurer Schuld, Miss Moreland, dafür, dass Ihr unseren Bruder von Unfug fernhaltet."

George machte ein böses Gesicht, aber Miss Moreland lächelte. „Wie könnt Ihr das nur über Lord Sedgewick sagen?", sagte Diana. „Er ist der perfekte Gentleman."

Felicity hätte schwören können, dass Georges Brust vor Stolz anschwellte. *Miss Moreland ist genau das Richtige für ihn.* Felicitys gesamte Familie war von dem verwegenen kürzlich aus Indien zurückgekehrten dunklen Mann gerettet worden. Jedermanns Wohltäter, wie es schien. Vielleicht war Mr. Moreland auch für Felicity genau das Richtige.

„Sag, Schwester", sagte George zu Felicity, „bemerke soeben, dass du wieder Farbe trägst. Sieht verteufelt gut an dir aus."

„Oh ich danke dir, George." Felicity lächelte, als sie ihn dabei beobachtete, wie er Dianas Hand tätschelte, die auf seinem Arm ruhte, dann spazierten sie weiter.

Felicity wurde plötzlich ungeduldig Mr. Moreland zu sehen. Er würde sie um sieben abholen, um mit ihr die heutige Musikvorstellung zu besuchen. Sie wünschte sich die Stunden würden vorbeifliegen, denn sie konnte es kaum erwarten, ihn zu sehen.

Nicht, dass sie auch nur einen Moment mit ihm alleine verbringen würde, denn seine Schwester und ihre Geschwister würden sie begleiten.

An diesem Abend zwängten sich die fünf in Thomas' Kutsche. Glücklicherweise, dachte

Felicity, quetschte sich George, der lange nicht so
groß war wie Thomas, zwischen die winzige Glee
und die schlanke Miss Moreland, die sich dabei in
keinster Weise unwohl zu fühlen schien.

Und Felicity genoss es, neben Thomas zu
sitzen, obwohl ihnen keine privaten Gespräche
erlaubt sein würden. Sie fragte sich, wann sie die
Courage aufbringen würde, ihn bei seinem
Vornamen zu nennen, so wie er es manchmal tat.
In ihren Gedanken hatte sie schon damit
begonnen, ihn *Thomas* zu nennen. Der Name
passte zu ihm. Er war stabil. Und vernünftig. Und
er reichte zurück zu biblischen Zeiten. Im Großen
und Ganzen ein zufriedenstellender Name für
einen zufriedenstellenden Mann.

„Ich verstehe nicht, warum Blanks nicht
mitkommt", merkte Glee ihrem Bruder gegenüber
an.

Wie unangenehm es für Glee sein musste, das
fünfte Rad am Wagen zu sein. Sie wünschte sich
Mr. Blankenship wäre mitgekommen, obwohl sie
keine Ahnung hatte, wo sie ihn hingesetzt hätten.
Natürlich hatte Mr. Blankenship seine eigene
Kutsche, und es war eine äußerst ansehnliche.

Im Konzerthaus setzten sie sich alle in dieselbe
Reihe, und Felicity fand sich erneut neben ihrem
Vorbild wieder.

Als der Pianist zu spielen begann, wurden
einige Kerzen ausgelöscht, um den Raum zu
verdunkeln. Zu ihrer Überraschung und Freude
nahm Thomas Felicitys Hand in seine. Und gab
keinerlei Anzeichen sie wieder loszulassen.

Sie konnte sich kaum auf den Künstler
konzentrieren. Dem Mann neben ihr alleine galt
ihre Aufmerksamkeit. Sie dachte an alles, was
Thomas für sie getan hatte. Wie er nicht gezögert

hatte Glee nachzueilen und sie nach Hause zu bringen, und sie so vor einem unvorstellbaren Fehler bewahrt hatte. Sie erinnerte sich an die Freude, die sein Gesicht erhellte, als er sie in dem blauen Kleid sah, und an seine Ruhe, als sie ihm von Michaels Amulett erzählte, das sie endlich abzulegen geschafft hatte. Sie dachte auch an den zerbrechlichen kleinen Jamie, der kranke Junge ohne Vater, und wie Thomas ihm geholfen hatte und ihm Hoffnung gegeben hatte, eines Tages gehen zu können.

Aus ihrem Augenwinkel sah sie, dass George Dianas Hand in seine genommen hatte, und es wurde ihr bewusst, dass George sich ernsthaft in Diana Moreland verliebt hatte.

Der Nachkomme eines Viscounts sollte sich nicht so wohl fühlen in der Gesellschaft der Nachkommen eines Buchhändlers niedrigen Standes, aber sie tat – taten – es. Natürlich würde niemand, der die Morelands kennenlernte, annehmen, dass sie nicht von vornehmer Herkunft waren.

Sie würde sich gerne für Thomas' unbestechlichen Sinn für Wahrheit rühmen, aber der Verdienst lag eindeutig bei den Eltern der Geschwister, die sie zu solch außergewöhnlichen Menschen erzogen hatten. Thomas brauchte ihre Anleitung genauso wenig wie eintausend Pfund.

Nicht nur besaß Thomas einen ausgesprochenen Gerechtigkeitssinn, er war auch erfolgreich, immer siegreich. Und dies mithilfe von Intelligenz, Fairness und Ehrlichkeit.

Warum war ein solches Musterexemplar an einer tristen Witwe interessiert? Er konnte sicherlich jede Frau haben, die er wollte. Dennoch wusste sie instinktiv, dass sie es war, die er begehrte.

Und sie blühte auf in diesem Wissen.

Als die erste Melodie ausklang und die neue begann, fragte sie sich, mit welch anderen Frauen er zusammen gewesen war. Nachdem sie eine verheiratete Frau gewesen war, war sich Felicity des sexuellen Verlangens von Männern bewusst. Als ein Mann von neunundzwanzig Sommern hatte Thomas Moreland bestimmt die Liebesdienste vieler Frauen genossen. Es gefiel ihr ganz und gar nicht daran zu denken.

Ihr geliebter Michael hatte gebeichtet, vor seiner Hochzeit viele Kurtisanen beehrt zu haben. Gab es in Indien Kurtisanen? fragte sie sich. Waren es englische oder indische Frauen? Hatte sich Thomas zuvor von Blondinen angezogen gefühlt? Oder hatte er dunkelhaarige Frauen bevorzugt?

Bis die Vorführung zu Ende ging wollte sie sich selbst davon überzeugen, dass sie für Thomas Moreland nur eine Neuheit war. Der Mann konnte sich nicht zu ihr hingezogen fühlen. Die Vorstellung, der Tochter eines Viscounts den Hof zu machen, schien ihm sicherlich Anreiz zu sein.

Aber als die Kerzen wieder angezündet wurden und er sich zu ihr wandte, mit aufrichtiger Wärme in seinen schwarzen Augen, hinterfragte sie ihre Schlussfolgerung. Wenn Thomas eines war, dann ehrlich. Und sein Gesichtsausdruck sagte ihr, dass sie für ihn etwas Besonderes war. Er hatte für keine andere Frau Augen.

Einschließlich der schillernden Carlotta Ennis, die sich ihm praktisch schamlos aufgedrängt hatte. Tatsächlich waren Thomas und der Colonel – der zum Glück nicht anwesend war – die einzigen Männer, die jemals Felicity der exotisch aussehenden Carlotta vorgezogen hatten.

„Ihr habt die Vorführung als lobenswert empfunden?", fragte Thomas.

„Ja, sehr." Um die Wahrheit zu sagen, hätte sie nicht sagen können, ob der Pianist schwarze oder weiße Haare hatte. Keinen Augenblick lang hatte sie dem Manne ihre Aufmerksamkeit geschenkt.

Sie drehte sich auf die andere Seite, um Glee anzusprechen. „Wie fandest du die Vorführung, Liebes?"

„Lass mich nur sagen, dass ich äußerst glücklich darüber sein werde, wieder auf Bälle gehen zu können."

„Man kann nicht sieben Abende in der Woche tanzen", schimpfte Felicity.

„Vielleicht werde ich so glücklich sein und das Herz eines verwegenen jungen Offiziers gewinnen, so dass ich überhaupt nicht auf Bälle gehen muss", sagte Glee.

„Das wirst du, gib dir Zeit. Als wir das letzte Mal in den Festsälen waren – du wirst dich an die Nacht deiner Kopfschmerzen erinnern – war Miss Moreland von verwegenen Offizieren völlig umzingelt."

Glee seufzte. „Meine Güte! Ich musste diese Nacht auswählen, um … krank zu sein."

Felicity kicherte.

„Ich bitte Euch, mir zu sagen was Ihr so amüsant findet", sagte Thomas zu Felicity.

Sie wandte sich wieder an ihn und sagte sanft. „Es war wirklich nichts, was Euch interessieren würde."

Er erhob sich und bot ihr seine Hand an. „Ich bedaure, dass sich die Nacht ihrem Ende zuneigt und ich Euch nach Hause bringen muss."

Er geleitete sie durch den Korridor und durch

die Dunkelheit hin zu seiner wartenden Kutsche. Wie er die Kutsche durch den dichten Nebel sehen konnte, war ihr ein Rätsel. Sie waren alle feucht vom Dunst.

Sie waren nur eine kurze Strecke gegangen, als Thomas seinen Arm vor Felicity ausstreckte und stehenblieb.

Ein bedrohlich aussehender Mann trat aus dem Nebel hervor und hielt ein schimmerndes Messer in der Hand.

„Gebt mir Euren Geldbeutel", schrie der grobe Mann.

Thomas schritt voran, als eine nach Luft schnappende Felicity vergeblich an seinem Mantel zog um ihn zurückzuhalten.

Thomas warf dem Mann einen mit Münzen gefüllten Beutel zu. „Ich bitte Euch die anderen gehen zu lassen", sagte Thomas. „Diese Nacht war für Euch äußerst profitabel."

Der Räuber schüttelte den vollen Beutel und gab ein böses Lachen von sich, dann schnitt er Thomas' Hemd auf. Blut rann seine Brust entlang.

Thomas fluchte und sah hilflos dabei zu, wie der Räuber sein Pferd bestieg und in den trüben Nebel ritt.

Mit Tränen in den Augen lief Felicity zu Thomas, um nach seiner Wunde zu sehen.

„Er hat mich kaum gekratzt", sagte Thomas.

Seine Kutsche war nun nur ein paar Schritte entfernt.

„Aber Ihr blutet!", kreischte sie. Sie sah, wie sich der rote Fleck auf seinem weißen Hemd ausbreitete.

Dann wurde sie ohnmächtig.

Kapitel 16

Als Felicity aufwachte, waren sie alle in der dunklen Kutsche, die mit Höchstgeschwindigkeit dahinpreschte. Ihr Kopf lag, wie sie wusste, in Thomas' Schoß. Sie öffnete ein Auge und sah ihren Bruder, ihre Schwester und Diana ihr gegenübersitzen. Dann erinnerte sie sich an Thomas' Verletzung und wirbelte herum, um ihn in einem blutverschmierten Hemd neben sich sitzen zu sehen. Dann erinnerte sie sich an etwas ganz Anderes …

Es war eine kalte Nacht wie diese vor so langer Zeit. Sie war auf dem Weg nach London, um schleunigst Michael zu heiraten, bevor er nach Portugal musste. Dann lag plötzlich dieser arme, junge Mann, seinem Tode nahe, neben der Straße. Er war mit Blut bedeckt. Sie erinnerte sich daran, dass sie ihn in ihre Kutsche brachten und wie unmöglich es war, seine langen Beine darin unterzubringen.

Er war gleich groß wie Thomas. Und sein Haar war schwarz. Wie Thomas'. Ihr Herz setzte einen Schlag aus.

Und er war auf dem Weg nach Indien.

„Du hast uns einen fürchterlichen Schreck eingejagt", sagte Glee. „Ich kann mich nicht erinnern, dich je zuvor ohnmächtig werden gesehen zu haben."

„Hebe dir deine Sorge für Mr. Moreland auf", sagte Felicity. „Ich habe mich gänzlich erholt, abgesehen davon, dass ich mir wie ein Dummkopf vorkomme. Ich nehme an, all das Blut hat mir zu schaffen gemacht."

Sie wandte sich an Thomas. „Seid Ihr sicher, Eure Wunde ist nicht mehr als ein Kratzer?"

„Ich habe viel Schlimmeres überlebt", sagte er.

Ich wette, dass er das hat. „Wir sollten trotzdem einen Arzt rufen."

„Nein", protestierte er. „Eine Säuberung mit Whiskey und eine Bandage sind alles, was ich brauche. Der Kutscher kann mir neue Kleider aus Winston Hall bringen, und dann bin ich wieder ganz der Alte."

George beugte sich zu Thomas und sprach. „Ich würde mich wohler fühlen, mein Freund, wenn Ihr heute Nacht bei uns bleiben würdet. Wir sollten nicht riskieren, dass die frische Wunde in einer fahrenden Kutsche aufgerissen wird."

Felicity setzte sich kerzengerade auf und sprach mit ernster Stimme. „Ihr werdet nirgendwo hingehen, bis ich mir die Wunde nicht selbst angesehen und Euch für fit erklärt habe."

„Felicity hat sich auf der Halbinsel um verletzte Soldaten gekümmert", fügte Glee stolz hinzu.

„Dann haben wir großes Glück Euch hier zu haben", sagte Diana mit zitternder Stimme, „denn ich gebe zu, dass ich nicht imstande bin, eine Wunde auch nur anzusehen, ohne dass mich heftige Übelkeit überkommt."

„Weil Ihr so zart und sensibel seid", murmelte George.

Ihren kleinen Bruder hatte es eindeutig erwischt, stellte Felicity fest. Und er hätte kein netteres Mädchen finden können.

Die Kutsche bog rasant um die letzte Kurve auf die Charles Street ein und schaffte es gerade noch, mit Getöse vor ihrem Haus anzuhalten. Dann sprang der Kutscher ab, außer sich vor Sorge um seinen Arbeitgeber, und riss die Türe auf.

Thomas stieg ohne Hilfe aus. „Ich versichere Euch, ich bin mehr als fähig", sagte er zum Kutscher. Dann drehte er sich um, um Felicity und den anderen seine Hilfe anzubieten.

Von da an übernahm Felicity die Regie. Sie lief durch die Eingangstüre und gab mit lauter Stimme Anweisungen an ihre Dienstboten.

„Wir bringen Euch in Georges Kammer unter", rief sie Thomas über ihre Schulter zu, als sie die Treppe hinaufstieg.

„Das ist wirklich nicht notwendig", protestierte er.

„Ich glaube, es ist besser, mein Freund", sagte George, und legte eine Hand beruhigend auf seine Schulter.

„Bitte, Thomas", flehte Diana ihn mit tränenerfüllten Augen an. „Ich würde mich um vieles besser fühlen, wenn du Mrs. Harrison erlauben würdest, deine Wunde zu behandeln und das Ausmaß deiner Verletzung zu erkunden."

Felicity sah vom oberen Treppenabsatz auf sie herunter. „Und ich würde mich um vieles besser fühlen, wenn ihr beiden Damen euch in Glees Kammer oder im Salon aufhalten würdet."

Die Mädchen nickten.

Thomas zuckte mit den Schultern und stieg die Treppe hoch. „Mir wird klar, dass ich völlig in der Minderheit bin."

Felicity erwartete ihn in Georges Kammer, wo sie die Bettdecke bereits zurückgeworfen hatte. „Wenn Ihr Euch hierhersetzen wollt, Mr. Moreland", sagte sie und deutete aufs Bett.

„In diesen blutigen Kleidern?"

„Ja", sagte sie ernst. „Die Bettlaken können einfach gewaschen werden."

„Ich komme mir äußerst dumm dabei vor, Euch zu erlauben, sich wegen so einer unbedeutenden Verletzung zu bemühen."

„Lasst mich entscheiden, ob die Wunde unbedeutend ist", sagte Felicity und wandte sich an George. „Bitte hilf Mr. Moreland, seinen Mantel und sein Hemd abzulegen."

George ging zum Bett und beugte sich über Thomas, um ihm dabei zu helfen, seinen blutigen Mantel und dann das blutige Hemd auszuziehen.

Ein Dienstmädchen brachte einen Krug mit Wasser und ein Waschbassin und stellte es auf den Tisch neben dem Bett. Vor Aufregung wegen des Überfalles außer sich, beobachtete das Mädchen Thomas für eine Weile, bevor sie sich mit den ruinierten Kleidungsstücken, die George ihr reichte, zurückzog, um sie wegzuwerfen.

Felicity ging zum Bett, ohne ihre Augen von der Wunde abzuwenden. „Ihr blutet immer noch." Sie zuckte vor Sorge zusammen. „Ich glaube, Ihr solltet Euch hinlegen."

Ihr Herz begann schneller zu schlagen, als sie ihn beim Zurücklehnen beobachtete. Bis auf den Teil, der mit Blut bedeckt war, war die Haut seines Oberkörpers dunkel wie sein Gesicht, und die Haare, die sich auf seiner breiten muskulösen Brust kräuselten, waren schwarz. Ihre Augen schweiften über seine steinharte Brust bis hin zu seiner schlanken Taille.

Felicity bemerkte, dass die grauen Kniehosen, die er noch trug, von Blut verfärbt waren. George könnte später dabei helfen, sie auszuziehen.

Sie tauchte ein sauberes Tuch in das

Waschbassin, atmete tief ein, und fing damit an das Blut abzuwaschen. Der Schnitt zwischen seinen Brustmuskeln war nicht mehr als ein paar Zentimeter lang. Nun musste sie feststellen, wie tief das Messer eingedrungen war.

Bis auf die offene Wunde war seine Brust nun sauber. Sie verwendete ein trockenes Tuch, um das frische Blut abzutupfen. Dann, als der Fluss nachließ, nahm sie ein weiteres trockenes Tuch und presste es gegen die Wunde.

„Hoffentlich wird dies helfen, den Blutfluss aufzuhalten und die Wunde zu schließen", sagte sie zu Thomas. „Wenn es das tut, dann ist Eure Wunde nicht tief." Lächelnd fügte sie hinzu, „Aber es ist mit Sicherheit nicht nur ein Kratzer."

Ihre Augen suchten nach Narben von früheren Wunden, wie von Messerstichen in die Brust. Ihr wurde übel, als sie die Narben von zerfetztem Fleisch an seiner linken Seite sah. *Er ist der Mann, der in jener Nacht auf der dunklen Straße nach London verletzt wurde!* Sie durfte jetzt nicht daran denken. Nicht, während er an einer neuen Verwundung zu leiden hatte, die ihm zugefügt worden war, während er sie und ihre Familie beschützt hatte.

George und Felicity unterhielten sich mit Thomas, während sie das Tuch weiterhin auf seine Wunde presste.

„Sagt", fragte Thomas, „warum seid Ihr beim Anblick von Blut in Ohnmacht gefallen, wenn Eure Schwester mir erzählt, dass ihr den Ärzten auf den Schlachtfeldern in Portugal geholfen habt?"

Sie zuckte mit den Schultern. „Weil es unerwartet war, nehme ich an."

„Das denke ich auch", fügte George hinzu, „es

ist ein Schock, wenn es jemanden betrifft, der einem lieb ist."

Thomas' schwarze Augen hielten an ihren fest.

Ihr Blick traf kurz seinen, sie fühlte wie ihre Wangen heiß wurden und wandte ihn schnell wieder ab.

Nach einigen Minuten entfernte sie das durchtränkte Tuch und beobachtete die Wunde. Das Blut rann nicht mehr aus. „Gut, es ist keine tiefe Wunde", sagte sie. „Wir können sie jetzt verbinden."

Sie fuhr damit fort, seine Brust in saubere Stoffstreifen zu wickeln und legte einen dickeren Verband direkt auf die klaffende Wunde.

„Nun", sagte sie, als sie damit fertig war, „Ihr müsst heute Nacht auf Eurem Rücken liegen. Wenn die Wunde bis morgen nicht blutet, dann werde ich Euch erlauben, nach Hause zu fahren – aber nur in einer Kutsche. Ihr dürft nicht auf einem Pferd reiten, bis der Schnitt völlig geheilt ist."

Thomas beobachtete sie mit amüsiertem Blick und konnte sein neckendes Lächeln kaum zurückhalten.

„Wie Ihr wollt, Doktor Harrison."

„Was soll er nun tun?", fragte George. "Es ist zu früh, um schlafen zu gehen, und um Karten zu spielen, müsste er sich aufsetzen."

Felicity dachte kurz darüber nach, dann leuchteten ihre Augen auf. „Ich denke, ich werde Mr. Moreland mit Shakespeare Sonetten in den Schlaf lesen."

„Du meinst du wirst hier mit einem Gentleman alleine sein?", fragte George überrascht. „Weiß nicht, ob ich das erlauben kann, Schwester."

Felicity stützte ihre Hände auf ihre Hüften und

warf ihrem Bruder einen ungeduldigen Blick zu.
„Ich bin keine Jungfer, George. Ich war eine
verheiratete Frau, wie du wohl weißt."

Ihre Augen trafen unerwarteterweise auf
Thomas' ernsthaften Blick, und mit klopfendem
Herzen fragte sie sich, ob er daran dachte, wie es
wäre, sie in sein Bett zu holen.

George warf Thomas einen entschuldigenden
Blick zu. „Ich würde Euch selbst vorlesen, aber
ich wage zu behaupten, dass Felicity es besser
kann als ich."

„Dann freue ich mich darauf", sagte Thomas.

George holte einen von Felicitys Shakespeare
Bänden, und Felicity setzte sich in einen Stuhl
neben dem Bett, in die Nähe der Kerze. Sie fing an
durch die Seiten zu blättern. „Gibt es ein
bestimmtes Sonett, welches Ihr hören wollt?"

„*Vergleich ich dich mit einem Sommertag?*"

Es dauerte einen Moment, bis ihr klar wurde,
dass er die erste Zeile eines Sonetts vortrug. Sie
hatte das äußerst seltsame Gefühl, dass Thomas
zu ihr sprach, anstatt sich ein Gedicht zu
wünschen. Sie blätterte durch die Seiten, bis sie
die Verse fand, um die er gebeten hatte, dann
lehnte sie sich zurück und fing an zu lesen:
Vergleich ich dich mit einem Sommertag?

Als sie in der Mitte des Gedichts ankam, sagte
Thomas die Worte mit ihr: *Doch nie soll deines
Sommers Pracht ermatten, nie soll zerschleißen
deiner Schönheit Kleid.*

Es war, als würde Thomas die Worte zu ihr
sagen.

Als sie fertig war, sah sie ihn an. „Gibt es ein
anderes Sonett, welches Ihr besonders gerne
hören wollt?"

„Ich fühle mich wie ein Haufen Schinken",

sagte Thomas frustriert. „Ihr wisst, dass ich vollkommen in Ordnung bin."

„Ich weiß es. Es ist nur, dass sich die Wunde öffnen könnte, wenn Ihr Eure Arme bewegt, und das wollen wir vermeiden. Ich habe für heute genug Blut gesehen."

„*Den Lippen, die der Liebe Hand geformt*", sagte er.

Ihre Wangen röteten sich, als sie sich wieder zurücklehnte und durch die Seiten blätterte, bis sie das Sonett über die Lippen einer Geliebten fand; dann begann sie zu lesen.

Und wieder fühlte sie sich beschämt, als sie las, denn sie war sicher, dass Thomas das Gedicht für sie gewählt hatte.

„Nun werde ich eines auswählen", sagte sie und zog die Augen in gespielter Empörung zusammen. Bald begann sie zu lesen: *„So grausam bist Du."* Sie beendete es und las ein weiteres, dann noch eines. Sie erlaubte ihm nicht, noch eines auszuwählen, denn es war zu beschämend.

Sie bemerkte, dass ihre Stimme Thomas in den Schlaf wiegte. Nach dem letzten Sonett erhob sie sich. „Ich lasse Euch alleine, um zu schlafen, Mr. Moreland. Soll ich Eure Kerze löschen?"

„Nur, wenn Ihr mir einen Kuss in der Finsternis versprecht." Seine Stimme war tief und männlich, und sie vergaß beinahe, dass er geschwächt war.

„Nur, wenn Ihr versprecht, Eure Arme *nicht* um mich zu legen." Du lieber Himmel, warum würde sie ihm so antworten? Es wäre genauso leicht gewesen, nein zu sagen. Oder wollte sie den Kuss ebenso wie er?

„Solch ein Versprechen wird sehr schwierig zu halten sein", sagte er.

„Gebt mir Euer Wort."

„Ihr habt mein Wort."

Sie blies die Kerze aus und beugte sich ihm in der Finsternis entgegen. Sie hatte vor, ihn wie einen Bruder zu küssen, aber Thomas hatte andere Vorstellungen.

Er legte seine Lippen mit einer nicht zu löschenden Leidenschaft auf ihre. Sie war nicht imstande, sich der feuchten wirbelnden Offenheit seines Kusses zu entziehen, denn sie begehrte ihn ebenso sehr wie er sie. Sie schmeckte den Kräuterwein, den er getrunken hatte, und das Geräusch und Gefühl seines schwerfälligen Atems brachte sie zum Schwanken.

Dann erinnerte sie sich an etwas und zog sich zurück. Sie wartete bis sich ihr Atem beruhigt hatte. „Ihr müsst nun schlafen, Mr. Moreland."

„Zu schade, dass der Kuss enden musste", sagte er mit Leichtigkeit. „Ich habe ihn ziemlich genossen."

Es war nicht notwendig, ihr dies zu sagen. Sie erkannte es an seiner Atemlosigkeit. „Es wäre gar nicht gut, sich so sehr aufzuregen, dass sich die Wunde wieder öffnet." Sie fand die Türe in der Dunkelheit und huschte in ihre Kammer, verlegen ob der Kühnheit ihrer Worte, ganz zu schweigen von ihren Taten.

Lettie, die alle Details des Überfalles wissen wollte, half Felicity dabei, sich bettfertig zu machen. Als die Zofe die Kammer verließ, vergrub sich Felicity unter ihren Decken und war dankbar für den heißen Ziegel, den Lettie unter ihre Leintücher gelegt hatte. Dann blies sie ihre Kerze aus.

Nun konnte Felicity darüber nachdenken, was sie in jener Nacht über Thomas Moreland erfahren hatte. Es gab keinen Zweifel. Er war der junge

Mann, den die Wegelagerer auf der Straße nach London vor sechs Jahren sterbend zurückgelassen hatten. Der Mann war auf dem Weg nach Indien gewesen, um dort reich zu werden. Die Größe und Hautfarbe des jungen Mannes glichen Thomas, und die unleugbare Narbe auf Thomas' Brust gab ihr den überzeugenden Beweis. Und dann die Tatsache, dass er nach Indien gegangen war. Sie erinnerte sich daran, Michael gebeten zu haben, eine Überfahrt für den verletzten Mann zu besorgen.

All das führte zu einer erschütternden Schlussfolgerung. Thomas Moreland hatte sich nicht an sie gewandt, um sie um Hilfe dabei zu bitten, seine Schwester in die Gesellschaft einzuführen. Er hatte sich an sie gewandt, um sie dafür zu entschädigen, sein Leben gerettet zu haben.

Georges und ihres Vaters Schulden zu begleichen war Thomas' Art, Wertschätzung dafür zu zeigen, was sie in dieser lang vergangenen Nacht für ihn getan hatte. Da er sich der langen und stolzen Abstammung von Felicitys Familie bewusst war, musste Thomas erkannt haben, dass Felicity seine Wohltaten nur widerwillig annehmen würde.

Diese Entdeckung erklärte vieles. Sie hatte es als seltsam empfunden, dass Thomas, der die müßige gehobene Gesellschaftsschichte scheute, sich plötzlich in ihre Gegenwart begeben wollte. Niemals hatte er ein Interesse daran gezeigt, sich in die höheren Klassen einzufügen. Noch hatte er versucht, seine eigene Abstammung zu verheimlichen.

Sie erinnerte sich an den Tag, an dem sie ihn zum ersten Mal getroffen hatte und er ihr vage bekannt vorgekommen war. Als sie ihn gefragt hatte, ob sie sich schon einmal begegnet waren, hatte er geantwortet, dass sie einander noch nicht vorgestellt worden waren. Sie hatte seinen Namen nie gekannt.

Nun wusste sie, wie ein derart ehrlicher Mann – denn sie wusste, dass er ehrlich war – die Wahrheit umgangen hatte, ohne zu lügen; doch zu täuschen war dasselbe wie zu lügen. *Was für ein Scheusal.*

Zuletzt wurde ihr bewusst, dass sein einziges Interesse an ihr daran bestand, eine Schuld zu begleichen. Ihr wurde übel ob dieser Erkenntnis. Sie hatte geglaubt, er mochte sie so, wie ein Mann eine Frau mochte, doch er wollte ihr nur ihre Güte von vor all diesen Jahren vergelten.

Gerade als sie sich in seiner Nähe wohlzufühlen begann, hatte sie seinen Betrug entdeckt. Und sie war gekränkt.

Sie verfluchte ihre eigene Naivität und ihren Stolz, der es ihr erlaubt hatte, sich aufgrund seiner Zuneigung geschmeichelt zu fühlen. Sie verdammte den Mann, der bestimmt darüber spottete, wie einfach diese Tochter eines Viscounts zu erobern war.

Und sie schwor, Rache zu nehmen.

Kapitel 17

Das St. George war ein schönes Hotel, luxuriös sogar, stellte Colonel Gordon fest, als er den Angestellten darüber informierte, Lady Catherine Bullin in der vornehm ausgestatteten Lobby treffen zu wollen. Für ein Hotel war das St. George nett, aber was für ein ungeheurer Abstieg es war, von Winston Hall in ein Hotel ziehen zu müssen! Die blaublütige Frau musste sich ihrer veränderten Umstände äußerst bewusst sein.

Der Colonel hinkte zu einem Lederstuhl und setzte sich, dann lehnte er seinen Stock an die Armlehne. Ein Blick durch den Raum versicherte ihm, dass sie ausreichend Privatsphäre haben würden. Und die benötigte er, um ihr seinen Vorschlag zu unterbreiten. Er hatte Glück. Der französische Schreibtisch, an dem Gäste Briefe schreiben konnten, war unbenutzt. Er lobte seine eigene Gerissenheit. Die meisten der älteren Gäste des Hotels waren mit Sicherheit im Pump Room, um ihr Morgenwasser zu trinken.

Die Nachricht, die er ihr letzte Nacht geschickt hatte, sollte sicherstellen, dass Lady Catherine nicht im Pump Room sein würde. Er hatte geschrieben, dass er heute eine dringende Angelegenheit mit ihr besprechen müsste; eine Angelegenheit, die für die besagte Dame höchst profitabel sein könnte.

Der Colonel bildete sich ein, ein scharfer Beobachter der Menschen zu sein. Diese

Beobachtungen hatten ihn davon überzeugt, dass er Felicity an den rauen, sehr wohlhabenden Bürgerlichen, der nun Winston Hall bewohnte, verlieren würde. Lady Catherine konnte denselben Bürgerlichen, der nun das Haus und das Land, die seit Jahrhunderten im Besitz ihrer Familie gewesen waren, besaß, auch nicht tolerieren. Zusammen konnten er und Lady Catherine den Emporkömmling zerstören.

Gordon klopfte ungeduldig mit seinem Stock, während er den gemusterten Teppich unter seinen Füßen betrachtete. Es fiel ihm auf, wie gut dessen Grüntöne zu den seidenen Vorhängen passten, die vom goldenen Gesims an den großen Fenstern des Raumes hingen.

Der Duft von Rosenwasser traf ihn, und er sah auf, um sich Lady Catherine gegenüber zu finden. Es war eine Schande, dass der Reichtum ihrer Familie genauso vergeudet war wie der Wein von gestern, denn es gab nun keinerlei Hoffnung mehr, dass sie einen Ehemann von ebenso hoher Geburt wie sie selbst es war finden würde. Und Lady Catherine war durch und durch eine Wichtigtuerin, die nichts Anderes akzeptieren würde.

Sie sah ihn mit ihren unscheinbaren braunen Augen an und lächelte, was leicht schiefe Zähne offenbarte. „Guten Morgen, Colonel Gordon. Ich sehe, dass ihr pünktlich seid, wie die meisten Soldaten."

Er erhob und verbeugte sich. „Wie nett von Euch, Mylady, mich heute Morgen zu treffen." Er sah auf den Schreibtisch und stellte fest, dass er, da er sich an der Wand mit den Fenstern befand, in dem Teil des Raumes war, der am weitesten von Passanten entfernt war.

Nachdem die Lobby hauptsächlich von Briefschreibern genutzt wurde, musste er außerdem zum Schreibtisch gehen, um sicherzustellen, dass niemand anderes ihn während ihres heiklen Gesprächs benutzen würde. „Bitte, Mylady, setzt Euch an den Schreibtisch."

Sie hob ihre Augenbrauen bei dem Vorschlag an, setzte sich aber wie gewünscht in den Holzstuhl und drapierte ihre Musselinröcke um sich.

Der Colonel zog einen Polsterstuhl heran und setzte sich ihr gegenüber. „Ihr müsst neugierig sein, warum ich Euch heute treffen wollte."

„Ihr müsst zugeben, Colonel, Euer Schreiben war eher ungewöhnlich. Besonders der Teil über Euer Angebot, welches für mich profitabel sein würde."

Er sah um sich, damit er sichergehen konnte, dass ihnen niemand zuhörte, dann wandte er sich ihr zu. Nun würde er sie umschmeicheln. „Ich muss Euch sagen, dass es mich schmerzt einen Mann von so niedriger Geburt als neuen Eigentümer von Winston Hall zu sehen. Hat der Emporkömmling kein Gefühl von Ehre? Ist ihm nicht bewusst, dass die Bullins seit Generationen in Winston Hall residiert haben? Eure Vorfahren müssen sich im Grab umdrehen in dem Wissen, dass ein Usurpator den Familienbesitz von seiner rechtmäßigen Erbin gestohlen hat."

„Ich kann den Gedanken daran, was der Flegel mit unserer schönen Einrichtung gemacht hat, nicht ertragen", sagte sie, „denn der Mann ist sicherlich schrecklich vulgär."

„Ganz bestimmt." Er lehnte sich wieder näher zu ihr. „Wie Ihr wisst, bin ich ein wohlhabender

Mann, wenn auch nicht so reich wie der Emporkömmling."

Sie nickte, und er beobachtete, wie ihr fleischiges Kinn dabei bebte.

„Aber ich bin bereit, Euch fürstlich zu bezahlen, wenn Ihr mir dabei behilflich seid, den Mann als die teuflische Person zu entlarven, die er tatsächlich ist."

Ihre grünen Augen zogen sich zusammen. „Wie fürstlich?"

Er lächelte. „Lasst mich Euch sagen, dass wenn mein Plan erfolgreich ist, Ihr sehr wahrscheinlich Winston Hall wieder in Besitz nehmen könnt."

Ihre Lippen formten ein Lächeln. „Ich bitte Euch, sagt mir, was ich tun muss."

Er lehnte sich noch näher heran und flüsterte. „Ich schlage vor, dass Ihr den Emporkömmling bittet, Euch hier im Hotel zu treffen. Ihr könnt sagen, dass Ihr über einige Familienportraits zu sprechen wünscht, die in Winston Hall zurückgelassen wurden."

Sie nickte.

Er fuhr fort. „Wenn er ankommt, werdet Ihr ihn fragen, ob er Euch das Portrait Eurer lieben Großmama verkauft. Wenn die Angelegenheit erledigt ist, werdet Ihr sagen, dass Ihr nur schnell in Eure Zimmer geht, um euren Umhang zu holen, da Ihr in der Stadt spazieren wollt ..." Er machte eine Pause. „Dann ..."

„Was dann?", fragte sie.

„Ihr werdet aufstehen und so tun, als hättet Ihr Euren Knöchel verstaucht. Der Emporkömmling wird versuchen, sich wie ein Gentleman zu benehmen, und Ihr werdet ihn darum bitten, Euren Umhang aus Euren Zimmern zu holen. Ihr werdet ihm Eure Zimmernummer geben."

„Dann?"

Ein böses Lächeln breitete sich auf seinem Gesicht aus. „Dann werdet Ihr Euch die Treppe zu Eurem Stockwerk hinaufschleichen, ihn in Euren Zimmern überraschen und zu schreien anfangen."

Sie sah verwirrt aus.

Er fuhr immer noch flüsternd fort. „Ihr werdet sagen, dass der Mann versucht hat, sich Euch aufzudrängen."

Ihre Augen leuchteten auf. „Was für ein wunderbar hinterhältiger Plan, mein lieber Colonel."

Er lehnte sich in seinem Sessel zurück und lächelte breit. „Nicht wahr?"

Dann machte sich ein ernster Ausdruck auf ihrem Gesicht breit. „Aber ich verstehe nicht, wo mein Geld herkommen wird."

„Seht Ihr nicht", sagte er, „dass der Mann eingesperrt und wahrscheinlich gehängt werden wird? Er wird Winston Hall verlieren. Zu dem Zeitpunkt werde ich dazu bereit sein, Euch zehntausend Pfund zukommen zu lassen."

„Zehntausend Pfund!", rief sie aus.

Er legte seinen Zeigefinger auf seine Lippen. „Wir müssen diskret sein, Lady Catherine."

Ein Ausdruck von großer Genugtuung ließ sich auf ihrem Gesicht nieder. „Ich hatte keine Ahnung, Colonel, dass Ihr ein so reicher Mann seid. Ich behaupte sagen zu können, dass ich mit so viel Geld auf die Art und Weise leben könnte, die ich gewöhnt bin."

„Dann sind wir uns einig?"

„Das sind wir."

Der Colonel griff nach seinem Stock, stützte sich darauf und erhob sich. „Ich werde Euch eine

Nachricht zukommen lassen, wann wir unseren Plan umsetzen." Dann wünschte er ihr einen guten Morgen und verließ das St. George, in Vorfreude über das geplante Unheil. Der Plan war wirklich viel besser, als den Emporkömmling zu töten, obwohl dies viel mehr Spaß machen würde.

Der Colonel wusste, dass diejenigen, die ihn kannten – Felicity eingeschlossen – sich seiner Abneigung gegenüber Thomas Moreland bewusst waren. Sollte Moreland in einen Unfall verwickelt sein, wäre er der Hauptverdächtige. Mit Lady Catherines Hilfe würde er den Emporkömmling loswerden, ohne sich selbst in irgendeiner Weise zu belasten.

Er ging hinaus, und seine Stiefel kamen sofort in Kontakt mit einer großen Pfütze vom Regen der letzten Nacht. Obwohl er Stiefel verabscheute, die nicht perfekt sauber waren, machte ihm der nasse Schmutz heute nichts aus. Heute war ein herrlicher Tag für Colonel Benchley Gordon. Er gestattete seinem Kutscher, die Treppe zu seiner roten Kutsche herunterzulassen, und fuhr glücklich davon.

* * *

Am Morgen nach dem Raubüberfall versuchte Felicity, Mr. Moreland aus dem Weg zu gehen. Tatsächlich hoffte sie, ihn niemals wieder sehen zu müssen. Sie und Glee beschäftigten sich im Salon.

„Weißt du, Felicity", begann Glee, „Ich denke, dass Mrs. Campbells Beschreibung des Wohltäters ihres Sohnes erstaunlich gut auf Mr. Moreland zutrifft."

Felicity zuckte mit den Schultern. „Ich nehme an, du hast recht."

„Denkst du nicht, dass er es ist?"

„Es ist möglich." Felicity setzte ihre Stickerei fort, ohne aufzublicken. „Was für einen Unterschied macht es? Der Wohltäter hat um Anonymität gebeten, und ich habe vor die Dinge so zu belassen, wie sie sind."

Glee schmollte. „Du könntest zumindest zugeben, was für ein wunderbarer Mann Mr. Moreland ist."

„Denkst du, dass er das ist?", sagte Felicity beiläufig, und ließ ihre Nadel durch den Stoff in ihrem Stickrahmen laufen.

„Das hast du bis gestern selbst geglaubt", sagte Glee verärgert.

Felicity stickte weiter. „Tatsächlich?"

„Ja, tatsächlich! Letzte Nacht sogar hast du dir furchtbare Sorgen um ihn gemacht."

Felicity sah zu ihr auf und lächelte. „Aber jetzt, Liebes, weiß ich, dass der Mann recht hatte. Es war nur ein Kratzer."

„Warum hast du ihm dann verboten, sich zu bewegen oder nach Hause zu gehen?"

„Ich habe wohl geglaubt, dass die Wunde tiefer war, als sie es tatsächlich ist."

„Wirst du ihm heute erlauben, nach Hause zu gehen?"

„Ich wünschte, er wäre schon gegangen. Schade, dass George ihn nicht auf seinen Weg geschickt hat."

„Ich nehme an, sie warten auf deine Erlaubnis."

Felicity lachte. Es würde dem verlogenen Mr. Moreland guttun, den ganzen Vormittag zu warten. Sie war nicht geneigt, die Kammer wieder zu betreten, so lange er dort war.

„George sagte, dass Mr. Morelands Kammerdiener ihm heute frische Kleidung gebracht hat", sagte Glee.

„Dann wünschte ich von ganzem Herzen, dass der Mann fort wäre."

Verwirrt betrachtete Glee das Gesicht ihrer Schwester. „Gestern – und im besonderen gestern Nacht – war ich überzeugt davon, dass du dein Herz an Mr. Moreland verloren hast. Ich war so glücklich für dich. Was ist passiert?"

Felicity stieß ein heuchlerisches Lachen aus. „Die Tatsache, dass ich wieder Farben trage, hat absolut nichts mit Mr. Moreland zu tun, das versichere ich dir."

„Ich glaube dir nicht", sagte Glee. „Was hat Mr. Moreland getan, um solch eine dramatische Änderung hervorzurufen?"

„Nichts."

„Du kannst mich nicht anlügen, Felicity. Ich kenne dich zu gut."

Sie vernahmen männliche Stimmen und blickten auf, um George und Mr. Moreland zu sehen. Felicity gefiel es gar nicht, dass er in seinem schwarzen Mantel und den grauen Kniehosen, die aussahen, als wären sie direkt vom Schneider gekommen, so verheerend gut aussah. War es nicht erst letzte Nacht gewesen, dass sie nicht nur seine männliche Brust betrachtet hatte, sondern auch ihre Hände darüberstreichen hatte lassen, um sein Blut abzuwischen? Natürlich hatte sie die Möglichkeit, ihn zu küssen, willkommen geheißen.

Sie durfte es nicht wagen, an den Kuss zu denken. Es durfte keine weiteren geben. Ganz egal, wie schmerzhaft dies für sie sein würde.

Sein Kammerdiener muss ihn rasiert haben, dachte sie, denn Mr. Morelands glattes Gesicht sah erholt aus und seine Haare waren frisiert worden.

„Meine Krankenschwester wird sich freuen, zu hören, dass ich mich vollkommen erholt habe", sagte Thomas zu Felicity.

„Tatsächlich?", sagte sie gefühllos und ohne ihren Blick von ihrer Stickerei zu nehmen.

Ein Hauch von Kummer huschte über sein Gesicht. „Ich hoffe, Euch nicht beleidigt zu haben, Mrs. Harrison."

„Warum erzählt Ihr meiner Familie nicht von dem wirklichen Grund, aus dem Ihr nach Bath gekommen seid, Mr. Moreland?" Felicitys Augen schossen ihm Giftpfeile entgegen.

Er sah sie verwirrt an. „Was meint Ihr?"

„Warum erzählt Ihr meinem Bruder und meiner Schwester nicht von unserem ersten Treffen? Unserem tatsächlichen ersten Treffen. Erzählt ihnen, dass Eure Freundlichkeit und Güte nur auf Dankbarkeit beruhen."

„Wovon spricht sie, mein Freund?", fragte George mit verwirrtem Gesichtsausdruck.

Thomas fuhr sich mit zittriger Hand durch die Haare und sank in einen großen Samtsessel. „Eure Schwester hat teilweise recht", sagte er und sah George an. „Vor über sechs Jahren, als Eure Schwester auf dem Weg nach London war, um Captain Harrison zu heiraten, fand sie mich blutend und dem Tode nahe an der Seite der dunklen Straße liegen."

„Du lieber Gott! Was war Euch zugestoßen?", fragte George.

„Mir war das Geld, welches ich für die Überfahrt nach Indien gespart hatte, bei einem Raubüberfall gestohlen worden. Wegelagerer griffen mich mit einem Messer an und stahlen auch mein Pferd." Er hielt für einen Moment lang inne, seine Stimme war tief und missmutig. „Mein

Bein wurde bei dem Sturz gebrochen."

„Ich erinnere mich, dass Lettie mir davon erzählt hat!", rief Glee aus. „Sie sagte, sie warnte Felicity davor, den blutenden Mann mitzunehmen, aber dass Felicity entschlossen war, ihn zu retten."

Thomas senkte seinen Blick. „Das hat sie getan. Sie hat sogar veranlasst – durch ihren zukünftigen Ehemann – dass ich in der Schiffskombüse angestellt wurde, wo ich im Sitzen arbeiten konnte, bis mein Bein geheilt war."

„Ihr seht also, dass er sich verpflichtet fühlt, mich dafür zu entschädigen", sagte Felicity erbittert. „Ich wage zu behaupten, dass er ohne mich nie sein Vermögen verdient hätte oder jetzt hier stehen würde."

„Was für eine Geschichte", rief George. „Man stelle sich vor. Ihr habt Felicity vor sechs Jahren gekannt. Als Ihr arm wart." Er wandte sich an Felicity. „Warum hast du uns das nicht früher erzählt?"

„Ich habe erst gestern Nacht, als ich das Blut auf seinem Hemd gesehen habe, erkannt, dass er derselbe Mann ist."

„Als er gesagt hat, dass er eine alte Bekanntschaft mit dir erneuern wollte, hat er demnach nicht gelogen", sagte George.

Felicity lachte verbittert. „Mr. Moreland lügt nie, aber er betrü…" Ein Schluchzer brach ihre Worte ab, und sie sprang auf und lief aus dem Zimmer.

Kapitel 18

Während der nächsten paar Tage lehnte Felicity es ab, Thomas zu empfangen. Seine Briefe landeten ungeöffnet im Kaminfeuer. Sie ermutigte Glee und George, ohne sie in die Festsäle zu gehen.

Sie konnte Thomas Moreland nicht gegenübertreten, jetzt wo sie sich ihm gegenüber zu einer kompletten Närrin gemacht hatte. Daran zu denken, dass sie das Andenken an ihren geliebten Michael für einen Mann zur Seite geschoben hatte, der nur so getan hatte, als wäre sie ihm wichtig. Sie hatte dummerweise Verpflichtung mit romantischem Interesse verwechselt.

Sie versuchte, sich an all die Dinge zu erinnern, mit denen sie sich blamiert hatte. Es musste offensichtlich für Thomas gewesen sein, dass sie sowohl ihre Trauerkleidung als auch Michaels Amulett an dem Tag nach ihrem Kuss abgelegt hatte. Sie hätte sich ihm nicht mehr anbieten können, wenn sie sich ein Schild um den Hals gehängt hätte.

Dann die Art und Weise, wie sie ihren Arm im Pump Room besitzergreifend in seinen gehängt hatte, und wie sie ihm gezeigt hatte, dass er der erste war, an den sie sich in einer Krise wenden würde. Dass sie ihn für einen ehrlichen und ehrenhaften Mann gehalten hatte. Die Worte erdrückten sie nun beinahe.

Er muss sie äußerst bemitleidet haben. Sie konnte ihm niemals wieder gegenübertreten. Warum war sie nicht in der Sicherheit ihrer Witwenkleidung verweilt, um sich auf ewig gegen Schmerz zu stählen?

Sie wünschte sich, wieder in ihr Schwarz flüchten zu können, aber wenn man die Trauer einmal abgelegt hatte, gab es kein Zurück. Sie würde nur noch mehr wie eine Närrin aussehen.

Als sie beschlossen hatte, wieder Farbe zu tragen, hatte sie sich außerdem fest dazu entschlossen, ihre Vergangenheit mit Michael zu begraben und die Zukunft willkommen zu heißen. Aber auf was für eine Zukunft konnte sie nun hoffen? Colonel Gordon und die anderen Männer, die ihr den Hof gemacht hatten, waren ungefähr so reizvoll wie ein Fall von Lepra.

Denn, trotz seines Betruges, hob sich Thomas Moreland deutlich aus der Menge anderer Männer ab, nicht nur körperlich. Kein anderer Mann konnte sich mit ihm messen. Obwohl sie ihn dennoch verachtete.

Sie wusste, dass sie nicht für den Rest ihres Lebens eine Krankheit vortäuschen konnte. Sie hatte bereits jedes Stück Stoff und jeden Zentimeter Faden im Haus für Näharbeiten verwendet, und ihre Finger drohten auf Dauer schwielig zu werden. Sie hatte damit angefangen, die Bücher in ihrer Bibliothek wieder zu lesen, alle außer Shakespeare. Das würde sie zu sehr an Thomas erinnern. Sie sehnte sich danach in die Leihbücherei zu gehen, weigerte sich aber, ihr Haus in der Charles Street zu verlassen.

Nach drei Tagen beschloss sie der Gesellschaft – und Thomas – wieder gegenüberzutreten. Sie musste sich einfach so benehmen, als wäre nie etwas zwischen ihnen vorgefallen. Besonders nicht die zwei Küsse.

Heute Abend würde sie in die Festsäle zurückkehren.

* * *

Thomas bereute mehr und mehr, dass er als Felicity ihren Geschwistern von der Nacht berichtet hatte, in der sie ihn tatsächlich kennengelernt hatte, ihnen nicht die ganze Wahrheit erzählt hatte. Wie er über sechs Jahre lang von ihr geträumt hatte, wie er den Boden unter ihren Füßen anbetete. Wenn er das nur getan hätte, würde er jetzt nicht so leiden müssen.

Denn Felicity war so schwer zu erreichen, als wäre sie in Indien. Sie hatte es abgelehnt, ihn zu sehen. Er hatte tagelang vor ihrem Haus gewartet in der Hoffnung, sie zufällig zu treffen, aber sie hatte das Haus nie verlassen. Als letztes Mittel hatte er ihr lange Briefe geschrieben, in denen er ihr seine Seele offenbarte, aber sie hat sie wohl nicht gelesen. Wie konnte er ihr nur beweisen, wie sehr er sie liebte?

Er dachte über all das nach, als er jetzt in den Festsälen stand und sie zum ersten Mal seit fünf Tagen erblickte. Ihre Erscheinung raubte ihm den Atem. Sie hatte nie lieblicher ausgesehen. Sie trug ein helles elfenbeinfarbenes Kleid, das er noch nie an ihr gesehen hatte. Ihr Haar umrahmte ihr Gesicht in goldenen Ringellocken. Heute Abend würde er sie dazu bringen, ihm zuzuhören, beschloss er. Er verlor keine Zeit und schritt über die Tanzfläche zu ihr. „Es ist unerlässlich, dass ich mit Euch spreche, Felicity."

Ihr Blick schweifte über seinen Kopf hinweg, und sie sprach hochmütig. „Ich bin mir sicher, dass ich Euch nichts zu sagen haben, Mr. Moreland." Dann drehte sie ihm den Rücken zu und bewegte sich durch den Raum in die Richtung, wo die Adeligen saßen, obwohl heute Abend keine anderen Leute anwesend waren.

Als er dort stand und über seine weitere Vorgangsweise nachdachte, kam Carlotta zu ihm. „Was habt Ihr getan, um Felicity derart zu verärgern?" Carlottas Augen funkelten vor Heiterkeit, und es lag nicht die geringste Spur von Sorge in ihrer Stimme.

Das Orchester spielte die ersten Takte eines Walzers. Er ignorierte Carlottas Kommentar, während er seine Vorgehensweise näher bedachte. Er hatte alle einem Gentleman zur Verfügung stehenden Mittel verwendet, um mit ihr in Kontakt zu treten, und keines davon war erfolgreich gewesen. Wie wäre es mit einer eher unorthodoxen Methode?

Er wandte sich lächelnd und interessiert an Carlotta. „Ich habe gehofft, Euch zu sehen, Mrs. Ennis."

Sie hob ihre Augenbrauen. „Wirklich?"

Er nahm ihre Hand. „Ihr würdet mich zum glücklichsten Mann machen, wenn Ihr mir die Ehre erweist, mit mir zu tanzen."

Mit einem verwirrten Gesichtsausdruck antwortete sie, „Aber Ihr habt mich noch nie zu einem Walzer aufgefordert."

Wenn die Frau weniger dreist gewesen wäre, hätte er niemals versucht, sie für seine Zwecke zu missbrauchen, aber wegen der Art und Weise wie sie sich ihm und Felicity gegenüber benommen hatte, hatte er keinerlei Schuldgefühle dabei, ein ernsthaftes Interesse an ihr vorzutäuschen. Hatte sie nicht ihr Bestes getan, um ihn von Felicity fernzuhalten? „Ah, aber jetzt weiß ich, was für eine gute Tanzpartnerin ihr seid – ganz zu schweigen davon, dass Ihr die bemerkenswerteste Frau im Saal seid." Wenigstens waren diese Worte nicht unwahr. Sie *war* die bemerkenswerteste. Und Felicity war die schönste.

„Woher kommt dieser plötzliche Sinneswandel?", fragte Carlotta. „Will Felicity nichts mehr mit Euch zu tun haben?"

„Das will sie tatsächlich nicht, was mich zu der Erkenntnis gebracht hat, dass ich eine violettäugige Schönheit übersehen habe." Dass sie eine violettäugige Schönheit war entsprach den Tatsachen.

Er führte sie auf die Tanzfläche. Sollte Felicity sie beobachten, musste er den Anschein geben, sich mit Mrs. Ennis zu amüsieren. Er legte seine linke Hand behaglich auf ihre Taille und zog sie viel näher an seine Brust, als er es je mit Felicity getan hatte. „Ihr tanzt einen Walzer, als ob Ihr dafür geboren wurdet", sagte er charmant – und lächelnd.

Er hätte für Carlottas entzückten Gesichtsausdruck viel bezahlt. „Ich danke Euch, Mr. Moreland. Ihr seid ebenfalls ein geschickter Tänzer. Wo habt Ihr nur gelernt, so gut zu tanzen, während Ihr in Indien wart, um Euren Reichtum zu finden?"

Es war ihm bewusst, dass ihr der Teil mit dem Reichtum gefiel. „Meine liebe Mrs. Ennis, es ist meine Erfahrung, dass es nichts gibt, was man nicht haben kann, wenn man nur tiefe Taschen hat."

Jetzt konnte er sie fast schnurren hören. „Und Eure Taschen sind sehr tief."

Wenn Carlotta schnurrte, dann hoffte er, dass

Felicity ihre Klauen schärfte.

Aus seinem Augenwinkel konnte er erkennen, dass Felicity Carlottas und sein Tanz nicht entgangen war.

Carlotta und er unterhielten sich angeregt, wenn nicht sogar verführerisch, bis zum Ende des Tanzes. Sie spreizte ihre Finger über seine Schultern und sprach in einer langsamen tiefen Stimme, wenn sie nicht gerade den Kopf vor Lachen zurückwarf.

Nachdem der Tanz zu Ende war verblieb er den Rest der Nacht an ihrer Seite.

Felicitys einzige Verteidigung war es, mit dem Colonel zu sitzen, der wegen seines kranken Beines nicht tanzen konnte. Thomas und Felicity starrten sich über den Saal hinweg an wie zwei Boxer vor einem Kampf.

* * *

Er verlor keine Zeit damit, mich zu ersetzen, dachte eine niedergeschlagene Felicity als sie Thomas und Carlotta widerwillig dabei beobachtete, wie sie sich amüsierten. War er zu Carlotta übergelaufen, sobald er sich ihr gegenüber nicht mehr wie ein Kavalier benehmen musste? War es immer Carlotta gewesen, die er wirklich begehrte?

Seitdem sie sie zum ersten Mal zusammen tanzen gesehen hatte, war Felicity davon beeindruckt, was für ein gutaussehendes Paar sie abgaben. Und nun, da sie keine Behinderung mehr war, konnten die beiden Zeit zusammen verbringen.

Seit wie vielen Tagen hatte Thomas sich schon um Carlotta bemüht? Hatten sie sich geküsst? Felicitys Magen verkrampfte sich beim Gedanken an seine hungrigen Küsse.

Sie wandte ihre Aufmerksamkeit ab und blickte zur anderen Seite der Tanzfläche, wo George und ein sehr gelangweilt aussehender Blanks hereinspazierten. Georges Augen schweiften durch den Saal, bis er Diana auf der Tanzfläche mit einem anderen Schiffsoffizier erspähte. Sein entspannter Gesichtsausdruck verwandelte sich in einen wütenden. Dann fanden seine Augen Felicitys, und er kam mit seinem Freund zu ihr, um sie und den Colonel zu begrüßen.

„Seid Ihr sicher", sagte der Colonel zu George, „dass Eure Schwester gesund genug ist, um in der Nachtluft unterwegs zu sein?"

George sah furchtbar verwirrt aus. „Ah, um welche Schwester handelt es sich?"

Der Colonel legte eine Hand auf Felicitys Arm. „Mrs. Harrison natürlich. Es *war* Euch bewusst, dass sie seit einigen Tagen wegen ihrer Krankheit nicht in der Öffentlichkeit war."

„Oh, ja, natürlich", sagte George. „Wenn Ihr Euch erinnert, meine Schwester Glee war zuvor, ah, krank."

Der Colonel nickte. „So sehr ich mich auch darüber freue, die liebliche Mrs. Harrison wiederzusehen, muss ich mich doch um sie sorgen. Ich habe sie darum gebeten, sich heute nicht mit Tanzen zu erschöpfen. Es wird andere Nächte dafür geben."

„Das ist wahr", sagte George und warf ungeduldige Blicke in Richtung Diana. „Weiß nicht, warum diese Navy Kerle nicht damit beschäftigt sind, Schiffe zu versenken." Er lächelte, als der Tanz vorbei war und Diana ihren Tanzpartner darum bat, sie zu George zu geleiten.

„Wie schön Euch wieder unter Leuten zu sehen, Mrs. Harrison", sagte Diana. „Geht es

Euch so bald schon gut genug, um einen Ball zu besuchen?"

„Ich habe mich sehr gut erholt, obwohl, wie Ihr bestimmt bemerkt habt, ich noch nicht tanze."

Diana lächelte. „Ich kann Euch sagen, dass mein Bruder vor Sorge über Euch völlig neben sich war."

„Ich kann Euch sagen, dass Euer Bruder Mrs. Harrison jetzt vergessen hat", warf der Colonel ein und sein Blick schweifte zu Thomas und Carlotta.

Bevor Diana antworten konnte, hatte George sie gebeten, mit ihm zu tanzen, und sie hatte mit einem freudigen Ausdruck auf ihrem Gesicht akzeptiert.

Nun kam Glee mit einem Glas Kräuterwein in der Hand auf sie zu. „Es sieht so aus, Blanks", sagte sie, „als hätte dich George wieder einmal verlassen. Du bist nun gezwungen, mit mir zu tanzen."

Obwohl er Glee nicht bemerkt hatte bis sie sprach, sagte er, "Es wäre mir ein großes Vergnügen, Miss Pembroke." Dann führte er sie auf die Tanzfläche.

Der Colonel tätschelte Felicitys Hand. „Habt Ihr nicht gesehen, wie ungehobelt Mr. Moreland ist? Die Art wie er Mrs. Ennis' Taille gehalten hat, ist äußerst skandalös."

Felicity zuckte mit den Schultern. „Es ist mir nicht aufgefallen. Ich wage zu behaupten, dass alle seine Taten Carlottas Ermunterung folgen. Sie war niemals scheu in ihrer unerlässlichen Jagd nach ihm."

„Was sie in diesem Emporkömmling sieht ist mir ein Rätsel", sagte der Colonel.

„Ich nehme an, man kann Mr. Moreland als gutaussehend bezeichnen", sagte Felicity. „Wenn man große Männer mag zumindest. Eine Frau würde andauernde Nackenschmerzen in Kauf nehmen müssen, nur um den Mann zu küssen."

„Ich nehme an, dass dies wahr ist", stimmte der Colonel zu.

Warum musste sie darüber sprechen Thomas zu küssen? Ihr wurde heiß vor Verlangen, seine Lippen wieder auf ihren zu spüren.

Sie schüttelte den Gedanken ab. Jetzt, nahm sie an, würden seine Küsse nur für Carlotta reserviert sein. Felicity beobachtete ihre Rivalin und war eifersüchtig darauf, wie Carlottas üppige Brüste aus ihrem königlich-violetten Samtkleid überschwappten. Trotzdem war Carlotta flamboyant in ihrer Hautfarbe und dem Kleid; die Frau war wirklich ungewöhnlich schön. Felicitys Blick schwenkte zu George und Diana, die mit Freude in den Augen tanzten. Ja, dachte Felicity, George war verliebt, aber falls sie sich nicht irrte, war es Miss Moreland ebenso.

„Ihr müsst mir erlauben, Euch heute Abend nach Hause zu bringen", sagte Colonel Gordon zu Felicity. „Meine Kutsche wird Euch vor dem Wetter schützen."

Zuerst wusste sie nicht wovon er sprach. Es regnete oder schneite nicht, und ihr Haus war nur einige Minuten entfernt. Dann erinnerte sie sich daran, dass er ihre „Krankheit" erwähnt hatte. Wie sehr sie es auch ablehnte, in der leuchtend roten Kutsche des Colonels nach Hause zu fahren, sie wünschte sich Thomas eifersüchtig zu machen. „Wie überaus freundlich von Euch, Colonel", sagte sie und legte ihre Hand auf seinen Ärmel.

Ein paar Minuten später beendete das Orchester die Vorführung und plaudernde lachende Gäste machten sich auf den Weg durch die Türen. Sie sammelte Glee ein und sie brachen zu dritt auf.

Sie hatte gedacht, dass Glees Anwesenheit sie vor den Annäherungsversuchen des Colonels schützen würde, aber er sagte trotzdem, „Nachdem Ihr nun nicht mehr trauert, Mrs. Harrison, müsst Ihr mich wirklich heiraten. Ich könnte mich um all Eure finanziellen Angelegenheiten kümmern. Ich kann behaupten, dass Euch all Eure Wünsche erfüllt würden. Wir könnten sogar Glee in die Londoner Gesellschaft einführen."

Der Dreckskerl! Er versuchte Glee auf seine Seite zu bekommen. „Ihr müsst wissen, Colonel, dass ich Euch als sehr guten Freund schätze. Nicht mehr."

„Ich sage Euch seit vier Jahren, dass ich warten werde. Und das werde ich tun."

Glee versuchte das Thema zu wechseln. „Stimmt heute etwas mit Eurem Bein nicht?" Dann verbesserte sie sich. „Ich meine, bereitet Euch Euer verletztes Bein Unannehmlichkeiten?"

„Ich nehme an, es wird morgen regnen", sagte er. „Es plagt mich immer, wenn Regen in der Luft liegt."

„Wie interessant", murmelte eine verlegene Glee.

Die Kutsche des Colonels näherte sich Felicitys Haus, und der Kutscher half den beiden Damen zu ihrer Haustüre, während der Colonel in der Kutsche blieb und sich aufgrund seines schmerzenden Beines entschuldigte.

Felicity war müde. Es war schließlich das erste Mal in dieser Woche, dass sie das Haus verlassen hatte. Sie gähnte unablässig, als sie sich fürs Bett umzog, blies ihre Kerze aus und legte sich auf ihr Federbett. Aber der Schlaf wollte nicht kommen.

Sie   musste   fortwährend   an   den gutaussehenden Thomas Moreland denken, mit einem breiten Lächeln auf seinem Gesicht, als er sich mit Carlotta Ennis walzertanzend um den Ballsaal drehte.

Und trotz ihres Beschlusses ihn zu hassen, wurden Felicitys Augen feucht.

Kapitel 19

Der Colonel hatte sich bezüglich des Regens geirrt, dachte Felicity. Trotz seiner Freundlichkeit ihr gegenüber fand sie Gefallen an seiner Fehlbarkeit. Der Mann war schließlich furchtbar pompös. Sie fragte sich, wie sie ihn all die Jahre toleriert hatte, wurde sich allerdings bewusst, dass ihr Misstrauen ihm gegenüber erst kürzlich zu wachsen begonnen hatte. Erst als Thomas Moreland nach Bath gekommen war, hatte sie die Bösartigkeit des Colonels bemerkt.

Da es ein schöner Tag war, bat sie Glee darum, mit ihr zu den Crescent Fields zu gehen. Die beiden jungen Frauen trugen ihre Pelissen, Handschuhe und Hauben und spazierten die Gay Street entlang; nördlich lagen die Hügel im Hintergrund der Stadt.

„Das Beste am heutigen Spaziergang ist, dass er uns die Möglichkeit bietet, in die Schaufenster der Geschäfte zu blicken, Felicity."

„Das liegt daran, Liebes, dass Geldausgeben deine Lieblingsbeschäftigung ist. Ich fürchte dein Glück wäre stark eingeschränkt, solltest du keinen reichen Mann heiraten."

„Es wäre tatsächlich nett, einen wohlhabenden Mann zu heiraten", stimmte Glee zu. „Da wir von einem reichen Mann sprechen, ich glaube Carlotta hat ein Auge auf Mr. Moreland geworfen."

„Und das fällt dir erst jetzt auf?", sagte Felicity lachend. „Ich glaube, sie beschloss an dem Tag eine Verbindung mit ihm einzugehen, an dem sie erfuhr, dass ein Nabob Winston Hall gekauft hat."

„Bevor sie ihn je gesehen hat?"

„Ja. Ich wage zu behaupten, sie hätte eine Verbindung mit ihm gewünscht, auch wenn er achtzig gewesen wäre."

„Dann muss sie ja förmlich von Hocker gefallen sein, als sie ihn endlich traf. Er ist so gutaussehend", sagte Glee.

„Es ist schade, dass er keine Warze auf der Nase hat. Der Mann hat viel zu viele Vorzüge."

„Du machst einen schrecklichen Fehler dabei, ihn entwischen zu lassen. Denk daran, Carlotta wird sich von nichts davon abhalten lassen, ihn für sich selbst zu erobern", sagte Glee. „Obwohl ich mir sicher bin, dass er Gefühle für dich hat."

„Natürlich hat er Gefühle für mich! Ich habe sein Leben gerettet."

„Und dich selbst dabei in Gefahr gebracht, wie Lettie behauptet."

Felicity lachte. „Du darfst nicht alles glauben, was Lettie sagt. Du weißt, wie sie ist."

Glee nickte. „Ich weiß auch, dass Mr. Moreland *romantische* Gefühle für dich hat."

„Du verwechselst Romantik mit Sentimentalität. Der Mann toleriert uns alle aus reiner Dankbarkeit."

Glee drehte sich von dem Schaufenster eines eleganten Handschuhgeschäftes um. „Wenn du das glaubst, dann bist du ein größerer Dummkopf, als ich es je für möglich gehalten hätte."

„Du hast selbst oft genug festgestellt, dass Mr. Moreland die Freundlichkeit in Person ist. Sein Benehmen mir gegenüber ist nichts als ein Ausdruck seiner Liebenswürdigkeit."

„Es scheint, als könne man nicht mit dir diskutieren", sagte Glee und schüttelte ärgerlich den Kopf. Sie machte einen Schritt auf die Straße, um zur anderen Seite zu gehen, wo ihr ein Stoffhändler ins Auge gestochen war. Sie mussten warten, bis eine Herrenkutsche vorbeigefahren war. „Es ist großartig, was Mr. Moreland für den armen kleinen Jungen vor der Hutmacherei tut."

Felicity zuckte mit den Schultern. „Wir wissen nicht genau, ob Mr. Moreland der Wohltäter des Jungen ist."

Glee blieb vor dem Geschäft stehen. "Kannst du es bezweifeln?"

„Ich sage nur, dass wir nicht absolut sicher sein können", sagte Felicity schulterzuckend. „Und was ist, wenn er der Wohltäter des Jungen ist? Ich stimme dir zu, dass es sehr nobel ist, dem Burschen zu helfen, aber Mr. Moreland hat sehr viel Geld. Er ist unserer Familie gegenüber äußerst großzügig gewesen."

Glees Augen weiteten sich. „Willst du damit sagen, dass es seine Großzügigkeit war, die für all meine Kleider und Hüte bezahlt hat?"

Felicity wollte die Katze eigentlich nicht aus dem Sack lassen. „Hast du das nicht erraten, als du herausgefunden hast, dass er in meiner Schuld steht?"

„Ich habe mir nur nicht gedacht, dass dein Stolz eine solche ... Wohltätigkeit ... zulassen würde."

„Er hat es natürlich nicht so erklärt", verteidigte sich Felicity. „Er hat vorgegeben, mich dafür zu entschädigen, dass ich ihm dabei geholfen habe, Diana in die Gesellschaft einzuführen, was, wie du zugeben musst, ohne der Förderung unserer Familie nicht möglich gewesen wäre."

„Oh", sagte Glee ausdruckslos.

„Ich war eindeutig ein Dummkopf, als ich seinen lächerlichen Vorschlag nicht durchschaut habe."

„Das würde ich nicht sagen", kam Glee zu ihrer Verteidigung zu Hilfe.

„Ich schon!"

Dann gingen sie in das Geschäft und sahen sich Rollen um Rollen von wunderschönen Stoffen in jeder Pastellfarbe an.

„Es ist schade, dass ich in dieser Farbe schon ein Kleid habe", sagte Glee als sie über eine leichte Seide in der Farbe von getrocknetem Oregano strich, „denn diese Seide ist noch feiner als jene, die ich habe."

Felicity stimmte zu. „Aber wir brauchen zurzeit wirklich nichts aus diesem Geschäft, Liebes."

Glee seufzte. „Du hast recht."

Sie spazierten aus dem Geschäft. Und sahen Thomas und Carlotta, die ihren Arm besitzergreifend über seinen gelegt hatte. Felicity war plötzlich übel.

Warum waren sie nicht in seiner Kutsche oder dem Zweisitzer unterwegs? Carlotta, im Gegensatz zu Felicity, ging nicht gerne zu Fuß. Um die Sache noch schlimmer zu machen, schienen sie in die gleiche Richtung wie Felicity und Glee zu gehen. Felicity war versucht umzudrehen, erkannte jedoch, dass es unvermeidbar war ihn zu sehen, nachdem sie in der gleichen Stadt wohnten.

Obwohl Carlotta vorgab sie nicht zu sehen, erblickte Thomas sie. Er blieb stehen und drehte sich um, um die nahenden Schwestern zu beobachten.

„Guten Tag, Miss Pembroke", sagte er zuerst.

Dann senkte er seine Stimme und seinen Blick und fügte hinzu „Mrs. Harrison"

„Ein wunderschöner Tag, nicht wahr?", sagte Felicity mit aufgesetzter Freundlichkeit.

Carlotta lächelte und zeigte dabei ihre schönen Zähne. „Eindeutig", sagte sie und rückte näher an Thomas, so dass die Seite ihrer großen Brüste seinen Arm streifte.

„Wohin geht Ihr?", fragte Thomas Felicity.

„Glee und ich gehen zu den Crescent Fields", sagte Felicity.

Thomas sah zu Carlotta hinunter. „Wollt Ihr dorthin gehen?"

Für einen kurzen Moment schien Eifersucht in Carlottas Augen auf, dann lächelte sie lieblich. „Wenn es Euch gefällt, mein lieber Mr. Moreland."

Mein Lieber Mr. Moreland, zum Teufel! Felicity kämpfte gegen den Drang an, ein sehr großes Taschentuch in Carlottas Mund zu stopfen.

Die Vier machten sich in Richtung des Royal Crescent auf. Felicity hatte die unwillkommene Aussicht auf Thomas und Carlotta, die vorangingen. Die beiden unterhielten sich freundlich, was Carlotta an jeder Straßenecke in Gelächter ausbrechen ließ. Felicity sehnte sich danach, ein Taschentuch zu haben. Ein sehr großes.

Die Straße, an der sie entlanggingen, kreuzte die Cheap Street, und sie warf einen Blick auf die Hutmacherei dort. Der kleine Jamie war davor, aber anstatt wie sonst zu sitzen, humpelte er auf einer Krücke einher. Einen Moment lang glaubte sie, er könne seine Beine bewegen, bemerkte dann aber, dass dies nicht der Fall war. Sie spürte Tränen in ihren Augen aufsteigen. Der arme kleine Kerl hatte es nie erlebt, herumlaufen und spielen zu können wie andere Jungen. Hoffentlich würde er es eines Tages schaffen, mit der Hilfe von Mr. Moreland. Es war ein weiteres Beispiel von Thomas' vielen guten Taten. Aufrichtig guten Taten.

Sie bemerkte, dass Thomas einen kurzen Blick auf den kleinen Jamie warf, sonst aber bedacht darauf war, seinen Kopf abzuwenden. Thomas wollte eindeutig nicht von dem Jungen erkannt werden. Ein weiteres Beispiel seines Edelmutes.

Sie musste wirklich damit aufhören, an ihn zu denken. „Sagt, Mr. Moreland", sagte sie, „wo ist Eure Schwester heute?"

„Als ich Winston Hall verließ, genoss sie diesen schönen Tag ebenfalls. Sie ging mit ihrer Zofe im Garten spazieren – mit Eurem Bruder und seinem Freund Mr. Blankenship."

Glee schmollte. „Oh, ich wünschte, ich wäre auch dabei."

„Die Bäume sind nun sicherlich mit Vogelnestern bestückt", sinnierte Felicity.

„Unser Bruder scheint völlig betört von Eurer Schwester zu sein, Mr. Moreland", sagte Glee.

„Und warum sollte er das nicht sein?", fügte Carlotta hinzu und lächelte Miss Morelands Bruder an. „Miss Moreland ist äußerst lieblich – und eine wahre Lady."

Als sie George und Diana erwähnte, versteifte sich Thomas sichtbar – was Felicitys Aufmerksamkeit nicht entging. Hatte er Einwände gegen eine Verbindung zwischen George und seiner Schwester? Ihr Magen drehte sich um. *Natürlich hatte er das!* War er nicht derjenige gewesen, der Georges Spielschulden und all die anderen Schulden, die sich durch Georges Unverantwortlichkeit angehäuft hatten, beglichen hatte? Hatte Mr. Moreland nicht seine Verachtung für untätige Lords zum Ausdruck gebracht? Aber wollte er nicht, dass seine Schwester sich unter die Menge unserer untätigen Klasse mischte? Nun hatte Felicity einen weiteren Grund, Thomas Moreland zu verabscheuen. Der Nabob dachte offensichtlich, dass seine Schwester zu gut für George war!

Hatte Mr. Moreland nicht Georges Beständigkeit und Reife in den letzten zwei Monaten beobachtet? Er hatte sein Pferd verkauft. Er war vernarrt in Miss Moreland. Und er hatte es sogar geschafft, den armen Blanks zu verschiedenen ernsthaften Betätigungen mitzuschleppen, was eindeutig kein leichtes Unterfangen war. Konnte Mr. Moreland nicht sehen, dass George, wenn er sich dafür entschied, sesshaft zu werden, ein äußerst loyaler Ehemann für Diana sein würde?

Was Felicity daran erinnerte, wie beständig ihr Vater für ihre Mutter gewesen war. Sogar nachdem sie gestorben war, begehrte er niemals eine andere Frau, denn keine konnte sich jemals mit seiner geliebten Frau messen. Dann schmerzte Felicitys Herz. Die Loyalität ihres Vaters seiner Familie gegenüber war nicht so groß gewesen, wie sein Bedürfnis zu spielen. Und Mr. Moreland wusste das.

Mit jedem Schritt ihrer Füße auf dem Pflasterstein wuchs Felicitys Zorn auf Thomas Moreland. Er fühlte sich ihrer Familie überlegen!

Als sie den Royal Crescent erreichten, starrte Carlotta auf die eleganten Häuser, die ihn einkreisten, und sagte, „Natürlich ist keines mit Winston Hall zu vergleichen. Ihr müsst sehr stolz auf Euer Heim sein."

„Ehrlich gesagt", antwortete er, „ist das Haus um einiges zu formell für meinen Geschmack, aber der wunderschöne Park und Wald gleichen die fehlende Gemütlichkeit des Hauses aus."

Er fasste Felicitys Eindruck von Winston Hall perfekt in Worte, obwohl sie sicher war, diesen ihm oder anderen gegenüber nicht erwähnt zu haben.

Ein weiteres Thema, bei dem sie und Thomas Moreland sich völlig einig waren.

„Oh, Mr. Moreland, wie *könnt* Ihr das über Winston Hall sagen?", schimpfte Carlotta. „Es ist eines der schönsten Gebäude in ganz England. Der bemalte Plafond im Salon ist einfach atemberaubend."

War Carlotta vor kurzem in Winston Hall gewesen, oder erinnerte sie sich daran von der Zeit als Lady Catherine dort wohnte? Fragte sich Felicity.

„Wenn man es mag, dass Cherubinen auf himmlischen Plafonds in seinem Salon herumschweben", scherzte Thomas.

Felicity konnte ihr Lachen nicht zurückhalten.

Er drehte sich um und lächelte sie an. Und sie fühlte sich, als ob eine Nadel sie in die Lungen gestochen und ihr die Fähigkeit zu atmen geraubt hatte. Warum musste der Mann so eine Wirkung auf sie haben? Warum konnte er nicht sein Mausoleum von einem Haus verlassen und irgendwo anders wohnen? Diese Treffen mit ihm waren viel zu schmerzhaft für Felicity.

Als er sich wieder umdrehte, erwischte sie sich dabei seinem Gespräch mit Carlotta zu folgen.

„Mögt Ihr Shakespeare, Mrs. Ennis?", fragte er.

„Mir gefiel *Der Widerspenstigen Zähmung* äußerst gut. Es war furchtbar romantisch."

Felicity beobachtete die Seite seines Gesichtes, als er sich Carlotta mit gehobener Augenbraue zuwandte.

„Was für eine kluge Auslegung", sagte er.

Muss er fortwährend Dinge an Carlotta finden, die er loben konnte? Felicity bezweifelte, dass ihre Freundin je auch nur ein einziges Wort von Shakespeare gelesen hatte. Alles, was Carlotta von dem großartigen Autor wusste, hatte sie im Theater erhascht.

Die Vier überquerten die Straße, um durch die Crescent Fields zu spazieren, wo Narzissen zu blühen begonnen hatten. Felicity dachte darüber nach, wie unpassend Thomas und Carlotta füreinander waren. Die Oberflächlichkeit der Frau würde ihm innerhalb einer Woche auf die Nerven gehen. Thomas war ein Mann mit Substanz. Er brauchte eine ebenso solide Frau.

Felicity dachte daran, wie Carlotta sich weigerte, sich um ihren eigenen Sohn zu kümmern. Thomas würde einen solchen Mangel an mütterlicher Hingabe sicherlich nicht billigen. Aber dann wurde ihr bewusst, dass Carlotta es bestimmt untersagt hatte, ihren kleinen Sohn zu erwähnen, der von seiner Großmutter aufgezogen wurde. Felicity war sicher, dass Thomas dem nicht zustimmen würde.

Wie war es möglich, dass sie ihn nach nur so kurzer Zeit so gut kannte? Fragte sich Felicity. Es war nicht nur darauf zurückzuführen, dass sie jeden Tag über zwei Monate zusammen verbracht hatten. Es war viel mehr. Sie hatte ihn zu verstehen gelernt auf eine Art, wie eine Frau den Mann versteht, der ihr Ehemann ist. Sie verstand und teilte nicht nur seine Liebe für Shakespeare, sie liebte auch ihre Geschwister so wie er seine.

Sie wusste, dass er seit er ein kleiner Junge war, eine Affinität für Pferde hatte, und ihr war seine Fähigkeit Sprachen zu lernen bekannt. Sie hatte Verständnis für seinen Drang ein Vermögen zu verdienen und seine Verachtung für untätige Männer. Sie war sich seiner Zufriedenheit mit seiner eigener Klasse äußerst bewusst. Jetzt, wo sie darüber nachdachte, wurde ihr klar, dass sie und Thomas sich in vielen Dingen nahestanden. Oder nahegestanden hatten, ergänzte sie mit Bedauern.

Obwohl Thomas sich einige Male bemüht hatte, Glee und Felicity in seine Gespräche miteinzubeziehen, tat es Carlotta kein einziges Mal. Zum ersten Mal in ihrem Leben verstand Felicity die Redewendung ‚Ich will ihr die Augen auskratzen‘, denn sie verspürte das starke Verlangen, Carlotta in solch einer Weise zu behandeln.

Nachdem sie ein riesiges Taschentuch in den Mund ihrer *ehemaligen* Freundin gestopft hatte.

Carlotta griff hinauf und ließ ihren Finger verführerisch über Thomas' Nase streichen. „Es scheint", sagte sie, „dass trotz Eurer dunklen Haut die Sonne Eure Nase gerötet hat!"

Es war wie Öl ins Feuer von Felicitys verletzten Gefühlen zu gießen. Sie wollte schreien, „Nimm deine Hände von ihm. Ich hatte ihn zuerst!"

Felicity zog an Glees Hand. „Wir müssen sofort nach Hause gehen", sagte sie zu Glee. „Ich habe mich soeben an etwas sehr Wichtiges erinnert, um das ich mich kümmern muss."

Während des bedrückten Spazierganges zurück zur Charles Street kam Felicity zu einer erschreckenden Schlussfolgerung. Sie hatte sich zutiefst in Thomas Moreland verliebt.

Kapitel 20

Man musste ihn für ziemlich krank halten, dachte Thomas als er den Pump Room betrat und mit seiner Schwester herumspazierte, um sein tägliches Glas Heilwasser zu bekommen. Warum würde er sonst darauf bestehen, das widerliche Wasser zu trinken?

Was er nicht alles für Felicity Harrison tat. Das geschmackloseste, was er für sie getan hatte, war Carlotta Ennis' Gesellschaft zu ertragen. Seine Versuche Felicity eifersüchtig zu machen, zehrten an seiner Geduld. Carlotta war nicht im Geringsten sein Typ, aber das war keine außer Felicity. Carlotta war eine Mitgiftjägerin, sonst nichts. Es fehlte ihr an Verstand, sie machte ihre beste Freundin schlecht und übertrieb bei allem maßlos. Er verabscheute jede Minute, die er mit ihr verbrachte.

Als er auf das Wasser wartete, blickte Thomas hinauf zum Orchester. Als der Bedienstete ihm sein Glas reichte, gab er es seiner Schwester und trank dann seines mit gekräuselter Nase ob des faulen Geruches, dann gab er die Gläser zurück. Er dachte immer noch über seinen Plan nach, Carlotta zu benutzen, um Felicity eifersüchtig zu machen und war stolz darauf, wie gut der Plan funktionierte. Felicity war gestern im Park so böse gewesen, dass sie fast von Carlotta und ihm weggelaufen war. Und sie hatte sich gestern Abend nicht in den Festsälen gezeigt, obwohl ihre

Schwester und ihr Bruder dort waren.

Wenn er seine Farce mit Carlotta nur noch ein bisschen länger aufrechterhalten konnte. Bald würde er Felicity dazu bringen, ihm zuzuhören, wenn er ihr sagte, wie innig und seit wie langer Zeit er sie schon geliebt hatte.

Trotz ihrer Kälte ihm gegenüber in den letzten paar Wochen glaubte Thomas, dass Felicity etwas für ihn empfand. Es war er, den sie um Hilfe bat, als ihre Schwester weggelaufen war. Felicity hatte sich auf ihn verlassen, so wie eine Frau sich auf ihren Ehemann verlässt. Nur der Gedanke daran, mit Felicity verheiratet zu sein, ließ sein Herz schneller schlagen.

Dann waren da ihre Küsse. Eine Frau, die keine Gefühle für ihn hatte, hätte ihn niemals so küssen können, wie Felicity es getan hatte. Die Erinnerung daran raubte ihm den Atem.

Er und Diana hatten gerade ihr Wasser getrunken, als er Carlotta durch den Raum in seine Richtung eilen sah.

Ohne jegliche Einladung seinerseits hakte sie ihren Arm in seinen. „Sollen wir um den Raum spazieren, Mr. Moreland?", fragte sie und schritt wie zum Takt der Musik voran, ohne auf Thomas' Antwort zu warten.

Er war erstaunt darüber, wie viele Nuancen von lila und violett es gab. Denn Carlotta trug keine andere Farbe, und sie schien jeden Tag ein neues Kleid zu tragen.

Als sie den Raum einmal umrundet hatten, hatten sich einige Bekannte um Diana versammelt. Am wichtigsten davon, Felicity. Und ihre Geschwister. Und der verdammte Colonel.

Er zwang Carlotta zu der kleinen Gruppe zu gehen, und sie begannen sich über alltägliche

Themen zu unterhalten. Wenn der Colonel Felicity noch einmal meine Liebe nannte, schwor Thomas, würde er dem Mann eine Faust ins Gesicht schlagen. Das meiste wurde von Carlotta und dem Colonel gesagt, den beiden, von denen er sich sicher war, dass sie am wenigsten zu sagen hatten, sich aber am liebsten reden hörten.

Bald schloss sich ihnen noch eine Person an, Lady Catherine Bullin, die ehemalige Besitzerin von Winston Hall. Sie hatte kein Wort mit ihm gesprochen seit dem Tag, an dem er das Haus ihrer Vorfahren in Besitz genommen hatte. Es schien, als ob sie es einem Mann von niedriger Geburt wie ihm übelnahm, ihr Heim zu beschmutzen. Er fand es seltsam, dass sie heute mit aller Macht versuchte, seine Aufmerksamkeit zu erlangen.

Sie suchte Augenkontakt mit ihm und, zu seiner großen Überraschung, sprach sie mit ihm. „Mr. Moreland, ich bitte Euch mich morgen um die Mittagszeit im St. George Hotel zu besuchen. Ich würde gerne eine private Angelegenheit mit Euch besprechen."

Er verbeugte sich schwungvoll. „Ihr dürft es als erledigt betrachten, Mylady."

Dann verabschiedete sie sich und verließ den Pump Room. Demnach war sie nur gekommen, um ihn zu sehen, sinnierte er. Er fragte sich, was sie wohl mit ihm besprechen wollte. Konnte es sein, dass sie einige Familienstücke zurückhaben wollte? Sie konnte sie gerne haben, obwohl er sich nicht vorstellen konnte, dass ihre Unterkunft im Hotel genug Platz für die großen Familienporträts oder Statuen oder die riesigen türkischen Teppiche bot.

Als sich die anderen unterhielten, konnte er

nicht umhin, zerstreut durch den Raum zu blicken. Er bemerkte einen Soldaten in gewohntem roten Militärmantel, der überreich mit Orden geschmückt war. Und dann wurde Thomas Zeuge eines äußerst seltsamen Geschehnisses. Der Soldat sah den Colonel lang und scharf an und durchquerte dann den Raum, als ob er Abstand von dem ehemaligen Offizier halten wollte.

Seine Tat kam Thomas überaus seltsam vor. Zuerst hielt Thomas es für möglich, dass der Mann mit dem Colonel Ärger gehabt hatte, aber dann erinnerte Thomas sich an all die Orden, die der Mann trug. Ein Mann, der beim Colonel in Ungnade gefallen war, hätte wohl kaum so viele Auszeichnungen.

Nein, dachte Thomas, es musste einen anderen Grund haben.

„Wir haben dich beim Ball gestern vermisst", sagte Carlotta zu Felicity.

„Ich hatte üble Kopfschmerzen, aber wie du sehen kannst, erfreue ich mich nun bester Gesundheit", antwortete Felicity.

„Ich muss sagen, Ihr seht besonders lieblich aus in Blau", sagte der Colonel.

Ja, das tut sie, dachte Thomas. Es war sein Lieblingskleid an ihr. Sie sah aus wie ein Engel, den er in seinen Armen zu halten begehrte. Sie wäre noch lieblicher ohne das blaue Kleid. Er stellte sich vor ihr beim Entkleiden zu helfen, seine Lippen auf der seidenweichen Haut ihrer nackten Schultern. *Du lieber Himmel,* seine Lenden erwachten bei dem Gedanken daran zum Leben. Nur Felicity hatte eine derartig tiefgreifende Wirkung auf ihn.

Obwohl er sich ein bisschen an der

Unterhaltung um ihn herum beteiligte, behielt er den einsamen Soldaten im Blick. Der Mann ging zu dem Bediensteten und erhielt sein Glas Wasser.

Er schien sich im Raum nach einem bekannten Gesicht umzusehen – und vermied es dabei, in die Richtung des Colonels zu blicken. Er fand offensichtlich keines und verließ den Pump Room.

Hätte Thomas nicht seine Schwester als Begleitung, wäre er dem Soldaten gefolgt.

„Werdet Ihr kommen, Mr. Moreland?", fragte Carlotta.

Er kehrte zurück zu dem Gespräch. „Wohin?"

„Zu dem Diner, welches ich heute in meinem Haus veranstalte."

„Bitte sagt, dass Ihr kommen werdet", bettelte Glee. „Felicity und ich werden dort sein, und wir wären höchst erfreut, Euch und Miss Moreland als Gesellschaft zu haben."

Er sah zu Felicity, dann zu Carlotta. „Es wird mir ein Vergnügen sein."

George sah wiederholt zur Türe. Nach kurzer Zeit sagte er, wie zu sich selbst. „Ich glaube, Blanks kommt heute nicht." Er schüttelte den Kopf. „Hat eine schreckliche Abneigung dagegen, vor Nachmittag aufzustehen."

„Vor nicht allzu langer Zeit warst du genau wie er", sagte Felicity, „und ich bin so froh darüber, dass du reifer geworden bist." Sie warf Thomas einen entschlossenen Blick zu.

„Ja, Lord Sedgewick, ich würde sagen, Ihr seid nun ein reformierter Lebemann", sagte Carlotta mit Zuneigung.

Felicity zog die Augen zusammen, als sie Carlotta ansah. „Ich bitte dich meinen Bruder nicht als Lebemann zu bezeichnen, auch wenn du ein *reformiert* davorstellst."

Carlotta warf Felicity einen vernichtenden Blick zu, lächelte dann George an. „Erlaubt mir mich zu entschuldigen, Lord Sedgewick."

Nun gab George alle Anzeichen beschämt zu sein. Er konnte Diana nicht einmal in die Augen sehen.

Aber zu Thomas' Freude schlichtete Diana alles auf ihre eigene gütige Art und Weise. „Lord Sedgewick ist einer der feinsten Gentlemen, die ich je getroffen habe. In der Tat", fügte sie mit einem kleinen Lachen hinzu, „sollte ich mich geehrt fühlen, wenn er mit mir um den Raum spazieren würde."

Es war eine ziemlich kühne Tat für Diana, die sich niemals einem Mann aufdrängen würde wie Carlotta es tat. Andererseits war sich Diana immer bewusst, wer sich in schwierigen Umständen befand. Thomas konnte die verwaisten Mädchen, die sie über die Feiertage von der Schule mit nach Hause gebracht hatte, kaum zählen. Und er dachte nur ungern daran, wie vielen Katzen und Hunden sie ein Heim geboten hatte. Oder an all die Haustier-Begräbnisse, denen er mit ihr im Garten ihres Cottages in Brampton beigewohnt hatte.

Er runzelte die Stirn, als er George und Diana dabei beobachtete, wie sie Arm in Arm durch den Raum spazierten und ihr glückliches Gesicht Sedgewick anstrahlte. George mit seinen goldenen Haaren und goldener Haut und die hellhäutige Diana mit ihrem markanten schwarzen Haar. Sie waren zueinander passende Gegensätze. Wie Felicity und er.

Schade, dass Sedgewick Dianas unwürdig war.

Zu Thomas' Ärgernis schien niemand daran

interessiert zu sein, den Pump Room zu verlassen, obwohl der Vormittag schon vorbei war. Er wollte den Soldaten finden und mit ihm über Colonel Gordon sprechen.

Zu seiner Erleichterung fragte Diana, ob sie den Nachmittag mit Glee und ihrer Schwester verbringen dürfte, und er gab ihr gerne seine Erlaubnis. Dann verabschiedete er sich.

Wohin in Bath würde ein Soldat gehen? Thomas konnte die Geschäfte sofort abhaken. Sie würden einen Mann als Letztes anziehen.

Er zog seine Uhr aus seiner Tasche und stellte fest, dass es bereits Nachmittag war. Und er lächelte. Die Gasthäuser waren nun offen, und er konnte sich keinen besseren Platz vorstellen, um einen Soldaten zu finden.

Er ging zuerst zu dem nächstgelegenen Gasthaus, sah dort aber keine Soldaten.

Dann ging er in Richtung des Broad Quay, einem Gebiet nahe dem Fluss, welches Thomas als für Soldaten geeignet befand. Dort fand er ein Gasthaus namens Bird in Bath und ging hinein. Der Raum war dunkel und roch nach Bier und Fisch. Und an der Bar stand der bewusste Soldat.

Thomas ging zur Bar und stellte sich neben den Soldaten.

„Kann ich Euch helfen, Sir?", fragte der Barkeeper Thomas.

„Ein Bier für mich." Er deutete auf den Mann neben sich und fügte hinzu, „Und wenn dieser tapfere Soldat fertig ist, würde ich mich geehrt fühlen, wenn er mir erlauben würde, ihn auf sein nächstes Getränk einzuladen."

„Sehr freundlich von Euch, Sir", sagte der Soldat und lächelte Thomas an. Die Stimme des Mannes war jene der niedrigeren Klassen. Er war

ein typischer Fußsoldat, der der Krone gut gedient
hatte. Und hatte dies wohl für den Großteil seines
Lebens getan, denn der Mann war nicht jung.

Der Soldat leerte sein Glas, und der Barkeeper
füllte es wieder an.

Als der Barkeeper sich einem anderen Gast
zuwandte, fing Thomas ein Gespräch an. „Ich
habe Euch im Pump Room gesehen."

„Ein hochtrabenderes Zusammentreffen als ich
es gewöhnt bin", sagte der Soldat. „Ich bin mir
meiner Stellung bewusst. Ich weiß auch, dass Ihr
der Nabob aus Indien seid. Ich habe von einem
Soldaten, mit dem ich gedient habe, von Euch
gehört. Seid Ihr der Engländer, der in Bombay vor
seiner Rückkehr nach England ein Waisenhaus
gebaut hat?"

Thomas zuckte mit den Schultern. „Es war das
Mindeste, was ich für ein Land tun konnte, das so
gut zu mir gewesen war." Er wechselte schnell das
Gesprächsthema. „Ich schließe aus all Euren
Orden, dass Euer Platz im Militär ist."

„Danke."

„Im Pump Room habt Ihr, wie ich gesehen
habe, Colonel Gordon beobachtet und wie es
schien wiedererkannt."

„Ich kenne ihn." Das raue Gesicht des Mannes
war undurchschaubar.

„Es schien auch, als würdet Ihr den Colonel
nicht mögen."

Der Soldat machte einen langen Schluck und
wischte dann seine Lippen mit seinem Ärmel ab.
„Ihr seid nicht gekommen, um mich ins Gefängnis
zu bringen, oder?"

Thomas lachte. „Natürlich nicht, mein guter
Mann." Dann senkte er seine Stimme. „Wie es der
Zufall so will, kann ich den Colonel auch nicht

unbedingt leiden."

Nun breitete sich ein Lächeln auf dem Gesicht des Soldaten aus. „Ich mag ihn nicht nur nicht, ich habe eine regelrechte Abneigung gegen ihn."

Thomas nickte, als ein Lächeln seine Lippen umspielte und er noch einen Schluck machte. „Darf ich fragen warum?"

Der Mann setzte sein Glas unter großem Getöse nieder. „Ich sage Euch warum, und ich wünschte, ich hätte es den Behörden in Portugal damals gemeldet, aber ich war zu sehr damit beschäftigt, am Leben zu bleiben, als mich um einen feigen Offizier zu kümmern."

„Ein Feigling?"

Der Soldat nickte. „Schlimmste, den ich je gesehen habe. Ich habe sie weinen sehen, ich habe sie sogar nach ihren Müttern rufen hören, aber ich habe nur einmal einen gesehen, der auf sich selbst geschossen hat, um dem Kampf zu entkommen. Und das eine Mal war Colonel Gordon."

„Der nach Hause zurückkehren wollte", fügte Thomas leise hinzu.

Der Soldat schenkte ihm keine Beachtung und fuhr fort. „Ja. So wie ich hier sitze, hat der feige Colonel sich selbst ins Bein geschossen. Natürlich wusste er nicht, dass ich ihn gesehen habe."

„Etwas Seltsameres habe ich noch nie gehört", sagte Thomas mit finsterem Blick. „Sagt, habt Ihr Captain Harrison gekannt?"

Mit ehrfürchtiger Stimme sagte der Soldat. „Ich bin stolz, einer seiner Männer gewesen zu sein."

Noch jemand, der Michael Harrison verehrte. Obwohl er lange tot war, hatte der Mann, der Felicitys Ehemann gewesen war, noch einen Bewunderer gefunden. Respekt hatte ihn bis ins

Grab begleitet, dachte Thomas. „Wo war der Captain, als der Colonel auf sich geschossen hat? Wisst Ihr das?"

„Oh ja, Sir. Ich habe seinen Körper nur kurz davor gefunden, als ich den Colonel zufällig auf sich selbst schießen gesehen habe."

„Habt Ihr dabei irgendetwas Ungewöhnliches gefunden?", fragte Thomas. „An Captain Harrisons Tod?"

Der Soldat dachte darüber kurz nach. „Jetzt, da ich darüber nachdenke ... Ich erinnere mich, dass ich mich zu der Zeit gewundert habe, wer ihn erschossen haben könnte, denn der Feind lag hinter uns."

Thomas nickte in Gedanken mit dem Kopf. Der Soldat hatte ihn eindeutig für seine Mühen belohnt. „Trinkt aus, mein guter Mann", sagte Thomas, klopfte dem Mann auf die Schulter, und legte zwei Guineas auf die Bar. „Es war mir ein Vergnügen."

Der Mann steckte eine Münze in seine Tasche. „Ganz meinerseits, Sir!"

Thomas wusste nicht, wohin er gehen sollte, als er das Gasthaus verließ. Wie am Tag zuvor war es angenehm und sonnig und ihm war nach einem Spaziergang zumute. Mit den niedrigen Hügeln als Wegweiser ging er in Richtung Norden, in die gleiche Gegend wie gestern. Als Felicity eifersüchtig geworden und geflüchtet war.

Er sah Mrs. Simmons' Hutmacherei und den Jungen davor. Jamie schwang seine nutzlosen Beine unter sich, als er sich auf ein paar Krücken lehnte.

Thomas überquerte die Straße zu ihm. „Schönen Nachmittag, Jamie", sagte er.

Der Bursche sah auf und lächelte ihn an.

Thomas bemerkte, dass seine Vorderzähne zu wachsen schienen.

„Hast du heute in den Quellen gebadet?", fragte Thomas.

„Ja, Sir."

„Und konntest du deine Beine im warmen Wasser bewegen?"

„Das konnte ich!"

„Gut. Hast du deine Orangen gegessen?"

Jamie nickte. „Und sie sind so gut. Besser als jede getrocknete Frucht. Mom sagt Orangen wachsen in England nicht, außer sie sind in einem großen Glashaus."

„Deine Mom hat recht." Thomas kniete sich nieder, um so groß wie der Junge zu sein. „Ich stimme dir zu, dass Orangen besser sind als getrocknete Früchte." Er legte sanft eine Hand auf den Rücken des Jungen. „Sag Jamie, bist du heute schon auf deinem Pony geritten?"

„Ich bin auf dem Pony geritten, aber ich glaube nicht, dass es meines ist."

„Natürlich ist es das. Ich habe es nur für dich gekauft. Aber nachdem du keinen Platz hast, um es zu behalten, kümmere ich mich für dich darum. Außer deine Mom erlaubt dir, mit ihm zu schlafen?"

Der Junge brach in lautes Gelächter aus.

„Du musst dem Pony einen Namen geben. Wie willst du es nennen?"

Sein Gesicht war immer noch erhellt vor Freude, als er darüber nachdachte. „Ich werde es Snowy nennen, weil es weiß ist."

Thomas wuschelte die Haare des Jungen und erhob sich. „Eine sehr gute Wahl, wie ich meine."

Thomas verabschiedete sich und ging weiter in Richtung des Royal Crescent. Den Jungen in so guter Laune zu sehen, hat seine eigene verbessert.

Er dachte wieder und wieder darüber nach, was der Soldat ihm erzählt hatte. Der Colonel hatte auf sich selbst geschossen. Obwohl der Soldat dachte, dass die Tat des Colonels auf Feigheit beruht hatte, wusste Thomas, dass er sich selbst verletzt hatte, um nach England zu der kürzlich verwitweten Felicity Harrison zurückzukehren.

Hatte der Colonel auch Captain Harrison getötet? Er würde die Wahrheit vielleicht nie erfahren.

Der verdammte Colonel würde damit davonkommen. Ohne Zeugen würde es unmöglich sein, ihn wegen feigen Mordes zu verurteilen, und Thomas bezweifelte, dass es ein Gesetz gab, welches einem Mann verbot, sich selbst ins Bein zu schießen.

Eines war sicher. Thomas vertraute ihm nicht. Sein Instinkt sagte ihm, dass er Felicity verletzen würde.

Und das konnte Thomas nicht zulassen.

Kapitel 21

Als Felicity ihren Platz am Ende von Carlottas Tisch einnahm, warf sie ihrer Gastgeberin einen verbitterten Blick zu. Carlotta hatte sichergestellt, dass Thomas neben ihr am Kopf des Tisches saß. Unglücklicherweise bot Felicitys Platz den perfekten Ausblick, um Carlotta dabei zu beobachten, wie sie schamlos mit Thomas kokettierte. Was Felicity den Appetit raubte.

Wenigstens hatte Carlotta Diana und George gegenüber platziert, so dass die beiden sich fröhlich unterhalten konnten.

Felicity konnte nicht sagen, dass sie die Anwesenheit des Colonels heute Abend vermisste. Er hatte sich entschuldigt, da er mit einem alten Freund aus Militärzeiten dinierte. Es war ihm schwergefallen, sie nicht zu begleiten, wie Felicity erkannte. Der Mann verabscheute es, Felicity zu erlauben, mit Thomas auch nur im selben Raum zu sein, ohne dass er jegliche Kameraderie zwischen den beiden verhindern konnte.

Felicity kochte förmlich, als Carlotta sagte, „Ich habe meinem Koch aufgetragen, Euch Hummer zuzubereiten, denn mir ist bekannt, wie gerne Ihr ihn esst."

Es schien, als ob Carlotta die Mittel zur Verfügung hatte, um Männer zu engagieren, die Thomas ausspionierten, obwohl Felicity sehr wohl wusste, dass Carlottas Geldmittel eher eingeschränkt waren. Sie fragte sich, wie Carlotta so ein grandioses Diner veranstalten konnte.

„Ihr seid zu gut zu mir", antwortete Thomas ohne seinen Blick von der Meeresfrucht auf seiner Gabel zu heben.

„Sagt, Mrs. Ennis", sagte Glee mit einem Blitz von Bosheit in den Augen, „wie alt ist Euer kleiner Sohn?"

Thomas legte seine Gabel nieder und sah Carlotta verwirrt an.

Carlottas Gesicht wurde noch blasser, als es ihr sonstiger milchiger Teint zeigte. Sie schluckte schwer und vermied es, den Mann zu ihrer linken anzusehen. „Er ist fünf."

„Warum habe ich ihn noch nicht kennengelernt?", erkundigte sich Thomas.

Carlotta zauberte ein falsches Lächeln auf ihr Gesicht. „Oh, er lebt nicht hier in Bath. Was würde ein Junge hier wohl zu tun finden?" Ohne jemandem Zeit für eine Antwort zu geben, fuhr sie fort. „Er lebt auf dem Land, wo es viel mehr Beschäftigungen für einen kleinen Burschen gibt. Ich finde, er ist bei seiner Großmutter viel besser aufgehoben, als er es jemals bei mir sein könnte, da sie fünf Söhne alleine großgezogen hat."

Thomas senkte seine Augenbrauen, als Carlotta sprach. „Ist Eure Großmutter nicht etwas zu alt, um einen wilden kleinen Kerl großzuziehen?"

„Sie wird langsam ein bisschen alt, aber das Kindermädchen des Jungen ist frisch und lebendig. Er himmelt sie an."

Felicity tat der kleine Junge leid, der sowohl seine Mutter als auch seinen Vater verloren hatte. Und unweigerlich war sie eifersüchtiger auf Carlotta als je zuvor. Denn Felicity hatte sich so sehr einen Sohn gewünscht. Zuerst hatte sie sich einen Sohn von Michael gewünscht, damit Michael niemals komplett verschwinden würde. Jetzt, da sie es geschafft hatte, das Kapitel über Michael in ihrem Leben zu beenden, wollte sie immer noch ein eigenes Kind. Es war ihr bewusstgeworden, dass Jamies Mutter, obwohl sie materiell gesehen arm war, doch reich war, da sie so einen lieben Sohn hatte.

„Wie oft seht Ihr ihn?", fragte Thomas.

„Oh, ich stelle sicher, dass ich ihn jedes Jahr an seinem Geburtstag sehe. Ich habe nur einen versäumt. Er freut sich immer so sehr auf meine Besuche – und die Spielsachen, die ich ihm mitbringe. Meine Großmutter ist sehr streng, wenn es darum geht, Kinder mit Spielsachen zu verwöhnen."

„Hat er sein eigenes Pony?", fragte Thomas.

„Oh nein, Großmama hat nicht so viel Geld."

Felicity fragte sich, was Thomas von all dem halten würde. Sie nahm an, er würde es nicht gutheißen, dass eine Mutter ihr Kind freiwillig wegschickte. In der Tat war sie sich sicher, dass er eine solche Mutter verabscheuen würde. Denn wenn es um Gut und Böse oder Richtig und Falsch ging, schienen sie und Thomas genau der gleichen Meinung zu sein. Obwohl die Umstände seiner Geburt sehr unterschiedlich von ihren waren, hatte Felicity niemals einen Mann gekannt, dessen Meinung ihre Ansichten derart widerspiegelte.

Sie dachte an die Ausritte mit dem Pony, die Thomas für den kleinen Jamie arrangiert hatte und ein Lächeln umspielte ihre Lippen.

Nach dem Abendessen zogen sich die Damen in den Salon zurück, und Thomas und George folgten ihnen kurz danach; sie hatten ihren

Portwein eher schnell getrunken.

Carlotta war entschlossen, für Thomas zu singen. Sie hatte eine äußerst bemerkenswerte Stimme. Heiser und überaus verführerisch.

Zu Felicitys Überraschung setzte sich Thomas auf dem Sofa neben sie, als Carlotta zu singen begann. Ihre Überraschung über sich selbst war noch größer, als sie sich mit einer feindseligen Frage an ihn wandte. „Ich bin enttäuscht darüber, dass Ihr meinen Bruder Eurer Schwester nicht für würdig erachtet."

Er wandte sich zu ihr mit gerunzelter Stirn und feurigen Augen. „Woher wisst Ihr das?"

Ihr wurde übel. Er hätte ihre Anschuldigung genauso gut zugeben können. „Es ist ein Gefühl, dass ich aufgrund meiner Beobachtungen habe."

„Lasst mich sagen, dass Euer Bruder in dieser Phase seines Lebens noch nicht die Art von Reife gezeigt hat, die ich mir für Dianas Ehemann wünsche."

„Ich gebe zu", setzte Felicity entgegen, „dass, als Ihr nach Bath gekommen seid, er noch unreif war, aber er hat eine bemerkenswerte Entwicklung durchgemacht."

„Ich kann nicht leugnen, dass er sich gewandelt hat – zum Besseren – aber ich habe noch keine Beweise gesehen, dass ihn Spielen nicht immer noch reizt."

Carlotta sang weiter, war aber sichtlich verstört darüber, dass Thomas sich während ihrer Vorführung unterhalten konnte.

„Shhh", warnte Felicity und schenkte Carlotta ihre Aufmerksamkeit, während sie Thomas verschmähte. Wie konnte er es wagen, etwas an ihrem Bruder zu bemängeln!

Thomas hatte sich selbst in den Fuß

geschossen, sinnierte er verärgert. Felicity sprach mit ihm, und er hatte alles zunichtegemacht.

Kurz darauf dachte er daran, Felicity bezüglich Colonel Gordon zu warnen, aber es schien eine kleinliche Tat zu sein, etwas, das eine Frau tun würde. Stattdessen schwor er sich, sie vor Colonel Gordon zu schützen. Sie musste niemals von den endlosen Leiden erfahren, die der teuflische Colonel ihr verursacht hatte.

Er unterdrückte sein überwältigendes Verlangen, ihre Hand in seine zu nehmen. Dies war das erste Mal, dass sie in dieser Woche mit ihm alleine gesprochen hatte. Auch wenn es eine Konfrontation war, hatte es sich fast gelohnt, da er ihr nahe sein konnte.

Er versuchte an Carlottas Gesang interessiert zu scheinen, während er tatsächlich nur an seine Nähe zu Felicity denken konnte.

Als sie das erste Lied beendete, begann Carlotta ein weiteres. Er blickte mit Stolz auf seine Schwester, die Carlotta auf dem Pianoforte begleitete. Er wusste, dass die besten Lehrer und Meister der ganzen Welt Diana nicht in die großartige Lady verwandeln hätten können, als die Diana herangewachsen war. Sie war mit Würde und Mitgefühl, Intelligenz und einer Fähigkeit sich an Neues anzupassen geboren worden. Er könnte nicht stolzer sein.

George würde sie immer gut behandeln. Er war kein Mitgiftjäger. Thomas konnte eine Hochzeit der beiden jedoch nicht gutheißen – noch nicht.

Wenigstens war Sedgewick nicht wie die hinterhältige Carlotta – die nicht einmal ihr eigenes Kind wollte!

Etwas in seinem Inneren rührte sich, als er Felicitys leichten blumigen Duft roch. Er

ermahnte   sich   der   Sängerin   mehr
Aufmerksamkeit zu schenken. Er wollte nicht von
Carlotta geschlagen werden.

Carlotta beendete ihr Lied und stürmte über
den Teppich, beruhigte sich dann, als sie bei den
beiden, die ihr nicht die Höflichkeit erwiesen
hatten, während ihres Liedes ruhig zu bleiben,
ankam. „Komm Felicity, du musst nun singen."

Felicity ging anmutig zu dem Instrument, teilte
Diana ihre Wahl mit und begann zu singen.

Obwohl   Carlotta,   die   Felicitys   Platz
eingenommen hatte, mehrmals versuchte ihn in
ein Gespräch zu verwickeln, weigerte sich Thomas
anzubeißen. Es schien, als ob jede melodische
Note, die Felicity sang, von einem himmlischen
Chor kam. Sie glich einem Engel. Ein goldener
Heiligenschein umrahmte ihr liebliches Gesicht.
Mit Freude sah er, dass sie das weiche blaue
Seidenkleid trug. Sein Lieblingskleid.

Er konnte kaum glauben, dass noch nicht
einmal zwei Wochen vergangen waren seit dem
Tag, an dem sie ihn damit überrascht hatte, das
hellblaue Wollkleid zu tragen. Es schien so lange
her zu sein.

Sie sang nur ein Lied, gefolgt von Diana, die
auch nur eines sang und von Glee begleitet
wurde.

„Ich habe meinen musikalischen Beitrag für
heute geleistet", insistierte Glee, als man sie bat
als nächste zu singen.

Nach dem Gesang bestand Thomas darauf
Karten zu spielen, obwohl die Gastgeberin
Einwände dagegen hatte.

„Aber ich spiele nicht gerne Karten", sagte
Carlotta schmollend.

„Ich bin sicher, wir haben genug", sagte

Thomas. „Mrs. Harrison und meine Schwester spielen gerne, und Lord Sedgewick wird einen guten Vierten abgeben."

Carlotta unterdrückte schnell ihren Ärger. „Wie Ihr wünscht, Mr. Moreland."

Die Damen spielten gegen die Herren, und alle nahmen das Spiel ernst. Obwohl Diana nicht ehrgeizig war, war sie doch gewissenhaft und versuchte zweifellos Sedgewick zu beeindrucken. Es fielen nur wenige Worte. Thomas war etwas beeinträchtigt von Carlotta, die neben seiner Schulter stand. „Damit ich von dem Meister lernen kann", hatte sie gesagt.

Sie zeigte jedoch keinerlei Interesse daran, das Spiel tatsächlich lernen zu wollen. Sie hatte ihm keine einzige Frage gestellt. Er vermutete, sie wollte ihn nur davon abhalten, sich mit Felicity in ein Gespräch zu vertiefen. Die falsche Katze! Er konnte sie sich mit gewölbtem Rücken vorstellen und konnte sie beinahe fauchen hören.

Die Herren gewannen ein Spiel und die Damen das nächste bevor es Zeit war, den Abend zu beenden. „Wir müssen dies bald fortsetzen", sagte Thomas, als er sich vom Tisch erhob.

Felicity und ihre Geschwister hüllten sich in ihre Mäntel, um sich für den Spaziergang in die Charles Street vorzubereiten.

„Warum erlaubt Ihr meinem Bruder nicht, Euch nach Hause zu bringen?", schlug Diana ihnen vor.

„Ich glaube Mrs. Ennis benötigt meine Hilfe in einer rechtlichen Angelegenheit", sagte Thomas enttäuscht.

„Aber bitte, nehmt meine Kutsche. Sie kann mich danach abholen."

Felicity warf Carlotta einen finsteren Blick zu.

„Danke, Mr. Moreland, aber wir ziehen es vor, zu Fuß zu gehen."

Thomas verfluchte sich dafür, Carlottas Bitte stattgegeben zu haben. Er hätte es als List, ihn von Felicity fernzuhalten, erkennen sollen, ihn davon abzuhalten, Felicity zu sagen, dass er sie liebte.

* * *

Der Colonel traf sich nicht mit einem alten Militärfreund, wie er den anderen erzählt hatte. Er war bei Lady Catherine. Er hatte sie in ihrem Hotel besucht, und die beiden fuhren in seiner roten Kutsche durch die Stadt.

Der Colonel wollte sie – wie ein guter Offizier – auf ihr Treffen mit Thomas am nächsten Tag gut vorbereiten.

„Ich fürchte, dass der Emporkömmling Verdacht schöpfen wird, solltet Ihr Euch zu freundlich zeigen. Ihr habt Eure Abneigung ihm gegenüber schließlich nicht verheimlicht."

„Ich kann mir keine Situation vorstellen, in der ich Thomas Moreland freundlich gesinnt wäre", sagte sie.

Die Augen des Colonels leuchteten auf. „Die andere Sache ist ihn davon zu überzeugen, dass Ihr Euren Knöchel tatsächlich verletzt habt. Bemüht Euch, ihn dazu zu bringen, sich um Euch zu sorgen – wenn er überhaupt dazu fähig ist, sich um irgendjemanden zu sorgen."

„Habt keine Angst, Colonel, Ihr könnt Euch auf mich verlassen. Er wird gänzlich von meiner Verletzung überzeugt sein."

„Und ...", fuhr der Colonel fort, „Ihr müsst sicherstellen, dass Euer Mantel nicht leicht gefunden werden kann."

Als der Colonel sicher war, dass sie imstande

war, den Plan durchzuziehen, schaffte er dem Kutscher an, sie zurück zum St. George zu bringen. Sobald sie beim Hotel angekommen waren, überreichte er ihr hundert Pfund. „Als Zeichen meines Vertrauens, dass Ihr unsere Intrige wie geplant durchführen werdet."

Sie schickte sich an, aus der Kutsche auszusteigen.

„Es wird viel mehr geben nach der erfolgreichen Ausführung unserer ... ah ... Mission", sagte er ihr.

Sie drehte sich um, stopfte das Geld in ihr Korsett und stieg aus.

Kapitel 22

Thomas fuhr in seiner Herrenkutsche zum St. George Hotel. Es war merklich kühler geworden und ein dicker Nebel hing in der Luft. Auf seinem Weg nach Bath hatte er bemerkt, dass sich Eis am Ufer des Flusses Avon gebildet hatte.

Lady Catherines plötzliche Mitteilung, nachdem sie ihn wochenlang brüskiert hatte, verblüffte Thomas. Nicht, dass sie gestern im Pump Room überaus freundlich gewesen wäre. Es schien, als ob sie Mühe hätte, ihn auch nur zu dulden. Wie ein unbehaglicher Waffenstillstand zwischen verschworenen Feinden.

All das war ihm nur recht, denn er konnte sie auch nicht unbedingt leiden. Sie war versnobt, unhöflich und von eisigem Auftreten. Alles in allem war Lady Catherine eine äußerst unangenehme Dame.

Er kam genau zu Mittag im Hotel an. Er fand Lady Catherine in der Lobby, wo sie auf ihn wartete.

Sie erhob sich und begrüßte ihn steif, ihr Auftreten in starkem Kontrast zu ihren Worten. „Es war überaus nett von Euch zu kommen, Mr. Moreland. Setzen wir uns doch."

Zu seiner Bestürzung setzte sie sich neben ihn auf das Samtsofa. Ihre üppigen grünen Röcke streiften seinen Oberschenkel. Zumindest kleidete die Frau sich noch anständig, dachte er.

„Man sagt, es soll heute kälter werden", fing sie

an.

„Ja, Mylady, es ist miserabel draußen. Wenn Ihr es vermeiden könnt, hinauszugehen, würde ich Euch raten dies zu tun. Das Ufer des River Avon ist bereits vereist."

Sie runzelte die Stirn. „Ich hatte so gehofft, dass der Winter hinter uns lag. Ich bin äußerst bereit den Frühling zu begrüßen."

Hat sie mich hierhergebeten, um über das Wetter zu sprechen?

„Ich nehme an, Ihr und Eure Schwester fühlt Euch wohl in Winston Hall?"

Wenn man sich in einem Mausoleum wohlfühlen kann. „Ja, durchaus. Das Grundstück ist zweifellos eines der prachtvollsten in England."

Ein kleines Lächeln umspielte ihre Lippen. „Ich denke, dass es das ist. Jetzt, da es nicht mehr meines ist, kann ich damit angeben."

„Ihr müsst es sehr vermissen."

Mit einem gepeinigten Gesichtsausdruck sagte sie, „Es war das einzige Heim, das ich je gekannt habe. Es ist sehr schwierig, sich an so kleine Räumlichkeiten zu gewöhnen, aber ich sollte mich nicht beschweren. Wenigstens habe ich die Sorgen nicht, die damit einhergehen so viele Bedienstete zu haben."

„Ich verlasse mich dabei auf meine Haushälterin und meinen Verwalter", sagte er.

Sie zuckte mit den Schultern. „Die Nachlässigkeit des Verwalters meines Vaters ist zweifellos für meine verminderten Umstände verantwortlich."

Natürlich gab sie jemand anderem als ihrem Trunkenbold von einem Vater die Schuld für den Verlust ihres Vermögens. „Es tut mir sehr leid, Mylady. Wenn ich irgendwie behilflich sein kann, müsst Ihr es mich nur wissen lassen."

„Ihr seid zu freundlich", sagte sie.

Diesmal spürte er ein bisschen weniger Kälte in ihrer Stimme. Konnte es sein, dass sie sich ihm gegenüber erwärmte?

Sie rückte näher an ihn heran und senkte ihre Stimme. „Nachdem Ihr es angeboten habt, muss ich Euch sagen, dass in Winston Hall ein Portrait meiner Großmutter hängt, welches ich überaus gerne wiederhätte. Man erkennt in aufreibenden Zeiten wie einem Umzug einfach nicht, was man später gerne haben würde. Ihr Porträt wiederzusehen – und zu besitzen – würde mir große Freude bringen."

Wie gefühllos er sich ihr gegenüber verhalten hatte. Obwohl er sie ermutigt hatte, die Porträts ihrer Eltern mitzunehmen war ihm offensichtlich nicht bewusst gewesen, dass es eine Menge Dinge gab, die sie vermissen würde. „Meine liebe Lady Catherine, Ihr könnt jedes Porträt in Winston Hall haben, wenn es nach mir geht. Sie werden Euch natürlich viel mehr bedeuten, als sie es mir jemals würden."

„Ihr wisst nicht, was Ihr sagt, Mr. Moreland. Manche der Porträts wurden von Gainsborough gemalt, und ich wage zu behaupten, dass alle sehr wertvoll sind."

„Aber ich bin bereits ein reicher Mann", erklärte er. „Wieviel Geld kann ein Mann denn ausgeben?"

Sie lachte darüber. Es war das erste Mal, dass er sie je lächeln gesehen hatte. Und nun dachte er, dass sie in Wirklichkeit gar nicht so unangenehm war.

„Ihr müsst wissen, dass ich hier im St. George wenig Platz habe, um sie aufzuhängen."

„Vielleicht werdet Ihr heiraten und eines Tages

Euer eigenes Heim haben. Dann werde ich äußerst glücklich darüber sein, Euch alle Porträts Eurer Vorfahren zu übergeben."

„Ich bedaure, dass die Männer, deren Herkunft der meinen ebenbürtig ist, wenig Verlangen nach einer Frau haben, die sowohl unscheinbar als auch mittellos ist." Ein Ausdruck tiefer Traurigkeit legte sich über ihr Gesicht.

Da er die Weisheit ihrer Worte erkannte, hatte er noch mehr Mitleid für die verdrängte Adelige. „Vielleicht möchtet Ihr einige Kunstwerke zurückverlangen, die keinen sentimentalen Wert für Euch haben. Mit dem Geld, das deren Verkauf einbringen würde, könntet Ihr Euch ein eigenes Haus kaufen."

„Ihr müsst mir die Kunstwerke nicht anbieten", sagte sie. „Winston Hall ging in Euren Besitz über, als Ihr die Schulden, die meine Familie und ich über viele Jahre hinweg angesammelt hatten, beglichen habt. Wir haben keinerlei rechtlichen Anspruch auf den Besitz und seine Kunstwerke."

„Die Welt dreht sich nicht immer um englisches Recht, solltet Ihr wissen. Eure früheren Besitztümer gehören nun mir, und es ist meine Hoffnung, dass Ihr Euch jene nehmt, die Ihr haben wollt."

Ihre Augen wurden groß vor Erstaunen. „Ihr meint es tatsächlich, nicht wahr?"

„Natürlich. Ich habe alles, wonach ich jemals verlangen könnte." *Alles, außer Felicity.*

Tränen sammelten sich in ihren graugrünen Augen. „Ich habe Euch großen Schaden zugefügt, Mr. Moreland. Ich habe Euch als Emporkömmling gesehen und eine große Abneigung gegen Euch gehegt."

„Das ist nur zu verständlich, nachdem ich

Euch aus dem einzigen Heim gefegt habe, dass Euch jemals bekannt war."

Sie legte ihren Kopf zur Seite und ihre Stimme war sanft, fast reuevoll, als sie antwortete. „Ihr seid zu höflich."

Sobald sie die Worte ausgesprochen hatte, brach Lady Catherine in Tränen aus. Er rückte näher an sie, legte einen Arm um ihre zuckenden Schultern und sprach in einer beruhigenden Stimme. „Ich hoffe, ich habe Euch nicht beleidigt?"

„Ich schäme mich s-s-s-so furchtbar dafür, was ich heute geplant hatte zu tun."

Er sah sie verwirrt an.

„Seht", sie hielt inne, um zu schniefen, „Ich war Teil einer teuflischen Intrige, Euch hier im St. George eine Falle zu stellen. Ich hatte geplant Euch zu beschuldigen versucht zu haben, Euch ... Euch meiner Person aufzuzwingen."

„Hier in der Lobby?"

„Nein. Ich hätte einen verstauchten Knöchel vorgetäuscht und Euch gebeten meinen Mantel aus meinem Zimmer zu holen. Dann hätte ich mich hinaufschleichen sollen, um Euch in meiner Kammer zu überraschen und gleichzeitig laut zu schreien."

Ein solch teuflischer Plan konnte nur von einem Mann ausgebrütet worden sein. Ein Mann, der vor nichts zurückschrecken würde, um Thomas aus dem Weg zu schaffen. „Ihr habt Euch einen derart hinterhältigen Plan wohl nicht alleine ausgedacht?"

Sie schüttelte den Kopf. „Nein, ich war nur die Marionette eines Mannes, der Euch tot sehen will."

Thomas nickte. „Colonel Gordon."

„Ja", schaffte sie zwischen Schluchzern hervorzubringen.

Thomas bot ihr ein Taschentuch an. Der Colonel musste aufgehalten werden, dachte er finster. Man konnte nicht wissen, wie viele Menschen Gordon beseitigen würde, in seinem Bestreben Felicity für sich zu gewinnen.

Als er das Hotel verließ schickte Thomas eine Nachricht an den Polizisten, der für ihn zuvor all die Informationen über Felicity und ihre Familie beschafft hatte. Der Mann war äußerst begabt. Da er die Angelegenheit in Mr. Browns Händen wusste, fühlte er sich gleich wohler.

* * *

Lady Catherine weigerte sich in die geschmacklose Kutsche des Colonels einzusteigen. Sie vertraute dem ehemaligen Offizier nicht. Am helllichten Tag auf der Straße vor dem Hotel reichte sie ihm ein Paket mit den hundert Pfund. „Ich konnte es nicht tun", sagte sie ihm.

Sein Gesicht wurde rot, seine Augen stahlhart. „Ihr konntet was?", verlangte er mit lauter Stimme.

„Ich konnte Mr. Moreland nicht in Verruf bringen. Er ist ein überaus freundlicher Mann. Ganz und gar ein Gentleman, obwohl ich weiß, dass er nicht mit solchen Manieren geboren wurde. Außerdem", murmelte sie, „konnte ich mich selbst nicht in Verruf bringen. Ich werde nicht tiefer sinken, als ich es schon getan habe."

Er griff nach ihr und grub dabei seine Finger in das weiche Fleisch unter ihrem Oberarm.

„Ihr tut mir weh!", schrie sie.

„Ihr werdet nicht erfahren, was Schmerz ist, bis ich mit Euch fertig bin", sagte er mit rauer

Stimme.

Sie spuckte ihm ins Gesicht. „Ihr werdet keinen Finger an mich legen, oder ich werde es den Behörden melden." Sie entkam seinem Griff. „Wünscht Ihr, dass ich jetzt *Vergewaltigung!* schreie?" Ihre Augen blitzten vor Zorn.

Er hob seine Hand, als ob er sie schlagen wollte, bemerkte dann jedoch, dass zu viele Leute um sie waren.

„Wie passend es doch wäre, Euch als Opfer Eurer eigenen Intrige zu sehen", spottete sie.

„Oh, ich könnte ..."

Sie hob ihr Kinn herausfordernd. „Ihr werdet keine Finger gegen mich erheben. Mein Anwalt ist in Besitz eines Dokumentes, dass auf Euch deutet, sollte mich eine plötzliche Tragödie ereilen."

Er stieß sie gegen die Ziegelwand des Hotels, ließ sie dann los, wandte sich ab und murmelte einen Fluch, als er in seine wartende Kutsche stieg.

Es dauerte mehrere Minuten, bevor seine grimmige Wut nachließ. Dann sagte er sich, es sei besser, dass sein Plan nicht funktioniert hatte. Er hätte es besser wissen sollen, als noch jemanden in seine gesetzwidrigen Intrigen miteinzubinden. Besonders eine Frau. Die Frau, die ein Geheimnis hüten konnte, musste erst geboren werden. Und jede Person, die in seinen Plan, Thomas Moreland in Verruf zu bringen, eingeweiht war, war eine Person zu viel.

Er war sicher, dass er niemals verdächtigt wurde, in Captain Harrisons Tod verwickelt gewesen zu sein, weil niemand wusste oder gesehen hatte, dass er ermordet wurde.

Und niemand würde es je wissen.

Er tröstete sich mit dem Wissen, ohne Lady Catherine besser dran zu sein.

Aber nun brauchte er einen neuen Plan, der ihm einen freien Weg zu Felicity sichern würde.

Natürlich wäre es am besten Moreland zu eliminieren, aber nachdem jeder wusste, dass er ihn nicht leiden konnte, wäre er bestimmt der erste Verdächtige, sollte Mr. Moreland ein plötzliches Ende finden.

Er musste eine Situation heraufbeschwören, in der es unerlässlich war, dass Felicity Harrison seine Frau wurde. Mrs. Gordon. Ah, das hörte sich gut an.

Er würde doch wohl imstande sein, einen Weg zu finden, um diesen Traum zu verwirklichen.

* * *

Später beschloss Thomas, Felicity einen Besuch abzustatten. Sie schien eindeutig überrascht zu sein, als sie die Treppe anmutig herabstieg, gefolgt von ihrer Schwester.

„Wollt Ihr nicht mit uns Tee trinken?", fragte ihn Glee.

Es entging ihm nicht, dass Felicity ihrer Schwester einen bösen Blick zuwarf. Sie war eindeutig erbost darüber, was er über Sedgewick gesagt hatte.

Die Einladung war mehr, als er sich erhofft hatte. „Ein heißer Tee wäre genau das Richtige an einem derartig kalten Tag", sagte er.

Felicity und Glee teilten sich die Sitzbank im kleinen Salon, und Thomas suchte nach dem kräftigsten Stuhl – einer der mehr englisch als französisch aussah – und setzte sich darauf.

„Es ist schön Euch zu sehen, Mr. Moreland", sagte Glee.

Warum konnte Felicity es nicht gesagt haben?

„Es ist eine Weile her, seitdem mir Einlass in Euer Haus gewährt wurde, müsst Ihr wissen", sagte er.

Er hätte schwören können, dass Felicitys blasse Wangen sich röteten.

„Ich bin gekommen, um Euch mitzuteilen, dass Eure Pferde ausgeritten werden müssen. Im letzten Monat wurden sie von niemandem geritten."

„Oh, die armen Biester", rief Glee aus. „Ich muss Euch sagen, dass ich unsere Ausritte schrecklich vermisst habe."

Zu seinem großen Erstaunen stimmte Felicity zu. „Ich habe mich auch danach gesehnt, meine Reitstunden fortzusetzen."

„Morgen?", fragte er.

Glee wandte sich mit einem erwartungsvollen Blick an ihre Schwester.

„Wenn das Wetter nicht schlechter wird", antwortete Felicity.

Mit einem Lächeln auf den Lippen verfolgte er seinen Plan weiter. „Wird Euch das Wetter davon abhalten, heute in die Festsäle zu kommen?", fragte er Felicity.

„Ich würde es lieber vermeiden – nachdem das Wetter so furchtbar ist."

„Meine Kutsche wird Euch vor den Elementen schützen. Darf ich Euch abholen?"

„Das wäre äußerst großzügig von Euch", sagte Glee. Als Stanton das Teeservice brachte und das Tischtuch auf dem Teetisch ausbreitete, übernahm Felicity das Ausschenken. Sie musste Thomas nicht danach fragen, wie er seinen Tee trank und gab die genaue Anzahl an Zuckerstücken in die Tasse, die er gerne hatte; dann goss sie Milch dazu, bis der Tee die Farbe von Sand hatte. Sie erinnerte sich daran. Es war eine derart kleine Geste, aber sie berührte ihn zutiefst.

Sie besprachen den Ball an jenem Abend und Felicity überraschte ihn mit der Frage, „Wird es Mrs. Ennis nicht stören, wenn Ihr uns heute Abend abholt?"

„Was Mrs. Ennis stört, ist nicht mein Problem." Er beobachtete wie Glee sich mit verwirrtem Gesichtsausdruck an Felicity wandte, die ihrerseits gar keine Gefühlsregung zeigte.

„Es ist überaus nett – alles, was Ihr für den kleinen Jamie getan habt", sagte Glee.

Felicitys Blick wandte sich plötzlich an Thomas.

„Woher habt Ihr es gewusst?", verlangte er mit gerunzelter Stirn zu wissen. Sobald er die Worte ausgesprochen hatte, bereute er nicht so getan zu haben, als wüsste er nicht, wovon sie sprach. Nun war es zu spät.

„Es war nicht schwierig, die Informationen über seinen Wohltäter zusammenzurechnen und zu erkennen, dass Ihr es seid. Felicity hat auch geschlussfolgert, dass Ihr dem Jungen helft. Es gibt schließlich nicht viele Leute in Bath, die eine Orangerie haben. Ich glaube, dass der Junge mit Eurer Hilfe bald gehen können wird."

„Obwohl der Arzt uns dies nicht versichert, glaube ich doch, dass er es schaffen wird. Natürlich wird er immer Schwierigkeiten damit haben."

„Und wenn Ihr nicht nach Bath gekommen wäret ...", sagte Glee dramatisch, „Ich wage es nicht, daran zu denken, was für ein trostloses Leben der Junge hätte durchleiden müssen."

„Wozu ist Geld gut, wenn man damit nicht anderen helfen kann? Meine Bedürfnisse sind begrenzt, müsst Ihr wissen."

Eine Türe wurde knarrend geöffnet und Stanton kündigte an, dass die Herren Pope and Smythe hier waren, um einen Morgenbesuch abzustatten.

Thomas musterte die jungen Männer, als sie schüchtern den Salon betraten und beschloss, dass die knochendünnen Männer, die wohl kaum aus dem Schulalter heraus waren, an Glee interessiert sein mussten. In der Tat überreichte einer der Männer ihr ein Fliedersträußchen.

Thomas gab Felicity seine leere Tasse zurück und erhob sich, um sich zu verabschieden. Seine Schritte waren leicht, so wie sein Herz. Er konnte kaum bis abends warten. Irgendwie würde er es schaffen, Felicity zu sagen, wie innig er sie liebte.

Kapitel 23

Nachdem ihre Besucher sich verabschiedet hatten, wandte sich Glee an ihre Schwester. „Ich bin so froh, dass du Mr. Moreland heute empfangen hast. Er ist der richtige Mann für dich, weißt du?"

Ja, ich weiß es, dachte Felicity. „Ich glaube nicht, dass Mr. Moreland mehr als nur Dankbarkeit mir gegenüber empfindet." *Und eine Bosheit gegenüber meinem lieben Bruder.*

„Dann hast du eine schlechte Menschenkenntnis. Von Anfang an war mir deutlich bewusst, dass er dich ganz besonders behandelte."

Felicitys Puls wurde schneller. Das war so viele Wochen her. Sie durfte es nicht zulassen, sich Hoffnungen zu machen. Es bestand kein Zweifel daran, dass Carlotta nun Thomas' Zuneigung innehatte. „Hättest du nicht besondere Gefühle der Person gegenüber, die dein Leben gerettet hat?" Sie fing an die Tassen und Unterteller einzusammeln und stapelte sie für Stanton auf dem Tablett.

„Es ist mehr als das Felicity! Die Art, wie er dich ansieht, wie ihr beiden euch benehmt, wenn ihr zusammen seid ... oh, ich kann es nicht in Worte fassen. Ich weiß es einfach. Ich glaube, er ist immer schon in dich verliebt gewesen."

Felicitys Herz schlug schneller bei dem Gedanken. Trotz seiner Abneigung George gegenüber hatte Felicity immer noch Gefühle für Thomas. Herrgott! Sie konnte es sich nicht erlauben, solche amourösen Gedanken an Thomas Moreland zu verschwenden. „Ich behaupte, dass Carlotta ebenso empfindet. Er behandelt sie in letzter Zeit äußerst höflich. Er war zweifellos froh, als ich ihn von meiner Gesellschaft erlöst habe."

„Wie kannst du so etwas Dummes nur glauben? Hast du nicht gehört wie Mr. Moreland sagte, dass es ihn nicht kümmerte, was Mrs. Ennis dachte?"

Durfte sie hoffen? Felicity wollte glauben, dass Thomas sich nur um Carlotta bemühte, weil sie selbst sich ihm nicht zur Verfügung gestellt hatte. „Wir werden sehen", sagte Felicity und wischte Krümel vom weißen Tischtuch. „Ich kann *deinem* Urteilsvermögen nicht viel Vertrauen schenken, Liebes. Schließlich hast du gedacht, in Mr. Salvado verliebt zu sein."

Glees Gesicht wurde dunkelrot. „Es ist mir furchtbar peinlich, dass ich glauben konnte in ihn verliebt zu sein. Sobald ich in der Kutsche allein mit ihm war, wurde mir bewusst, was für einen schwerwiegenden Fehler ich gemacht hatte. Als wir alleine waren, wirkte er dunkel und bedrohlich und ich hatte große Angst. Und als er versuchte neben mir zu sitzen und mich zu küssen musste, ich ihn auf die Ohren schlagen."

Felicity brach in Gelächter aus. „Ich kann nicht verstehen, was du je in dem Mann gesehen hast."

„Ich auch nicht." Glee wickelte eine rotbraune Locke um ihren Finger. „Ich glaube, ich war darin verliebt, verliebt zu sein, und er war der einzige Mann, dem ich ausgesetzt war."

„Dann bin ich froh, dass du nun in der

Gesellschaft bist. Hast du keinen anderen Mann gefunden, der dir gefällt? Ich nehme an, weder Mr. Poppe noch Mr. Smythe haben deine Zuneigung gewonnen."

Glee rümpfte die Nase. „Ganz und gar nicht, obwohl ich es außerordentlich genieße ein halbes Dutzend in Frage kommender Männer um mich tänzeln zu sehen. Ich kann mir einfach nicht vorstellen, den Rest meines Lebens mit irgendeinem davon zu verbringen."

„Jetzt zeigst du Reife. Aber verzage nicht. Du hast Zeit. Du bist erst siebzehn."

Glee stand auf und ging zur Türe. „Vielleicht kommt heute ein neuer Mann zum Ball und stiehlt mein Herz."

Felicity folgte ihrer Schwester die Treppe hinauf. „Ich hoffe nicht, Liebes. Du bist immer noch viel zu jung. Genieße es von der Hälfte der jungen Männer in Bath angehimmelt zu werden. Du wirst dich bald genug niederlassen."

* * *

An diesem Abend kamen Thomas und seine Schwester, um Felicity und Glee abzuholen. Zum ersten Mal seit einer Woche konnte Felicity neben Thomas in seiner Kutsche sitzen. Sie hoffte von ganzem Herzen, dass er nicht sehen konnte, wie sehr ihre Knie zitterten. Denn seine Nähe hatte eine äußerst seltsame Auswirkung auf sie. Sie fühlte sich wie ein Schulmädchen, voll aufregendem Flattern über ihre erste blühende Romanze.

Sie war sich seiner langen Beine und der starken Muskeln unter seinen Kniehosen bewusst. Sein Sandelholzduft und die Art, wie er atmete, machten es ihr unmöglich an irgendetwas anderes als ihn zu denken. Es war lange Zeit her, dass sie sich zu einem Mann hingezogen fühlte.

Mit Michael war es so gewesen. Sie war sich seiner Männlichkeit genauso schmerzlich bewusst gewesen. Und sie hatte in der Intimität, die sie mit dem Mann, den sie liebte, geteilt hatte, geschwelgt. Konnten sie und Thomas sich jemals auf diese Art und Weise verbinden? Diese Gedanken hatten eine tiefe körperliche Auswirkung auf sie.

Sie konnte sich nicht daran erinnern, jemals etwas so verzweifelt gewollt zu haben, wie sie Thomas Moreland wollte. Es war bedauerlich, dass sie immer noch derartig negative Gefühle hatte, nachdem er George schlechtgemacht hatte.

Carlotta war bereits in den Festsälen, als Thomas' Gruppe eintrat. Mit ernstem Gesicht traf Felicity Carlottas bösartiger Blick.

Carlotta ignorierte Felicity und sprach Thomas kess an. „Oh, Ihr seid hier, Mr. Moreland. Ich war mir nicht sicher, ob ich Euch heute Abend sehen würde, da wir uns heute nicht getroffen haben."

Felicitys Blick schweifte über Carlotta, von ihrem üppigen schwarzen Haar bis zu ihren Brüsten, die kaum von dem lilafarbenen Seidenkleid festgehalten wurden, das die weichen Kurven ihrer weiblichen Figur umhüllte. Eine griechische Göttin konnte wohl kaum lieblicher sein, dachte Felicity enttäuscht.

„Ich bin hier, Mrs. Ennis", sagte Thomas. „Ihr müsst mir die Ehre erweisen, mit mir zu tanzen." Er bot Carlotta seine Hand an und sie wandten sich von Felicity ab.

Felicity kochte, als sie sie beim Betreten der Tanzfläche beobachtete. Das war es dann wohl. Er hatte ihr den Rücken zugewandt, um mit Carlotta zu tanzen.

Glee sah ihre Schwester mitleidsvoll an. „Siehst du, wie sehr du dich über Mr. Morelands Gefühle für mich täuschst, mein Liebes?", flüsterte Felicity.

„Die Nacht ist jung, du wirst schon sehen."

„Ah, hier seid Ihr!", sagte George zu Diana. Er hatte den Saal durchquert, um mit ihr zu sprechen. „Ich bitte Euch, mit mir zu tanzen."

Dianas braune Augen leuchteten, als sie ihm graziös ihre Hand reichte.

Was Georges Freund Blanks mit Felicity und Glee alleine zurückließ. Er sah Glee an. „Miss Pembroke?" Er hielt ihr zaghaft eine Hand entgegen, und Glee nahm sie.

Felicity setzte sich und beobachtete Glee und Blanks. Es war allgemein bekannt, dass – bevor Thomas nach Bath kam – Mr. Blankenship der begehrenswerteste Junggeselle in der Stadt war. Er war ziemlich reich und außerordentlich gutaussehend. Das Problem war, dass er erst dreiundzwanzig und sehr unreif war. Er hatte kein Interesse daran, sich mit einer Frau niederzulassen, so wie George es mit Diana vorzuhaben schien. Blanks hatte die Angewohnheit zu spielen, zu trinken, und mit Frauen von fragwürdiger Moral ins Bett zu gehen.

Es war schade, denn er wäre genau der richtige Mann für Glee, dachte Felicity. Sie dachte auch, dass Glee insgeheim eine starke Zuneigung für Mr. Blankenship empfand, sich aber bewusst war, wie fruchtlos eine solche Empfindung sein würde.

„Guten Abend, Mrs. Harrison", sagte der Colonel, als er aus der Richtung der Spielhallen hinter ihr auftauchte. „Ich hoffe, ihr habt keine Einwände dagegen, dass ich mich für eine Weile zu Euch setze."

„Natürlich nicht", sagte sie und klopfte auf den

Stuhl neben sich.

Nach dem Ende des Tanzes trafen sich alle vier Paare in einem Kreis und unterhielten sich. „Darf ich Euch einen Kräuterwein bringen, Mrs. Harrison?", fragte der Colonel.

Bevor sie zustimmen konnte, sprachen die anderen drei Gentlemen ähnliche Einladungen an ihre Tanzpartner aus. Die Frauen stimmten überein, dass ein erfrischendes Getränk angebracht wäre.

„Es ist heute Abend furchtbar heiß hier", bemerkte Carlotta zu den anderen Damen nachdem die Herren sich entfernt hatten. Sie öffnete einen Fächer aus dichten lila Federn und begann sich Luft zuzufächeln.

„Meinen Beobachtungen zufolge", sagte Felicity, „ist denen am wärmsten, die mehr Fleisch auf ihre Knochen mit sich tragen. Ich wünschte, ich würde das Mieder meines Kleides so ausfüllen wie du, Carlotta."

Carlottas violette Augen leuchteten auf. „Dann bin ich glücklich darüber, dass mir heiß ist!"

Die anderen Damen lachten und lachten immer noch, als die Männer mit den Getränken zurückkehrten.

Felicity nahm ihres vom Colonel und trank, als ihre Augen beobachteten, wie Carlottas Finger Thomas' berührten, als er ihr den Wein gab. *Warum konnte es nicht ich sein? Fragte sich Felicity.*

Bald begann das Orchester wieder zu spielen. Diesmal einen Walzer. In dem Wissen, dass Thomas normalerweise mit ihr Walzer tanzte, vermied sie es ihn anzusehen. Mit stürmisch klopfendem Herzen sah sie ihn auf sich zukommen.

„Mrs. Harrison", sagte Thomas, „würdet Ihr mir die Güte erweisen, mit mir zu tanzen?"

Halleluja! wollte sie sagen. Aber sie konnte gar nichts sagen, denn sie konnte ihrer Stimme nicht vertrauen, nicht zu zittern. Sie legte ihre Hand in seine und folgte ihm auf die Tanzfläche und schien völlig außer Atem zu sein. Die federleichte Berührung seiner Hand stellte allerlei provokante Dinge mit ihr an. Dinge, die keine respektable Frau zuzugeben wagen würde.

Als er eine Hand auf ihre Taille legte und sie näher an sich zog spürte sie, wie eine heiße Welle sie durchströmte. Was nicht dabei half, das Zittern ihrer Hände zu beruhigen. Er musste sich seiner Auswirkung auf sie bewusst sein. Sie fürchtete sich davor, seinem Blick zu begegnen aus Angst, er würde die nackte Lust in ihren Augen sehen, konnte sich jedoch nicht davon abhalten, ihre Wimpern zu heben, um sein dunkles Gesicht zu sehen, das dem ihren zugewandt war. Sie erkannte eine Intensität in seinem ernsten Gesicht, eine Intensität, die sie unerbittlich zueinander zog. War es ihre hoffnungsvolle Einbildungskraft, die sie dazu brachte, auch in seinen schwarzen Augen Lust erkennen zu können?

Ihr Zittern beruhigte sich nicht. *Er ist sich dessen bewusst.* Denn er drückte seine Finger fester in ihre Handfläche. Dann bemerkte sie, dass auch er zitterte.

Obwohl die Musik nach schwungvollen Schritten verlangte, verlangsamten sich Thomas' Schritte, und er zog sie noch näher an sich. Unanständig nahe. Obwohl Felicity es nicht wünschte, dass ihre jungfräuliche Schwester ihren intimen Tanz beobachtete, war sie unfähig, sich von ihm zu lösen.

Sie fand Gefallen daran, wie sich sein Körper an ihrem anfühlte. Es war so sehr wie mit ihrem Michael zu liegen, nackte Haut auf nackter Haut. Wie würde es sich wohl anfühlen, Thomas' Hände die runden Kurven ihres Körpers entlangstreichen zu spüren? Mit ihren eigenen Händen seine starken Muskeln sanft zu streicheln und mit ihren Fingern die dunklen Haare auf seiner kraftvollen Brust zu durchkämmen? Ihn in ihr zu spüren?

Plötzlich spürte sie eine Anschwellung unter seiner Taille, als er sich an sie presste. Weit unten. Und sie antwortete mit einem merklichen Dahinschmelzen. Weit unten.

Blaue Augen verloren sich in schwarzen. Obwohl es unausgesprochen blieb, gab es eine magische Vereinigung.

Endlich sprach er. „Ihr zittert."

„Ja", antwortete sie und war nicht fähig, ihren begehrenden Blick von seinem abzuwenden.

* * *

Der Colonel beobachtete das Paar trotz des mörderischen Effekts, das es auf ihn hatte. Er hatte eine derart nackte Lust nicht mehr gesehen, seitdem er Felicity vor vielen Jahren mit ihrem Ehemann hatte tanzen sehen. In jener Nacht, als er sich geschworen hatte Michael loszuwerden, um Felicity und das Vergnügen, sie in seinem Bett zu haben, zu beanspruchen.

Wären sie nicht in einem öffentlichen Saal, hätte der Colonel ein Schwert in den gutaussehenden Emporkömmling gerammt. Warum konnten Frauen – warum konnte Felicity – nicht verstehen, dass ein Mann wie er so viel mehr für sie tun könnte, als ein gutgebauter Mann von dreißig Jahren? Warum mussten

Frauen von dem guten Aussehen eines solchen Mannes geblendet sein? Mit Captain Harrison war es ebenso gewesen. Er war größer als der durchschnittliche Mann gewesen, jedoch nicht größer als der Emporkömmling. Und genauso wie der Emporkömmling war Captain Harrison als außerordentlich gutaussehend erachtet worden.

Als Felicity und der Emporkömmling sich verzehrend ansahen, wandte der Colonel seinen Blick ab. *Bevor der Emporkömmling die Möglichkeit haben wird, mit ihr ins Bett zu gehen, wird sie mir gehören,* schwor der Colonel.

* * *

Als der Walzer vorbei war, rügte sich Thomas dafür ihr nicht gleich dort auf der Tanzfläche gesagt zu haben, dass er sie liebte, dass er seit jener Nacht vor sechs Jahren in sie verliebt gewesen war.

Der Moment war vorbei, aber er beschloss sie nicht zu verlieren. Nicht jetzt. Denn er wusste, dass er endlich ihre Zuneigung gewonnen hatte. Bald würde er ihr seine Absichten erklären. *Bald.*

Trotz seines dringenden Verlangens, erlaubte er sich nicht, noch einmal mit ihr zu tanzen. Es war viel zu schmerzhaft. Bald, schwor er sich. Bald würde der der richtige Zeitpunkt kommen, um ihr sein Herz auszuschütten.

Wenn er nur auf einen günstigen Zeitpunkt warten könnte. Vielleicht morgen bei ihrem Ausritt.

Kapitel 24

Lettie hatte auf Felicity gewartet, um ihr dabei zu helfen, ihr Ballkleid auszuziehen.

„Du hättest ins Bett gehen sollen", sagte Felicity ihr, als sie in ihr Zimmer trat.

„Erlaubt einer alten Dame das Vergnügen ihren Schützling glücklich in ihre Kammer rauschen zu sehen." Mit vom Alter faltigen Händen fing Lettie damit an das Mieder von Felicitys Kleid aufzubinden. „Ich kann an der Leichtigkeit Eurer Schritte erkennen, dass es zwischen Euch und Mr. Moreland viel besser läuft."

Felicity wirbelte herum zu ihrer Zofe. „Was meinst du damit?"

„Ich kenne und liebe Euch zu lange, um Euer Herz nicht zu kennen, mein Mädchen. Ihr könnt Eure Zuneigung für Mr. Moreland nicht vor der alten Lettie verstecken."

Felicity lächelte und wandte ihrer Zofe wieder den Rücken zu. „Ist es derart offensichtlich?"

„Für mich schon."

Als ihr Kleid ausgezogen war und Lettie es aufhing, streifte Felicity ihre Handschuhe ab. „Ich fürchte, ich bin ein viel zu offenes Buch für Mr. Moreland gewesen. Ich habe befürchtet, dass sein Interesse an mir darauf beruht, dass ich ihm das Leben gerettet habe. Ich habe mir Sorgen gemacht, nachdem mir meine Zuneigung ihm gegenüber bewusstwurde, dass er mir aus reinen Schuldgefühlen den Hof machen würde, nicht aus wahrhaftigen Gefühlen für mich als Frau."

„Dann müsst Ihr so blind wie eine Fledermaus sein. Erstens seid Ihr die lieblichste Frau in ganz Bath. Und zweitens ist der Mann nicht imstande, seine Verehrung für Euch zu verstecken. Sowohl Glee als auch Lord George haben mir gegenüber erwähnt, wie er Euch mit seinen dunklen Augen begehrt."

Dieser Gedanke brachte Felicitys Herz zum Rasen. Sie saß am Rand ihres Bettes, als Lettie ihr die Seidenpantoffel auszog, und erinnerte sich an das Gefühl, während des Walzers an Thomas geschmiegt gewesen zu sein. Etwas tief in ihrem Inneren rührte sich. „Ich muss dir anvertrauen, dass Mr. Moreland mich heute mit seinen eindeutigen Aufmerksamkeiten überrascht hat. Ich hatte mir Sorgen gemacht, dass Carlotta seine Zuneigung gewonnen hatte."

„Ach! Demnach zu urteilen, was ich über den Mann gehört habe, könnte er sich niemals zu Mrs. Ennis hingezogen fühlen, außer er glaubt, sie sei so freizügig mit ihrer Gunst, wie sie zu sein scheint." Die alte Frau räusperte sich, als sie sich bückte, um Felicitys Pantoffel aufzuheben. „Die Art, wie ihr Kleid kaum ihre Brüste verdeckt, ist skandalös. Sogar am helllichten Tag. Und immer lila zu tragen! Sie sieht aus wie ein leichtes Mädchen, das ist es. Ich bin der Meinung, dass Mr. Moreland auf der Suche nach einer echten Lady ist, wie Ihr eine seid – und ich spreche nicht über die noble Herkunft Eurer Familie."

„Ich hoffe, du hast recht", sagte Felicity. „Er hat mich – und Glee, natürlich – eingeladen mit ihm morgen auszureiten."

Lettie runzelte die Stirn. „Es wird regnen."

Felicity hob ihre Arme, als Lettie ihr das

Nachthemd überstreifte. „Bete, dass es das nicht tut."

Lettie wartete, bis Felicity sich zugedeckt hatte, löschte die Kerze aus und verließ den Raum. „Ich werde beten, dass es nicht regnet, mein Mädchen."

Felicity war so beschwingt vor Vorfreude auf den nächsten Tag, dass sie keinen Schlaf finden konnte. Als sie endlich einschlummerte, träumte sie von Thomas …

Es war ein herrlicher Tag. Der Himmel war außerordentlich blau und wolkenlos. Die Sonne schien hell, aber nicht zu heiß. Narzissen breiteten ihre gelbe Pracht über die Felder aus. Und sie war mit Thomas. Sie ritten auf ihren Pferden. Sie wusste nicht, wo Glee und Diana waren, aber es war, als ob sie nicht existieren würden. Niemand existierte. In der Tat schien es, als ob sie und Thomas die einzigen zwei Menschen auf der Erde waren.

Sie ritten für eine lange Zeit bis sie zu einer Lichtung kamen, einer Wiese. Aber es sah nicht so aus wie die Landschaft rund um Bath, eher wie eine saftige Wiese in Sussex oder Kent. Sie stiegen ab und Thomas band die Pferde an einen riesigen Baum, der Schatten bot.

Dann zog er seine Jacke aus und legte sie aufs Gras in der Nähe des Baumes, aber gerade noch in der warmen Sonne. Er winkte Felicity, sich zu ihm zu legen.

Sie gab ihm ihre Hand und er führte sie hinüber zu seiner Jacke. Dann beugte er sein Gesicht zu ihr. Sie hob ihre Lippen, um seine zu treffen. Als sich ihre weichen Lippen vereinten, hatte sie das berauschende Gefühl, dass sie zu einem Geschöpf verschmolzen.

Sie erinnerte sich nicht daran, wie sie ihre Kleidung ablegten, aber als sie nebeneinander auf der Jacke lagen, verschmolzen sich auch ihre nackten Körper. Wieder konnte sie nicht erkennen, wo sie endete und Thomas begann, denn sie schienen Eins zu sein.

Tief unten in ihrem Körper spürte sie eine flüssige Hitze, und bald fing ihr geliebter Thomas damit an, in ihre Feuchtigkeit einzutauchen.

Dann schoss sie in ihrem Bett auf und hatte Schwierigkeiten zu atmen. Sie sah sich nach Thomas um und erkannte mit tiefer und zehrender Enttäuschung, dass sie nur geträumt hatte. Ihre Leere war fast so schmerzlich wie das Fehlen seines Körpers.

Sie bemerkte noch etwas. Ein gleichmäßiger Regen trommelte gegen ihr Fenster. Nun war sie doppelt enttäuscht. Sie würde heute keine Möglichkeit haben, mit Thomas allein zu sein.

* * *

Als Thomas am nächsten Tag erwachte, war der Himmel ungewöhnlich grau. Schlimmer noch, Regen peitschte gegen sein Fenster. All die Hoffnungen und Erwartungen, die ihn letzte Nacht in zufriedenen Schlaf gewiegt hatten, welkten dahin als er mürrisch die Tropfen beobachtete, die auf das Fensterbrett fielen. Er würde heute nicht mit Felicity ausreiten können. Ein weiterer Tag, an dem er ihr nicht sagen könnte, wie innig und seit wie langer Zeit er in sie verliebt gewesen ist.

Er schwang seine Beine lethargisch aus dem Bett, als er ein Klopfen an seiner Kammertüre vernahm.

„Ja?"

Sein Butler öffnete zaghaft die Türe. „Ihr habt

einen Besucher, Mr. Moreland."

„In diesem verfluchten Regen?"

„Ja Sir, ein Lord Sedgewick. Ich habe ihm seinen triefenden Mantel abgenommen und ihn vor das Feuer in Eurer Bibliothek gesetzt."

„Veranlasse, dass er eine Tasse Tee bekommt bitte, Bryce."

„Ich habe mir schon die Freiheit genommen, Sir."

Was konnte so wichtig sein, dass George die drei Meilen in diesem furchtbaren Wetter gehen würde? Thomas wurde übel. *Felicity was etwas zugestoßen.* Sie brauchte ihn. Mithilfe seines Kammerdieners wurde ein zitternder Thomas rasiert und angezogen und lief innerhalb von zehn Minuten die Treppe hinunter.

Er riss die Türe zur Bibliothek auf und ein lächelnder, aber völlig durchnässter George erhob sich, um ihn zu begrüßen. Georges beschwingte Miene beschwichtigte Thomas' Sorge. Thomas schloss die Türe und schritt durch den Raum, um Felicitys Bruder willkommen zu heißen.

„Was bringt Euch an einem derart erbärmlichen Tag hierher?" Thomas wollte hervorheben, dass George nicht einmal ein Pferd besaß, besann sich aber eines Besseren. Ein Mann von Georges Klasse fühlte sich ohne Pferd etwas entmannt.

George kehrte zu seinem Stuhl zurück, aber er wirkte nervös. „Ich bin gekommen, um mit Euch über eine wichtige persönliche Angelegenheit zu sprechen, Sir."

Felicity? Wollte George, dass er seine Schwester nicht so oft besuchte? Erachtete er Thomas' Herkunft als nicht angebracht für die Tochter und Schwester eines Viscounts? Oder war Felicity etwas zugestoßen? Sicherlich, wenn dies der Fall gewesen wäre, hätte George nicht gelächelt, als Thomas die Bibliothek betreten hatte, beruhigte sich Thomas.

Vielleicht hatte Sedgewick die Spielhöllen wieder besucht und brauchte Thomas' Hilfe, um seine Spielschulden zu begleichen.

„Ja?", sagte Thomas zögerlich.

George räusperte sich. „Ihr habt vielleicht bemerkt, dass ich eine besondere Vorliebe für Miss Moreland habe."

Der Bursche wollte um Dianas Hand anhalten! Erleichterung durchströmte Thomas. Er nickte und war kaum in der Lage ein Lächeln zu unterdrücken.

George sah ihm direkt in die Augen. „Ich muss Euch sagen, dass Eure Schwester mich berührt, wie keine andere Frau es je getan hat."

So wie Eure Schwester mich berührt. Thomas nickte lediglich.

„Miss Moreland ist das schönste, anmutigste, sensibelste, wunderbarste Mädchen, das ich je kennerlernen durfte." George hielt inne und räusperte sich nervös. „Kurz gesagt muss ich Euch mitteilen, Mr. Moreland, ich bin hoffnungslos in Eure Schwester verliebt."

„Und sind meiner Schwester Eure Gefühle bekannt?"

George schüttelte den Kopf. „Ich habe es nicht gewagt, ohne Eure Zustimmung um sie zu werben. Ich glaube, dass Miss Moreland mich gerne hat, wollte sie aber nicht ermutigen, solltet Ihr mich abweisen – wozu Ihr jedes Recht habt – aufgrund meiner früheren Indiskretionen. Aber Ihr sollt wissen, dass meine tiefen Gefühle für Miss Moreland mich zu einem besseren Mann gemacht haben. Ich habe keinerlei Verlangen danach, mit meinen ehemaligen Ausschweifungen fortzufahren."

Thomas lehnte sich in seinem Stuhl zurück. „Ich wünschte, Ihr könntet mich davon überzeugen, dass Ihr nicht rückfällig werdet. Sagt, was wünscht Ihr nun in Eurem Leben?"

George dachte einen Moment lang nach. „Ich habe keinerlei Interesse mehr daran, zu spielen oder Frauen hinterherzujagen. Mehr als alles andere will ich verheiratet sein." Seine Stimme schien weit entfernt – als würde er träumen – als er fortfuhr. „Ich möchte mit Miss Moreland Kinder haben. Und eines Tages hoffe ich meine Grundstücke wiederzubekommen und hoffe deren Rentabilität wiederherzustellen." Er starrte Thomas förmlich an. „Aber die einzige Frau, die ich je zu heiraten wünschen könnte, ist Eure Schwester. Was mich betrifft, gibt es keine andere Frau. Ich gelobe ihr immer treu zu sein."

Thomas verstand dies nur zu gut. Es war als würde Sedgewick seine Gefühle für Felicity beschreiben. „Ich gebe zu, dass Euer Verhalten sich verbessert hat ..."

„Seit ich Miss Moreland getroffen habe."

„Ganz recht. Ich wünschte, ich könnte eine Garantie dafür haben, dass Ihr Euch nicht wieder Euren früheren Indiskretionen zuwenden werdet."

George ließ seinen Kopf fallen. „Ich bitte Euch, mir zu erlauben, mich Euch zu beweisen."

„Woher weiß ich, dass Ihr kein Mitgiftjäger seid?" Thomas fragte den Jungen dies äußerst ungern, aber er wollte Georges Eifer testen.

Georges Hand umklammerte die Armstütze seines Stuhls. „Weil ich Euer Geld nicht will. Ich weiß es klingt verrückt – in Anbetracht dessen, dass das gegenwärtige Einkommen von Euch das ist, was mich vom Armenhaus fernhält – aber *falls* ihr meinem Werben zustimmt und *falls* Miss Moreland meinem Werben nachgibt, dann würde ich nur einer Mitgift von Euch zustimmen: dem Rückkauf von Hornsby Manor, welches, wie Ihr Euch bestimmt erinnert, das Sedgewick Familiengut ist. Es seit Jahrhunderten gewesen ist. Ich würde jede Minute damit verbringen wollen, das Gut erfolgreich zu führen. Ich habe bereits über einsparende Landwirtschaftsmethoden und Kreuzungen gelesen, die größere Ernten versprechen. Ihr müsst wissen, dass ich viel Zeit damit verbringe, über Ackerbau zu lesen. Die nächste Phase meines Lebens wird eine ernsthafte sein."

„Ich bin tatsächlich beeindruckt." Thomas glaubte George, dass er es ernst meinte. Er hatte kaum Zweifel daran, dass George in Diana verliebt war. Der Kerl konnte seine Gefühle genauso wenig verstecken, wie er seine helle Hautfarbe ändern konnte. Aber Sedgewick musste noch viel erwachsener werden.

George war still und seine grünen Augen ruhten gespannt auf Thomas.

„Ich glaube, dass Ihr aufrichtig seid, und ich glaube, dass Ihr in meine Schwester verliebt seid – nicht in das Geld ihres Bruders." Thomas hielt inne. „Seid Ihr Euch jetzt – und für die kommenden Jahre – sicher, dass Ihr die Hochzeit nicht wegen Dianas minderer Herkunft bereuen werdet?"

„Es würde mir nichts ausmachen, wenn sie in einem Buchgeschäft arbeiten würde", protestierte George. „Ich würde sie trotzdem lieben und sie zur Viscountess Sedgewick machen wollen. Ich bin mir auch sicher, niemals eine geborene Lady kennengelernt zu haben, die Miss Moreland gleichzustellen wäre. Und ich versichere Euch, dass meine Schwestern dem zustimmen."

Thomas lächelte. „Ich glaube Euch, und ich gebe Euch die Erlaubnis mit Diana zu sprechen, aber ich kann einer Hochzeit nicht zustimmen, bis Ihr beweist, dass Spielen Euch nicht mehr reizt."

„Wie lange?"

Der arme Kerl war furchtbar verliebt. „Einige Monate sollten ausreichen. Wenn meine Schwester damit einverstanden ist, dass Ihr ihr den Hof macht, würde ich Euch bitten, die Verlobung nicht zu verkünden, bis mich Euer Verhalten überzeugt hat."

„Ich kann Euch versprechen, dass mein Verhalten vorbildlich sein wird", sagte George lächelnd.

„Nachdem Ihr heute hier seid", sagte Thomas angespannt, „nehme ich an, Ihr habt keine Einwände gegen die Verbindung unserer Familien. Angenommen die Situation wäre umgekehrt, hättet Ihr Einwände dagegen, dass ich eine Eurer Schwestern heirate?"

George runzelte die Stirn. „Felicity?"

Thomas nickte, sein Herz hämmerte in seiner Brust. „Ich bin nach Bath gekommen, weil ich in sie verliebt war."

„Weiß sie das?"

Thomas schüttelte den Kopf. „Ich hatte noch nicht die Gelegenheit, es ihr zu sagen. Ich hatte gehofft, es während unseres Ausritts heute zu tun, aber das ist nun unmöglich."

Ein Lächeln breitete sich auf Georges Gesicht aus. „Ich kann mir Felicity mit niemand anderem vorstellen, ehrlich gesagt. Ihr beide seid bestimmt für einander."

Thomas zuckte mit den Schultern. „Da bin ich mir nicht so sicher, aber ich bin mir sicher, dass sie niemals jemand so sehr lieben wird wie ich."

„Genauso empfinde ich für Eure Schwester. Stellt Euch das vor!"

Thomas erhob sich und bot George seine Hand an. „Lasst mich Euch nicht aufhalten. Ich schlage vor, Ihr sprecht nun mit meiner Schwester."

„Danke, Mr. Moreland." Er ging in Richtung der Türe, als Thomas nach ihm rief.

„Ihr werdet die Kutsche zurück nach Bath nehmen. Ich kann nicht zulassen, dass mein zukünftiger Bruder sich eine Lungenentzündung holt."

George lächelte, als er sich umdrehte um zu gehen.

Kapitel 25

Nachdem Felicity aus ihrem mitreißenden Traum erwacht war, konnte sie nicht mehr einschlafen. Sie lag auf ihrem Himmelbett und lauschte mürrisch dem Trommeln des Regens gegen das Fensterbrett. Es schien, als ob mit jedem Klopfen des Regens an ihrem Fenster Thomas weiter von ihr fortgetragen würde.

Sie lag in der Dunkelheit ihres Zimmers, traurig und gereizt.

Schließlich kam Lettie mit Felicitys Frühstück auf einem Tablett herein. „Es scheint, als hätte der Allmächtige unsere Gebete für einen sonnigen Himmel nicht erhört."

Felicity setzte sich im Bett auf und zuckte mit den Schultern. „Ich habe das schreckliche Gefühl, dass Mr. Moreland mir mit jedem Regentropfen weiter entschlüpft."

„Ach!", sagte Lettie und goss Felicity ihren Tee ein. „Dies ist nur ein kleiner Rückschlag. Ich glaube, Ihr werdet Euren Mr. Moreland heute sehen. Merkt Euch meine Worte. Er wird dem miserablen Wetter trotzen und Euch besuchen kommen." Sie gab Felicity ihren Tee. „Ihr wollt Euch also sicher von Eurer schönsten Seite präsentieren. Welches Kleid sollt Ihr wohl tragen?"

„Das blaue", sagte Felicity ernsthaft. „Es ist sein Lieblingskleid, obwohl mir dein Optimismus, dass Mr. Moreland heute vorbeikommen wird, fehlt."

Lettie beeilte sich, um Felicitys blaues Kleid aus ihrem Schrank zu holen. „Ihr werdet nicht glauben, was Euer Bruder getan hat. Nicht nur hat er sich angewöhnt früh aufzustehen, heute Morgen hat der dumme Kerl abgelehnt zu frühstücken, hat seinen dicken Mantel angezogen und ist in die nassen Straßen von Bath hinausgegangen."

„Was könnte derart wichtig sein, dass er sich diesem furchtbaren Wetter aussetzt?"

Lettie nahm Strümpfe aus der Lade. „Er hat mich nicht in seine Pläne eingeweiht."

Felicity trank ihren Tee und verließ ihr Bett, und Lettie half ihr sich für den Tag anzukleiden.

* * *

Diana erwachte zutiefst enttäuscht bei dem trostlosen Klang von Regen, der gegen ihre Fenster trommelte. *Ich werde Lord Sedgewick heute nicht sehen*, dachte sie mürrisch.

Sie setzte sich auf, so dass ihre Zofe das Frühstückstablett vor sie stellen konnte. Es war Dianas Gewohnheit ein gemächliches Frühstück einzunehmen, während sie an den kommenden Tag dachte. Ihr Bruder hatte einen derart hektischen Tagesablauf, dass die beiden sich nie zum Frühstück zu treffen schienen.

Heute hatte Diana gar kein Verlangen ihr Bett zu verlassen. Das Haus würde feucht und kalt sein und sie würde sich in warme Tücher wickeln und Wollsocken tragen müssen. Und dann würde sie immer noch frieren. Sie dachte zurück an das strohgedeckte Cottage, in dem sie während ihrer Kindheit mit ihren Eltern gewohnt hatte und sehnte sich zurück nach dieser wohligen Gemütlichkeit – aber nicht so sehr, wie sie sich danach sehnte, einen blauen Himmel und Lord

Sedgewick zu sehen.

Sie hatte sich fast dazu entschlossen, das Bett heute gar nicht zu verlassen, als Bryce an ihre Kammertüre klopfte und Colette sie öffnete.

Dianas Herz begann zu schweben, als sie seine Worte hörte. „Lord Sedgwick wünscht Miss Moreland zu sehen. Er erwartet sie im Salon."

Er war an einem derart schrecklichen Tag gekommen, um sie zu sehen! Nachdem er weder ein Pferd noch eine Kutsche hatte, fragte sie sich, ob er zu Fuß durch den von Wasser durchtränkten Sumpf gekommen und gegen Wind und Regen angekämpft hatte. Derartige Gedanken machten ihr Sorgen – aber nicht genug, um ihr ihre plötzlich bessere Laune zu verderben.

Sie konnte ihr Glück kaum glauben. Sie flog aus dem Bett und begann Colette Anweisungen zuzurufen. „Sei so gut und bringe mir das elfenbeinfarbige Promenadenkleid! Ich möchte auch die passenden elfenbeinfarbigen Stiefel tragen, glaube ich. Oh, bitte beeile dich. Du musst mein Haar richten. Ich will bezaubernd schön aussehen. Denkst du, du bringst das zustande?"

Mit einem Lächeln auf ihrem jungen Gesicht antwortete Colette, „Oui, Mademoiselle."

Eine halbe Stunde später schwebte Diana in den Salon und wunderte sich über den ernsten Ausdruck auf Lord Sedgewicks hellem Gesicht, als er sich erhob, um sie zu begrüßen, als sie den Raum betrat. Seine warmen Augen funkelten vor Intensität.

Ihr Herz schlug wie wild. Sie hatte Angst. Würde er ihr etwas Schreckliches mitteilen? Hatte er sich mit einer anderen verlobt? Nichts könnte schlimmer sein. Graziös überquerte sie den Teppich in dem eleganten Raum, um ihm die

Hand zu reichen. „Wie überrascht ich bin, Euch bei derart schrecklichem Wetter zu sehen, Mylord." Sie erschrak, als sie sah, wie nass seine Stiefel waren. Der Mann sollte seine kalten Füße in einer Wanne mit heißem Wasser erwärmen. Er musste sich furchtbar unwohl fühlen. Sie konnte es kaum ertragen.

„Ich fürchte, ich bin ein äußerst ungeduldiger Mann", sagte er. „Ich war entschlossen, heute mit Eurem Bruder zu sprechen und nichts – nicht einmal dieses schreckliche Wetter – konnte mich davon abhalten."

Was in aller Welt konnte derart wichtig sein, dass es nicht warten konnte, bis sich der Regen verzogen hatte? „Kommt, Mylord, Ihr müsst Euch zum warmen Feuer setzen. Dieser Raum ist leider viel zu groß und viel zu kalt, wenn man nicht direkt vor dem Feuer sitzt." Sie nahm einen Stuhl, um ihn näher ans Feuer zu schieben.

„Erlaubt mir", sagte er. George schob zwei französische Sessel nahe an den Kamin und die beiden setzten sich.

Sie war sich bewusst, dass sie nur einige Zentimeter voneinander entfernt saßen und erinnerte sich an die Nacht des Konzertes, als er ihre Hand in seine genommen hatte. Seltsamerweise wünschte sie sich, er würde ihre Hand hier und jetzt ebenso nehmen. Dann fiel ihr plötzlich auf, dass Colette nicht als Anstandsdame mit ihr heruntergekommen war. Und sie war ungeheuer froh mit Lord Sedgewick alleine zu sein. Vielleicht würde er ihre Hand wieder in seine nehmen. Ihr Blick schweifte zu seinen nassen Haaren. Nass sah es mehr braun als blond aus. „Sagt, Mylord, was könntet Ihr mit meinem Bruder zu besprechen haben, das nicht einen Tag warten kann? Ihr müsst völlig durchgefroren sein."

Sein Blick senkte sich auf seine durchnässten Kleider. „Tatsächlich habe ich gar nicht darüber nachgedacht. Ich hatte an Wichtigeres zu denken."

Ihr Herz machte einen Satz, sie spürte Angst in sich aufsteigen. Sein seltsames Verhalten war eindeutig alarmierend. Natürlich, versuchte sie sich zu beruhigen, versetzte derartiges Regenwetter immer in eine schlechte Stimmung. Vielleicht war es das. „Ich hoffe, es geht Euch und Eurer Familie gut, Mylord."

Dann lächelte er. Ein atemberaubendes, stimmungshebendes, wunderbares Lächeln. „Ja, alles ist ziemlich herrlich. Ich bin in äußerst guter Stimmung, seitdem ich mit Eurem Bruder gesprochen habe."

Sie sah in verwirrt an. „Sagt, was kann mein Bruder gesagt haben, um Euch so glücklich zu machen?"

George lehnte sich näher zu ihr. Sie konnte seinen Duft nach Moschus wahrnehmen und die leichten Bartstoppeln, die der morgendlichen Rasur widerstanden hatten. „Könnt Ihr es nicht erraten?", fragte er mit tiefer Stimme.

Nun war sie noch mehr verwirrt. „Was könnte mein Brud..."

Bevor sie die Worte ausgesprochen hatte, hatte sie einen wunderbaren Gedanken. Hatte er? Ohh ... durfte sie hoffen? Was, wenn sie sich lächerlich machte? Sie dachte an all die warmen Gesten von Lord Sedgewick, und daran, dass er nie mit jemand anderem getanzt hatte, als mit ihr.

Und plötzlich wusste sie es. „Ihr habt um mich angehalten", flüsterte sie.

Er nickte.

Sie sah den Zweifel, die Angst vor Zurückweisung in seinem Antlitz, und sie konnte es nicht ertragen, dass er denken könnte, sie würde ihn zurückweisen. Sie lächelte und fragte neckend, „Und was hat mein Bruder Euch geantwortet?"

„Er sagte, dass ich mich Euch erklären dürfte, aber er seine Einwilligung für eine Heirat zurückhalten würde, bis ich bewiesen habe, dass ich mich verbessert habe."

Sie konnte ihre Augen nicht von ihm abwenden. „Wie verbessert?"

„Es tut mir leid, Euch sagen zu müssen, dass ich gespielt habe, bevor ich Euch kennengelernt habe."

„Du meine Güte." Dann, als sie seinen besorgten Blick sah, fügte sie hinzu, „Es ist mein Wunsch Euer Werben anzunehmen, Mylord."

George sprang auf die Beine und sie erhob sich und trat ihm entgegen. Er nahm sie in seine Arme und hielt sie einen Moment lang fest.

Hier, in Georges Armen, wollte sie den Rest ihres Lebens verbringen. Sie hob ihr Gesicht zu seinem, und er presste seine Lippen auf die ihren für einen unschuldigen Kuss.

„Ihr habt mich zum glücklichsten Mann auf der Welt gemacht, meine Liebste."

Sie streckte ihre Hand aus, um sanft sein goldenes Gesicht zu streicheln. Sie konnte es kaum erwarten, bis sie einander ganz gehörten. „Es geht mir genauso, Mylord."

Er zog ihre Hände an seine Lippen, um sie zu küssen. „Ihr sollt mich nun George nennen."

„Ja, George." Sie schwelgte glücklich in seinen zärtlichen Berührungen ihrer Hände.

„Jede Menge Männer würden um Eure Hand betteln. Ich bin durchaus geehrt, dass Ihr mich gewählt habt, obwohl ich weiß, dass ich Eurer nicht wert bin."

„Seit ich Euch getroffen habe, ist mir kein anderer Mann aufgefallen. Ich wusste von dem Moment an dem Ihr durch die Türe getreten seid, dass Ihr der einzige Mann für mich seid."

Er drückte ihre Hand. „So ging es mir auch."

Es klopfte an der Türe. „Tretet ein", sagte Diana.

Thomas kam in den Salon und sah wie seine Schwester und George einander an den Händen hielten. „Ich nehme an, meine Schwester ist mit Eurem Werben einverstanden?"

George wandte sein lächelndes Gesicht Thomas zu. „In der Tat, sie hat mich zum glücklichsten Mann gemacht."

„Und wo ist deine Zofe, meine Liebe?", fragte Thomas Diana mit einem Zwinkern.

Sie öffnete die Augen weit.

„Du dummes Mädchen, ich habe ihr gesagt, sie solle dir nicht folgen", sagte Thomas. „Du kannst von einem Mann wirklich nicht erwarten, einen Heiratsantrag zu machen, wenn die Zofe der Angebeteten dabei ist."

* * *

In Thomas' Lieblingskleid saß Felicity am Fenster des Salons im oberen Stockwerk und las ihren schmalen Band von Shakespeares Sonetten. Sie hatte *„Vergleich ich dich mit einem Sommertag?"* so viele Male gelesen, dass sie die Worte auswendig kannte. Und mit jedem neuen Mal erinnerte sie sich daran, wie Thomas an jenem Tag ausgesehen hatte, als er mit einem Verband um seine breite Brust gewickelt in

Georges Bett lag. Er hatte alle Worte des Sonetts gekannt, und als er sie lautlos mitsprach, hatte sie sich gestattet zu glauben, sie galten ihr. Etwas in seinem Benehmen in jener Nacht hatte sie davon überzeugt, dass er das Sonett mit ihr in Verbindung brachte.

Ein Klopfen ertönte an der Türe. „Ja?"

Der Butler trat in den Salon. „Ihr habt einen Besucher, Mrs. Harrison."

Ihr Herz machte einen Sprung. *Thomas war gekommen!* Mit einem Lächeln erhob sie sich.

„Es ist Colonel Gordon", sagte er.

Sie ließ ihre Schultern hängen und antwortete leise. „Ich komme gleich hinunter."

Der Colonel erhob sich, als sie den Salon betrat.

„Mein lieber Colonel, was hat Euch angetrieben, an so einem Tag das Haus zu verlassen?"

Ein schmales Lächeln erhellte sein Gesicht. „Ihr müsst Euch daran erinnern, meine Liebe, dass ein bisschen Regen Männer nicht so abschreckt wie Frauen. Wir müssen uns nicht um feuchte Röcke und triefende Haare sorgen."

Sie durchquerte das Zimmer, bot ihm steif ihre Hand an und setzte sich auf das Sofa neben seinem Stuhl. „Ich nehme an Ihr habt recht, was möglicherweise das seltsame Verhalten meines Bruders erklärt. Ich dachte, er sei ziemlich verrückt. George hat heute Morgen das Haus in diesem erbärmlichen Wetter tatsächlich zu Fuß verlassen und ist seitdem nicht mehr gesehen worden. Ich kann mir nicht vorstellen, was ihn dazu verlockt haben kann."

Ein Lächeln kam über das Gesicht des Colonels. „Ich würde wetten, es handelt sich um eine Frau, und ich glaube nicht ich würde falsch liegen in der Annahme, dass es sich um Miss Moreland handelt. Solch eine Vereinigung – in der sie einen großen Teil einbringt – würde den Reichtum Eurer Familie wiederherstellen. George verhält sich äußerst vernünftig."

„George würde niemals heiraten, ohne verliebt zu sein!", protestierte Felicity. „Ich glaube fest, dass er sich sehr zu Miss Moreland hingezogen fühlt."

„Ich muss zugeben, dass die Frau ganz und gar nicht ungehobelt ist, im Gegensatz zu ihrem Bruder."

Felicity versteifte sich und warf dem Colonel einen kalten Blick zu. „Sagt, warum haltet Ihr Mr. Moreland für ungehobelt, denn ich muss Euch sagen, dass ich nicht verstehe, wovon Ihr sprecht. Ich halte ihn in jeder Hinsicht für einen Gentleman."

Er zog seine Augen zusammen. „Die Art, wie der Mann seinen Reichtum zur Schau stellt, ist derart *bourgeois*."

„Ich bin mir absolut nicht bewusst, dass Mr. Moreland seinen Reichtum zur Schau stellt", sagte sie, und versuchte die Feindseligkeit aus ihrer Stimme fernzuhalten.

„Hat er nicht das opulenteste Anwesen in diesem Teil Englands *gekauft*?"

Der Butler kam in den Salon und sah zu Felicity. „Mr. Moreland ist zu Besuch, Mrs. Harrison. Darf ich ihn hereinbitten?"

„Ja", sagte Felicity und ihr Herz begann zu tanzen. Der graue Himmel schien plötzlich heller zu werden.

Sekunden später stand Thomas im Türbogen und überblickte den Salon. Als er Colonel Gordon sah wurde sein Blick finster.

Er durchquerte den Raum und verbeugte sich vor Felicity. „Euer Diener, Madam."

Sie streckte ihm ihre Hand entgegen.

Er nahm ihre Hand in seine, brachte sie langsam zu seinem Mund und drückte seine Lippen auf ihre Handfläche.

Es war eine unglaublich intime Geste, dachte Felicity. „Ich bitte Euch, setzt Euch, Mr. Moreland." Sie war überrascht davon, ihre Stimme gefunden zu haben – und noch mehr überrascht, dass sie nicht zitterte.

Thomas setzte sich auf die Sitzbank neben ihr.

Der Zorn, der das Gesicht des Colonels überzogen hatte, brachte Felicity fast zum Lachen. Wirklich, der Mann war ein offenes Buch.

Wie sie selbst.

„Es tut mir leid, dass wir heute nicht ausreiten können", fing Thomas an, ohne die Anwesenheit des Colonels auch nur zu bemerken.

„Ja", klagte sie. „Glee und ich haben und so darauf gefreut."

„Wir werden ausreiten, sobald das Wetter besser ist, obwohl ich mich morgen um Geschäftliches kümmern muss und daher keine Zeit habe."

Wann, denn? fragte sie sich missmutig.

„Wenn Ihr unbedingt ausreiten wollt", sagte der Colonel, „wäre es mir ein Vergnügen Euch morgen ein Pferd zur Verfügung zu stellen – sollte das Wetter schön sein."

Plötzlich wurde die Türe aufgerissen und George stürmte von einem Ohr zum anderen strahlend lächelnd in den Salon.

Felicity war erleichtert, dass sie Colonel Gordon nicht antworten musste. Ihr Blick schweifte von

Georges nassem Haarschopf zu seinen tropfenden
Stiefeln. „Wo bist du in diesem erbärmlichen
Regen nur hingegangen?"

„Ich hatte ein starkes Verlangen Miss Moreland
zu sehen."

„Miss Moreland muss sich äußerst glücklich
fühlen, die Aufmerksamkeit eines Viscounts in
solch einer Art und Weise auf sich gelenkt zu
haben", sagte Colonel Gordon.

George zog die Augen zusammen. „Ich hoffe,
Colonel, Ihr seid nicht der Meinung, dass Miss
Moreland meine Anwesenheit nur wegen meines
Titels erträgt."

„Ganz und gar nicht, mein Junge. Ihr habt viele
gute Qualitäten, die jemand von so niedriger
Herkunft wie Miss Moreland zu schätzen wissen
muss, da bin ich mir sicher."

Thomas sprang auf und Georges Hand ballte
sich zu einer Faust, und beide Männer schrien
den Colonel gleichzeitig an.

„Ihr werdet Euch dafür entschuldigen meine
Schwester als von niedriger Herkunft bezeichnet
zu haben", verlangte Thomas.

George spuckte seine Worte aus. „Ihr wagt es
die Frau schlechtzumachen, die ich zu heiraten
hoffe!"

Felicity sprang auf und stellte sich zwischen
Thomas und den Colonel, dann wandte sie sich an
Thomas.

„Bitte, Mr. Moreland, setzet Euch und beruhigt
Euch."

Sein Blick traf ihren und er nickte leicht und
setzte sich.

Der Colonel sah entschuldigend zu George.
„Tut mir furchtbar leid, mein Junge, falls ich
Euch beleidigt habe – oder Eure zukünftige

Ehefrau. Ich bin sicher Ihr und Miss Moreland werdet vortrefflich zusammenpassen. Es ist schließlich nichts an ihr auszusetzen und ich muss sagen, sie ist äußerst lieblich und verhält sich auf eine vornehme Art und Weise."

Georges Hand entspannte sich, aber er starrte Colonel Gordon weiterhin wütend an, als er ihm fast unmerkbar zunickte, um seine Vergebung anzudeuten.

„Es ist also offiziell? Wird Miss Moreland Eure Frau werden?", fragte der Colonel.

Georges Blick wandte sich rasch Thomas zu. „Mr. Moreland hält seine Erlaubnis zurück, bis ich genügend Reife bewiesen habe."

Die Vier saßen eine weitere Stunde zusammen im Salon. Dann kam Glee herein und setzte sich neben George auf die Sitzbank, die Felicity gegenüberstand. „Warum bist du heute Morgen im Regen ausgegangen?", fragte Glee George. „Die Bediensteten haben den ganzen Morgen darüber getratscht, dass Lord Sedgewick seinen Verstand verloren hat und während eines Regenschauers spazieren gegangen ist."

„Ich wünschte Miss Moreland zu sehen."

„Und du konntest nicht warten, bis der Regen vorbei war?", fragte Glee.

George zuckte mit den Schultern. „Ich konnte nicht schlafen, da ich an Miss Moreland denken musste und gehofft habe ... ich wollte ihrem Bruder meine Absichten mitteilen."

Glee war außer sich vor Aufregung. „Das ist wunderbar! Miss Moreland wird meine Schwester sein!"

Enttäuschung machte sich auf Georges Gesicht breit. „Nun ... nicht sofort. Ihr Bruder denkt, ich bin zu unreif."

„Wie kann er es wagen!", sagte Glee und blinzelte Thomas böse an.

„So habe ich es nicht gesagt", verteidigte Thomas sich.

„Er will ein paar Monate warten, um sicherzugehen, dass ich nicht mehr um hohe Einsätze spiele."

Die Fünf blieben weiterhin sitzen. Und keiner wollte sich rühren. Felicity wünschte sich, der Colonel würde sich verabschieden, so dass sie offener mit Thomas sprechen könnte, aber sie wusste, er würde eher sterben als zuzulassen, dass sie mit Thomas alleine wäre. Es war deutlich, dass jeder der beiden Männer den anderen aussitzen wollte. Wie lange, um Himmels willen, würden sie hier verweilen müssen?

Als sich eine Stunde in eine zweite ausdehnte, erhob sich Felicity und wandte sich an beide. „Gentlemen, Ihr könnt gerne bleiben, aber ich muss mich wirklich verabschieden, um mich um Dinge zu kümmern, die nach meiner Aufmerksamkeit verlangen."

Der Colonel griff nach seinem Stock und stemmte sich hoch. „Bitte verzeiht mir, Euch so lange von Euren Pflichten abgehalten zu haben." Er warf Thomas einen gereizten Blick zu.

Thomas erhob sich. „Ich bitte Euch ebenfalls um Verzeihung, Mylady."

Felicity nickte ihnen zu und schwebte aus dem Salon, verärgert darüber, nicht mit Thomas allein sprechen zu können.

Kapitel 26

Der sonnige Himmel am folgenden Tag gab Felicity kurz die Hoffnung, mit Thomas ausreiten zu können, doch dann erinnerte sie sich daran, dass er erwähnt hatte, den ganzen Tag über mit geschäftlichen Angelegenheiten beschäftigt zu sein.

Carlotta stattete ihr einen Morgenbesuch ab – und Felicity wunderte sich, ob ihre Freundin aus reiner Freundschaft gekommen war oder weil sie erwartet hatte, dass Thomas zu Besuch kommen würde. Ein selbstzufriedenes Lächeln breitete sich auf Felicitys Gesicht aus, denn Thomas würde nicht kommen. Sie hatte das Gefühl eine Runde gegen Carlotta gewonnen zu haben.

Als Felicity das Wohnzimmer betrat, war Carlotta damit beschäftigt ihren lavendelfarbigen Schuh zu begutachten. „Ich bin äußerst verärgert!", sagte Carlotta und stampfte mit dem schuhlosen Fuß auf. „Der nasse Bürgersteig hat meine Schuhe förmlich ruiniert."

Felicity setzte sich ihr gegenüber. „Warum hast du nicht Stiefel anstelle von Schuhen angezogen? Warst du dir des vielen Regens gestern nicht bewusst?"

Carlotta zog ihren Schuh schmollend wieder an. „Natürlich war ich mir des erbärmlichen Wetters bewusst! Ich glaubte, ich würde verrückt werden. Mir war in meinem ganzen Leben noch nie so langweilig."

„Dann sollte dir klar gewesen sein, dass der Bürgersteig immer noch nass – und wahrscheinlich matschig sein würde."

Carlotta zuckte mit den Schultern. „Die Sonne hat mich getäuscht."

„Die Sonne ist nach dem gestrigen Wetter heute äußerst willkommen. Ist die Luft kühl?"

„Nein, es ist recht angenehm mit nur einer Pelisse."

„Dann schlage ich vor, wir gehen spazieren", sagte Felicity.

Carlotta verdrehte die Augen. „Ich kenne niemanden außer dir, der lieber zu Fuß geht, als mit der Kutsche zu fahren."

„Aber weder du noch ich haben eine Kutsche", gab Felicity zu bedenken.

„Nun, heute natürlich nicht, aber sonst – wenn du eine Wahl hast – willst du trotzdem lieber spazieren."

„Meinen Beobachtungen nach neigen diejenigen, die kaum zu Fuß gehen, dazu korpulent zu werden."

Da ihr klar wurde, dass Carlotta sich nicht bewegen würde, bis sie sicher war, dass Thomas nicht kommen würde, fügte Felicity hinzu, „Schade, dass Mr. Moreland heute Geschäftliches erledigen muss."

„Das hat er dir gesagt?"

Felicity nickte. „Gestern."

Carlotta konnte ihre Eifersucht kaum verstecken. „Er kam dich hier gestern besuchen?"

„Ja. Ich muss dir übrigens erfreuliche Neuigkeiten unserer Familie mitteilen."

Carlottas Gesicht wurde weiß.

Felicity konnte nicht widerstehen, die Information länger für sich zu behalten. Sie genoss es förmlich, wie ihre Rivalin sich wand. „Es wird eine Hochzeit geben."

Carlotta schluckte, sagte dann mit bebender Stimme. „Tatsächlich?"

„Oh ja. Kannst du dir vorstellen, dass mein Haus sich mit dem der Nachkommen eines Buchhändlers verbündet?"

Carlotta war nicht imstande zu antworten.

„George wünscht, Miss Moreland zu heiraten, und sie ist erfreut darüber, von ihm umworben zu werden", sagte Felicity.

Ein Lächeln breitete sich auf Carlottas Gesicht aus. „Dann hat er um sie angehalten?"

„Er sprach mit Mr. Moreland, der verlangt, dass George wartet bis er ein bisschen reifer ist."

„Wie bösartig von Mr. Moreland! Ist ihm nicht bewusst, dass Lord Sedgewick ein sehr guter Fang für seine Schwester ist?"

Felicity zuckte mit den Schultern. „Ich muss zugeben, dass ich furchtbar verärgert darüber bin."

„Du missbilligst Dianas niedrige Herkunft gar nicht?"

Carlotta scheint dies nicht zu missbilligen. „Ich kenne niemanden von adeliger Herkunft, der sich mehr wie eine Lady benimmt als Miss Moreland."

„Sollten sie heiraten, würde sich dein Papa wahrscheinlich im Grabe umdrehen."

Felicity konnte es nicht ertragen, dass jemand Thomas' Familie schlechtmachte. Weder er noch Diana hatten sich dies verdient. „Ich denke, dass Ehrenhaftigkeit an Taten gemessen wird und nicht an jemandes Herkunft." Sie hielt inne. „Du kennst den kleinen Jungen vor der Hutmacherei?"

Carlotta nickte. „Er ist so alt wie mein eigener Junge."

„Mr. Moreland – anonym, musst du verstehen –
hat dem Burschen geholfen. Mr. Moreland hofft,
dass der kleine Kerl eines Tages gehen kann. Bitte
sag Mr. Moreland nicht, dass ich es dir erzählt
habe. Er will nicht, dass Leute über seine vielen
Wohltaten Bescheid wissen. Er bezahlt den besten
Arzt in Bath, und da er glaubt die Verkrümmung
seiner   Beine   ist   auf   einen   Mangel   an
Sonnenschein   und   Zitrusfrüchten
zurückzuführen, stellt er sicher, dass er jeden Tag
frische Orangen und ausreichend Sonnenlicht
bekommt.   Mr.   Moreland   schafft   seinem
Stallknecht sogar an den Jungen jeden Tag zum
Ponyreiten auszuführen."

Carlotta zog die Augen zusammen. „Wie weißt
du davon?"

„Ich habe es selbst herausgefunden, wenn du
es schon wissen willst. Nicht einmal die Mutter
des Jungen kennt den Namen seines Wohltäters.
Nach ihrer Beschreibung erkannte ich, dass es
Mr. Moreland war. Dann hat Glee ihn überlistet,
so dass er es zugegeben musste."

Carlotta   zuckte   die   Schultern   in
vorgetäuschtem Desinteresse. „Es ist ja nicht so,
als hätte er nicht haufenweise Geld."

Doch Felicity wusste, dass Carlotta sobald sie
Thomas alleine sehen würde, über seine Güte nur
so schwärmen würde. Obwohl Felicity sie gebeten
hatte, es nicht zu erwähnen.

Felicity erhob sich. „Komm, lass uns zu den
Crescent Fields gehen." Mit einem verschmitzten
Lächeln fügte sie hinzu, „Du musst darauf achten,
nicht korpulent zu werden." Sie lächelte süffisant
bei dem Gedanken an eine dicke Carlotta.

Aufgrund dieser Worte sprang Carlotta rasch
auf ihre Beine mit den durchnässten Schuhen.

Die beiden Frauen legten sich ihre Pelissen an und verließen das Stadthaus.

„Ich hoffe, das Wetter bleibt so schön", sagte Felicity, sobald sie auf dem Bürgersteig waren.

„Ich glaube, das wird es. Man kann es an dem wolkenlosen Himmel erkennen."

Sie spazierten in Richtung der Gay Street.

„Ich habe eine wunderbare Idee!", sagte Carlotta. „Wir können eine Gruppe einladen, um mit uns morgen ein Picknick bei den alten Ruinen in Houndsmith zu veranstalten."

Ein Lächeln machte sich auf Felicitys Gesicht breit. „Das wäre nett, nicht wahr? Wer würde kommen?" In ihrem Augenwinkel bemerkte sie, dass sie sich der Hutmacherei näherten, wo der kleine Jamie mit seinen Zinnsoldaten auf dem Bürgersteig spielte.

Carlotta würdigte ihn keines Blickes. „Deine Familie natürlich. Du, Glee und Lord Sedgewick. Ich. Mr. und Miss Moreland. Colonel Gordon und Mr. Blankenship."

„Das wäre bestimmt ein Vergnügen. Warum erzählst du Mr. Moreland nicht von deinem Plan. Vielleicht bietet er an, dass seine Köchin das Essen zubereitet. Ich wage zu behaupten, dass er es sich eher leisten kann als du oder ich", sagte Felicity.

„Ich dachte, dass du und deine Familie in letzter Zeit vielleicht zu Geld gekommen seid. Wie sonst konntest du Glee eine neue Garderobe und dir neue Kleider kaufen?"

„Es ist viel einfacher an Geld festzuhalten, wenn dein Bruder seine Zeit nicht mehr an den Spieltischen verbringt."

„Ich wusste nicht, dass er seine Angewohnheiten geändert hatte."

„Er hat in der letzten Woche gar nicht mehr gespielt und hat es auch zuvor nur selten getan. Du wusstest, dass er sein Pferd verkauft hat, nicht wahr?" Felicity war stolz darüber die Wahrheit über ihr Einkommen verheimlicht zu haben, ohne tatsächlich zu lügen.

„Die Einnahmen vom Verkauf des Pferdes haben also deine neuen Kleider bezahlt?"

Lass sie das nur denken. „Nachdem es heute keine Veranstaltungen gibt, wie wirst du alle über das Picknick informieren?"

Carlotta dachte einige Minuten nach. „Ich glaube, ich werde Nachrichten aussenden."

Sie kamen am Royal Crescent an, gingen in den nahegelegenen Park und wandelten unter den immer noch kahlen Bäumen. Als sie im Park herumspazierten, kam Thomas neben ihnen in seiner Herrenkutsche zum Stehen, stieg ab, band seine Pferde an und gesellte sich zu ihnen.

„Ich dachte, Ihr wäret heute mit Geschäftlichem beschäftigt", sagte Felicity als Begrüßung.

„Ich habe soeben alles erledigt." Er verbeugte sich zuerst vor ihr, dann vor Carlotta.

Carlottas lavendelfarbene Augen funkelten. „Was für ein glücklicher Zufall, dass ihr hier vorbeigefahren seid."

„Glücklich für mich", sagte er.

„Ich muss Euch von meinem aufregenden Plan erzählen." Carlotta hakte ihren Arm in Thomas'. „Wir werden morgen alle ein Picknick bei den römischen Ruinen in Houndsmith veranstalten. Seid Ihr schon dort gewesen, Mr. Moreland?"

„Nein. Wie weit entfernt liegen sie?"

Sie zuckte die Schultern und blickte zu Felicity. „Wie weit würdest du sagen, Felicity?"

„Eine Stunde. Nicht länger."

Er sah zum Himmel hinauf. „Ich denke, Euer Plan ist wunderbar, jetzt da uns der Regen verlassen hat. Wünscht Ihr, dass mein Koch die Picknickkörbe vorbereitet?"

Felicity und Carlotta lächelten sich amüsiert zu. „Wie überaus nett von Euch dies anzubieten", schnurrte Carlotta.

„Wie viele werden dort sein?"

„Acht", antwortete Felicity sofort. „Drei von meiner Familie, zwei von Eurer, Mrs. Ennis, Mr. Blankenship und Colonel Gordon."

Beim letzten Namen verzog Thomas das Gesicht. „Müssen wir alle einladen?"

„Ja", sagte Felicity streng. Die beiden Männer mussten wirklich lernen miteinander auszukommen. Sie hielten sich in den selben Kreisen auf und genossen die Gesellschaft derselben Freunde.

„Also", sagte er, „Ihr, Mrs. Ennis, wisst Bescheid. Mrs. Harrison kann ihren Bruder und ihre Schwester informieren, und ich kann es meine Schwester wissen lassen. Wer bleibt dann noch über?"

„Mr. Blankenship und der Colonel", sagte Felicity.

„Ich schicke ihnen Nachrichten", bot Carlotta an.

„Könnt ihr die für den Colonel nicht verlieren?", fragte Thomas neckend.

„Ihr wisst, wie betrübt er sein würde, sollte Felicity ohne ihn zum Picknick gehen. Es würde bestimmt sein Herz brechen. Der Mann ist völlig betört von ihr."

„Ja, das ist mir bewusst", sagte Thomas finster. „Ich hatte gestern das zweifelhafte Vergnügen den

Nachmittag mit ihm in Mrs. Harrisons Haus zu verbringen."

Carlotta schmollte. „Ich bin äußerst eifersüchtig, Mr. Moreland, weil Ihr gestern Mrs. Harrison besucht habt und nicht mich."

„Als ich Mrs. Harrisons Haus verließ, war es viel zu spät, um Euch zu besuchen, meine liebe Mrs. Ennis."

„Was habt ihr dort so lange getan?", fragte Carlotta.

Thomas zuckte mit den Schultern. „Mrs. Harrisons Gastfreundschaft ausgenützt, befürchte ich."

Alle lachten darüber. Dann bot Thomas Felicity seinen anderen Arm an.

Sie hakte ihren Arm in seinen und wurde sich durch die Berührung seiner Männlichkeit brennend bewusst.

„Ihr werdet sehr stolz auf mich sein, Mr. Moreland", sagte Felicity.

„Weshalb?", fragte er.

„Weil ich Euer Lieblingssonett von Shakespeare auswendig gelernt habe."

Sein gebräuntes Gesicht wurde weich. „Ah, *Vergleich ich dich mit einem Sommertag?*"

„Ich würde Euch so gerne die Worte sagen hören, Mr. Moreland", sagte Carlotta.

Er wandte sich an Felicity. „*Vergleich ich dich mit einem Sommertag? Du hast mehr Maß und größre Lieblichkeit. Die Maienknospe, die verzärtelt lag, schlägt rauer Wind; kurz währt des Sommers Zeit.*"

Es *war*, als sagte er die Worte zu ihr. Du liebe Güte. Felicitys Herz schlug mit jedem Wort schneller. Er trug nur das halbe Sonett vor und wandte sich dann an Carlotta. „Ich bin sicher, ich langweile Euch zu Tode, Mrs. Ennis."

„Ihr könntet mich niemals langweilen", protestierte Carlotta. „Und wie wahr sind die Worte *kurz währt des Sommers Zeit.*"

Sie spazierten in Stille bis Carlotta sagte, „Ich muss sagen, dass ich Sonette nie auswendig lernen kann, aber ich erinnere mich, dass sie sehr streng aufgebaut werden und ich immer diejenigen bewundert habe, die sie schreiben konnten. Es sind sechzehn Verse, nicht wahr?"

„Vierzehn", antwortete Thomas.

„Schreibt Ihr Gedichte, Mr. Moreland?", fragte Carlotta.

„Dieses Talent habe ich nicht."

„Mr. Moreland hat das Talent, Dinge auswendig zu lernen. Er kann Gedichte aus dem Gedächtnis vortragen und hat einige Sprachen gelernt", sagte Felicity.

„Ihr seid ein wahres Wunder, Mr. Moreland", sagte Carlotta bewundernd.

Felicity wünschte sich wieder einmal ein großes Taschentuch zu haben. Noch mehr wünschte sie Carlotta zum Teufel und Thomas für sich alleine zu haben.

„Ganz und gar nicht", protestierte Thomas. Er wandte sich an Felicity. „Euch gefällt also mein Sonett?"

„Es ist reizend, aber ich würde es nicht Eures nennen."

Er lachte. „Gibt es andere, die Ihr bewundert?"

„Viele. *Darin liegt Weisheit, Schönheit, Lebensdrang; sonst herrscht nur Wahnsinn, alter graus'ger Tod.*"

Mit lebendigen Augen nickte er wissend. „Ein bisschen rührselig, aber gut geschrieben. Sagt, kennt Ihr *Den Lippen, die der Liebe Hand geformt?"*, fragte er.

Sie lächelte. *„Was solche Härte sanft verkürzt, so wie der Tag die Nacht."*

„Konntet Ihr Shakespeares Werke in Indien finden?", unterbrach Carlotta.

Er schüttelte den Kopf. „Ich habe meine eigenen mitgenommen."

„Aber Ihr hattet bestimmt keine Diener, die Eure Koffer tragen konnten. Ich hätte gedacht, dass Ihr nicht mehr als eine einzige Tasche mit Euch genommen hättet, als Ihr nach Indien gereist seid."

„Das tat ich."

„Wie seltsam, dass Ihr das wenige Gepäck mit Büchern gefüllt habt", sagte Carlotta ungläubig. „Felicity ist genauso. Ich schwöre, sie hatte die ganze Zeit, die wir in Portugal verbracht haben, ihre Nase in einem Buch."

Thomas wandte sich Felicity zu und lächelte ihr sanft zu.

Am Weg zur Charles Street stellte Carlotta sicher, dass Thomas keine Möglichkeit mehr hatte, sie zu ignorieren.

Kapitel 27

Der nächste Tag begann wunderschön und sonnig für das Picknick in Houndsmith, dachte Thomas. Am Abend zuvor hatte er arrangiert, dass Mr. Blankenship den Colonel, Carlotta, und Glee in seiner Kutsche abholen würde. Thomas würde Diana, George und Felicity bringen. Es bereitete ihm eine perverse Genugtuung zu wissen, wie erzürnt der Colonel angesichts dieses Arrangements sein würde.

Wenn der Colonel Thomas zuvor den Tod gewünscht hatte, dann würde er jetzt bestimmt sein Schwert durch Thomas stoßen wollen – besonders, wenn heute alles nach Thomas' Plänen laufen würde.

Heute wird Felicity die Meine werden. Aufgrund solcher Gedanken begrüßte Thomas seinen Kammerdiener fröhlich und half dem Mann besondere Kleidung auszuwählen, deren braune Farbtöne von Schokolade bis Milchkaffee reichten.

„Ihr habt noch nie so viel Wert auf die Auswahl Eurer Kleidung gelegt", sagte der Diener. „Habt Ihr heute etwas Besonderes geplant?"

Thomas streckte seine Arme aus, so dass der Diener seine Manschettenknöpfe anlegen konnte. „In der Tat. Wenn der Tag wie geplant verläuft, werde ich vielleicht bald heiraten."

„Ich wusste nicht, dass Ihr eine besondere Dame bevorzugt."

Thomas lächelte. „Sie ist in der Tat etwas

Besonderes."

Als er angezogen war, verließ er das Zimmer. „Wünsch mir Glück, Hopkins."

Thomas ging hinunter in die Küche, um zu sehen wie weit die Köchin mit der Vorbereitung des Picknicks war. Sie hatte bereits drei Körbe hergerichtet, jeder davon so voll, dass dicke Brotlaibe über den Rand herausragten.

„Wie ich sehe, brauchst du keine Hilfe bei den Essensplänen", sagte Thomas mit Genugtuung zu der Köchin.

Die rundliche Köchin, eine Schürze um die Taille gebunden, sah zu ihm auf und lächelte. „Ihr habt gesagt, es solle genug Essen für acht sein, nicht wahr, Sir?"

„In der Tat, und es sieht so aus als würde heute niemand hungrig bleiben. Du hast hervorragende Arbeit geleistet, Meg."

„Es war nicht nur ich", sagte sie. „Jeremy hat die Orangen aus der Orangerie für mich geholt. Acht Stück. Für jeden eine."

„Ausgezeichnet. Hast du ausreichend Bordeaux im Weinkeller gefunden?"

„Bryce hat, Sir. Ich habe sie schon eingepackt." „Gut."

Als nächstes schickte Thomas ein Dienstmädchen, um nachzusehen, wie weit seine Schwester beim Ankleiden war, aber es war Diana selbst, die hinunterkam, um ihm zu versichern, dass sie bereit war.

Er war nur allzu glücklich zur Kutsche zu gehen. Bald würde er Felicity sehen. Sie würde tatsächlich neben ihm sitzen während der einstündigen Fahrt nach Houndsmith.

Er ging mit seiner Schwester zur Kutsche und setzte sich neben sie.

„Hast du die Körbe gebracht?", fragte sie.

„Sie kommen in einem eigenen Wagen."

Sie nickte. „Ich sehe, du bist äußerst aufgeregt wegen des Picknicks. Ich bin es auch."

„Ich wage zu behaupten, dass du wegen jeder Möglichkeit mehrere Stunden mit Sedgewick zu verbringen aufgeregt wärest."

Sie lächelte schüchtern. „Das ist wahr, und ich denke du bist ein Ekel, uns nicht zu erlauben gleich zu heiraten."

„Hoffentlich wird meine Entscheidung nur vorübergehend sein."

Die Kutsche bog in die Charles Street und hielt vor Felicitys Haus an.

„Warte hier, Diana. Es sollte nicht mehr als einen Moment dauern." Er sprang herunter und ging zu Felicitys Türe.

Bevor er die Möglichkeit hatte zu klopfen öffnete George die Türe. „Ah, guten Morgen, Moreland", sagte er lächelnd. „Ist dieses Picknick nicht eine verteufelt gute Idee?"

Thomas nickte. „Ihr müsst Euch bei Mrs. Ennis bedanken, denn es war ihr Plan."

„Das werde ich", sagte George als er zu Diana in die Kutsche kletterte.

Felicity trug wieder ihr blaues Kleid und war mit einem Strohhut gekrönt, der mit blauen Schleifen und Stockrosen geschmückt war. Sie schwebte die Treppe zu ihm hinunter und gab ihm ihre Hand. „Guten Tag, Mr. Moreland."

Er nahm ihre Hand, drehte sie um, und küsste zart ihre warme Handfläche. „Euch auch einen guten Tag, Felicity. Das Wetter ist wunderschön. Genau wie Ihr."

Farbe stieg in ihren Wangen auf als sie mit ihm zur Kutschentüre ging. „Ich kann nicht glauben,

dass Carlotta eine derart gute Idee gehabt hat",
sagte sie und versuchte eindeutig das Thema zu
wechseln.

„Es war eine ausgezeichnete Idee." Er half
Felicity in die Kutsche als Mr. Blankenships
Kutsche anfuhr. Er beobachtete wie Glee aus der
Haustüre und in die offene Türe von Blanks
Kutsche flog, ohne dass Blanks hätte aussteigen
und sie abholen müssen.

Thomas setzte sich wieder neben Felicity. Seine
Schwester und Sedgewick saßen nahe
nebeneinander und hielten sich an den Händen,
was ihm ein noch größeres Verlangen danach
bescherte, Felicitys Hand in seine zu nehmen.
Stattdessen wandte er sich ihr zu, um die
Grübchen auf ihrem perfekten Gesicht zu
betrachten. „Ihr seht wirklich äußerst reizend aus.
Ich sehe, Ihr seid meinem Rat blau zu tragen
gefolgt. Es ist genau die Farbe Eurer Augen."

Sein Herz klopfte freudig, als ihre Lippen ein
Lächeln formten, was ihre Grübchen vertiefte. „Ich
bin glücklich, dass es Euch gefällt", murmelte sie.

Er konnte seine Augen nicht von ihrem süßen
Mund abwenden. Wie sehr er ihre Lippen auf
seinen spüren wollte! Seine vorherige Berührung
ließ ihn nach mehr verlangen. Seine Felicity
mochte wie eine eiserne Jungfer aussehen mit
ihrem silberblonden Haar und ihren stahlblauen
Augen, aber er wusste es besser. Unter ihrem
kühlen Äußeren lag eine warme und sinnliche
Frau. Das Verlangen nach ihr ließ ihn erbeben.

Er würde nicht mehr lange warten können.
Bald.

George war gar nicht so beanstandenswert,
dachte Thomas, und seine Entschlossenheit
begann zu wanken. Wenn George die Spielhallen

vermeiden konnte, würde er Dianas Hand gewinnen. Thomas beobachtete die beiden.

„Ich respektiere deinen Bruder dafür, dass er das tut, wovon er meint, es sei das Beste für seine Schwester", flüsterte George seiner Versprochenen zu. „Nun werde ich versuchen *Euren* Ansprüchen gerecht zu werden."

Es war fast unvorstellbar für Thomas, dass irgendjemand mit der gleichen Intensität lieben könnte, die er für Felicity empfand, aber wenn es jemand könnte, dann Sedgewick.

Auf dem Weg nach Houndsmith drängten Kurven und Wendungen Felicity mehrmals gegen ihn. Jedes Mal glitt sie vorsichtig zurück zu ihrer Seite der Kutsche. Nach mehreren dieser scharfen Kurven und ihres darauffolgenden Zurückrutschens, blieb sie endlich nahe bei ihm. Ihre Oberschenkel lagen nebeneinander, ihre weich und zart, seine hart und kräftig.

Obwohl es untertags war, war er nahe daran, kühn ihre Hand in seine zu nehmen, doch dann blieb die Kutsche stehen. Sie waren an den Ruinen angekommen. Blanks' Kutsche hielt hinter ihrer an, und alle strömten aus ihren Fahrzeugen so flink wie Ameisen, die von Fußtritten davonkrabbeln.

Thomas nahm seine Uhr aus der Tasche. Ein Uhr. Alle wollten bestimmt essen, bevor sie die Ruinen erforschten. Er sah den Weg entlang, ob der Wagen mit den Decken und Körben nahe war und erkannte, dass er nur zwei Minuten entfernt war.

Obwohl Thomas das Essen und die Beförderung arrangiert hatte, benahm sich Carlotta, als ob das Zusammentreffen ihres war. Sie ging voran an eine Lichtung, die nicht vom

Schatten geschützt war. „Ich denke, wir sollten uns hier niederlassen."

Innerhalb weniger Minuten kamen Thomas' Diener an und breiteten Decken auf dem Platz aus, den Carlotta ausgewählt hatte. Sie gingen zum Wagen zurück und brachten die Körbe. Einer begann das Essen auszubreiten, während ein anderer die Weinflaschen entkorkte und den Wein in acht Gläser goss.

In der Zwischenzeit suchte sich jeder einen Platz auf den Decken. Thomas wartete bis Felicity sich setzte und konnte den hinkenden Colonel schlagen und sich neben sie setzen. Er erwartete, dass der Colonel ihm seinen Stock drohend entgegenhalten würde, weigerte sich aber in die Richtung des Mannes zu blicken.

Felicity steckte ihre Beine unter ihre Röcke. Thomas setzte seine Stiefel auf die Decke, so dass ein Knie auf Höhe seiner Brust war. Während die Diener ihnen Essen brachten, beobachtete Thomas George und Diana, die sich eine Decke teilten.

„Möchtet Ihr kaltes Lammfleisch, Mylord?", fragte sie George.

Sein Finger klopfte ihr sanft auf die Nasenspitze. „Ihr sollt mich bei meinem Vornamen nennen. Und ja, ich hätte gerne Lammfleisch."

Diana lächelte schüchtern und gab ihm eine große Portion von der Platte, die der Diener von Decke zu Decke trug.

Thomas sah zu Carlotta, die steif zwischen Blanks und dem Colonel saß. Dann schweifte sein Blick zu Glee, die zwischen ihrer Schwester und Blanks saß. Der aufgeregte Ausdruck, der auf ihrem Gesicht gelegen hatte, als sie auf Blanks' Kutsche zugeflogen war, wurde von Trübsinn ersetzt. Thomas fragte sich, ob Blanks sie brüskiert hatte, der jedes Anzeichen dafür erkennen ließ, von Carlotta hingerissen zu sein. Es war Thomas des Öfteren aufgefallen, dass Glee zarte Gefühle für den besten Freund ihres Bruders zu verstecken schien.

„Mrs. Ennis", sagte Blanks und beugte sich vor, um in Carlottas Augen sehen zu können. „Ich habe noch nie zuvor bemerkt, dass Eure Augen lavendelfarbig sind. In der Tat habe ich noch nie jemanden mit lavendelfarbigen Augen gesehen."

Thomas fragte sich, ob der Grund dafür, dass er ihre ungewöhnlichen Augen nie bemerkt hatte, war, dass er zu beschäftigt damit gewesen war, ihren großzügigen Busen anzustarren.

„Sie passen gut zu Eurem Kleid", fügte Blanks hinzu. „Sagt, tragt Ihr immer Kleidung, die lila oder lavendelfarbig oder in einem ähnlichen Farbton ist?"

Ein beruhigendes Lächeln kam über ihr exotisches Gesicht. „Ich fühle mich geehrt, dass Ihr es bemerkt habt, Mr. Blankenship."

Aus seinem Augenwinkel sah Thomas, dass der Colonel, der seine Beine vor sich auf der Decke ausgestreckt hatte, sich bereits das zweite Glas Wein einschenkte. Versuchte er sein erhitztes Temperament abzukühlen?

Thomas nahm zwei Orangen, schälte eine und gab sie Felicity. Wie sehr er sich wünschte, dieselbe proprietäre Rolle ihr gegenüber einzunehmen, die George bei Diana einnahm. *Bald,* sagte er sich.

Felicity hob ihre Wimpern und traf Thomas' Blick, als sie die Orange aus seiner ausgestreckten Hand nahm und mit ihren Fingern seine berührte. „Danke, Mr. Moreland. Sehr gütig von Euch."

„Güte hat nichts damit zu tun", bellte der Colonel wütend.

Seine feindselige Bemerkung ließ alle innehalten. Nur Glee schien ihre Stimme zu finden. „Ich möchte Euch widersprechen, Colonel. Mr. Moreland ist ein sehr gütiger Mann. Obwohl er nicht will, dass man von seinen vielen wohltätigen Taten weiß, kann ich sie doch bezeugen."

Seine Lippen zogen sich zu einer schmalen Linie zusammen, er griff nach einer weiteren Weinflasche und goss sich sein drittes Glas ein. "Ich muss sagen", sagte Carlotta, „dass dies der perfekte Tag für ein Picknick auf dem Lande ist."

„Das ist es", stimmte Blanks zu. „Dieser Ausflug war Eure Idee, Mrs. Ennis, nicht wahr? Ich muss sagen, es war eine äußerst gute."

„Ja, ich bin so froh, dass du es geplant hast", sagte Felicity zu Carlotta.

Felicity hatte in der Zwischenzeit ihr Glas geleert. „Mehr Wein?", fragte Thomas sie.

Sie sah zu ihm auf und nickte. Musste alles, was sie tat, so verdammt verführerisch aussehen? Was für eine Versuchung es war, ihr so nahe zu sein, so nahe, dass er das Heben und Senken ihrer sanft gerundeten Brüste sehen konnte und den berauschenden Duft ihres zarten blumigen Parfums riechen konnte.

Carlotta beobachtete Diana und George wehmütig und seufzte. „Es gibt nichts Aufregenderes als die erste Liebe. Ich bin maßlos eifersüchtig auf Euch, Miss Moreland."

„Woher wisst Ihr, dass Sedgewick ihr Erster ist?", fragte der Colonel spöttisch.

George machte sich zornig bereit aufzustehen,

aber Diana hielt ihn mit ihrer Hand auf seiner Brust zurück, genauso wie Felicity es mit Thomas tat.

„Ich glaube, wir sollten zu den Ruinen spazieren", sagte George zu Diana, als er sich erhob und Diana seine Hand anbot. „Ich habe das starke Verlangen, wohin zugehen, wo die Luft weniger beleidigend ist." Er warf dem Colonel einen bösen Blick zu.

„Oje", sagte Carlotta, „Lord Sedgewick hat nicht einmal seine Mahlzeit beendet."

Thomas' Blick schweifte zu den halbvollen Tellern von seiner Schwester und George, dann zum Colonel, dessen Augenlider schwer zu werden schienen.

Thomas hob einige hart gekochte Eier auf, schälte eines und gab es Felicity.

Nichts hätte ihn mehr erfreuen können als das Lächeln, das ihr Gesicht erleuchtete, als sie das Ei aus seiner Hand nahm. „Ihr seid viel zu gütig, Mr. Moreland. Ich könnte ziemlich verwöhnt werden."

Ich würde nichts lieber tun, als Euch für den Rest meines Lebens zu verwöhnen. Obwohl er ihr die Worte sagen wollte, konnte er es nicht vor den anderen. Nicht jetzt. *Bald.*

Blanks ahmte Thomas nach und nahm eine Orange, schälte sie und bot sie Carlotta an, die ihm einen äußerst verführerischen Blick zuwarf, als sie die Orange langsam aus seiner Hand nahm.

Thomas beobachtete Glees Reaktion. Ihre kleine Brust hob sich, ihre Augen wurden trüb und sie riss ihren Blick von Blanks fort. Thomas sah auch, dass ihre Hände zitterten. Das arme Mädchen.

Blanks tut mir leid, wenn er denkt Carlotta sei

besser als Glee, dachte Thomas.

Der Colonel lehnte sich auf der Decke zurück und stützte sich auf seine Ellbogen. Seine Augenlider senkten sich, er zuckte und setzte sich ruckartig auf, dann wiederholte er es ein paar Minuten später. Schlussendlich legte er sich auf die Decke und schlief sofort ein. Zu viel Wein, dachte Thomas.

Jetzt werde ich mit Felicity alleine sein. Sein Herz begann unregelmäßig zu schlagen und es überkam ihn eine leichte Übelkeit. Er war in seinem Leben noch nie so nervös gewesen. In all seinen Unterfangen hat er sich mit der Leichtigkeit eines Goliaths einer schnellen Eroberung genähert, aber jetzt fühlte er sich wie ein grüner Landjunge. Wie er es in der Nacht gewesen war, in der er Felicity getroffen hatte.

Er wandte sich ihr zu und beobachtete sie, als sie das Ei aß. „Möchtet Ihr nun die Ruinen erforschen?", fragte er.

„Sehr gerne!"

Er erhob sich zuerst und half ihr auf.

Bald, sagte er sich.

Kapitel 28

Als Felicity ihre Röcke glättete und ihren Arm in seinen hakte, fühlte sich Thomas tatsächlich wie ein Goliath. Ein Goliath, der vor Stolz seine Knöpfe aufsprengte. Ganz egal, dass die eisige Hand des Winters der Landschaft jede Farbe genommen hatte. Alles, was zählte war, dass er hier und jetzt bei Felicity war. Und die Sonne lächelte auf sie herunter, als sie den Hügel zu den alten römischen Ruinen, die Jahrhunderte zuvor verfallen waren, hinaufgingen.

„Ich hätte niemals gedacht, dass ich dem Colonel je für etwas dankbar sein würde", sagte Thomas. „Welch exorbitanten Preis ich für den Bordeaux auch bezahlt haben mag, es war jeden Shilling wert."

„Ihr habt Euch Colonel Gordon gegenüber höchst unfreundlich verhalten, doch heute bin ich auch über seine Verbitterung erbost. Seine Abneigung gegen Euch bringt ihn dazu, bösartig über Eure Schwester zu sprechen, und das kann ich nicht ertragen."

„Dann findet Ihr es in Ordnung, dass er mich schlechtmacht?", neckte Thomas.

„Nein, aber Ihr könnt Gleiches mit Gleichem vergelten, was Miss Morelands lieblichem Gemüt fremd ist."

Sie hob ihr Gesicht zu seinem und ihre Augen glänzten. Es war der Blick, den man einem Liebhaber schenkte. *Bald.* Nur der Gedanke daran

ihr zu sagen, dass er in sie verliebt war, machte
ihn nervös. Wenn sie sich ihm gegenüber kalt
gezeigt hätte, hätte er niemals die Courage
gehabt, sich jemandem von derart höherer Klasse
zu erklären, aber er hatte Grund zu glauben, dass
sie ebenfalls Gefühle für ihn hatte.

„Werdet Ihr dem Colonel mitteilen, dass Ihr
Eure Meinung über ihn geändert habt?", fragte
Thomas.

Felicity nickte. „Es wird schwierig sein,
nachdem er immer so freundlich zu mir gewesen
ist, aber ich werde es versuchen."

Sie waren nur noch einige Meter von den
Ruinen entfernt und außer Atem vom
Bergaufgehen. Diana und George waren schon am
Weg hinunter in Richtung des Sees westlich der
Ruinen.

„Es ist seltsam sich vorzustellen, dass
Menschen – wie Ihr und ich – vor so vielen Jahren
in diesen verfallenen Gemäuern gelebt haben",
sinnierte Felicity als ihr Blick über die Ruinen
schweifte, die ausgestreckt vor ihnen lagen.

„Menschen, die arbeiteten und beteten und
liebten ..."

„Und nun liegen sie schon viel länger in ihren
Gräbern, als es ein England gibt."

Ihre Hand drückte fest die Muskeln seines
Arms. „Ich bitte Euch, seid nicht rührselig. Nicht
heute."

Thomas blieb stehen und sah sie an. „Ich
versichere Euch, das ist das Letzte, was ich will."

In Stille gingen sie näher zum Hauptgebäude.
Alles, was übrig war, war eine Umrandung aus
Stein, auf der jegliches Holz vor langer Zeit
verrottet war. Viele der Wände waren zu
Steinhaufen verfallen, die mit Unkraut und

Wildblumen, die noch nicht aufgeblüht waren, umwachsen waren. Er nahm ihre Hand, so dass sie über eine Mauer, die nicht höher als einen halben Meter war, in das Hauptgebäude steigen konnte.

Dann stieg er ebenfalls über die glatten Steine und nahm ihre Hand wieder in seine. Hand in Hand gingen sie durch verlassene Räume, die nun von Vogelnestern besiedelt waren und den Himmel als Plafond hatten.

„Es lässt unsere Leben äußerst unbedeutend erscheinen, wenn man erkennt, wie viele Menschen es vor uns gegeben hat, Menschen, die nun seit langem vergessen sind", sagte sie.

„Wer ist jetzt rührselig?" Er kam näher und senkte seine Stimme. „Es ist nichts Unbedeutendes an Euch, Felicity."

Sie lachte kurz und ging in den nächsten Raum. „Wofür, denkt Ihr, wurde dieser Raum verwendet, Thomas?"

Sein Puls beschleunigte sich. Sie hatte ihn Thomas genannt. Mit diesem einen Wort hatte sie die Barrikaden zwischen ihnen gesenkt. Es gab noch andere Hürden, die er beseitigen wollte. *Bald*, sagte er sich. „Man kann erkennen", sagte er, „dass hier einmal ein großer Kamin stand. Es würde mich nicht überraschen, wenn dies die Küche gewesen ist."

Ihre blauen Augen trafen seine. „Ihr habt einen scharfen Verstand", sagte sie in einer tiefen, mit Bewunderung gefüllten Stimme. „Ich wünschte Leute wie der Colonel würden verstehen, dass Ihr nicht nur genauso gut seid wie sie, sondern viel besser."

Sie stand in der Ecke des Raumes, der einmal eine Küche gewesen war. Obwohl sie im Schatten der festen Wände stand, wurde der silberne Glanz ihres Haares nicht gedämpft. Wortlos ging er zu ihr und hob ihre Hand, um seine Lippen auf sie zu drücken. Sie erlaubte ihm ihre Hand zu küssen, als wäre sie etwas Anbetungswürdiges, und als er seinen Blick hob war er zutiefst berührt von dem Verlangen, das in ihren Augen brannte. Die Tatsache, dass sie ihn nicht aufgehalten hatte, musste bedeuten, dass sie es nicht beanstandenswert fand. Was gut war. Sehr gut.

Er schien unfähig zu sein, seinen Blick von ihrem abzuwenden. „Ihr müsst Euch bewusst sein, wie viel Ihr mir bedeutet", sagte er heiser.

Ein ernstes Nicken war ihre einzige Antwort.

Das war genug. Er näherte sich ihr und beugte sich ihr zu, um von ihren Lippen zu kosten. Lippen, die sich bereitwillig für ihn öffneten. Wellen lustvollen Vergnügens überrollten ihn, als er ihren blumigen Duft einatmete und den zarten Schweiß fühlte, der sich auf ihre seidige Haut gelegt hatte. Er legte seine Arme um sie, um sie davor zu schützen, gegen die kalte Steinwand zu stoßen. Der Kuss dauerte an, und er bemerkte, dass sie mit jedem neuen Atemzug leise stöhnte.

Ihm wurde teuflisch heiß. Und er war außer Atem. Er hatte noch nie nach etwas so verlangt wie nach ihr. Hier und jetzt. Seine Lenden erwachten pulsierend zum Leben und er kam ihr noch näher. Wie beim letzten Mal, als sie zusammen tanzten, schien sie wie eine Ergänzung seiner selbst zu sein, dieses Mal durch den Mund verbunden.

Sie saugte an seiner Unterlippe, dann begann er sie zart auf die Augen, ihren Mund, ihre Nase, dann ihren graziösen Hals und noch tiefer zu küssen.

Er knöpfte langsam ihre Pelisse auf, und sie machte keinerlei Anstalten ihn aufhalten zu wollen. Was gut war. Er fuhr fort, einen quälenden Knopf nach dem anderen zu öffnen, dann zog er das Korsett ihres Kleides hinunter und legte eine ihrer perfekten kleinen Brüste frei. Er stöhnte, als er sich beugte, um sie zu küssen. Ehrfürchtig. Sie war die lieblichste, begehrenswerteste Frau, die jemals erschaffen wurde. Guter Gott im Himmel, was hatte er jemals getan, um solche Wonne zu verdienen?

Er umschloss ihre Brustwarze mit seinen Lippen und sie jubelte vor Vergnügen und hielt ihn fest, als würde sie ihn nie wieder loslassen wollen.

Ihre Hüfte wölbte sich seiner entgegen. Seine Felicity war keine Jungfrau. Sie hatte schon mit einem Mann geschlafen. Sie wusste, was sie tat, was sie ihm mit ihrer unaufhörlichen reibenden Bewegung antat. Sie wollte ihn lieben.

Aber er konnte sie hier nicht nehmen. Seine Felicity sollte von ihm auf dem Bett einer Königin geliebt werden, als die Frau, die er für immer ehren würde.

Dann tat Felicity etwas, das seine Entschlossenheit schnell und vollständig zerstörte. Sie legte ihre Hand auf seine Erregung. Sie will mich. Ein Chor von Engeln sollte im Himmel um sie herum singen.

Als sie ihre Hand *dort* über seine Länge streifte wusste er, dass er es nicht mehr länger ertragen konnte. Durch ihre Röcke hindurch begann er seine zärtlichen Hände ihre Oberschenkel hinaufgleiten zu lassen. Sie wimmerte jetzt stärker.

Er zog langsam ihren Rock hinauf, bis seine

Hand unter den Saum schlüpfen konnte. Als er die seidene Haut an der Innenseite ihrer Oberschenkel streichelte, spreizte sie die Beine.

Es war, als ob er sein ganzes Leben in Dunkelheit verbracht hatte bis zu diesem Moment, als die Sonne brennend heiß schien und eine geschmolzene Hitze durch ihn hindurch wallte. Er sah auf ihr Gesicht hinunter. Das Gesicht seiner Felicity. Ihre Augenlider waren gesenkt, ihre Lippen saugten an dem Stoff, der seine Schultern bedeckte, ihr Atem war unregelmäßig, schwerfällig.

Seine Finger glitten in sie. *Dort.* Sie war warm und feucht. Und einladend.

Er richtete seine Kniehosen und legte dann seine Hand wieder auf sie, in sie. Sie bewegte ihre Hüfte fieberhaft seiner entgegen. Er kam schnell und hart, sein Atem vibrierte in seinem Brustkorb, seine Gedanken explodierten vor Glückseligkeit. Und Wonne. Und Ungläubigkeit. Und der überwältigenden Genugtuung seinen Herzenswunsch erfüllt zu haben.

* * *

Es muss der Wein sein, sagte Felicity sich, als sie Thomas schwach erlaubte ihre Hand zu liebkosen. Mit jedem zarten Kuss wurde sie sich seiner sexuell mehr bewusst. Sie verlangte danach, ihn nahe an sich zu spüren, so nahe wie Haut an muskulösem Körper, mit ihren Fingern durch das schwarze Haar auf seiner Brust zu fahren. Ihn tief in sich pulsieren zu fühlen.

Als er sie dann geküsst hatte, war es sie, die kühn ihre Lippen geöffnet hatte. Aber sie hatte ihrem körperlichen Verlangen immer noch nicht ganz nachgegeben. Dann schweiften ihre Gedanken zurück, als sie geglaubt hatte, ihn an

Carlotta verloren zu haben und seine Lippen niemals wieder auf ihren spüren zu können. Sie hatte um noch eine Chance gebettelt, und nun schwelgte sie in der Sinnlichkeit von Thomas Moreland. Ihre zweite Chance war gekommen.

Dieser Moment von leidenschaftlichem Vergnügen machte all die Jahre, die sie in Trauer gehüllt verbracht hatte, wieder gut. *Thomas fühlt etwas!* Sie sagte es sich wieder und wieder. *Thomas fühlt etwas für mich!* Nichts anderes zählte. Niemand anderer existierte, nur ihr dunkler Geliebter.

Trotzdem merkte sie, dass der lang erwartete Kuss nicht genug war. Sie wollte mehr. Sie wollte ihn mehr als alles andere in sich fühlen. Nur das würde ihre Verbindung vervollständigen. Ihre und Thomas'. Sie mussten Eins werden.

Ja, es war bestimmt der Wein, der sie vergessen ließ, dass sie eine Lady war, dass sie keine Privatsphäre hatten. Alles, was in diesem Moment wichtig war, war, dass Thomas sie in Besitz nahm. Es war ganz bestimmt der Wein, der sie antrieb, sich so leichtsinnig zu benehmen.

Sie war machtlos als seine Finger begannen ihre Pelisse aufzubinden. Und als er mit seinen Lippen ihre Brust umschloss, dachte sie, sie würde von der brodelnden Hitze, die sie durchdrungen hatte, in Flammen aufgehen.

Jetzt, da sie Thomas' Lebenselixier in sich spürte, konnte sie es ebenso wenig aufhalten, wie sie die Sterne vom Nachthimmel pflücken konnte. Sogar wenn sie es aufhalten wollte. Was sie nicht tat.

Bald fühlte sie Thomas' Essenz ihre Schenkel hinunterrinnen, konnte sich aber immer noch nicht von ihm trennen. Hier – in Thomas' Armen und miteinander verbunden – war, wo sie in ihren Träumen sein wollte. Sie konnte nicht ertragen es zu beenden, auch nicht als ihr Rhythmus sich verlangsamte und ihr Atem sich beruhigte.

Dann zog Thomas sich plötzlich zurück, zog überstürzt seine Kniehosen hinauf und glättete ihren Rock. „Es kommt jemand!", warnte er sie mit Dringlichkeit in seiner Stimme.

Sie stand still und lauschte, dann hörte sie Carlottas Lachen. Zum Glück hatte Thomas sie gehört. Wie schockierend es wohl gewesen wäre, hätte man sie mit erhobenen Röcken gesehen, als Thomas sich mit ihr vergnügte.

Dann, völlig unerwartet, traf der Übermut ihrer eigenen Taten Felicity wie ein Eimer mit Eiswasser.

Ihr Mund öffnete sich und sie sah Thomas mit wässrigen Augen an. „Was Ihr von mir denken müsst", murmelte sie und senkte ihre Augen vor Scham.

Er kam ihr näher und hob ihr Kinn besitzergreifend. „Ich liebe Euch. Ihr seid die wunderbarste Frau, die ich je gekannt habe."

Sie schlug seine Hand fort, als Tränen in ihre Augen schossen. „Bitte lasst mich alleine", flüsterte sie, als sie den Saum ihres Kleides hob und davonlief.

* * *

Der Colonel träumte von Felicity. Sie öffnete gierig ihre Lippen, aber es war nicht er, der sie spürte. Etwas Düsteres und Deprimierendes nagte an ihm. Dann wurde ihm bewusst, was es war. Felicity würde ihn nicht küssen. Der Emporkömmling hatte ihre Küsse und ihr Herz gestohlen.

Er erwachte ruckartig, setzte sich auf und

bemerkte, dass er geträumt hatte. Er sah, dass alle Decken leer waren. Alle waren zu den Ruinen gegangen. Felicity vergnügte sich gerade zweifellos mit dem Emporkömmling. Verdammt.

Sein Blick schweifte zu dem Hügel wo die Ruinen standen, und er sah eine blonde Frau in Blau den Hügel hinab in seine Richtung laufen. Felicity.

Als sie näher kam sah er, dass ihre Pelisse offen war, wo sie aufgeknöpft worden war.

Und er wusste es.

Er würde schnell agieren müssen.

Kapitel 29

Es war der Wein, sagte sich Felicity als sie sich
auf die Decke setzte und Thomas nachdenklich
dabei beobachtete, wie er sich auf den Weg den
Hügel hinab machte. Wie sonst konnte sie ihr
leichtsinniges Benehmen erklären? Was für
schreckliche Dinge er über sie denken musste!
Natürlich hatte er ihr gesagt, dass er sie liebte,
aber welcher Mann würde einer Frau, die ihm
gerade kompletten Zugang zu ihrem Körper
gewährt hatte, diese Worte nicht sagen?

Michael hatte ihr von dem männlichen
sexuellen Trieb erzählt. Nein, er hatte mehr getan,
als ihr davon zu erzählen, er hatte es ihr gezeigt.
Männer würden nie genug davon bekommen,
Frauen zu lieben. Sie waren nicht wie Frauen.
Michael hatte ihr gesagt, dass die meisten Männer
nicht einmal verliebt in die Frau sein mussten,
um mit ihr ins Bett zu gehen.

Thomas Moreland war eindeutig ein Mann.
Mehr als jeder, den sie je gekannt hatte. Sogar
Michael. Thomas musste mit vielen Frauen von
leichter Tugend im Bett gewesen sein. Frauen wie
sie, dachte sie betrübt. Sie hatte ihn bestimmt
verloren, nachdem sie so töricht ihre Kontrolle
verloren hatte. Welcher Gentleman würde sich mit
einer Dirne wie ihr abgeben wollen?

„Ich wünsche in Mr. Blankenships Kutsche
nach Hause zu fahren", sagte Felicity zum
Colonel.

„Dann werde ich mich auf die Fahrt freuen",
antwortete Gordon. Vielleicht war es der Alkohol,
der seine Antwort abschwächte, denn der Stimme
des Colonels fehlte der übliche Jubel, der seine
Worte sonst unterstrich, wenn sie ihn mit ihrer
Gesellschaft ehrte. *Konnte er Bescheid wissen?*
Über Thomas und mich?

Als Thomas zu den Decken zurückkehrte, wo
alle Spuren ihres Mahles verschwunden waren,
setzte er sich wieder neben Felicity und schenkte
sich ein Glas Wein ein. „Mehr Wein, Mrs.
Harrison? Colonel?"

„Ich denke, der Colonel und ich haben beide
schon viel mehr getrunken, als wir sollten."

„Ja", sagte der Colonel, „Wahrscheinlich war es
deswegen, dass meine Augenlider so teuflisch
schwer wurden."

Thomas' Gesicht war grimmig. „Das kann es
mit Sicherheit verursachen."

Wenn der Wein sie nur so beeinflusst hätte wie
den Colonel, jammerte sie. Aber, oh nein, er hatte
sie in ein Flittchen verwandelt.

Bald kam Blanks mit Carlotta und Glee zurück.
Carlotta lachte und war guter Dinge; Glee ruhig
und ernst.

„Ich glaube, ich möchte in Eurer Kutsche
zurückfahren", sagte Felicity zu Blanks.

„Dann tausche ich mit dir Platz", zischte Glee.

Mit gerunzelter Stirn blickte Felicity zu ihrer
Schwester. Was konnte sie wohl derart betrübt
haben? Sie war am Morgen so begeistert gewesen.

Aber das war Felicity auch gewesen. Nun würde
sie gerne ihr Gesicht verstecken, um Thomas
nicht sehen zu müssen. Nachdem sie ... Oh, wie
konnte sie sich nur derart unschicklich verhalten
haben?

Es war nicht nur der Wein. Thomas'
Berührungen hatten die Macht, sie jegliches
Gefühl für richtig und falsch verlieren zu lassen.
Sie konnte nur sich selbst für ihr frevelhaftes
Benehmen zur Verantwortung ziehen.

Es vergingen weitere fünf Minuten, bevor
George und Diana zurückkehrten. Mit feuchten
Augen bemerkte Felicity, dass Dianas Pelisse
ebenfalls aufgeknöpft war. Dann wurde ihr
schlagartig bewusst, dass sie ihre noch nicht
wieder zugeknöpft hatte. Ein schneller Blick auf
ihre Brust bestätigte die enttäuschende Wahrheit.
Nun war es zu spät sie zuzuknöpfen. Sie konnte
nur eines tun. Sie musste so tun als wäre ihr
schrecklich warm geworden.

„Ich muss sagen, dass man ins Schwitzen
kommt, wenn man diese Hügel hinaufsteigt. Nicht
wahr, Diana?"

Dianas Blick fiel auf ihre geöffnete Pelisse. „Ja,
mir wurde schrecklich heiß."

„Ich dachte, es war äußerst angenehm", setzte
Carlotta entgegen.

Es war eindeutig, dass Carlotta nicht ins
Schwitzen gekommen war.

Blanks wandte sich an Glee. „Habt Ihr es heiß
gefunden, Miss Pembroke?"

„Es war sehr angenehm, danke."

Warum nur war Glee so kurz angebunden und
verdrießlich? Sie hatte Felicity und Thomas doch
hoffentlich nicht beobachtet!

„Ich sehe, dass meine Diener die Reste unseres
Picknicks aufgeräumt haben", bemerkte Thomas.

„Nun, wir haben gegessen und wir sind zu den
Ruinen gewandert", sagte Blanks. „Sonst jemand
bereit dafür, nach Bath zurückzukehren?"

„Ich denke, wir alle sind bereit", sagte der

Colonel. Seine Stimme war nicht mehr verbittert, so wie sie es früher am Nachmittag gewesen war.

Als Felicity dort saß, noch immer feucht von Thomas' Essenz, betete sie, dass es nicht durch ihre Röcke sickern würde. Sie betete auch, dass sie nicht mehr viel länger neben ihm sitzen musste. Sie musste von ihm fort. Fort von seiner lähmenden Gegenwart und der Leichtsinnigkeit, die er in ihr hervorrief.

Thomas erhob sich zuerst. Er bot Glee eine Hand an, dann folgten George und Diana. Thomas wandte sich Felicity zu und bot ihr seine Hand an, aber es war zu spät. Der Colonel hatte ihr bereits geholfen. Mit feuchten Augen und einem Ziehen in der Brust beobachtete Felicity wie Glee und Thomas auf seine Kutsche zugingen. Mit bleischweren Beinen ging sie neben dem Colonel, der Blanks zu seiner Kutsche folgte.

Auf dem Weg nach Bath sprach Felicity wenig und gab dem Colonel, der versuchte sie in ein Gespräch zu verwickeln, keinerlei Ermutigung. Sie ignorierte wie Blanks mit Carlotta flirtete, da ihre Gedanken bei der seltsamen Verbindung waren, die zwischen ihr und Thomas stattgefunden hatte.

Ihre Wange glühten, als sie sich daran erinnerte, wie sie ihre Hand auf ihn legte, unterhalb der Taille. Er musste sie für überaus voreilig und ungestüm halten. Mit ihrem abscheulichen Benehmen hatte sie sicher seine Zuneigung verloren.

Als Blanks' Kutsche vor ihrem Stadthaus ankam, flog sie in ihr Haus, rannte die Treppe hinauf zu ihrer Kammer und verriegelte die Türe hinter sich. Sie wollte niemanden sehen. Sie wollte in dem Augenblick nichts anderes, als Thomas niemals wieder gegenübertreten zu müssen.

Sie würde Bath verlassen müssen. Aber wie konnte sie das tun? Sie hatte das Geld von Thomas. Natürlich konnte sie es nicht mehr annehmen. Nicht jetzt. Jetzt, da sie sich die Summe wahrhaftig verdient hatte, genauso wie eine Geliebte ihren Unterhalt verdient. Ihre Wangen wurden heiß.

Sie konnte Thomas niemals wieder gegenübertreten. Als die frevelhafte Kreatur, die sie war.

Eine Stunde später informierte Stanton sie darüber, dass Thomas in der Halle war und darum bat mit ihr zu sprechen.

„Sag ihm ich bin nicht hier", wies Felicity ihn an.

Ihre Antwort war dieselbe am folgenden Tag, als Thomas zu Besuch kam. Sie wagte es nicht, ihr Haus zu verlassen, aus Angst ihn sehen zu müssen. Würde sie niemals wieder frische Luft einatmen?

* * *

Es waren drei Tage vergangen, seitdem Felicity sich ihm so freizügig hingegeben hatte. Drei Tage in der Hölle. Wie konnte ein Akt, der für ihn so wundervoll gewesen war, ihm so viel Schmerz bringen? Verstand Felicity – seine Felicity – nicht wie innig er sie liebte? Den Boden, auf dem sie ging, anbetete?

War sie sich nicht der Tatsache bewusst, dass seit sie sich ihm so komplett hingegeben hatte, er sie sogar noch mehr liebte, als er es je für möglich gehalten hätte? Mit jedem Atemzug dachte er an sie. Sehnte er sich nach ihr.

Trotzdem hatte sie abgelehnt, ihn zu sehen. Er war jeden Morgen und jeden Nachmittag an ihrer

Haustüre gestanden, und immer hat der Butler
ihm dieselbe Lüge vermittelt. *Mrs. Harrison ist
nicht hier.*

Schlussendlich war er zusammengebrochen
und hatte ihr einen langen Brief geschrieben, in
dem er versuchte die Tiefe seiner Gefühle für sie
aufzuzeichnen. Es hatte eine lange quälende
Nacht gedauert ihn zu schreiben. Er musste
betonen, wie wichtig sie ihm war – wichtiger jetzt,
da sie ihm erlaubt hatte, sie so inniglich zu lieben.

Nachdem ein Tag ohne Antwort vergangen war
und er immer noch davon abgehalten wurde sie
zu sehen, wurde ihm klar, dass sie den
ungeöffneten Brief ins Feuer geworfen haben
musste. Sie würde seinen Wünschen nicht
nachgeben. Niemals wieder.

Er musste sie unbedingt sehen. Er hatte keine
andere Wahl, als auf Georges Erbarmen zu hoffen.
Mit diesem Gedanken ging Thomas zu seinem
großen Schreibtisch, nahm ein Papier und begann
dem Bruder seiner Geliebten in einem Brief sein
Herz auszuschütten. Dann las er den Brief und
entschloss sich ihn zu zerreißen. Es war viel
besser mit Sedgewick persönlich zu sprechen.

Obwohl es neun Uhr abends war, ließ er nach
seinem Pferd schicken und zog seinen Mantel an.
Zehn Minuten später klopfte er an die Türe des
Hauses in der Charles Street.

„Mrs. Harrison ist nicht hier", sagte ihm der
Butler.

„Es ist nicht Mrs. Harrison, die ich zu sehen
wünsche", antwortete Thomas. „Ich bin
gekommen, um mit ihrem Bruder zu sprechen."

Mit einem Ausdruck des Misstrauens auf dem
Gesicht öffnete Stanton zaghaft die Türe. „Bitte
nehmt in der Bibliothek Platz. Ich werde Lord

Sedgewick mitteilen, dass Ihr hier seid."

Thomas war erfreut darüber, dass Sedgewick nicht mit Blankenship unterwegs war.

Einen Moment später betrat George das Zimmer, erblickte Thomas und war beunruhigt. „Ist alles in Ordnung?"

Thomas lächelte. „Alles ist in Ordnung, was meine Schwester betrifft. Ich wünschte, ich könnte das Gleiche über mich sagen."

George zog seine Augenbrauen besorgt zusammen. „Wo liegt das Problem? Kann ich irgendwie behilflich sein?"

Thomas lachte verbittert. „Mein Problem liegt bei Eurer starrköpfigen Schwester."

George zuckte mit den Schultern, dann setzte er sich in die Nähe von Thomas. „Weiß nicht, warum sie wieder verweigert Euch zu sehen, mein Freund. Ich wäre furchtbar reich, wenn ich Frauen verstehen würde."

„Ich glaube, ich weiß, warum Eure Schwester mich nicht sehen will."

„Ihr wisst es also?" George erwartete eindeutig, dass Einzelheiten folgen würden.

Aber Thomas nickte nur. „Ich bin heute hierhergekommen, um mich Eurer Gnade zu unterwerfen."

„Meiner Gnade?"

„Ich bitte Euch Felicity eine Nachricht von mir zu überbringen."

„Gerne!"

„Ihr sollt Ihr sagen, dass ich sie liebe. Dass ich niemals eine andere geliebt habe. Ich habe sie seit der Nacht, in der ich sie kennengelernt habe, geliebt." Er hielt einen Moment lang inne, dann räusperte er sich. „Sagt ihr, dass ich sie seit dem Tag bei den Ruinen mehr liebe, als ich es je für möglich gehalten habe. Sagt ihr, dass ich sie heiraten und für alle Ewigkeit ihr gehören will."

„Verstehe nicht, wie meine Schwester einer solchen Eloquenz die kalte Schulter zeigen könnte." George erhob sich. „Ich sollte mir ein Papier holen und alles aufschreiben. Will nichts Wichtiges vergessen."

Er kam einen Moment später mit Papier und Feder zurück. Er stand an dem Spirituosenkabinett, legte das Papier darauf und begann zu schreiben. „Erstens. Ihr liebt sie. Zweitens. Schon immer. Drittens ..."

Thomas unterbrach ihn. „Zweitens ist, dass ich sie seit der Nacht geliebt habe, an der ich sie kennengelernt habe."

George nickte. „Genau. Lasst mich das hinzufügen." Er schrieb für eine Weile, dann sagte er, „Drittens, seit dem Tag bei den Ruinen liebt Ihr sie mehr als je zuvor." George warf Thomas einen glänzenden, bewundernden Blick zu. „Stimmt das?"

„Das tut es."

„Viertens wollt Ihr sie heiraten. Fünftens. Ihr wollt für immer mit ihr leben. Ist das alles?"

„Alles, außer: wann kann ich erwarten, dass Ihr diese Information an sie weitergebt. Ihr müsst wissen, dass ich wie auf glühenden Kohlen sitze."

„Durchaus, wie ich mir vorstellen kann. Ich kann nur sagen, dass ich dankbar dafür bin, dass Eure Schwester nicht derart zur Flucht geneigt ist wie meine Schwestern. Ich werde versuchen, noch heute mit ihr zu sprechen, aber Ihr wisst, wie unberechenbar Frauen sind."

Thomas lächelte. „Werdet Ihr Felicity bitten mir eine Antwort zu schicken? Wenn es eine Zustimmung ist, werde ich hierher fliegen und auf ein Knie gebeugt um ihre Hand anhalten."

Georg faltete das Papier. „Ich werde ihr alles sagen."

* * *

Obwohl schon drei Tage vergangen waren, war Felicitys Türe immer noch verriegelt. Nur Lettie wurde es erlaubt, Felicity bescheidene Mahlzeiten zu bringen, obwohl Felicity verkündete, dass sie sterben wollte. Solche Gedanken erstreckten sich allerdings nicht so weit, dass sie *jegliches* Essen ablehnte.

George klopfte an ihre Kammertüre.

„Wer ist da?"

„Ich bin es, George. Ich muss mit dir sprechen."

Sie durchquerte das Zimmer und öffnete ihm die Türe. Er kam in ihre Kammer und ließ sich auf ihr Bett fallen.

Sie sah ihn an und hoffte, dass nichts zwischen ihn und Miss Moreland gekommen war. „Worüber wolltest du mit mir sprechen?"

„Moreland ist gerade gegangen." Er nahm das Papier aus seiner Hosentasche und entfaltete es.

„Ich will nichts, das er zu sagen hat, hören", protestierte sie.

„Dies ist kein Brief an dich, musst du wissen."

Ihre Augenbrauen wölbten sich.

„Ich werde mich beeilen, und du musst gut zuhören." Sein Blick schweifte für eine Sekunde über das Papier, dann sah er sie wieder an. „Moreland liebt dich. Hat dich seit jener Nacht geliebt, in der er dich kennengelernt hatte. Er sagt, er liebt dich sogar noch mehr, seitdem etwas bei den Ruinen passiert ist, und er will dich heiraten und dich haben – nein, es soll heißen, dass ihr euch habt – bis in alle Ewigkeit."

Er blickte auf und sah wie sich Tränen in ihren

Augen sammelten. „Was ist los, Liebes?"

„Siehst du es nicht? Er fühlt sich verpflichtet, um mich anzuhalten, weil er befürchtet meinen guten Namen beschmutzt zu haben."

„Oh", sagte George und war nicht imstande den Blick seiner Schwester zu treffen. „So habe ich es nicht gesehen." Er war einen Moment lang still. „Aber ich schwöre, dass dem nicht so ist, Liebes. Er hat mir an dem Tag, als ich um Dianas Hand angehalten habe, gesagt, dass er in dich verliebt ist."

„Wirklich?"

„Ja, wirklich. Kannst du ihm nicht glauben?"

Tränen fielen über ihre hellen Wangen, aber sie machte keine Anstalten, sie wegzuwischen. „Ich weiß nicht, was ich denken soll. Versetze dich in meine Lage. Ich kann keinen Mann annehmen, dessen Angebot nur auf Edelmut beruht."

„Es ist nicht Edelmut, Schwester. Der Mann liebt dich wahrhaftig und das seit dem Tag, an dem er dich zum ersten Mal getroffen hat. Wenn du es wissen willst, er sieht elend aus. Ich wette, er hat die letzten drei Nächte kein Auge zugetan. Er bittet dich um eine Antwort. Wenn er auch nur ein bisschen so fühlt, wie ich an dem Tag, an dem ich um Dianas Hand angehalten habe, würde er wohl durch einen Schneesturm gehen, um eine Antwort zu bekommen."

Felicity ging zu ihm, um ihn zu umarmen. „Ich danke dir. Du hast mein Herz um vieles leichter gemacht." Sie trat zurück und wurde sich bewusst, dass sie keine Scham empfunden hatte, als sie ihrem Bruder praktisch gesagt hatte, dass sie und Thomas sich bei den Ruinen geliebt hatten. „Ich werde ihm morgen meine Antwort geben."

Kapitel 30

Nachdem George gegangen war, dachte Felicity über die Tatsache nach, dass sie sich nicht geschämt hatte, als sie ihrem Bruder erzählt hatte, dass sie Thomas geliebt hatte. Könnte das etwas bedeuten? War das, was zwischen ihr und Thomas passiert war, vielleicht gar nicht so schrecklich, da sie einander wahrhaftig liebten? Denn sie wusste ohne jeglichen Zweifel, dass sie ihn liebte, und sie fing an zu verstehen, dass er sie genauso lieben musste.

Als sie sich hinlegte um zu schlafen, machte sich Hoffnung in ihrem verletzten Herzen breit. Morgen würde sie Thomas die Wahrheit sagen. Dass sie ihn liebte, wie sie Michael niemals geliebt hatte. Wie sie niemals dachte, einen Mann lieben zu können. Morgen würde ihr Thomas sie bitten, seine Frau zu werden.

Und sie würde seinen Antrag annehmen.

Mit derart glücklichen Gedanken schlief sie zum ersten Mal seit vier Tagen ein.

Als sie am nächsten Morgen bei strahlend schönem Wetter erwachte, bat sie Lettie ihr das blaue Kleid anzuziehen, das langsam so sehr zu ihrer Uniform wurde, wie für Lord Nelson sein dunkelblauer Mantel. Dann klopfte Stanton an ihre Kammertüre.

Ihre Brust fühlte sich leicht und schwerelos an. Sie könnte in den Himmel hinaufschweben. Thomas war hier. „Ja?", antwortete sie mit singender Stimme. *Thomas war gekommen.*

„Ihr habt einen Besucher, Madam. Colonel Gordon."

Nun fühlte sich ihre Brust an, als wäre sie von einem fallenden Baum getroffen worden. Es war nur Colonel Gordon. Sie würde dem Colonel heute mitteilen, dass sie ihn nicht mehr zu sehen wünschte. Sie würde schließlich bald seinen erbittertsten Rivalen heiraten.

Auch wenn sie niemals wieder mit ihrem geliebten Thomas sprechen würde, wusste sie, dass sie mit einem so verbitterten und bösartigen Mann wie Colonel Gordon keine Freundschaft aufrechterhalten konnte.

„Ich komme gleich", sagte sie mit schwerer Stimme.

Es war mehr als unumgänglich, dass sie Colonel Gordon so schnell wie möglich loswurde. Thomas würde bestimmt vor Nachmittag zu Besuch kommen.

Als sie den Salon betrat rammte er seinen Stock in den Teppich und zog sich hoch, um sie zu begrüßen.

„Setzt Euch, Colonel", sagte sie, ohne ihm ihre Hand zum Kusse zu reichen. Sie setzte sich auf die nahegelegene Sitzbank, sah ihn an und erkannte Kummer in seinem Gesicht. „Geht es Euch gut?", fragte sie.

„Es geht mir gut, meine Liebe, aber ich habe besorgniserregende Neuigkeiten zu berichten."

Sie hob fragend ihre Augenbrauen.

„Ihr erinnert Euch an Sergeant Fordyce und seine Frau aus Portugal?"

„Ja. Beth Fordyce war mir eine besonders gute Freundin. Sie leben nicht weit von Bath entfernt, nicht wahr?"

„Nur eine zweistündige Fahrt."

Sie senkte ihre Augenbrauen. „Sagt, was sind die besorgniserregenden Neuigkeiten, die Ihr mir bringt?"

„Ich habe einen Brief von Mrs. Fordyce erhalten. Es ist sehr traurig, meine Liebe. Sie schreibt, dass ihr Mann schwer krank ist und nicht mehr lange leben wird."

Ein Schatten huschte über Felicitys Gesicht. „Aber er war nicht älter als Michael ..."

„Ich weiß", sagte der Colonel. „Es ist wirklich eine Schande. Aus ihrem Brief geht hervor, dass er nach Euch gefragt hat. Er sagt, er müsste Euch die letzten Worte von Lieutenant Harrison mitteilen, bevor er selbst gehen kann."

„Aber Sergeant Fordyce war nicht bei Michael, als er starb!", forderte Felicity ihn heraus.

„In der Tat war er es." Die Vortragsweise des Colonels war so ernst wie ein Totengeläut. „Sergeant Fordyce fürchtete, dass die Worte Eures sterbenden Mannes zu hören, zu viel für Euch gewesen wäre. Euer Kummer, wenn Ihr Euch erinnert, war äußerst groß."

Was konnte Michael ihr mitzuteilen gewünscht haben? Warum hatte der Sergeant nicht zuvor mit ihr gesprochen? „Es ist vier Jahre her. Ich glaube, ich kann mit seiner Nachricht nun umgehen." Besonders, da sie nun Thomas hatte.

Seine Hand hielt den silbernen Griff seines Stockes neben sich fest. „Genau das habe ich Mrs. Fordyce geschrieben."

„Was *genau* habt Ihr ihr geschrieben?", fragte Felicity misstrauisch.

„Ich schrieb ihr, dass ich Euch heute noch zu ihnen bringen würde. Es ist noch nicht zehn Uhr. Wenn wir jetzt losfahren, können wir bis

Nachmittag wieder zurück sein."

Sie seufzte. Was für eine schreckliche Entscheidung zu treffen sie gezwungen war! An genau dem Tag, an dem sie Thomas ihre Antwort geben wollte. Der Tag, an dem sie ihn wiedersehen würde. Andererseits ... sie konnte ihm ihre Antwort schicken und ihn bitten, sie am Nachmittag zu besuchen. „Also gut", sagte sie. „Erlaubt mir meine Pelisse zu holen und meiner Familie mitzuteilen wohin ich fahre. Die Fordyces wohnen in Blye, nicht wahr?"

„Jawohl."

Felicity hastete die Treppe hinauf und setzte sich an ihren Schreibtisch in ihrer Kammer, wo sie einen Brief an Thomas verfasste. Ihre Nachricht war kurz: *Liebster Thomas, meine Antwort ist ja. Bitte kommt heute Nachmittag in die Charles Street. Mit all meiner Liebe, F.* Sie faltete das Papier, holte ihre Pelisse und Haube - die gleichen, die sie an dem Tag bei den Ruinen getragen hatte, als Thomas und sie ... Sie seufzte, als sie sich an seine sanfte Berührung und das Glück erinnerte, das sie überkam, wenn er sie berührte.

Sie hörte George in seinem Zimmer und klopfte an seine Türe. „George", rief sie.

Er öffnete die Türe und stand nur in seine Kniehosen gekleidet vor ihr. „Ja?"

„Ich muss mit dem Colonel nach Blye fahren, um meine alten Freunde aus Portugal zu besuchen, Sergeant und Beth Fordyce. Sarge ist schwer krank und verlangt nach mir, sagt Colonel Gordon. Wir kommen heute Nachmittag wieder zurück." Sie gab ihm den Brief für Thomas. „Bitte schicke ihn noch heute Morgen an Thomas Moreland."

Missbilligend nahm der den Brief. „Es gefällt mir nicht, dass du mit dem Colonel wegfährst. In der Tat möchte ich überhaupt nicht, dass du dich mit ihm abgibst. Er ist nicht ganz bei Sinnen, wenn du mich fragst. Er ist ein verbitterter alter Mann."

„Das streite ich nicht ab", setzte sie entgegen. „Ich plane tatsächlich meine Freundschaft mit ihm heute zu beenden."

„Gut", sagte er, „sag es ihm jetzt, so dass du nicht mit ihm gehen musst."

„Aber ich muss. Ich gehe nicht seinetwegen, sondern den Fordyces zuliebe. Sie waren unsere besten Freunde in Portugal."

„Ich kann es dir nicht ausreden?"

„Das kannst du nicht."

Er beobachtete ernsthaft, wie sie sich umdrehte um hinunterzugehen.

* * *

Ärger stieg im Colonel auf, als Felicity steif ihm gegenüber in der Kutsche saß. Eindeutig anders als sie neben dem Emporkömmling gesessen hatte. Dann lächelte er sein vergrämtes Lächeln. *Bald wird sie mir gehören.* Es war ihm egal, dass sie eine Liebe für einen anderen Mann in ihre Verbindung brachte. Alles, was für ihn zählte, war die Verbindung. Die Verbindung, die er seit fünf Jahren herbeigesehnt hatte. Die Verbindung, die ihn dazu gebracht hatte zu töten und sich selbst zu verstümmeln.

Felicity würde all das wert sein, sagte er sich. Er stellte sich vor ihre Kleidung abzunehmen, Stück für Stück – ein aufregendes Unterfangen. Er hatte so lange davon geträumt, und nun war er so nahe dran. Beim ersten Mal würde er ein Elixier in ihr Getränk mischen, um sie zu betäuben und sich so ihre Zustimmung zu sichern. Danach würde sie zustimmen müssen, dass sie ihm gehörte. Er würde sicherstellen, dass niemand jemals Anspruch auf seine Felicity haben würde.

Sie war seit fast zwei Stunden aus dem Fenster starrend in der Kutsche gesessen, ohne dass er mehr als ein paar Worte gesprochen hatte. Zu Mittag wurde sie misstrauisch. „Sind wir noch nicht in Blye? Es ist bestimmt schon länger als zwei Stunden.“

„Bald“, sagte er.

Dann hielt seine knallrote Kutsche vor dem Bull Pit Inn an.

Felicity starrte ihn an. „Warum halten wir hier an?“

„Wir dürfen nicht hungrig über Mrs. Fordyce hereinfallen. Die Frau hat schon genug um die Ohren. Wir rasten uns hier aus, dann fahren wir weiter nach Blye. Sollte nicht mehr weit sein.“

Er bemerkte, dass Felicity nicht antwortete und dass Zorn über ihr Gesicht huschte. Ja, es war sehr gut, dass er sie heute entführen würde. Heute, bevor er sie völlig an den nach Arbeiterklasse riechenden Rohling verlor.

Sein Diener besorgte ihnen einen privaten Salon. Felicity ließ sich auf eine Holzbank vor einem dazu passenden Tisch fallen und sah ihn in dem dunklen Raum finster an.

„Nur ein schneller Bissen“, erinnerte er sie. „Ich denke ein Teller Suppe ist genau das Richtige, um uns auf den Besuch vorzubereiten, der anstrengend zu sein verspricht.“

„Das wäre heute Kartoffelsuppe“, sagte die Gastwirtin als sie jedem ein Glas Bier brachte.

Felicity nahm ihre Haube ab und legte sie links

neben sich auf den Tisch, nahe genug zum Rand, so dass sein Stock sie hinunterziehen konnte.

Sie blies auf die dampfende Suppe und begann dann sie zu essen, war sich dabei nicht bewusst, dass der Stock des Colonels ihre Haube einen Zentimeter nach dem anderen zum Rande des Tisches zog, bis sie hinunterfiel.

„Oje", sagte der Colonel. „Mein Stock hat Eure Haube vom Tisch gefegt, meine Liebe."

Sie sah schnell zu ihm auf, bemerkte den Stock und sagte, „Ich hebe sie auf."

Als sie sich hinabbeugte, um die Haube aufzuheben, nahm er den Deckel von einer kleinen Flasche ab und tropfte sein Elixier in ihre Suppe, dann rührte er mit ihrem Löffel um.

Sie legte ihre Haube wieder auf den Tisch und aß einen weiteren Löffel Suppe. Dann noch einen. Sie gähnte ein Mal. Dann noch ein Mal.

Er lächelte.

Bald würde er sie in das Zimmer hinauftragen, dass sein Kutscher für sie gemietet hatte. Dann, später, nachdem er sich mit ihr vergnügt hatte, würde der Priester kommen und die Worte sagen, die sie komplett an ihn binden würden.

Wenn sie aufwachte, würde er ihr sagen, dass sie zu viel Bier getrunken hatte, so viel, dass sie zugestimmt hatte, seine Frau zu werden. Und wie es der Zufall so wollte, trug er in seiner Tasche eine Hochzeitslizenz.

* * *

Nachdem er Felicitys Nachricht gelesen hatte, zog Thomas seinen besten schwarzen Gehrock an. Er hatte den Brief wieder und wieder gelesen und sein Herz zersprang fast vor unbändiger Freude. *Sie wird mir gehören!* Natürlich konnte er nicht bis nachmittags warten, um sie zu sehen. Er würde gleich jetzt hingehen.

Er war überrascht, als Bryce ihm mitteilte, dass er Besuch hatte. Felicity hatte nicht gesagt, dass sie zu ihm kommen würde. Dies war noch besser, als er gehofft hatte! All diese Gedanken flogen durch seinen Kopf bis Bryce hinzufügte, „Ein Mr. Brown ist hier, um Euch zu sprechen."

Der Polizist! Thomas war beunruhigt. Was mag passiert sein, um den Polizisten hierher kommen zu lassen, wenn er Colonel Gordon folgen sollte?

Thomas hastete die Treppe hinunter und traf den Mann in seiner Bibliothek. „Setzt Euch", sagte Thomas.

„Kann nicht, Sir." Der Mann klang, als wäre er außer Atem. Als wäre er gelaufen. „Der Colonel hat das Haus in der Charles Street mit Mrs. Harrison vor über einer halben Stunde verlassen, und wie Ihr mir aufgetragen habt, bin ich ihnen gefolgt. Zu meiner Überraschung fuhr die rote Kutsche weiter und weiter, bis sie Bath verließ, dann Chippenham. Dann wusste ich, ich sollte zurückkehren und Euch informieren."

Thomas riss seine Uhr aus seiner Tasche. „Wann haben sie das Stadthaus verlassen?"

Der Mann sah auf seine eigene Uhr. „Um halb zehn."

Es war halb elf. Thomas fluchte und stürmte aus dem Zimmer. „Auf welcher Straße sind sie gefahren? Ist Chippenham nicht auf dem Weg zur North Road?"

„Das ist es."

Thomas stand wie angewurzelt. Gretna Green. Aber Felicity hatte ihm erst gestern gesagt, sie würde ihre Freundschaft mit dem Colonel beenden. Warum dann war sie mit ihm in seine Kutsche gestiegen? Sein Herz schlug so heftig, dass er kaum denken konnte. Er schrie nach seinem Butler und trug ihm auf, als er die Bibliothek betrat, sein Pferd sofort herzubringen.

Es sah noch einmal zum Polizisten. „Ging Mrs. Harrison freiwillig mit ihm?"

„Das tat sie, aber sie sah nicht sehr erfreut aus."

Du lieber Himmel, was hatte der Mann ihr gesagt? Plante er zu ... Thomas konnte nicht daran denken. Er musste etwas tun, um es zu verhindern.

„Ihr nehmt die London Road, ich nehme die North Road. Was auch immer geschieht, Ihr müsst sie von diesem Verbrecher befreien", schrie Thomas.

„Ich gebe Euch mein Wort", sagte der Mann.

Thomas nahm eine Pistole von der Wand und rief Bryce zu ihm Munition zu bringen.

Als seine Pistole geladen war, verließen er und Brown das Haus, sprangen auf ihre Pferde und machten sich auf den Weg.

Thomas dankte Gott dafür, ein schnelles Pferd zu haben. Und er dankte ihm noch mehr dafür, dass er ein besonders guter Reiter war. Trotzdem würde es äußerst schwierig werden, eine Kutsche einzuholen, die eine Stunde Vorsprung hatte. Er gab seinem Pferd die Sporen und Thunder flog dahin.

Thomas versuchte, sich die Gedanken des teuflischen Colonels vorzustellen, dann erinnerte er sich erschrocken daran, dass Colonel Gordon verrückt war. Er hatte wahrscheinlich für Felicity getötet. Ein ungutes Gefühl machte sich in seinem Magen breit, so als hätte er einen starken Whisky getrunken. Was wenn das Monster geplant hatte, Felicity zu verletzen? Warum hatte er sie nicht gewarnt?

Er knallte mit der Peitsche und Thunder lief noch schneller. Er musste zu Felicity gelangen bevor ... es zu spät war.

Schmerz durchfuhr ihn wie ein Blitz.

Kapitel 31

Nachdem er sich passend für den Tag angekleidet hatte, lief George die Treppe hinab. Er würde heute die drei Meilen nach Winston Hall gehen und seine Geliebte sehen.

Ein Klopfen ertönte an der Haustüre, und Stanton öffnete sie.

Die Stimme einer Frau war zu hören. „Beth Fordyce und Sergeant Fordyce. Wir wünschen Mrs. Harrison zu sprechen."

George erstarrte halbwegs die Treppe hinunter. Was zum verdammten Henker? Dann besann er sich und hielt Stanton davon ab das Paar abzuweisen. „Warte! Bitte sage ihnen, sie sollen hereinkommen." Er lief zwei Stufen auf einmal nehmend hinab.

Er gab Stanton nicht die Zeit ihnen anzubieten, sich zu setzen und hielt sie stattdessen im Foyer auf. Er musterte den großen Mann, der Sergeant Fordyce sein musste. „Ihr seid Sergeant Fordyce?"

Der Mann sah nicht nur vollkommen gesund aus, er klang auch so, als er antwortete. „Das bin ich."

„Aber meiner Schwester – Mrs. Harrison – wurde gesagt, dass Ihr sterbenskrank wäret. Sie ist mit Colonel Gordon auf dem Weg nach Blye."

Der Sergeant zog seine Augen zusammen. „Wer könnte Eurer Schwester eine derartige Lüge erzählt haben?"

„Ich glaube Colonel Gordon erhielt einen Brief

von Eurer Frau", sagte George.

Mrs. Fordyces Mund öffnete sich vor Erstaunen.

„Das ist lächerlich! Meine Frau würde dem Mann niemals schreiben. Ich kann ihn nicht leiden, und sie weiß es."

„Wirklich, ich schrieb ihm nicht", sagte Mrs. Fordyce. „Ich wusste nicht einmal, dass er in Bath ist."

George murmelte einen Fluch. „Ich hätte sie nicht mit dem Mann gehen lassen dürfen. Ich wusste er ist psychisch labil."

„Denkt Ihr er hätte Mrs. Harrison entführt?", fragte der Sergeant mit vor Sorge gesenkten Augenbrauen.

Seine Gedanken schweiften zu dem Picknick. Noch bevor Felicity ihm gesagt hatte, dass sie sich Moreland hingegeben hatte, hatte er es gewusst. Und wenn er es wusste, dann hatte der Colonel – der Felicity seit Jahren angebetet hatte – es auch gewusst. „Natürlich! Er hat sie entführt." *Vielleicht hatte er sogar vor, sie zu töten.* Ein kalter Schauer lief über seinen Rücken.

Der Sergeant lief in Richtung der Türe. „Kommt schon, meine Kutsche ist draußen. Wir müssen dem Unhold hinterher."

„Wartet", sagte George, „ich hole die Pistole meines Vaters."

* * *

Felicitys Mund öffnete sich zu einem langen Gähnen. „Ich weiß nicht, warum ich so müde bin. Ich habe letzte Nacht gut geschlafen."

Der Colonel beobachtete wie das Licht des Feuers in ihrem privaten Salon sich auf ihrem lieblichen Gesicht spiegelte. „Ich bin mir sicher, dass Euch die frische Luft draußen aufwecken wird. Kommt, meine Liebe, esst Eure Suppe auf."

Obwohl die Suppe nicht mehr heiß, war blies sie auf ihren vollen Löffel und schluckte dann seinen Inhalt.

Seine Augen tanzten, als er sie dabei beobachtete müder und müder zu werden. *Bald.*

Die Gastwirtin kam zu ihrem Tisch. „Kann ich Euch noch etwas bringen?"

„Ja, noch zwei Bier", sagte er.

„Ich weiß nicht", unterbrach ihn Felicity. „Es ist bestimmt das Bier, das mich so müde macht."

„Unsinn, meine Liebe. Ihr braucht nur frische Luft", sagte er.

Die Gastwirtin hob ihre Augenbrauen. „Wie viele Biere sollen es sein, Sir?"

„Zwei", sagte er eindringlich.

Er beobachtete gierig, wie Felicity ihre Suppe aufaß. *Bald.*

Die beschürzte Frau kam mit dem Bier zurück und ließ sie dann allein in dem Zimmer.

Felicitys Arm bewegte sich langsam, um das Bier zu ihren Lippen zu heben. Sie versuchte einen Schluck zu machen, war dazu aber nicht imstande. Ihre Augen fielen zu. „Ich weiß nicht, was mit mir los ..."

Sie konnte den Satz nicht vollenden. Sie verschüttete Bier auf ihr Kleid, dann brach sie auf der Bank zusammen und lag darauf ausgestreckt wie auf einem Bett.

Der Colonel sprang auf und benutzte den Tisch als Stütze, um zu ihr zu gehen. Eile war unbedingt erforderlich. Die Gastwirtin durfte Felicity so nicht sehen. Der Colonel beugte sich hinunter, legte einen Arm unter sie und zog sie hoch wie eine schlappe Puppe.

Wegen seines verkrüppelten Beines würde er

sie nicht die Treppe hinauftragen können. Er konnte nicht sie und seinen Stock halten. Hinzufallen wäre gar nicht gut. Es wäre höllisch schwer, wieder aufzustehen.

Wo zum Teufel war sein Kutscher? Er hatte ihm aufgetragen, in einer halben Stunde wieder zurückzukommen. Er konnte nichts anderes tun, als es alleine zu versuchen. Er konnte sich an die Wand lehnen. Wenn er es nur um die Ecke schaffen würde, könnte er es mit ihr bis zur Treppe schaffen. Dann konnte er sich am Geländer anhalten und sie beide Stufe für Stufe hinaufziehen, bis zu der Kammer, die für Colonel und Mrs. Gordon reserviert war. Das Problem würde darin bestehen, sich mit einer Hand am Geländer festzuhalten und zur gleichen Zeit Felicity im anderen Arm zu halten. Obwohl sie schmal gebaut war, war sie alles andere als federleicht. Schade, dass er nicht drei Arme hatte.

* * *

Sein Mantel flog wie Drachenflügel hinter ihm her, als Thomas sein Pferd anspornte. Er betete, dass der Colonel nicht die Kutsche gewechselt hatte. Die knallrote Kutsche würde als Signal dienen, um seine Gegenwart anzuzeigen. Was Thomas die Mühe ersparen würde, an jedem Gasthof unterwegs anhalten und nachfragen zu müssen. Er würde weiterreiten bis er die rote Kutsche des Mannes sah. Er betete, dass er nicht zu spät sein würde.

Obwohl er sich mit halsbrecherischem Tempo fortbewegte, wurde Thomas' Fortschritt von den vielen Dörfern auf dem Weg gehemmt. Er musste durch jedes durchreiten, um nach der unverwechselbaren Kutsche des Colonel Ausschau zu halten. Es gab nur wenige Kutschen zu sehen, und alle waren schwarz. Er ritt sogar bei den Mietställen vorbei, um zu sehen, ob der Colonel seine Kutsche darin versteckt hatte.

Ein Dorf schien für Thomas gleich wie das nächste. Eines nach dem anderen, und jedes hatte Gasthöfe und Ställe. Und kein Zeichen von dem auffallenden Gefährt des Colonels.

Nachdem er jedes Dorf verlassen hatte, ritt Thomas wie der Wind, um die verlorene Zeit wiedergutzumachen. Dann kam wieder ein Dorf. Und mehr verlorene Zeit.

Und kein Anzeichen seiner kostbaren Felicity.

Je weiter er ritt, desto sicherer wurde er, dass der Colonel seine geliebte Felicity tatsächlich entführt hatte. Was für eine grausame Intrige hatte der Colonel geplant? Siedend heiße Angst durchflutete Thomas. Er sagte sich, dass er alles annehmen könnte, was ihr zugestoßen war. Alles, außer ihren Tod. Und er fürchtete der Colonel würde sie eher töten, als jemand anderem zu erlauben, sie ihm zu nehmen.

Hatte der Colonel erraten, dass sie Thomas bei den Ruinen geliebt hatte? In der berauschenden Benommenheit einer Erinnerung dachte Thomas daran, wie ihre Pelisse aufgeknöpft war. Ihre Röcke waren bestimmt verknittert, nachdem er sie hochgeschoben hatte. An der Vorderseite. Trotzdem hatte diese Erinnerung die Kraft, ihn zu schwächen. Er erinnerte sich auch daran, wie beschämt sie gewesen war, als sie fortgelaufen war – zurück zu den Decken. Von wo aus der erwachende Colonel alles beobachtet hatte. Mit herzzerreißender Resignation erkannte Thomas, dass der Colonel es wusste.

Thomas galoppierte entlang einer von Bäumen gesäumten Straße in das nächste Dorf, dessen

Namen er nicht kannte. Er ritt langsamer, um gründlich nach der Kutsche des Colonel Ausschau halten zu können, aber sie war nicht in diesem Dorf. Er ritt bei dem Mietstall vorbei und warf einen Blick hinein. Es waren nur einige Pferde darin. Er setzte seinen Ritt durch das Dorf fort, sah nichts, kehrte um und raste zurück auf die Hauptstraße in Richtung der North Road.

Er war nicht mehr als eine Meile geritten, als Thunder lahmte.

* * *

Um einen besseren Ausblick zu haben, saß George mit dem Kutscher des Sergeants auf dem Kutschersitz. So würde er die grelle rote Kutsche des Colonels bestimmt erspähen. Mit jedem Hufschlag verfluchte sich George. *Warum habe ich sie gehen lassen? Wie konnte ich nur so verdammt dumm sein?* Er wusste, was der Colonel war, und trotzdem hatte er seiner Schwester erlaubt, mit diesem Monster fortzufahren. Wenn er sie nicht davon abhalten konnte zu gehen, hätte er wenigstens darauf bestehen sollen, mit ihr zu kommen. Wenn ihr irgendetwas passiert ... Nicht seitdem sein Vater eines plötzlichen Todes gestorben war, war George von solchen Gefühlen rohen Schmerzes erfüllt gewesen. Aber diesmal musste er sich selbst dafür zur Verantwortung ziehen. *Wenn er nur ...*

Er erinnerte sich an die Verbittertheit des Colonels an dem Tag, an dem sie zu den Ruinen gefahren waren. Und erkannte, dass der Colonel über Felicitys Liebe zu Moreland Bescheid wusste – er hatte wahrscheinlich erraten, dass sie und Moreland sich bei den Ruinen geliebt hatten. Und nun hatte der bösartige Mann Felicity entführt. Die Frage war, ob der Colonel plante sich Felicity aufzuzwingen – oder sie umzubringen?

Denn George hatte keine Zweifel daran, dass der Mann beider Taten fähig war. Er betete nur, dass der Colonel Felicity genug liebte, um ihr nicht das Leben zu nehmen.

Zum Glück war der Kutscher des Sergeants imstande die Pferde bei einer derartigen Geschwindigkeit unter Kontrolle zu halten. Sie eilten durch jedes der aneinandergereihten Dörfer entlang der North Road. Und in keinem war die Kutsche des Colonels zu sehen.

George betete, dass sie nicht zu spät kommen würden. *Zu spät wofür?* Was *hatte* der Colonel mit Felicity geplant? George war bedrückt, als er an seine liebe Schwester dachte, der Glee und er immer wichtiger waren, als sie sich selbst. Sie hatte in ihrem Leben nie etwas getan, womit sie ein derart grausames Schicksal verdient hätte. Sie hatte in ihrem kurzen Leben so wenig Glückseligkeit erfahren. Harrisons Tod war grausam genug für eine Frau. Und gerade als sie auf dem Weg war, mit Moreland wahres Glück zu finden – der sie so lieben würde, wie George Diana liebte – plante der Colonel ... was?

Wenn ich nur rechtzeitig eintreffen könnte.

Dann, als er sich an den einstündigen Vorsprung des Colonels erinnerte, sprach er einen Fluch aus.

* * *

Colonel Gordon war sich nicht bewusst gewesen, wie schwer seine Felicity war. Er hatte geglaubt sie zu kennen, so wie man sein eigenes Gesicht kennt. Er wusste genau, wie groß ihre reifen Brüste waren. Und wie zart ihre Taille. In den dunkelsten Nächten in seiner Kammer konnte er sich an jede einzelne schimmernde Strähne ihres Haares erinnern. Er hatte jedoch nicht gewusst, dass es so schwierig sein würde, sie zu tragen.

Sein Arm schmerzte davon ihren unbeweglichen Körper zu halten. Wo war sein verdammter Diener? Er musste den Salon verlassen, bevor die lästige Gastwirtin zurückkehrte. Er lehnte sich an die Wand, um nicht hinzufallen.

Ah, jetzt hatte er eine freie Hand. Er konnte sie nun mit beiden Händen halten. In kurzer Zeit hatte er sich bis zur Ecke des Raums geschleppt und war nun – dem Himmel sei gedankt – nahe der Türe zum Treppenhaus. Er stieß die Türe mit dem Fuß auf und sah sich um, um sicherzugehen, dass das Geräusch die Wirtin nicht alarmiert hatte.

Der Salon war immer noch dunkel und leer. Er schob Felicity zuerst durch die Türe und schwang sich dann hinterher. Er stieß die Türe zu und lächelte. Nun stand er am Fuße der hölzernen Treppe und sah hinauf. Wie sehr sein Bein ihn doch schmerzte, wenn er Treppen hinaufstieg. In seinem eigenen Haus hatte er das Wohnzimmer in seine Kammer verwandelt, um keine Treppen steigen zu müssen.

Verdammt! Wo war sein verdammter Kutscher?

Die Tatsache, dass es untertags war und niemand zu den Zimmern hinaufgehen würde, bescherte ihm Trost. Die Zimmer im Gasthof waren meist nur in der Nacht besetzt. Und da es Nachmittag war, würde das Zimmermädchen die Zimmer bereits geputzt haben. Er sollte das Treppenhaus für sich alleine haben. Er konnte sich Zeit lassen. Nach jedem Schritt rasten. Und hoffentlich würde sein Diener bald kommen, um ihm Felicity aus den Händen zu nehmen – im wahrsten Sinne des Wortes.

* * *

Thomas verfluchte das Pferd. Verfluchte sich selbst. Am meisten verfluchte er den Colonel. Unter normalen Umständen würde er absteigen und sein Pferd langsam zurück zu einem Stall führen. Dies war schließlich kein einfacher Gaul. Es war eines der besten Pferde in England. Es hatte ihn vierhundert Guineas gekostet. Aber heute war die Rettung des Pferdes Thomas' geringste Sorge.

Also kehrte Thomas um, grub seine Fersen in den Bauch des Pferdes und zwang es zurück in das Dorf, das sie soeben verlassen hatten. Vor nur fünf Minuten war er darüber erfreut gewesen, dass Thunder so schnell gewesen war, nachdem sie das Dorf verlassen hatten. Jetzt bereute er jeden Meter, den sie geritten waren. Denn es bedeutete eine längere Rückkehr.

Schlussendlich stieg Thomas ab und band Thunder an einen Baum. Dann ging Thomas zu Fuß. Er hatte lange Beine und konnte schnell laufen. Das würde viel schneller sein als auf Thunders Rücken in das Dorf zu hinken.

Zehn Minuten später verlangsamte sich Thomas, außer Atem, als er den Mietstall sah. Eine Minute später trat er ein. „Beeilt Euch!", bellte er. „Ich muss ein Pferd mieten. Sofort."

Ein junger Mann hörte auf einen Wallach zu bürsten und trat aus dem Stall. „Ich kann Euch helfen."

Thomas griff in seine Tasche und bot dem Mann eine Hand voll Münzen an. „Beeilt Euch. Sattelt Euer schnellstes Pferd so schnell wie möglich."

Als der Mann einen Sattel auf ein Pferd aufwarf fragte Thomas, „Habt ihr vielleicht eine rote Kutsche vorbeifahren sehen?"

„Das habe ich tatsächlich, Sir", sagte der Mann. „Ich bin vor ungefähr einer halben Stunde draußen gesessen und habe geglaubt zu träumen, als ich eine rote Kutsche die North Road entlangfahren sah."

Thomas' Herz schlug hart. Vielleicht war es nicht zu spät. Er hatte bereits eine halbe Stunde auf den Colonel gut gemacht.

„Würdet Ihr sagen die Kutsche sei schnell gefahren?"

Der Mann dachte kurz nach. „Nicht wirklich. Ich würde sagen sie war mit normaler Geschwindigkeit unterwegs."

Gott sei gedankt.

In weniger als zwei Minuten saß Thomas auf dem Rücken des Tieres und flog beinahe aus dem Dorf, ermutigt von dem Gedanken, dass ein einziges Pferd viel schneller war als eine Kutsche.

Er musste Felicity erreichen.

Kapitel 32

Der Kutscher des Colonels erschien endlich, als Colonel Gordon die Hälfte der Treppe geschafft hatte. „Es ist verdammt an der Zeit, dass du herkommst", knurrte der Colonel. „Hier, trage meine zukünftige Braut."

Der Mann sah Felicity lange an. „Seid Ihr sicher, dass es ihr gut geht?"

„Ziemlich sicher", sagte der Colonel. Riechst du nicht das Bier an ihr? Sie hat einfach zu viel getrunken. Wenn sie sich erst ausgeschlafen hat, wird sie wieder ganz die Alte sein."

„Wie Ihr meint, Sir", sagte der kräftige Kutscher und bückte sich, um Felicity aufzuheben. Er warf sie über die Schulter, als wäre sie ein zusammengerollter Teppich.

„Welche Nummer hat das Zimmer, das du gebucht hast?", fragte der Colonel.

„Zimmer Nummer Fünf."

Ohne seinen Stock hielt sich der Colonel am Geländer fest, als er schmerzerfüllt den Rest der Treppe hinaufstieg. Dann lehnte er sich an die Wand und schob sich Zentimeter um Zentimeter entlang, wobei er sich auf die Kraft seines gesunden Beines stützte. Das erste Zimmer hatte Nummer Eins. Er fluchte. Der Colonel schob sich entlang des schlecht beleuchteten Ganges bis er zum Zimmer Nummer Fünf kam. Die Türe war offen, und der Kutscher legte Felicity gerade aufs Bett.

Der Colonel betrat das Zimmer und blickte auf Felicity. Schiere Aufregung erfüllte ihn wie Wasser, das aus einem Brunnen sprüht. „Geh zurück in den Privatsalon und hole meinen Stock", schnauzte Gordon.

„Jawohl, Sir." Der Kutscher verließ das Zimmer und schloss die Türe hinter sich.

Wie schwer es auch war, nicht sofort in Felicity einzutauchen, der Colonel beschloss zu warten, bis der Kutscher wiederkam. Er hatte sehr lange auf diesen Moment gewartet und wünschte, nicht gestört zu werden.

Kurz darauf klopfte der Kutscher an die Türe, drehte den Türknauf und trat ein. „Hier ist der Stock, Sir. Braucht Ihr mich noch?"

Der Mann musste den Priester holen. „Ja. Du musst mein Fenster beobachten. Wenn du dort ein weißes Tuch flattern siehst, musst du ins Pfarrhaus gehen und den Priester hierherholen. Du sollst ihm sagen, dass meine Geliebte im Sterben liegt und ich sie zu heiraten wünsche, bevor sie stirbt. Hast du verstanden?"

„Habt Ihr nicht gesagt, es ginge ihr gut?"

„Es geht ihr gut, du Idiot. Denke nicht nach. Tu einfach, was ich dir aufgetragen habe."

„Woher soll ich wissen, um welches Fenster es sich handelt?"

„Du verdammter Idiot! Es gibt nur zwei Fenster auf dieser Seite, und es wird das einzige sein, aus dem ein weißes Tuch flattert." Zorn kam in seinen Augen auf.

„Ich mache genau, was Ihr sagt, Sir. Stellt sicher, dass Ihr das Tuch eine Weile lang aus dem Fenster wehen lässt. Ihr könnt Euch nicht darauf verlassen, dass ich es sofort sehe, wisst Ihr?"

„Und wie verdammt gut ich das weiß, du Idiot!"

Nun, da er seinen Stock hatte, humpelte der
Colonel zur Türe und verriegelte sie hinter dem
Ochsen. Dann drehte er sich um, damit er Felicity
betrachten konnte. Nachdem er sie fünf Jahre
lang angebetet hatte, würde er sie nun - endlich -
genießen können. Und er war sich ihres willigen
Körpers sicher. Kein verdammter Kampf.

Er hinkte zum Bett und sah lächelnd auf ihr
schönes Gesicht hinab. „Nun werde ich für den
Rest meines Lebens dein Gesicht auf dem Kissen
neben mir sehen, meine Geliebte."

Er wollte mehr von ihr sehen. Alles. Aber sein
anschwellendes Bedürfnis war zu groß. Er musste
zuerst sein eigenes Vergnügen suchen. Er setzte
sich auf einen Stuhl, um seine Stiefel
auszuziehen. Dann, vor steigendem Verlangen
zitternd, zog er seine Kniehosen aus und wandte
sich ihr zu.

Genau in diesem Augenblick hörte er, wie sich
der Türknauf drehte. Wer auch immer es war,
konnte die Türe nicht öffnen. Der Colonel stieg auf
das Bett neben Felicity und verlagerte sein
Gewicht auf seine Knie.

Etwas krachte durch die Türe. Sie brach, und
ein Loch klaffte in ihrer Mitte. Die Hand eines
Mannes griff durch die Öffnung und entriegelte
die Türe.

Als nächstes stürmte Thomas Moreland mit
einer Pistole in der Hand und deutlich
erkennbarer Wut in seinem Gesicht in das
Zimmer. Sein Blick schweifte über das Bild, das
sich ihm bot. „Ich werde Euch töten, Gordon!"
Thomas warf sich auf ihn. Der Colonel fiel zurück
auf das Bett. Seine Hand konnte die Hosen, die er
gerade abgelegt hatte, erreichen. Moreland flog
über das Fußende des Bettes. Als Morelands

Faust in sein Gesicht knallte, zog Gordon ein Messer aus seiner Hosentasche.

Er ergötzte sich an der Angst, die sich auf Thomas' Gesicht breitmachte, als er den Schimmer der Klinge sah. Der Colonel schwang das Messer und Thomas taumelte von ihm weg. Das Messer traf Thomas' Unterarm und zwang ihn, seine Pistole loszulassen, die in der Folge in den Falten der Bettdecke versank.

Nun lag das Bett zwischen den beiden Gegnern; Thomas unbewaffnet zu einer Seite, der Colonel zur anderen, bereit das Messer zu schwingen. Thomas sprang fluchend auf das Bett und griff mit seinen langen Armen nach dem Messer.

Der Colonel stürzte sich nach vorn und stach in Thomas' Hände, aber Thomas versuchte weiterhin, seinen Angreifer zu entwaffnen. Thomas wuchtete sich mit blutenden Händen nach vorn und ergriff den Unterarm des Colonels. Trotzdem schaffte der Colonel es, das Messer auf Thomas' Gesicht zu richten. „Ich werde Euch töten, Moreland", knurrte er. „Ich habe schon einmal für sie getötet und werde es gerne noch einmal tun."

Thomas hielt den Colonel an einem Arm fest und drehte mit seiner freien Hand die Hand mit dem Messer gegen die Brust des Colonels. Der Colonel war stärker, als Thomas erwartet hatte.

Etwas bewegte sich in der offenen Türe des Zimmers, dann erfüllte ein Knall so laut wie eine explodierende Kanone den Raum, brachte ihn zum Beben.

Blut floss aus der Brust des Colonels. Thomas wandte sich der offenen Türe zu.

George, mit rauchender Pistole in seiner zitternden Hand, stand im Türbogen „Ich habe befürchtet, er würde Euch töten, mein Freund. Und ich kann nicht behaupten, dass ich den Kerl unbedingt weiterleben lassen wollte."

Mit Abscheu blickte Thomas auf den sterbenden Mann neben sich. Er konnte jetzt das Loch sehen, das die Patrone in seine Brust gerissen hatte. Er sah auch, dass Blut durch sein Hemd sickerte – und tiefer, wo die hervorstehende Männlichkeit des Colonels in Scharlachrot getaucht wurde.

Alles, was Thomas sagen konnte, war, „Gott sei gedankt."

Hinter George stand Sergeant Fordyce. „Was zum Teufel versuchte der verdammte Unhold zu tun?"

Thomas hatte sich nun wieder gesammelt und fühlte Felicitys Puls. „Es geht ihr gut." Thomas hob sie hoch und wiegte sie in seinen Armen. „Gott sei Dank." Dann wandte er sich an ihren Bruder. „Ich glaube, er hat ihr ein Schlafpulver gegeben."

„Damit er sich dem gesegneten Engel aufzwingen konnte", sagte der Sergeant.

Georges Augen wurden groß. „Thomas ... er hat nicht ... konntet Ihr sehen ...?"

„Ihre Röcke sind nicht in Unordnung gebracht worden", sagte Thomas erleichtert. „Wären wir nur eine Minute später gekommen ..." Seine Augen füllten sich mit Tränen.

Nun stürmten der Gastwirt und seine Frau ins Zimmer. „Was ist passiert?" Sein Blick schweifte über das grauenhafte Bild, das sich ihnen bot. „Ist die Lady ... tot?"

„Nein, aber der Mann ist es", sagte Thomas.

„Warum bewegt sie sich nicht?", fragte die Gastwirtin.

Thomas spuckte die Worte förmlich aus. „Dieser Unhold hat meiner zukünftigen Frau ein Schlafmittel gegeben, um sie schänden zu können."

„Oh, wie furchtbar – und was für eine Unordnung", jammerte die Frau.

„Ich bringe den Unhold aus dem Zimmer und werde es dann auch säubern", bot der Sergeant an. „Habe den Mann nie leiden können. Wie sich herausstellt aus gutem Grund."

„Wie ...?", fing Thomas an.

„Wie ...?", fing George gleichzeitig an.

„Ihr zuerst", sagte Thomas.

„Woher wusstet Ihr, dass Gordon Felicity entführt hatte?"

„Er war mir schon lange verdächtig, also habe ich einen Polizisten engagiert, um ihn zu verfolgen. Der Polizist stürmte heute Morgen in mein Haus, um mir zu sagen, dass der Colonel Felicity abgeholt und mit ihr scheinbar weit zu fahren geplant hatte. Nachdem sie mir erst gestern gesagt hatte, dass sie ihre Freundschaft zu ihm abbrechen würde, war ich verständlicherweise beunruhigt. Nun sagt mir, was Ihr wusstet." Thomas streichelte Felicitys seidiges Haar.

„Meine Schwester hat mir heute Morgen mitgeteilt, dass der Colonel einen Brief von ihren Freunden aus Portugal erhalten hatte – den Fordyces. Er deutete in Richtung des Sergeants, der fluchend über den Colonel gebeugt war. „Das ist übrigens Sergeant Fordyce. Felicity sagte der Colonel habe ihr erzählt, dass der Sergeant im Sterben läge und vor seinem Tod mit ihr zu sprechen wünschte. Verdammt, ich hätte sie davon abhalten sollen, mit ihm zu gehen."

„Woher hättet Ihr wissen sollen, dass der Mann ein Mörder ist?", fragte Thomas.

„Ihr meint fast ein Mörder", sagte George.

Thomas sah George mit festem Blick an. „Nein, ich meine ein Mörder. Er hat Captain Harrison getötet, um Felicity für sich zu gewinnen. Er hat sich auch selbst ins Bein geschossen, um die Erlaubnis zu bekommen mit ihr aus Portugal nach Hause zu reisen."

George zuckte zusammen, als er Thomas sagen hörte, dass der Colonel Harrison getötet hatte. „Woher wisst Ihr, dass er Michael getötet hat?"

„Er hat es mir kurz vor Eurem Eintreffen gesagt."

George schloss seine Augen, als hätte er große Schmerzen. „Armer Michael."

„Es gab kaum einen besseren Offizier als ihn", sagte Sergeant Fordyce. „Ich habe die Gerüchte darüber gehört, dass der Colonel sich ins Bein geschossen hätte. Ich glaubte, er wäre einfach nur ein Feigling, aber er war ein verdammter Bösewicht."

„Ich habe den Soldaten, der den Colonel dabei beobachtet hat, als er auf sich schoss, tatsächlich kennengelernt", sagte Thomas. „Er war in Bath und ich habe mit ihm gesprochen, nachdem ich bemerkt habe wie er dem Colonel ausgewichen war."

„Wir sollten dem Colonel seine Kniehosen besser anziehen, bevor ich ihn hinunter schleppe." Der Sergeant hob die Hosen auf, die vom Messer aufgeschlitzt waren. Dann zog er den Colonel an. „Dieser Mann ist eine verdammte Schande für unser Militär."

* * *

In ihrem Haus in der Charles Street saß

Thomas die Nacht hindurch neben Felicity, wo er eine Kerze brennen ließ, so dass sie sich nicht fürchten würde, sollte sie aufwachen.

George, der sich geweigert hatte, seine ohnmächtige Schwester alleine zu lassen, saß bis nach Mitternacht bei Thomas, bis dieser ihn dazu drängte, schlafen zu gehen. Thomas legte eine Hand auf Georges Schulter als er sagte, „Ihr habt heute große Reife gezeigt, Sedgewick."

„Heißt das ...?"

Thomas nickte. „Vielleicht können wir eine Doppelhochzeit veranstalten."

Für den Rest der langen Nacht beobachtete Thomas Felicity und saugte ihre Schönheit in sich auf. Ihres war ein so liebliches Gesicht, dessen er niemals müde werden würde. In ihrem tiefen Schlaf waren ihre Grübchen kaum sichtbar. Er sehnte sich danach zu sehen, dass sie ein Lächeln zum Vorschein bringen würde. Er sehnte sich nach so viel mehr, wurde sich aber freudig bewusst, dass ihre gemeinsamen Tage sich endlos vor ihnen ausdehnten.

Als ihre Kammer in das spätmorgendliche Sonnenlicht getaucht wurde, begann Felicity sich zu regen. Thomas beobachtete, wie sie sich auf die Seite drehte. Er wartete ungeduldig darauf, dass sich ihre Augenlider öffneten. Als sie es taten, sah sie geradeaus – nicht in Thomas' Richtung, der auf ihrer anderen Seite saß. Dann, orientierungslos, drehte sie ihren Kopf zu ihm um.

Und sie sah Thomas.

Ihre Augenbrauen senkten sich verwundert. „Wo ... was ... ich bin furchtbar verwirrt."

Er kam näher zu ihrem Bett und streichelte mit der Hand über ihr Gesicht. „Alles ist nun gut, mein Schatz."

„Warum seid Ihr hier?" Sie setzte sich auf. „Wie bin ich hierhergekommen? Das Letzte, woran ich mich erinnere, ..."

„Die Gastwirtin sagte mir, Ihr habt gestern zu Mittag eine Suppe gegessen. Ich glaube, der Colonel hat irgendwie ein Schlafpulver in Eure Suppe getan."

Ihre Hand flog auf ihren Mund und ihre Augen öffneten sich vor Angst. „Das erklärt ... Aber ..."

Thomas nahm ihre Hand in seine Hände. „Macht Euch keine Sorgen, meine große Liebe. Colonel Gordon ist tot."

„Wie? Wo war ich?" Sie hielt seine Hände fest.

„Er hat Euch in dem Gasthof in ein Zimmer im oberen Stockwerk gebracht. Ich glaube, er hatte vor Euch dort zu kompromittieren. Sein Kutscher hat berichtet, dass der Colonel plante ein weißes Tuch aus dem Fenster wehen zu lassen. Das wäre das Zeichen für den Kutscher gewesen einen Priester zu holen, um Euch mit dem Colonel zu verheiraten." Er hielt inne und sah sie weiterhin an. „Wir haben eine Heiratslizenz in Colonel Gordons Tasche gefunden."

„Du lieber Himmel ..."

Mit einem schmerzlichen Ausdruck auf seinem Gesicht nickte Thomas. „Ich glaube, er hätte Euch gesagt, Ihr hättet zu viel Bier getrunken und in dem Zustand einer Heirat zugestimmt."

„Niemals!"

„Ich weiß, mein Schatz."

„Aber ich kann nicht zu viel getrunken haben. Ich trinke nicht einmal gerne Bier." Sie hielt inne und roch an ihrem Korsett. „Und doch rieche ich danach."

„Er hat es wahrscheinlich über Euch geschüttet, als Ihr ohnmächtig wart."

„Du meine Güte, was hat er sonst noch getan?"

„Zum Glück sind Euer Bruder und ich rechtzeitig eingetroffen, um wirklichen Schaden zu verhindern."

„Wie habt Ihr gewusst, dass ich dort war?"

„Mir war seit einiger Zeit bewusst, dass der Colonel ein hinterhältiger Mann war. In meiner Sorge um Euch habe ich einen Polizisten engagiert, um den Colonel zu beobachten. Er hat mich gestern in der Früh darüber informiert, dass der Colonel mit Euch die Stadt verlassen hat. Nachdem mir über ihn bekannt war, was mir bekannt war, kam mir dies verdächtig vor und ich habe Euch verfolgt."

„Und George kam mit Euch?"

„Nein, Euer Bruder wurde misstrauisch als ein äußerst gesunder Sergeant Fordyce mit seiner Frau zur gleichen Zeit an Eurer Haustüre läuteten, als Ihr auf Eurem Weg zu dem sterbenden Mann hättet sein sollen. Dies kam George suspekt vor, aus gutem Grunde."

„Und er ist nach Blye aufgebrochen."

Thomas nickte. „Was sich für mich als ein sehr glücklicher Umstand erwiesen hat. Euer Bruder kam die Treppe heraufgestürmt gerade als Colonel Gordon ein sehr langes Messer auf mich richtete."

Sie sah die Schnitte und Bandagen an Thomas und setzte sich mit bösem Gesicht auf. „Er hätte Euch töten können! Colonel Gordon wurde ausgebildet, um zu töten. Oh, ich würde mir niemals verzeihen, sollte Euch meinetwegen etwas zustoßen."

Ein Lächeln umspielte seine Lippen. „Tatsächlich?"

„Oh Thomas, ich bin so verletzt und wütend und ... beschämt."

„Es war nicht Eure Schuld. Er war ein verfluchter Verrückter." Er lehnte sich zurück und sah sie mit einem traurigen Ausdruck auf seinem schönen Gesicht an. „Es gibt noch mehr zu berichten."

Es schien als konnte sie kaum atmen, und doch schlug ihr Herz fest in ihrer Brust. „Was?"

„Colonel Gordon hat Euren Mann getötet."

Tränen füllten ihre Augen. „Oh nein", stöhnte sie. „Meinetwegen?"

Thomas nickte. „Fühlt Euch nicht schuldig. Der Colonel war durch und durch böse."

„Armer Michael, sein Leben wurde verkürzt wegen ..."

„Shh, mein Liebling." Er schloss sie in seine Arme und hielt sie fest, als sie weinte. „Es ist nicht Eure Schuld. Ihr habt niemals die Aufmerksamkeit dieses Mannes gesucht."

Sie weinte eine Weile und sah dann zu Thomas auf. „Und der Gedanke daran, dass Ihr getötet worden wäret, wenn George nicht aufgetaucht wäre."

Er bot ihr sein Taschentuch an.

Sie wischte ihre Tränen ab und gab es ihm zurück. „Ich bin froh, dass er tot ist."

„Es gibt immer noch mehr zu berichten."

„Oh, aber ich kann nicht mehr ertragen." Ihre Stimme war kaum mehr als ein Flüstern.

„Ich hoffe doch, dass Ihr dies ertragen könnt. Ich ging gestern zu Eurem Haus, um dort um Eure Hand anzuhalten. Nun werde ich es tun."

Sie sah ihn an. Sah die Aufrichtigkeit in seinem ehrlichen Gesicht. Sie würde seines Gesichtes niemals müde werden. Oder seiner Person. Mit ihm war es ganz anders als mit Michael. Es hatte Zeiten gegeben, als sie sich von Michael in ihrem

Bett abgewandt hatte. Dies würde sie mit Thomas niemals tun. Eine einfache Berührung von ihm machte sie schwach. Es war niemals – auch nicht am Anfang – so gewesen mit dem armen, lieben Michael. Der ihretwegen tot war. „Ich kann eine Geste, die aus Schuld oder Ehre geboren wurde, weil Ihr glaubt mich kompromittiert zu haben, nicht annehmen."

Er streichelte mit seinen Fingerspitzen über ihre zarten Gesichtszüge. „Ich biete mich aus keinem dieser Gründe an. Ich biete mich an, weil ich Euch liebe. Immer geliebt habe."

„Aber wie kann ich dies glauben, wenn ich weiß, was für ein Gentleman Ihr seid? Nach dem, was bei den Ruinen zwischen uns passiert ist, würdet Ihr Euch verpflichtet fühlen, um mich anzuhalten."

„Aber ich habe Euch lange vor diesem wunderbaren Tag bei den Ruinen geliebt. Ich habe Euch seit mehr als sechs Jahren geliebt." Er erhob sich und nahm aus seiner Hosentasche das kleine Stück weißen Stoffes. „Ich nehme an, Ihr erinnert Euch nicht daran?"

Ihre Augenbrauen senkten sich. „Was ist das?"

„Es ist das Stück Eures Petticoats mit dem Ihr meine Wunden in jener Nacht vor über sechs Jahren verbunden habt."

Ihr Mund öffnete sich, aber es kamen keine Worte hervor.

„Ich wusste, Ihr würdet einen guten Mann heiraten, einen Offizier. Ich wusste, ich hatte keine Chance, aber ich trug es trotzdem mit mir. Ich habe jede Frau, die ich jemals getroffen habe, mit Euch verglichen, und keine wurde Euch gerecht. Ich habe Euch als meine Inspiration ein Vermögen zu verdienen benutzt, so dass ich ein

Gentleman wie Captain Harrison sein könnte. So dass ich eines Tages eine Frau wie Euch für mich gewinnen konnte. Aber ich wollte keine Frau *wie* Euch. Ich wollte Euch. Die Nachricht, dass Captain Harrison getötet wurde, gab mir Hoffnung. Ihr – und nur Ihr – seid der Grund, warum ich nach Bath gekommen bin. Alles, was ich je wollte, war Euch zu lieben. Nur Euch, Felicity."

Ihre Augen füllten sich mit Tränen. „Oh Thomas, ich liebe Euch so sehr. Ich schäme mich dafür, Michael nie so geliebt zu haben wie ich Euch liebe."

Auch seine Augen wurden feucht. Er näherte sich ihr, und sie rückte näher zu ihm, und ihre Lippen vereinigten sich in einem nicht enden wollenden glücklichen Kuss.

Als dieser selige Moment der innigen Verbundenheit zu Ende war, legte er seine Arme um sie. „Ich verspreche, Euch zur meist angebeteten Frau auf Erden zu machen. Ich habe nur eine Bitte an Euch."

Felicity strich mit einem Finger langsam und zärtlich seine Nase entlang. „Ja, mein Liebling?"

„Ich wünsche mir, dass dein Hochzeitskleid blau sein soll."

Ende

Cheryl Bolen Biografie

Cheryl Bolen ist eine New York Times- und USA Today-Bestsellerautorin und hat mehr als zwei Dutzend historischer Liebesromane geschrieben, von denen die meisten in der Regency-Zeit spielen. Ihre Bücher wurden in acht Sprachen übersetzt und erlangten Platzierungen in verschiedenen Schreibwettbewerben, so etwa auch im Daphne du Maurier Wettbewerb. 1999 wurde Cheryl als "Notable New Author" ausgezeichnet und gewann im Jahr 2006 die Holt Medallion in der Kategorie "Bester historischer Kurzroman". 2012 gewann sie den International Digital Award – eine Auszeichnung speziell für E-Bücher – im Bereich "Bester historischer Roman", und im Jahr darauf erzielte eine ihrer Novellen den ersten Platz in der Kategorie "Beste historische Novelle". Zahlreiche ihrer Bücher wurden zu Bestsellern bei Barnes & Noble und auf Amazon.

Sie ist eine ehemalige Journalistin mit einer Faszination für tote englische Damen und schreibt regelmäßig Beiträge für The Regency Plume, The Regency Reader und The Quizzing Glass. Viele ihrer Artikel kann man auch auf ihrer Webseite (www.CherylBolen.com) finden sowie auf ihrem Blog (www.CherylsRegencyRamblings.wordpress.com), wo sie ihre aktuellen Artikel einstellt. Leser sind an beiden Orten ganz herzlich willkommen.